味蕾深处是故乡 02

沈燕妮 主编

图书在版编目（CIP）数据

味蕾深处是故乡.2／沈燕妮主编.—南京：江苏凤凰文艺出版社，2022.7
ISBN 978－7－5594－6909－0

Ⅰ.①味… Ⅱ.①沈… Ⅲ.①散文集－中国－当代 Ⅳ.①I267

中国版本图书馆CIP数据核字(2022)第108158号

味蕾深处是故乡.2
沈燕妮　主编

出 版 人	张在健
责任编辑	李　黎　李珊珊
特约编辑	王　怡
装帧设计	薛顾璨
责任印制	刘　巍
出版发行	江苏凤凰文艺出版社
	南京市中央路165号,邮编:210009
网　　址	http://www.jswenyi.com
印　　刷	苏州市越洋印刷有限公司
开　　本	880毫米×1230毫米　1/32
印　　张	11
字　　数	290千字
版　　次	2022年7月第1版
印　　次	2022年7月第1次印刷
书　　号	ISBN 978－7－5594－6909－0
定　　价	58.00元

江苏凤凰文艺版图书凡印刷、装订错误，可向出版社调换，联系电话 025－83280257

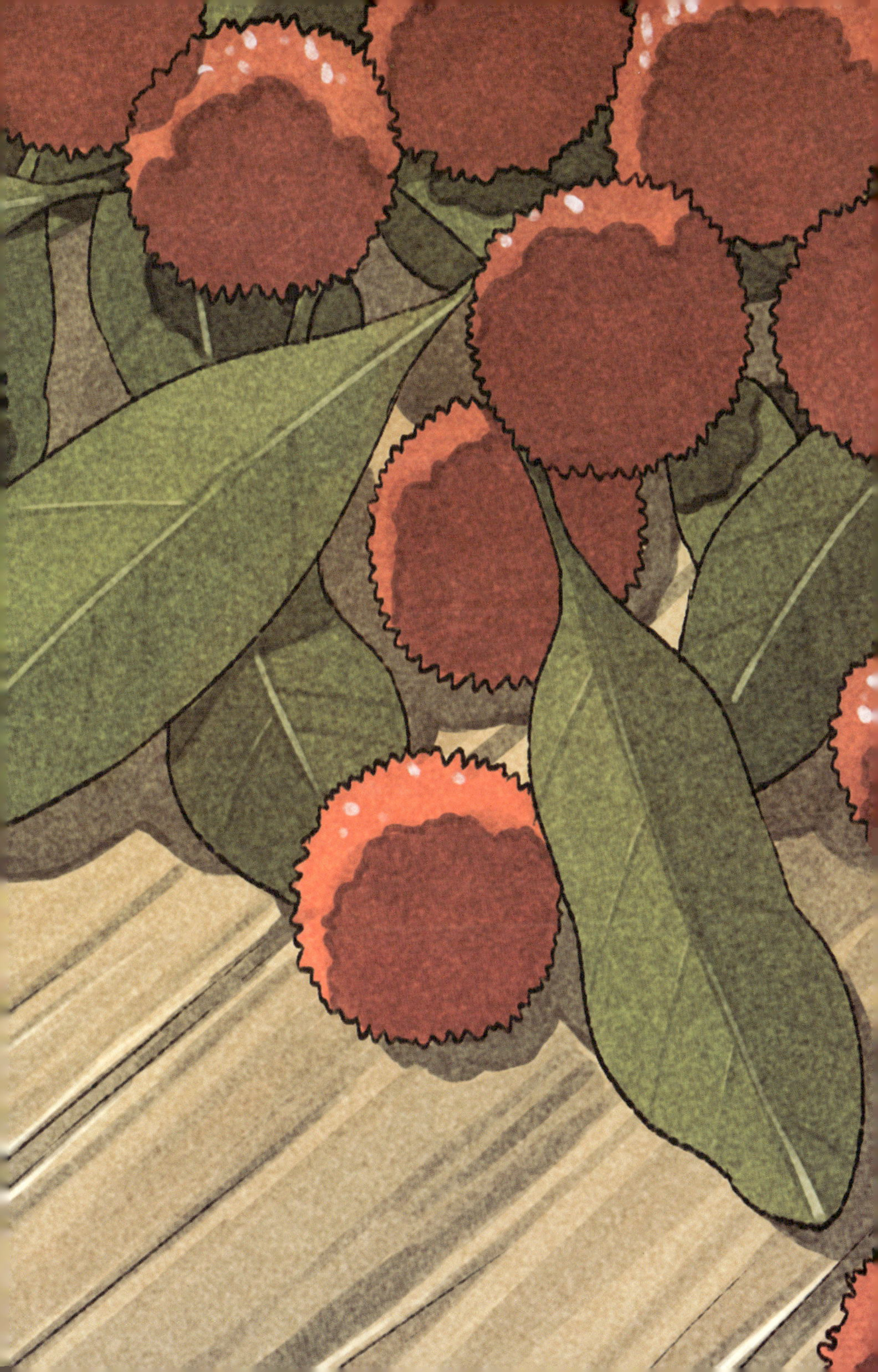

目 录

不敢再吃的猪肉炖粉条　　　　　　中　子　　001

一场被洋芋保住的包办婚姻　　　　蔡寞琰　　019

这碗熏豆茶，母亲等了十年　　　　叶凉初　　033

父子七年不见，他被逼成了老板　　老　树　　045

我想建构的那个家，

吃饭可以满含快乐，

得到关爱不必充满愧疚，

接受馈赠无需随时提醒自己要偿还。

这就是我曾想象和从今以后试图搭建的一切。

一碗广柑酒，一世糊涂父女情　　莫别离　　061
扣肉里缺的那一味，是父爱　　　乐　兮　　079
这一杯杨梅酒喝完，爸爸会醒来吗　墨　寻　　097
粒粒白米是人生，一只红鲟是爱意　伊　一　　117
外婆的爱不完美，但终究还是爱　　燃　霜　　131

一家人在异地重逢,
共品这道菜,
这场景让我觉得既熟悉又陌生,
一时间竟有些恍惚。

生活,曾经把我们分开很远,
此时,一道猪肉炖粉条,
似乎又把过去和现在联结在了一起。

一盆猪肉冻,三代人聚散	随　河	**145**
一口鱼丸,便是世家姐弟的半生	春雨琳琅	**153**
吃一碗扁食,就是一年到头了	王　选	**167**
小时候的年菜,一辈子都忘不了	索　文	**177**

外婆吃过的水果，
不知为何特别容易长成树苗，

而那些面孔新鲜的孩子们，
恐怕不知道自己手中的果实，
其实来自一位曾经挨过饿的母亲。

囤起粮食，我终于理解了外婆	曹　玮	195
"推浆齐"里是家乡的味道	沈　川	207
造纸厂逐渐变成废墟的每一天	胖　童	221
被嫌弃的春婶和她的草粿	图　南	235

或许，
老一辈草原人的归宿都是相同的，

烈酒只是载体，
喝下去的，
是每个人想要积极努力奋斗的人生。

被污染的福清湾,是我的家	陈齐云	249
竹林深处的放牛班,也有春天	莫别离	265
我和妹妹,是嚼不烂的铜豆子	蔡寞琰	283
烈酒结下的安达兄弟	城南巡捕	299
古镇妇人那杯薄荷茶,我念了 18 年	刚好有得聊	315

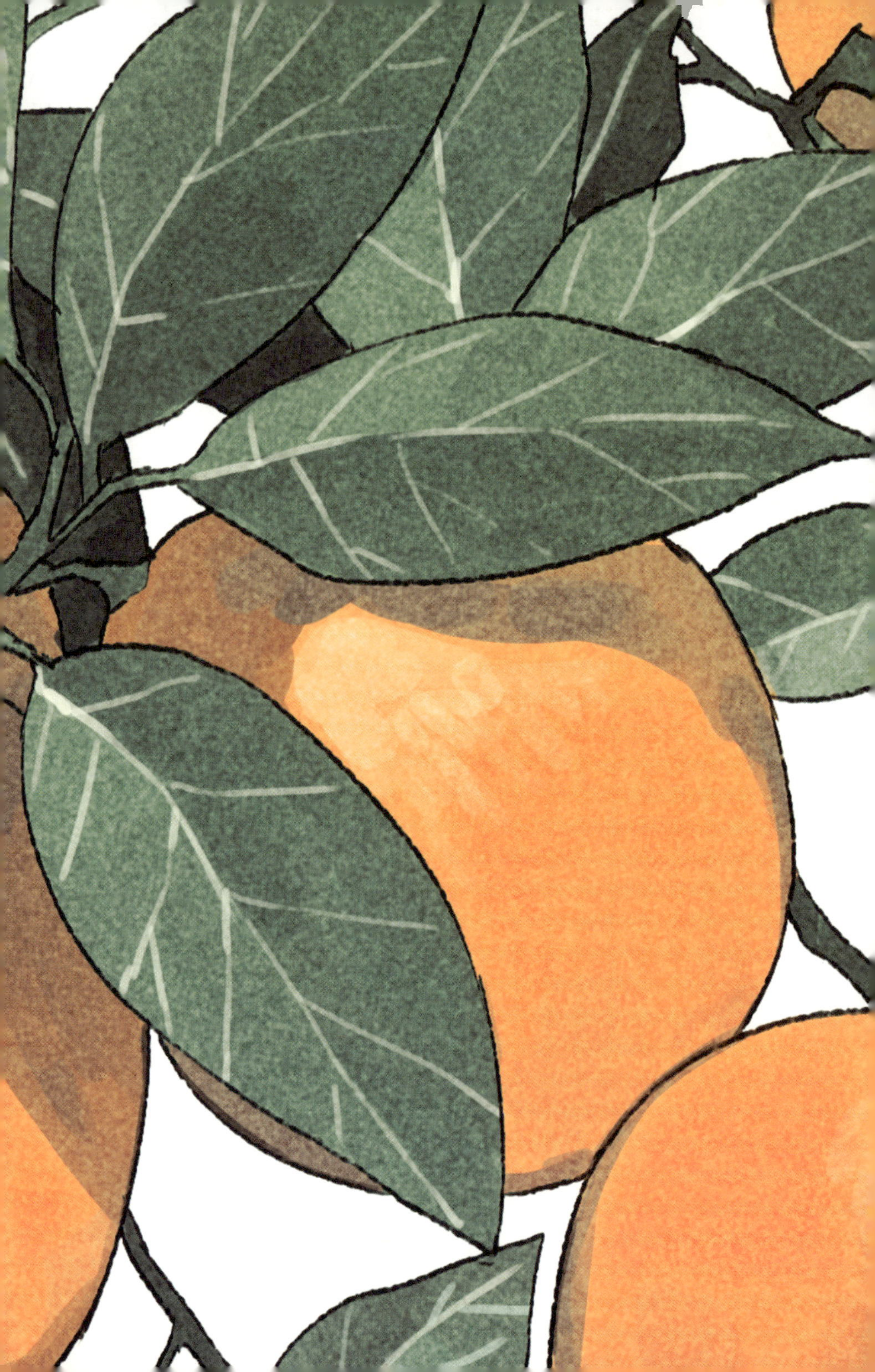

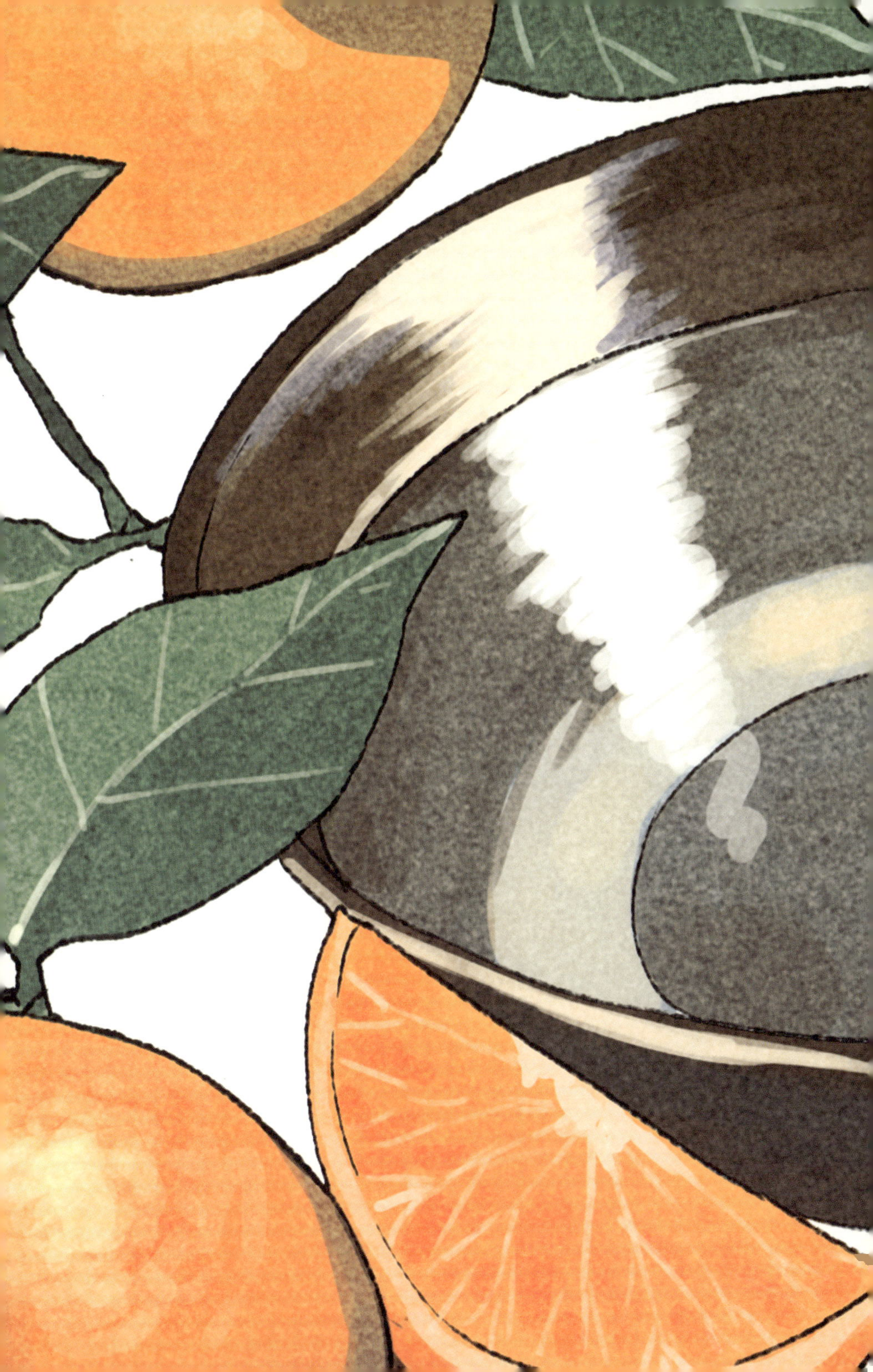

不敢再吃的猪肉炖粉条

中　子 / 每句话都是说给自己的

猪肉,最好是肥瘦相间的五花肉,
这样不仅菜炖出来有滋有味,
肉吃起来也肥而不腻;

而粉条,也不能随便,
地瓜粉熟得快,不适合做这道炖菜,
慢熟的土豆粉也得在猪肉五分熟时才能下锅,
才能保证和猪肉同时熟,饱有筋道。

猪肉炖粉条在物资匮乏时代的东北农村，一年之中只有春节才能吃上。

这道菜名字平常，选材却有些讲究：猪肉，最好是肥瘦相间的五花肉，这样不仅菜炖出来有滋有味，肉吃起来也肥而不腻；而粉条，也不能随便，地瓜粉熟得快，不适合做这道炖菜，慢熟的土豆粉也得在猪肉五分熟时才能下锅，才能保证和猪肉同时熟，饱有筋道。

我的继母是做猪肉炖粉条的高手，每逢春节或家里有大事时，她总会做上满满一大盆，让我们大快朵颐，最后吃得连一点汤都不剩下。

不过，这道美味，我已经有16年不敢吃了。

1

1984年的夏天，父亲用自行车驮着一个女人回到家时，我家的院子已经站满了邻居。他们叽叽喳喳地议论着，说这个女人的到来，到底是会终结我家的苦日子，还是会让我们的生活雪上加霜。

当时我14岁，上有两个姐姐，下有一个9岁的妹妹。我们的生母5年前因病去世，父亲没有立即再娶，而是到处干活挣钱，根本无暇顾及我们姐弟几个的生活。其间，村里第一个考上重点高中的大姐，决意辍学回家照看我们。她的班主任惜才，两次来家访，见我们实在困难，才摇摇头走了。

不久，大姐通过自己的努力当上了代课老师，一边工作，一边照看还在上学的我们,着实累得够呛。这样过了几年,快满20岁的大姐有了心仪的对象,想着自己终究得嫁人,这样下去不是长久之计。于是在一家人吃饭时,她提出让父亲再给我们娶一位妈妈,好帮着父亲撑起这个家。当然,她也担心如果继母刁蛮,往后的日子就更不好过了。

父亲琢磨了好久,最后才下定决心托人打听。至于大姐的担心,也只能是走一步看一步了。

这位长相端庄、衣着朴素的女子下了车,走到我们姐弟4人跟前,没说话,只是温柔地看着我们。大姐、二姐还有小妹都轻声唤了声"妈",而我低着头,用余光瞟着这个即将成为我们继母的女人,满脑子都是白雪公主被继母残害的画面,迟迟不肯张嘴。最后,奶奶在背后掐了我几下,才拧出一声"妈",比蚊子声还小。

许是看出了我的不情愿,继母搂过我,拍拍我的肩,并没说什么。少顷,她来到厨房,给我们做了第一顿饭,压轴菜便是猪肉炖粉条。

终究是孩子,继母给我们做饭时,我就站在灶台旁。她选的是正宗五花肉,肉块切得匀净,都是边长三指宽的正方体,下锅、翻炒,不一会儿,油便从肉里渗出来。

这时,撒上葱花,放两只八角,继续翻炒,肉香就扑鼻而来。大约一刻钟后,继母有条不紊地洗好长长的粉条,然后剁成锅里能放下的长度,放在猪肉上面,最后,撒点盐和花椒,盖上了锅盖。

菜还没炖好,香味就已经从锅盖的缝隙里飘出,看着锅盖四周冒出的热气,我的两腮不断有口水涌出。

那是妈妈去世后,我们姐弟几个吃得最畅快的一顿饭。看着我们狼吞虎咽,继母的眼眶潮湿了。因为这顿饭,我们再喊"妈"时,已经很自然了。村里有人善意地开玩笑,说我们"有奶就是娘"……

当然,我们知道,一顿饭还不足以让我们把继母当成"妈"。

2

继母的前夫也是因病去世,他们之前育有两子,大儿子小力辍学务农,跟爷爷奶奶一起生活,小儿子小五和我同岁,和我在同一所初中,低我一年级。

继母到我家一周后,此前住在20里地外老家的小五也跟着过来了。

我妹从小娇惯,凡事都任性,经常和小五闹矛盾。遇到这样的时候,继母从来都不问原因,总是劈头盖脸对小五就是一顿训。小五虽然人高马大,也敢怒不敢言,诸多委屈强行咽下。父亲有时看不下去,想说妹妹几句,但是,继母的一句"他是哥哥,理应让着妹妹",就把一切都挡了过去。

妹妹还很淘气,一直让父亲头疼。一个大风天,妹妹爬到树上摘榆树钱,树很高,她却爬到了树尖,树尖来回摇晃,眼看就要掉下来。村里的孩子都吓坏了,跑到我家告诉父亲,父亲脸色顿时煞白,赶紧跑去,继母也跟在后面。到了现场,大人的心一下子提到了嗓子眼,然而,妹妹正没事人一样坐在树上吃榆树钱。

父亲气得握紧了拳头,准备教训一下妹妹。看父亲凶神恶煞的样子,妹妹也吓坏了,不敢下树。这时,继母推开父亲,转过身柔声地对妹妹说:"好孩子,别害怕,慢慢下来,妈妈在下边接着你……"

一场"酷刑",妹妹就此逃过。

每天不管多忙,继母都要给二姐和妹妹扎头发,编出各种花样的辫子,还经常给她俩买漂亮衣服,惹来一干小伙伴的羡慕。渐渐地,她俩便成了继母的跟屁虫,天天黏在继母身边。生母去世后,我们几个都是自己洗衣做饭,而继母来之后,我连内裤、袜子都没再洗过,她只让我多花些时间在学习上。

大姐在继母来了后的第二年嫁到城里,婚礼上,她一个劲儿地感谢继母对我们姐弟的照顾。而我脑海中,也逐渐不再播放"继母害人"的画面。

初三时因为上晚自习,学校要求我们住宿。可宿舍潮冷,刚住了几天,我就得了感冒。继母便执意让我走读,令小五在我下晚课时负责接我。

正值冬天,北方天黑得早,路又滑,小五不愿意。于是继母向自己的亲儿子承诺,只要他每天接我,我们俩每天就带同样的饭菜——那时,继母看我学习累,每天都给我弄小灶,小五可没少有意见。

在美食的诱惑下,上初二的小五每天下午4点放学后要先回家,到晚上8点左右再来学校接我。从家到学校来回要骑14公里的路程,这一接就是一年,我心里很是感激。

1986年,我初中毕业考进重点高中。报到之前,继母特意给我做了一件白色的衬衫。小五也想要,被继母拒绝:"你要是能考上,我也给你做。"

可惜,小五不愿意读书,当年他就辍学出去打工了,很快就处了一个对象,不久便同居。半年不到,继母便草草给小五张罗了婚事。婚后,小五两口子承包土地,日子过得也还不错。

1987年,勤劳肯干的父亲已经小有积蓄,又借了一些钱,买来两匹马和一辆马车,在县城干运输。继母每天目送父亲出车,又在期盼中等父亲收车回家。这一年年末,二姐也嫁给如意郎君,家中喜事不断。

3

就在我们觉得因继母的到来家里日子过得越来越红火之时，父亲竟背叛了继母。

父亲长得帅，又有马车，到城里干活后就被一个女人缠上了。父亲像中了蛊，乐不思蜀，继母整天以泪洗面，小五气得要去找父亲，被怕出意外的继母阻止。

休息日，我去城里的车马市场找到父亲，动之以情，晓之以理，可父亲依旧油盐不进。临走时，父亲塞钱给我，生气的我毫不犹豫地拒绝了。

大姐和二姐也领着继母来找过父亲，可是父亲要么不见，要么当时承诺回家，过后依然故我。此后，继母就对父亲放弃了希望。父亲像消失了一样，好久都没有消息。

高二那年的春节，两个姐姐在婆家过年，妹妹被姨妈接去了。小五来我家，让我和继母去他家过年，被继母一口回绝。继母说，她想留下，守着这个家。

偌大的房子，只有我和继母两个人。想着往年一家人团聚的场面，我不禁伤感。继母强打精神做了6个菜，问我想不想吃猪肉炖粉条，这一问，一下子就戳中了我的泪点。

继母忍着难过，在厨房给我做菜，我给她打下手。许是没有心思，那次的猪肉炖粉条火大了，肉有些焦，粉条也成了粉泥。看我难以下咽，继母也夹了一口放嘴里。只一口，继母便知道自己失手了，连连叹气。

满桌饭菜，却没有一点胃口，春晚喜气洋洋的歌舞，更衬得我们落寞。守岁时，我边吃饺子边流泪。继母不敢劝我，只是告诉我，男人不要像女人,要有毅力,不要轻易流泪,那样会让人瞧不起:"就算你爸永远不回来,我也会等到你出息的那一天。你学习好,一定能考上大学……"

也就在这一晚,我才知道继母凄苦的身世:

她出生不久,父亲就去世了,母亲带着她和哥哥改嫁。后爹不喜欢他们,经常在背地里吆喝兄妹二人。为了讨喜,她从小学会了干很多活,到了年纪,也不敢提上学的事情。即便这样,也换不来后爹的笑脸。

谁知,有一天后爹醉酒从高处掉下,生生摔死,目睹这一幕的哥哥被吓傻了,变得不能正常说话。此后,哥哥闷闷不乐,最终割腕自杀。

到了出嫁的年纪,她嫁给了一个老实的农民,日子刚刚好起来,男人却得了肺癌,在花光了家里所有的积蓄之后,撒手人寰。

新学期开学之前,继母每天都要出门,说是去前村的亲戚家学做拖鞋,让我在家好好复习功课。奇怪的是,她每天从亲戚家回来都会很疲惫,有次我还看见她的手背划了一条口子。我问咋回事,她说那是做拖鞋时不小心刺到的。

开学前一天,继母给我拿学费,打开一看,竟是一堆零钱。继母有些歉意:"这是你父亲之前给我的,没来得及换成整钱。你就这样交学费吧。"

为了让我"有更充足的时间学习",继母告诉我,以后两周回家一次就好,我想都没想,就答应了。

一个星期日,同桌让我陪他去街里买东西,路过电影院,就在同桌入迷地看着电影海报时,我一回头,忽然被旁边一个熟悉的身影吸引了——一个女人佝偻着身子,拿着个编织袋在捡破烂,一张废纸,一个冰棍杆,什么都逃不过她的眼睛。

一个男人正在电影院门前喝汽水,见汽水马上就要见底,这个女人就在旁边等着,而后,讨好般的说了什么。男人一直没有正眼看那个女人,喝完汽水后,不屑一顾地把空瓶子丢进女人的垃圾袋,昂首挺胸走进电影院。而那个女人双手合十,不停点头表示感谢,之后,又开始寻找新的垃圾。

那是春末夏初的季节,空气中满是寒意。我呆了般站在那里,像被人点了穴,无法动弹,静静地看着这一切。不错,那是我的继母,她在捡破烂。那一刻,手上的伤口,零钱……所有的问题都有了答案,我仿佛看到一束光顽强地穿过千疮百孔的生活,照在我的身上,透进我的眼里,最后,又刺进我的心中。

我顾不上同桌的呼喊,直奔过去,抱住继母:"妈……"只喊出一个字,我就再也说不下去了。

继母显然没想到在这里会碰到我,惊慌失措。看着随后跑来的我的同桌,继母想掩饰她的身份,然而,我紧紧地拉着她,向同桌介绍:"这是我妈妈……"

许是太过意外,继母眼中蓄满了浑浊的泪水,但只一瞬间,她就擦干眼泪,跑到就近的小吃摊,给我和同桌一人买了一包方便面。

我的高二和高三,就是靠继母拾荒撑过来的,也就是从那时开始,我从内心深处完全接受了继母,发自肺腑地叫她"妈妈"。

4

我还是考上了一所省属重点大学,选择了自己喜欢的专业。就在我接到大学录取通知书后不久,父亲回来了。

当时,我和妈妈正在灯下看我的通知书。忽然有开门声,一看,父亲拿着当初离家时的包,站在门口。

我下意识地叫了一声"爸",父亲却一声不吱,只是定定地站在那里,一动不动,像一个做错事的孩子。

我看向妈妈,妈妈脸色由青变白,又由白变青。最后,她似下了很大的决心,简化了自己所有的愤慨:"回来了?"

短短的一句话后,两年的委屈喷薄而出,妈妈哭得撕心裂肺。我拍着她的背,父亲僵在一旁,嘴里反复说着:"对不起,对不起……"

事后,父亲告诉我们,那个女人不仅榨干了他所有的钱,还逼着他卖掉了马和车。那几日,妈妈很沉默,只是变着花样给我们爷俩做好吃的。有好几次,我都看见她边做饭边流泪。因此,我和父亲也相处得不自然,总是耿耿于怀的模样。妈妈见了,又私下跟我说:"要懂得原谅别人,更何况是你爸爸。"

"那你呢,你原谅他吗?"

妈妈欲言又止,没有回答我。

然而,事情还没有结束。那个女人知道我家的住址,竟找上门来。我们这才知道,那个女人并没有放父亲走,父亲是偷溜回来的。

气头上的我,到厨房拿起菜刀就往前冲,想和那个女人拼命。这时,妈妈一把抓住我,把我往后推,自己走到那个女人跟前:"孩子考上大学了,他爸回来看看。等孩子上大学,他自然会回去。"

说着,妈妈看了看父亲,父亲一声不吭,满脸通红。那个女人见妈妈把话说到这份上,二话没说就走了。

为了防止家庭再次受到骚扰,我上大学那天,也是父亲和继母"逃离"家乡之日。他们去投奔了邻省的一个亲戚,那里盛产松子,当地的"油料调拨站"常年收购。他们买来一台轧松子的机器,靠卖松仁挣钱。机器类似缝纫机,针细且尖,用手固定好松子,放到针下,然后手脚配合,打开松子的壳——这需要绝对的精准,否则一不注意就会扎手。

大一寒假,我去看望父母。那是一间不足 10 平方米的逼仄的插间,门口安置着机器,进屋就得上床,否则,没地方落脚。

我看到他们的手上都布满了大大小小的伤口。轧一天松子,好的时候能轧出5斤松仁,每斤松仁卖1块5毛。一天下来,父母都累得腰酸背疼。但是,他们的精神状态都很好,妈妈脸上也有了笑容。

妈妈对我说,好不容易来一回,让父亲陪我逛逛街,她一个人在家做工就好。

那是我们父子俩难得的独处时间,刚开始,我们还是并排走着,后来,不知什么时候,怕我冻手,我的手被父亲紧紧攥住。我有些不自然,但是并不想挣脱。

街上有风,吹乱了父亲的头发,他鬓角的白发愈发显眼。我告诉父亲:"如果累,就不要那么拼命,等我大学毕业,咱们的日子就会好起来。"

父亲说:"你好好读书,我和你妈再奋斗几年,争取到时给你办一个体面的婚礼……"

我还想宽慰父亲时,他却忽然站住,目光有些游离:"如果当初我不走一段弯路,你们都不用这么受苦了……"

父亲还要说下去,我做了一个捂嘴的动作——我曾经无数次想问父亲,是什么原因让他能离开那个女人、回归家庭。然而,真当着他的面,我却始终问不出口。潜意识里,我知道自己并没有资格这样问父亲,这世上,哪有父亲向儿子认错的道理?我的脑海里只是浮现出那段时间里我和妈妈相依为命的种种,我自己心里有委屈,但更替妈妈委屈。

这也是我这几年的心结。

回到出租屋,妈妈已经神奇地做好了饭,还没过年呢,妈妈竟然做了我最爱吃的猪肉炖粉条——这天,这道菜夹杂着异乡的风,和我们父子交流后的感慨,一起融进了我的胃里。妈妈还特意在里面放了少许绵白糖和醋,醇香之中又多了一丝酸甜。

一家人在异地重逢,共品这道菜,这场景让我觉得既熟悉又陌生,一时间竟有些恍惚。生活,曾经把我们分开很远,此时,一道猪肉炖粉条,似乎又把过去和现在联结在了一起。父亲看向妈妈的目光有些躲闪,妈妈装作没看到父亲的眼神,但眼角还是流转了一丝笑意。或许私下里,她已经原谅父亲了,不然也不会跟到这个地方吃苦吧!

随后的几天,看着他俩相处默契,父亲对妈妈也关怀备至,言听计从。我的心结,也慢慢消散了。

5

新学期开学,父亲给我来信说,辽宁省营口市的鲅鱼圈被政府列为开发区,他和妈妈想去那里寻找新的机会。然而,就在他们刚到鲅鱼圈、正踌躇满志规划未来时,父亲突然得了脑血栓。

读大三的我连夜坐车赶到鲅鱼圈,见到了憔悴不堪的父母。父亲用那只能动的左手抓住我,一句话也说不出。大姐也放下工作和姐夫一起来看望父亲,并且带来了 1500 元钱。在当时,这不是一个小数目——这笔钱里,有两个姐姐拿的,也有妹妹拿的。

可是,面对高额的医药费,这些钱远远不够。我瞒着父母,去附近的学校找给学生做家教的机会。可是,正值放假,在学校附近徘徊了两天,我一无所获。

后来我出门给父亲买药,看到街道两旁有很多卖菜的商贩,我忽然有了主意——为了医药费,我开始在这个小城的市场上卖菜。

刚开始,我连秤都不认识,很多热心的小贩教我。他们告诉我,如果城管来了,最重要的不是保护菜,而是秤——菜是批发来的,不值几个钱,而一杆秤的价钱,却是菜的好几倍。

不久,我真就遇到城管突击检查,惊慌失措,逃跑中一下子摔倒,眼镜被压碎,脸也被镜片划伤,秤也摔得老远。

那天我在一家诊所进行了简单的包扎后,装作什么都没发生过的样子往回走。远远地,我看到父亲在妈妈的搀扶下向远处张望,见我受伤回来,妈妈当时就哭了,父亲用含混不清的口齿一直重复着一句话:"伤,伤……"

在外求医诸多不便,我把父母接回了老家,为父亲系统治疗。可是,打针吃药,均不见明显效果,病情严重时,妈妈要给他接大小便。妈妈坚持每天给父亲按摩,期盼奇迹出现。

一天,我正在看书,妈妈突然大声喊我:"儿子快来!你爸手指会动了!"原来,父亲不听使唤的右手手指突然有了知觉,妈妈竟喜极而泣。

看着妈妈高兴的样子,我心中五味杂陈。

1994年,我大学毕业,为了父母,我放弃留在大城市的机会,选择回了家乡,希望用自己的努力给他们更好的生活。

那年的毕业分配,因为当地教育局的原因,晚分了半年。这半年里我如坐针毡,父母也跟着上火。家里有个做校长的亲戚,为了我,父亲一瘸一拐地去求人家。没什么礼物可送,就只带了妈妈亲手腌制的几样小咸菜。

不放心父亲,每次我都会和他一起。我亲眼见到亲戚的敷衍和父亲的恭敬,最后,还是我的文凭起了作用,被分配到了当地的重点高中——也就是我的母校。

参加工作第二年,我便经别人介绍对象结了婚。婚礼很简单,是我和姐姐一手张罗的,司仪是在村里找的,新婚贺词都是我自己写的。虽然拮据,但妈妈还是东挪西凑,给了我2000元钱,让我置办东西。

这样的婚礼场面,和父亲想象中的完全不一样。没能像以前计划的那样给儿子办一个体面的婚礼,让父亲在婚礼上失声痛哭。我抱住父亲,像哄孩子一样:"爸,不哭,一家人都健康,儿子就很高兴……"

父亲的病依旧时好时坏,偶尔需要到医院复查。病重时,不方便步行,需要坐车。

叔叔家里有车。以前,老实木讷的叔叔一直跟着父亲干活,可以说没有父亲的帮扶,就没有叔叔的今天。我去找叔叔出车拉父亲去医院,不想却被婶子委婉回绝:"现在正是干活的好季节,耽误一天就要损失几十元,你能不能去找别人?"

叔叔站在婶子旁边不吱声。那一刻,好多话在我喉咙里,最终还是咽了回去。

妈妈听说后,不声不响地炖了一只正下蛋的母鸡给婶子送去。"开江的鱼,下蛋的鸡"是春天最好的补品,婶子这才不情愿地答应了我们,让叔叔帮忙。

为了给父亲创造更好的治疗条件,我在学校主动申请做了班主任,这样可以多领一点补助。

谁知,就在这时,我家再次遭受重创——父母住的房子年久失修,失了火。

6

家里所有的物件都在火灾中化为灰烬。万幸的是,父母当时都不在屋里,看着顷刻间坍塌的房屋,父亲的病情愈发严重。

我当时在县城租住在不足 20 平方米的房子里,刚刚有小孩。两个姐姐和妹妹都让父母去自己家,可是,我们那里有个不成文的规矩,只要有儿子,老人就不会去闺女家,否则会遭人笑话。

妈妈要照顾父亲,不能给我照顾孩子,不想给我添麻烦,死活不同意和我们一起住。可是,因为没钱,他们只能在原来房子的两侧修起了两小间屋子。

更让人猝不及防的是,妈妈因为伤心操劳过度,1998年初也得了脑血栓。得知消息后,我傻眼了,流泪都来不及——眼下,最关键是钱。

妈妈知道我的不易,舍不得花钱治病。我就把医药费预付给乡里的大夫,让他定时去我家给父母打针拿药。

生活虽艰难,我的父母却坚强。此后,我和姐妹们回家时经常看到这样的场景:父亲和妈妈互相搀扶着在院子里散步,互相鼓励,彼此打气。虽然说话都口齿不清,但是通过他们的眼神,我可以清晰地看到他们之间的柔情。

冬天的雪后,父亲总会用那只好使的左手,带动那只不利索的右手,费力地扫雪;妈妈则动作缓慢地收雪。末了,两个人笨拙地给对方拍打身子,然后,相扶着进屋。虽然妈妈的病比父亲的稍轻,但是,她的手已经不能切菜了,姐姐就常趁周末,给妈妈切上一大盆酸菜。

一个冬天的周末,我特意去市场买了几斤五花猪肉,冒着风雪,骑着自行车回家,心里只有一个念头:我要回家给爸妈做一顿猪肉炖粉条。

父母欢迎我的仪式就是坐在我的两侧,用疼爱的眼光看着我。当得知我要给他们做饭时,妈妈百般阻止,拗不过我,她就在一旁指导。结果,这顿猪肉炖粉条被我做得咸淡不宜,火候不到,没有一点妈妈做的那个味道。

可是,父母吃起来却有滋有味。

那一刻,我惊觉,整个青春期,我的记忆好像都没有离开过这道猪肉炖粉条。

那时,家里还没有安装自来水,想着他们打水困难,我就在院子中央给父母打了一眼机井,接上水管通到屋里的水缸,这样,只需拉闸就可以解决用水问题。

可是,下一次回家,很少流泪的妈妈哭着对我说:"儿子,来回拉闸不也得用手嘛,妈妈的手不好使,闸都拉不了了……"说完,她泪流满面。

看着父母不太灵便的手,我欲哭无泪。怎么办?我和妻子都是普通的工薪族,医药费已让我捉襟见肘,保姆根本请不起。

无能为力时,我想到了小五——他家离父母家只有几百米,他们夫妻也没有出去打工。

我找小五商量,想请他们夫妻平时帮助父母干点零活,父母的日常花销由我负责。小五表面上答应,但并没有真的去做——他对父亲当年的出走还耿耿于怀,当时他劝过妈妈和父亲离婚,妈妈没听,也让他心里有个疙瘩。

我能理解小五,妈妈也无法责怪他。万般无奈之下,妈妈想到了她的大儿子小力。

小力结婚时,父亲也曾竭尽所能帮助过他。平时,小力夫妻也会经常来看望妈妈,和我关系不错。只是,他家住得远,远水不解近渴。

妈妈伺候不了父亲,生活自理也费力。她不想再给我添麻烦,于是和父亲商量,说要去小力家,这样,"一家照顾一个",我的负担能轻些。

父亲当然不同意,除了他自己需要一个伴之外,他对妈妈有感激也有愧疚,觉得由我们家来负责妈妈的饮食起居,才算对得起妈妈这些年对这个家的付出。父亲专门嘱咐我这个由妈妈培养出来的大学生:"等日子好起来,一定要来孝敬你妈。"

在一个父亲睡着的午后,妈妈简单收拾了几件衣服,来到村路上打车,恰好被出门的奶奶看见,那时爷爷奶奶已是高龄,偶尔还会颤颤巍巍来我家搭把手。奶奶哭着把妈妈劝回家,给我捎信,让我赶紧回来。

我回到家,看着坐在床上的妈妈,握住她的手,只说了一句"妈妈,你舍得我们吗?"就再也说不下去了。霎时,妈妈泪如雨下。

没办法,我再次去找小五,并预先把妈妈的生活费付给他,只求他照顾一下爸妈:"妈妈是咱哥俩的,爸妈幸福是咱哥俩共同的心愿,咱哥俩就都尽力吧……"

小五若有所思,点了点头。

7

时隔不久,奶奶再次捎来信,说妈妈还是走了。我知道,妈妈这次是无论如何都不会回来了。妹妹见我工作实在太忙,孩子还小,主动把父亲接到了她家。这次,父亲竟没有再坚持那些成见,同意了。

父亲和妈妈得病之后,彼此昵称对方"傻子"。有时,父亲在睡梦里会叫"傻子",妹妹听了,就含糊不清地答应。得了脑血栓的人偶尔会不清醒,父亲有时会以为妈妈出门办事了,总是问妹妹:"你妈啥时回来?"有时,父亲想妈妈想得实在烦躁了,会趁妹妹不注意时用左手揪扯妹妹家的地板革,然后用嘴咬,有时甚至咬自己的皮腰带,有一次嘴角都咬出了血。

这些,都是妹妹事后说给我的,那时为了让我安心工作,妹妹对我只报喜不报忧。

不久传来消息,妈妈到了小力家后病情再次复发,我赶紧请假去看望妈妈。

我有两个月没见到她了,中间我只托亲戚给妈妈捎去过1000元钱。推开房门,妈妈正躺在床上输液。只一眼,我和妈妈的眼泪就同时落了下来。妈妈迫不及待打听父亲的消息,告诉我说,等她治好了病,她还回去照顾父亲,"我舍不得你爸,也舍不得你。"

我不住点头,说:"等我条件好点,租个大点的房子,就把你和爸接到我家,请个保姆照顾你俩。"

妈妈听后,拍拍我的手。少顷,她叫来小力嫂子,让嫂子给我做猪肉炖粉条,还特意嘱咐嫂子,要买五花肉。我无法作声,只是泪流,那顿猪肉炖粉条,我全然忘了是什么滋味。

就在我那次探视离开后的第五天,妈妈就永远离开了我们。

许是心有灵犀,妈妈走的那天,父亲心情特别烦躁,谁也劝不住,不断用牙齿撕咬着自己的腰带。最后,因用力过度,一颗好好的门牙硬生生地掉下来。

我们都瞒着父亲妈妈去世的消息,可是,父亲一个劲儿找妈妈,甚至流泪央求妹妹。妹妹看得心碎,不得已,告诉了父亲实情。

这个噩耗,一下子就击碎了父亲的所有希望,他静了下来,不再哭闹,病情迅速加重。后来,他拒绝进食,任凭我们怎么劝都无济于事。短短几日,父亲迅速变得形销骨立,原本我很难抱他起来,后来却像托个孩子一般。

一个月后,父亲紧随妈妈也离开了。

这一年是2003年。

从此以后,春节时我再不让家人做猪肉炖粉条,我也再不敢吃这道菜。

多年后,一次偶然的机会,巧遇小力哥和嫂子,我们聊天时又提起了妈妈。

嫂子告诉我,多年前,妈妈夹着包裹打车到他们村时,离家还很远就下了车,一步一步往前走。可是,等走到家门前,要推开院门的时候,她又忽然流着泪停住了手。如此反复几次,终是没有推开门。

当时嫂子没在家,妈妈的举动被村里人看见,赶紧告诉了嫂子:"那不是你家婆婆吗?"嫂子急忙赶回去,见妈妈还在院门附近徘徊。

嫂子叫了一声:"妈!"妈妈身子一颤,像个受了惊吓的孩子般,霎时泪流满面:"孩子,妈遇到难处了,可是,妈没有脸面推开这扇门啊……"

当年,妈妈改嫁到我家时没有带着小力,这件事一直是她心里挥之不去的愧疚。当嫂子接过妈妈手里的包裹时,妈妈竟然瘫坐在地:"孩子,妈谢谢你……"

嫂子还说,妈妈活着时经常告诉她,以后不要和我们姐弟四个断了来往,如果有一天我去串门,一定要给我做猪肉炖粉条,因为那是我最爱吃的一道菜。

不待嫂子说完,我已是潸然泪下。

一场被洋芋保住的包办婚姻

蔡寞琰 / 学法律的文字爱好者

祖母切的洋芋丝又细又长,
放水里过一遍再捞出来,
颜色鲜亮通透,

炒洋芋丝她会放一点剁椒,
从坛子里舀一小勺放锅里,
马上就有一股香味呛到鼻子里;
洋芋片是用油炸的,撒上椒盐,又脆又香。

在我的回忆里,美好的童年生活很短暂,如今依然停留在脑海里的,只有一年多的时光。

最早的记忆是在4岁,我清楚地记得家门口有一棵梧桐树,还有一条大黑狗,经常跟在我和祖父后面,橱柜里总有好吃的,慈爱且不多话的祖母也还在。

多年来,祖父一直是个甩手掌柜,只管去学校教书,家里的一切都交给祖母操持。祖父对吃的很讲究,自己也会做,但一般不下厨,除非有重要来客。平日里,都是祖母在家里张罗着做各种好吃的,她每天都好像有做不完的事,闲不下来,偶尔忙不过来时,会喊我,"满崽,请帮奶奶搭把手好吗?"

堂哥堂姐们很怕祖父,却都喜欢祖母。祖母从不重男轻女,不论是聪明伶俐的还是笨手笨脚的,她总想把每个人都搂在怀里。祖父却只喜欢我一个人,即便是身为长孙的堂哥,他都会嫌弃,"读书就跟个圆茄子一样,油盐不进,整天就知道瞎闹。"祖母劝祖父,"这个世上总有些人不是那么聪明的,他们自己心里已经够苦恼了……"祖父也听不进去,"要是自己知道苦恼,那就是聪明了。"

只有等祖父出门了,大家才敢一起蹲到祖母这边来闹腾。祖母手艺很好,即便家里什么都没有,也能从山上摘来野果子,或者拿一小块豆腐、一小捆神仙叶,放在水中搓一会儿,然后再用纱布将流出来的绿汁里的残渣过滤掉,撒入草木灰,做成碧绿色的神仙豆腐,放到冰凉的山泉水里冰镇一会,再配上一点剁椒,更为鲜嫩滑爽。还有野芹菜,加入大蒜爆炒,娇嫩可口,在我儿时的记忆中,也只有祖母能将那股怪味炒香了。

而我一辈子也忘不了的,是5岁那年,祖母哭着做的洋芋大餐。

也是从那天开始,家里的一切都变了。梧桐树朽了,大黑狗走了,一切都恍然如梦。

1

祖母没有读过书,总是固执地说自己"不认识土豆,只知道洋芋",谁也纠正不了她。几十年来,她的田里一直种着很多洋芋。

那天早上,我在房间里一直套不进毛衣,祖父和祖母则在外面不知为何起了争执,没空搭理我。从不摔东西的祖父气冲冲地进来,将箱子里的衣物全部扔在了地上。

很少掉泪的祖母哭得伤心,祖父给我穿上衣服就去学校了,以前他总会带上我,那次他却将我留在了家里,我以为他是在生我的气,也忍住不敢哭。祖母过了好一会儿才从厨房来到卧室,俯身捡起地上的衣物,放到盆里泡了水。我哭着要找祖父,祖母就拿出手绢擦眼泪,然后过来抱我,"爷爷不会丢下你的。""爷爷他会回来的,我们现在就做好饭等他……"祖母似乎很快恢复了平静,后来我才知道,她见多了这种场面。

那天,祖母没有买任何荤菜,领着我去地里拔了一篮子洋芋。

离家门口不远处有一条河,河边就是祖母的地,几次分田地,抽签她都抽到那里,土壤肥沃,水源充足,在这里无论是什么庄稼,长势都很好,尤其是她的洋芋。

我跟着一起刨皮,她说不能用刀削,不然一个洋芋会少一点。她用的是玻璃片,给我的是瓷瓦片。刚开始我还很兴奋,刨了几个后,手掌通红，又痒又痛，便放弃了。而祖母却手法飞快，眨眼间就刨好一个。

　　她将削好的洋芋分成三份，一份切丝，一份切片，剩下的直接撒点盐放锅里煮。我站在一旁，看祖母一边烧火一边切丝、切片，总是慌慌张张的。祖母切的洋芋丝又细又长，放水里过一遍再捞出来，颜色鲜亮通透，炒洋芋丝她会放一点剁椒，从坛子里舀一小勺放锅里，马上就有一股香味呛到鼻子里；洋芋片是用油炸的，撒上椒盐，又脆又香。

　　我最爱的则是煎洋芋。小火将油烧热，轻轻放入煮熟的洋芋，煎至金黄，每到这时，祖母都会唤我去屋后菜园里摘几粒花椒，用刀把捣碎扔锅里，放几勺加了五香八角的辣椒粉，最后撒上葱花。刚出锅时，不管多烫，我都会马上抓一个吞下去。

　　美中不足的是，一桌子都是洋芋，并没有肉。

　　太阳快要落山时，屋后的鸡鸭都往笼里钻，祖母烫好烧酒，倚在门槛边纳鞋底。祖父如往常一样，沾着满身的粉笔灰踏过门槛。夕阳照在四方桌上，那几盘洋芋仿佛等来了最后一道作料，越发显得温暖诱人。

　　祖母照例准备好毛巾替祖父掸去身上的粉尘。祖父甩手拒绝，却一眼瞥到桌上的洋芋，不再板着脸，主动接过毛巾往身上随手拍了拍，过来摸我的头，"等下要喊奶奶一起上桌吃。"此时祖母又去了厨房，她总是在祖父回来后说还要炒个菜。

　　我就满怀期待地说，"那奶奶就帮我再炒个辣椒炒肉，加点牛肉，煎几个鸡蛋，下一碗小面就行了哪。"换作平时，祖父肯定会答应的，就算没有牛肉，他也会亲自下厨给我做碗三鲜汤。但那天祖父却没有搭理我，而是去厨房把奶奶叫了出来，"不用再准备其他菜了。"我在一旁哼哼唧唧，祖父严肃地指着我的凳子说，"坐好，食不言寝不语。"我老实了，祖母从兜里摸出一粒纸包糖给我，"今天哪，小宝就不要多事啊。"

　　只见祖父的脸涨得通红，狼吞虎咽。吃了一碗又吃一碗，憋着劲往肚子里吞,这是我唯一一次见祖父在餐桌上不讲究。我吃饭时,他只准细嚼慢咽,不能失态。祖母一直在轻轻地敲打着祖父的后背,"没事了。吃了这顿饭就相安无事了。"

2

很少有人记得祖母炒菜好吃,大家总夸祖父是大厨,能做满汉全席。祖母曾说过,她的厨艺远不如祖父,只会变着花样做点小菜。

如果说祖母的厨艺是逼不得已练出来的,那祖父的厨艺就是正儿八经吃出来的。祖父吃过的很多菜,祖母甚至都没有听说过。

家谱上记载,曾祖父是我们那里第一位新学师范生。1915年曾追随蔡锷参加过护国运动,毕业后又跟着师父学了医,而后投身行伍,后任四川省财政局局长及知事(县长)。祖父后来讲,曾祖父实际的官职更高,"家里不缺钱,有专门的厨子,特殊年代为了躲避祸乱才只透露了他最初的官职。"

曾祖父48岁时才生祖父,也就是家中的长子、捧在手心里的大少爷。祖父自幼聪颖过人,1945年,17岁的他考入省城师范学校接受新式教育,经史子集都有涉猎,精通琴棋书画,才貌俱佳,入学不久便与一位有学识的漂亮女学生自由恋爱了,他们甚至约好到时候一起出国留学。

我见过那位女学生的照片,被夹在张恨水的《啼笑因缘》里——黑白照片上,她穿着旗袍,眉目如画,鼻子精致,和我在电视里看到的留学生头的民国女生不同,烫着卷发,神情婉约和顺,是个大美人。

照片后面用圆珠笔写着一句话,"玲珑骰子安红豆。"应该是后来写上去的,我问祖父这个阿姨是谁,祖父抢过照片:"故人,与你不相干的故人。"见祖父脸色有点难看,我背诗哄他开心,"是'故人西辞黄鹤楼'

的那个故人吗?"

在求知这方面,祖父从来对我有问必答,绝不敷衍,"准确来说,同'新人从门入,故人从阁去'里的故人差不多。"过了没多久,他连照片后面那句话都给解释了,"说的是思念。"

那天祖父的话特别多,像是憋了一辈子的事,"19岁前,我该有的就都有过了。"祖父和女学生谈了两年恋爱,在他们憧憬未来时,家里传来噩耗,他的父亲被当地的恶霸打成重伤,让他速归。祖父在走之前,女学生握住他的手,说等他回来。

祖父赶回家里,还没缓过神,他母亲便当着众亲戚的面宣布了一件重要的事,"我们给你订了一门亲事,一来冲喜,希望你父亲能康复,再者你也该成家了。"就连一向开明的曾祖父也在病榻前握住祖父的手,说想亲眼看着长子成家,接过他的责任,振兴家族。祖父当场跪了下去,一直不起身,一句话也不敢说。曾祖父大概明白了他的意思,翻过身去,背对着祖父,同样一言不发。过了很久,大约在晚上十点,外面忽然响起一阵鞭炮声。曾祖父这才转过身对祖父说,"吾儿起身,去换衣服,都准备好了。"

一顶红轿子在鞭炮声和唢呐声中被抬进了院子,里面坐着的就是我祖母。

3

拜堂成亲时,祖父心里一直想的是,"会不会是伊人随后跟着来了……父亲在省城有不少故交好友,也有能力去和她家洽谈相关事宜的,想来父亲也是一个睁眼看过世界的人……"

祖父是闭着眼睛揭开祖母的红盖头的,再睁眼的那一刻他就僵住了,矮小瘦弱就算了,宽眼皮、爱抿嘴,明明十四五岁,看着却相当老成,不笑还好,一笑就是一口地包天。

祖父摘掉帽子,将红绸揉成一团,跨过堂屋门槛时,坐在藤椅上的曾祖父连声咳嗽,"要去接待客人,我等不了很久的。"祖父说自己一辈子怯弱,就是从这一天开始的,他最终没能走出那扇门,而是回头对曾祖父鞠了个躬,"我这就去看看客人。"

紧跟着祖母也出来了,很自然地喊曾祖父"爸爸",问有什么可以让她去做的。她心里是欢喜的,从小就羡慕读书人,即便后来她也从不否认,"第一眼就看上了这个男人,认定了这个家。尽管他总是一副不开心的样子。我只要瞧上那么一眼就很欢喜,一辈子洗衣做饭都是情愿的,嫁给他,没有哪里不满意。"

婚后祖父再也没有去省城,一直留在家中和祖母一起侍奉爹娘,外面打仗乱糟糟的,大家各奔前程,消息早断了。

一个月后,曾祖父去世,家里的黄金、银元,都由曾祖母保管,祖父接过养家的担子,继续供两个弟弟和两个妹妹读书。先是关掉诊所,他觉得很讽刺,"郎中是被打死的,还留着个药铺子在这里,有什么用。"之后又被请去一所学校做教务主任,半年后当了校长,偶尔回家基本上不说话,只是待在楼上弹脚踏风琴、吹口琴、画画、练字。

祖父对我说,自己也试过,但确实和祖母完全没有共同语言,"几十年来,这个村子里就没有懂得爱情的人。"

刚结婚那段时间,祖父在楼上弹琴,见祖母总是不声不响地弯着腰在旁边抹家具,他突然有点心疼,过去将祖母扶起,教她认字、识谱。可一天下来,祖母也没能记住半个字,一个音符都不认识。连续一周,都是如此,毫无长进,只让祖父放过她。

三年后,祖父连琴都不能弹了,先是被划为地主,紧接着就抄了家,所有值钱的东西都被人搜走,那些人逼着祖父自己用刀砍坏风琴,烧了字画,折断毛笔。祖母见了,小小身子冲上去就要和那些人拼命,结果连她一起被捆了。直到两年后,祖父祖母刚满8个月大的女儿、他们当时唯一的孩子被活活饿死,那些人才信祖父是真的什么都没了。

那天祖父又把自己关在楼上,风琴没了,只能干呕着哭。祖母就在那个木楼梯上对祖父说,"你还有我,我想和你生很多小孩,不是人多力量大。就凭我愿意,只要你肯,十个八个都好,如果你不愿意,我们就再也不生,我想办法避着。"

4

再后来,祖父被关了起来,因公社需要一个读过书的人刷标语才将他暂时放出,出工劳作只算6分工,比女人的工分还少。从未干过农活的祖父第一天出工,一锄头下去,就挖到了自己的脚背,血流如注,还被人诬陷是故意,队长抓起一把泥巴扔他脚上就算止血,又将他捆在树上示众。

所有人都嘲笑他,远离他。只有祖母找来了草药给他敷上,怕他支撑不住,还带来了几个煮熟的烂洋芋。转过身,祖母就将和着血的泥巴捏成一团,直往队长嘴里塞,还是那句话,"我让你们欺负我的男人,你再欺负我就拿命跟你碰。我不怕坐牢,我不怕做鬼,我什么都不怕,就是见不得你们欺负我男人,臭不要脸的。"一群人欺软怕硬,看祖母不好惹,队长也不敢为难了。

祖父站在那里哭着把洋芋吃了,劝祖母回去,"下次煮的时候就要加盐,有蘸酱更好吃,光吃煮洋芋嘴有点麻……"从那天起,祖母每天都要想办法做一点剁辣椒。

几天后,祖父又被关了起来,说他唆使他人破坏生产。至于是谁破坏生产,他们没有说。此时祖父祖母已育有一儿一女,家里的担子全落在祖母身上,能吃的东西都给了孩子,连榆钱团子都舍不得吃,要给祖父带去,自己就吃点草根。

一次,祖父对祖母说,"要是有几个洋芋,用水煮一煮也是好吃的。"

祖母回去哭了一路,"他那么有学问的一个人,只是想要再吃几个水煮洋芋,我都做不到。"

当祖母再来看祖父时,祖父还是狠下心说了心里话,"我在牢里只想吃的,不想你,我是一个薄情寡义的人,要不你离开我吧,不用管我,你会过得好一点。"祖母又哭了,"你不要赶我走,我去给你找洋芋就是,你想吃什么我都尽力弄。"祖父站在那里,用手在墙上敲无声的曲子,后来说起这段时他对我说,"你祖母从来都听不懂我在讲什么。"

不幸却也万幸,在祖父饿得快要死了的时候,有人来看他了。是上面的一个领导,来视察工作时,看了祖父写的一些标语和提议的炼钢技术,连忙打听祖父在哪里。领导见了祖父聊了一会儿后便拍板问题不大,一切由他负责,安排他去了外地教书。

祖父回家后第一次出远门,祖母依依不舍,"你还会回来吗?你要回来。"祖父没有应答,他忘不了自己的17岁,他恨不得再也不要回到这个地方,"那时我已经31岁了,差不多是两个17,韶光飞逝,没想到自己满腹诗书,竟会一事无成。"

5

十几个月后的隆冬,村里所有人都知道祖父要回来了,在家累死累活的祖母顿时活成了一个天大的笑话。那晚,很多人都等着开锣看戏,"就要看看那副尿样,不体面的戏才更好看。"

祖父在学校和一位已婚的女老师暗生情愫,被女老师的婆婆捉奸在床。对方很有背景,据说原本是要将祖父活活闷死的,还是学校附近的家长出面保了他。最后祖父被抓到劳改场进行劳动改造,这是他第3次被关。

还是那个领导,花了大力气才将祖父保了出来,女老师的家属表示不再追究,却有一个条件让祖父必须做到,就是必须扒光祖父身上的所有衣服,亲眼看着祖父赤身裸体地进村。经过几次协商,最终他们同意给祖父留下一条内裤。

村里人盯着抬不起头的祖父看,指指点点,又时时关注着祖母的动态,想她肯定会出来大吵大闹,扇祖父几耳光,还有人提着一桶大粪给祖母,让她尽情泼。

祖母听说祖父进村子了,拿起一件袄子就往外跑,给祖父披上后只说了一句话,"你怎么这么多灾多难,不要管别人,我一直在等你回来,门是开着的。"

一向节省的祖母这次大方了起来,煤油灯拨到最亮,反复把开水从一个杯子倒进另一个杯子,想早点给祖父喝,桌上摆着一碗煎好的洋芋,热了两次。

祖父坐了很久才开口说话,"我回来,只为给你一个交代。"然后对孩子们说,"你们长大以后要对妈妈好一点,爸爸就不用记得了。"

祖母这次听懂了。一边烧火将煎洋芋热了热,一边给祖父收拾行李,"就算要死,也该我先死。我这么难,有苦难言,想早死早超生,下辈子投胎做女学生。可我想啊,要是我死了,他们又欺负你怎么办?要是我死了,大家会认为我是你逼死的,这样你更难堪。我们都不要死了,你去省城找人好了。"

祖父说,"我无能,不爱你,却处处要靠你,这就欠着债了,而且越欠越多。"祖母把叠好的衣服拆了反反复复叠,"日子没那么坏,我们现在不欠别人……"祖母对祖父念叨着,"欠莲嫂的半升米早还了,欠老二的一天工,我用两天工抵了,文婶的半袋子红薯是我纳鞋底换来的……"

祖母越说祖父心里越难受,主动将水缸挑满,重新糊上窗户纸,写了几副春联让祖母过年时贴上,然后双脚跨过门槛,"我身无长物,再无其他能耐。"说着就要走。祖母见状,一直喊,"你要走,是去找人的啊?

等一下,我给你找点值钱的东西做路费。"祖母匆匆从楼上找出来一只金表,"这个值点钱,你拿着以防万一。"

这只金表是他们婚后祖父送给祖母的,祖母只戴过一次,还闹了个笑话。祖母接过手表后,第一时间就戴在了手上。第二天祖父去上课前,问祖母几点了,祖母对着手表看了好久,急得冒汗,最后眨着眼睛说,"8点98。""天哪!"祖父拂袖而去,之后祖母再也没戴它,祖父也从未问及。

没想到过了那么多困难的日子,祖母硬是把它留了下来,"大女儿生病时我想过要拿出来卖的,可那时谁敢买?我想着是你送的,冒再大的风险都得留着,这是我的念想。现在我把它借给你,你找到她了就回来一趟还给我。"

祖父第一次抱了祖母,"那就为了活而活,不死了。"祖母递上筷子,对祖父说,"先填饱肚子再说,我不怪你,你也不要怪我了。"

那天,祖父要出门寻死,祖母看出来了,才故意说,是去找那个她吧。最终,祖父也没再离开这个家。

6

算起来,祖母只过了十来年好日子。

祖父后来恢复了工作,补发了不少工资,全给了祖母。平静的日子一直到我5岁那年,他们大吵的那一次。

那天,村里来了一个回乡探亲的"台湾佬",喊着祖父过去聊了好久,说是有人托他来打探祖父的情况,还带了点小礼品。祖父找祖母要钱,想置办一身好衣裳去照相馆照相。祖母发了脾气,说了祖父觉得难听的话——"你窝在这里做了一辈子狗,充什么大少爷?孙子都那么大了,还做什么梦?我们都是半截身子入黄土的人了,到了那边只许有我们两个。"

祖父伤心了,将箱子里的衣物全部扔在了地上,去学校前甩下一句话,"你活了大半辈子到底没往我心里来。"

祖父的意思是,他想给自己一个念想,"因缘际会,告诉那边一声我活成这样了。"但是回了家,吃完那顿洋芋大餐后,祖父又说,那就不去照相了,也不联系对方了。

祖母说肉是买了的,第二天吃。然后去打扫屋子,把早上扔出来的衣服又都洗了一遍。晚上她突然说肚子疼,家里人找来了村里的郎中,说只是受凉了,输液就好。那天晚上,祖母交代我和祖父,"等天光了,你们要记得喊我,地里的红薯该收了,收完红薯就差不多要种洋芋了,仓里的谷子不干净,我想装风车里再过一遍。"

第二天,我醒来时并不在自己的屋里,祖父在床边看着我,我睡眼惺忪地问他,"爷爷,是天光了吗?"爷爷一个踉跄抱起我,"满崽,天光了,爷爷给你穿衣服,去给奶奶磕头,她走了。"

我穿上了宽大的麻衣,腰系草绳,向着面目狰狞的棺材磕头,他们说奶奶就躺在里头。我对着棺材喊,"奶奶,天光了,我们吃完肉就要去挖红薯了啊。"

祖父扶我跪下,"奶奶那里不天光了,没有奶奶了……"他哽咽了。我这才回过神,祖母不在了,郎中拿错了药,她是这个家里最舍不得离开的人,忽然就这么走了。

所有人都觉得不可思议,祖母突然咽气那会儿,祖父在床上一直抱着她撕心裂肺地哭,没有人能拉得开,后来是要给祖母换衣裳他才下了床,亲自给祖母穿上。"看不懂了,看着不像演戏,老爷子就不是会做戏的人。"大家都这么说。

祖母的丧事家里本来打算一切从简,除了周围的邻居,没有安排其他人吊唁,我父亲他们几个说,祖母生前都没有得到大家的重视,没必要死后张扬起来。但那几天,每天都有很多来客,连教育部门的领导都来了,后来祖父去世,他们都没来,"这样的女人只有这一个,以后不会再有了,以后不要再有了。"

祖父教书的学校组了一个乐队过来,祖父是乐队的鼓手。堂哥堂姐们伤心不已,说以后他们没地方躲了。家里那只养了十来年的大黑狗一直躺在棺材下面不吃不喝,在祖母灵柩被送上山那天,大黑狗被车撞死了。

我的美好童年就此结束了。

一周后,我父亲从工地的八楼摔下,因抢救无效身亡;一年后,伯母的疯病愈加严重;两年后,婶婶因产后抑郁症服农药自杀;五年后,我的母亲改嫁。

那一年田里的作物全烂在地里,我开始饿肚子了。祖母走了,家就散了。

村里人说祖母终究是有福的,她走的时候儿孙满堂,家庭兴旺。而没了祖母的祖父,继续被生活一层一层地扒皮,一次次晕死过去,又一次次醒来。再也没有人给他送吃的,再没有人给他披上衣服,再也没有人哭着闹着舍弃一切,就为了让他好好活着。

7

在我和祖父相依为命的那几年,祖父反复把这些事讲给我听,"我承认我不爱你奶奶,但你要替我记得她。"

我忍不住问祖父,既然你在感情上吃了一次亏,为什么还要干涉我父母的婚姻。祖父想了很久才回答我,"我以为你妈妈会有你奶奶那么好的,没想到和我一样倔强。你以后一定要找个自己爱的人。"

祖父又开始跟我讲苏武牧羊的故事了,教我唱《天涯歌女》,每次走到河边,他都会望着那悠悠清水念,"楚女不归,楼枕小河春水。月孤明,风又起,杏花稀。玉钗斜弹云鬟重,裙上金缕凤。八行书,千里梦,雁南飞。"还是温庭筠的诗,他没有解释意思,但我似乎看也看懂了。

我12岁那年,祖父终于做了一身很贵的西装,凌晨5点就拉着我赶路去镇上打电话。在路上,祖父一次次地问我,"爷爷老了吧?成了一个糟老头了吧!"

在店员给他拨号之前,他几次整理自己的衣领,拍掉上面的头皮屑。电话接通后,对方讲英语,祖父"喂"了两声后,说了自己的名字,那边依然用英语回答。祖父挂了电话,"电话费太贵了,是不是她其实都不重要了。"

现在想来,他应该彻底看清了,或许别人找他,只因刚好有人回乡便起了念,很快又灭了。而祖父一直念念不忘,或许也只是怀念从前那段美好日子,聊以自慰。

我始终觉得一段感情横跨不了那么远,延续不了那么久,过往的一切都是自身的执念。

回去路上,祖父像个从战场上溃败下来的士兵,脚步蹒跚,垂头丧气。临了,祖父终究只是一个糟老头子,在命运面前,他不服气也得认。

回到家,他把祖母的遗像找了出来,重新摆在神龛上,看了好一会儿,"你奶奶的这张照片拍得好,无论从哪个角度都感觉她在看着我,可我从未好好看过她。"

那天祖父给我做了一顿煎洋芋,他的手艺看着比祖母好多了,几十个洋芋,煎得整整齐齐,外面那层金黄的薄皮几乎都很完整,不像祖母总是匆匆忙忙,有煎碎的,有煳掉的。尽管祖父的煎洋芋看着精致,但我肯定,这没有祖母那个下午做的洋芋大餐好吃。

几个月后,祖父中风瘫痪在床,去世前几天,一直对周围的人说,"孩子他妈来接我了,要欢欢喜喜的。"

这碗熏豆茶，母亲等了十年

叶凉初 / 中国作家协会会员，研究馆员

烘熏豆是其中最重要的一件活计，
到了季节，
家家户户都忙得热火朝天。

先从地里采来新鲜的毛豆，
剥出豆肉，再用盐炒了，
然后放在特制的筛子上，
用炭火烘烤，一般要烘烤整整一个晚上。

孙子们终于上了大学离开了家,70岁的母亲也像候鸟一样飞回乡下了。对于母亲来说,乡下天宽地广,有田有地,日子过得比城里舒坦。

母亲在城里住了18年,想来有些时候,她定是体会过不自在。可是为了孩子们,母亲从未表现出丝毫对乡下的留恋,全心全意服务于我们的小家庭,只是在逢年过节的时候,才偶尔回乡下小住几天。

18年的城里生活,几乎把母亲变成了一个真正的城里人了。她努力改变自己,适应我们,比如,不吃隔夜饭菜,晚上尽量8点以后睡觉,早上不早于5点起床……唯一没有改变的,是每天晚饭后,要喝一碗熏豆茶。

1

熏豆茶是江南小镇的一种传统食品,据说已经流行了千年。每家每户的熏豆茶都有自己的配方,比如我家的这一碗,除了主角熏豆和茶叶之外,还要加白芝麻、胡萝卜丝和一种自制的陈皮——当然,所有东西都是母亲自产的。

芝麻是一种带有灵气的食物,通常只做点缀用,但不可或缺。没有白芝麻的熏豆茶总显得有些敷衍潦草。芝麻是母亲抽空回乡下种的,秋天的时候再抽空回去收获,在晒场上经过两个大太阳,芝麻裂开,一粒粒蹦出来,收在布袋子里,吃的时候再淘洗晾干,放在铁锅里炒了,噼里啪啦之后,香溢满屋。

另一味重要的食材就是陈皮。每次我们吃完橘子,母亲都叮嘱我们把皮收好,有了一定数量,就集中清洗,放在大太阳底下晒干,煮开,刮去经络,再晒再煮。几制而成的橘皮气味清香,回甘醇厚,味道非同一般。至于胡萝卜丝,制作就比较简单,腌好晒干即成,色泽鲜红,滋味咸鲜略甜。

烘熏豆是其中最重要的一件活计,到了季节,家家户户都忙得热火朝天。先从地里采来新鲜的毛豆,剥出豆肉,再用盐炒了,然后放在特制的筛子上,用炭火烘烤,一般要烘烤整整一个晚上。待熏豆翻起来的时候发出沙沙声,就说明水分已经基本烤干了,这时候尝一下,口感Q弹,豆香浓郁。

熏豆做好,母亲就用雪白的纱布把它们一小袋一小袋地装好,再整齐地码放在石灰甏里——小的时候,食物匮乏,乡下的孩子基本没有什么零食可吃,放在石灰甏里的熏豆就是我最惦记的美食。

在那个年代,这些豆子来之不易。田地是集体所有,大家只能在自留地的边角处,以及家前屋后种些毛豆。因着食物少、生存艰难,邻里关系也变得十分紧张,彼此都是"虎视眈眈"的。连一根枝条的朝向,几颗果子落在哪边,都能引发一场争吵。

熏豆自然是极为珍贵的,除了来客时能泡出一碗像样的熏豆茶外,它还可以派上很多用场——比如加一勺生抽,可以做早餐的过粥菜;成色好的熏豆也是乡下人最拿得出手的礼物,城里人特别喜欢这样的农家土特产。

我记得,母亲刚来城里的时候,是不喝熏豆茶的。那时候,父亲刚刚去世,母亲的神情一直都很木讷。有很多次,我无意间看到母亲站在厨房的窗户边,呆呆地看着外面,一站就是很久,我不敢打扰她。

一天早晨,窗外突然大雨如注,和往日一样站在窗边的母亲突然回过头来,对我说:"老大,下雨了,你爸该知道自己已经离开人世了。"

听了这话,我感觉身上的汗毛一根根竖了起来,不知道母亲是什么意思。她接着说:"老辈人说,一个人死后,要下一场雨,才知道自己已经死了。因为人走在湿地上是有脚印的,而死去的人,走在湿地上是没有脚印的。"

听了这话,我忍不住上前搂住了母亲的肩。我们一起看着窗外的大雨,大雨中的树梢,以及树梢之上的天空,仿佛父亲真的刚刚离开,向天堂去了,还依依不舍地频频回头看我们。

那天傍晚,母亲解开行李中的一个小布袋子,把熏豆、橘皮和芝麻一一放到了桌子上。"老大,烧壶水,我们喝一碗熏豆茶吧。"

我赶紧应了,架壶烧水。母亲在灶台上将白芝麻炒熟,很快,一碗色香味俱全的熏豆茶上桌了。透过氤氲的热气,我看到母亲低头喝茶时那柔和舒展的面孔,久违了。

整整十年,母亲没有这样平静而悠闲地喝一碗熏豆茶了。家里没有烘熏豆,更端不出一碗像样的熏豆茶。那是父亲病重的十年,也是母亲最辛苦的十年,是一家人不堪回首的十年。

2

1990年初冬,读大四的我结束了3个月的实习回家度假,读大专的妹妹也回了家,一家人迎来了几年里难得的团聚。

那是一个大晴天,天气十分寒冷,舅舅家要建新楼房了,一船船沙石上岸,我和妹妹坐在北边的河埠头帮忙记账点数。舅舅认为我们是文化人,不会弄错,虽然冻得瑟瑟发抖,但我和妹妹仍然不敢有丝毫懈怠。

母亲帮舅妈准备工人的午饭,父亲则在家里晒稻子,秋天收割完的稻子一直堆在田间,得趁着大太阳再晒一遍就收上来。

午饭后,母亲先回了家,发现父亲倒在稻田里人事不省。她着急慌忙地奔回舅舅家报信,等我和妹妹到家时,父亲已经被邻居们抬上了床,眼睁睁地看着我们,不能开口说话了。

赤脚医生几乎一语断定父亲中风了,是高血压引起的。我那时完全不知道中风是什么毛病,而高血压不是胖子才会得么?我父亲精瘦,小小个子,不足百斤,怎么会有高血压呢?

情况危急,赤脚医生让我们马上送父亲去医院。舅舅们迅速开来一只挂机船,将父亲送到镇上卫生院的时候,已是黄昏时分。卫生院的急诊科医生只看了一眼就叫我们送去苏州,情急之下,我们叫了一辆车,花了200块钱。在20世纪90代初,这真的是一笔巨款。

赤脚医生说对了,父亲的确是中风,要拍CT,准备开颅手术。乡下孩子见识少,我和妹妹虽然都已读了大学,但瞬间就像坠入恐惧的深渊之中。我一边听着医生的话,一边深一脚浅一脚地往前走。

医生看了CT检查报告之后说出血量不多,可以自行吸收,不建议开刀,可以保守治疗。我和妹妹这才松下一口气,那时,母亲也从乡下赶来,带来一些日用品,做好了长期住院的准备。

母亲虽然聪明能干,但不认字,我和妹妹必须有一个人留下来。我决定等寒假结束就让妹妹去上学,等期末的时候我再回学校考试。

我陪着父亲在医院住了整整1个月,他脑部控制语言的神经受到不可逆转的损伤,完全失语,右侧身体失去运动功能,仿佛又回到了婴儿状态,吃喝拉撒都离不了人。1990年12月31日,母亲说:"讨个吉利,赶在新年元旦前出院吧。"

出院后,家庭的重担全部落在了母亲瘦弱的肩头上。在乡下,田地里的活儿,没有一个男劳力,是无法想象的辛苦。往日勤劳能干的父亲完全成了一个"废人"。为了不更多地拖累母亲,父亲一直坚持做康复训练。后来,他能一瘸一拐地走路,又学会了用左手吃饭,甚至能在灶头上烧好一锅水,晾凉,等母亲从田里回来喝。

1991年春夏,我和妹妹都毕业了,忙着找工作。母亲每次都在电话里故作轻松地说,父亲好多了,家里有她,一切放心,不用回来。

等工作落定,回家那天,我和妹妹赫然看到父亲倚在村口的小石桥上。他半边严重萎缩的身子让他只能佝偻着腰,所幸的是他可以缓慢走动了,并没有像医生预计的那样瘫痪在床。

因为知道我们要回来,父亲一清早就从家里出发了,走到村口的小石桥,花了大半天。等看到我们时,父亲苍白的面孔泛起了笑容,兴奋得像个孩子,手上比画,嘴里"咿呀"地说着,我却听不出一个清晰的字。

跟着父亲往家走,他走得很慢很慢,我的眼泪就止也止不住。很意外,母亲并不在家,父亲指了指屋后的田野,意思是母亲在田里干活。很快,母亲拖着一身泥水从田里回来了,身材本来就单薄的她越发瘦弱了,几个月不见,像是苍老了几十岁。

那一年,母亲43岁,父亲48岁,家里承包了4亩多田地,有无数的活等着母亲去料理。每天出门之前,母亲只叮嘱父亲两句话:照顾好自己,不要摔着;给我晾好一大碗白开水。当母亲拖着筋疲力尽的身子回家时,迎接她的,就是父亲忧伤无奈的目光,还有那一碗白开水。

有时母亲会对父亲说,自己实在太累了,不想做饭,只想睡了,"可是你饿不饿?"父亲懂事地摇摇头,"咿呀"着表示自己吃过东西了,不饿。

那天,母亲依然很疲惫,她指了指水壶,意思是叫我们自己倒水喝。那是第一次,长时间从外面回家的我,没有喝到母亲泡的熏豆茶。此后的几天,也一直没有喝到。

母亲抱歉地说:"家里没有熏豆了,以后也不会有时间烘熏豆了。"

我和妹妹连忙表示,"没事,我们不想吃。"

3

一碗合格的熏豆茶,色香味俱全,端给客人,是一个女主人的面子,也在相当程度上展示了女主人的持家本领。因此,做熏豆茶也是乡下女子的"基本功"。比起田地里繁重粗笨的农活,母亲做熏豆茶显得更得心应手,这些活儿轻省又富有趣味。

到了农闲季节,主妇们常常围坐在一起喝熏豆茶,也是她们最享受的时光。小时候,我最爱这样的茶会,但小孩子是不配喝一碗完整的熏豆茶的,只能待在边上眼睁睁地看。母亲喝完茶,会把茶底留给我,那里沉淀了一碗茶的精华——碧绿的熏豆,橙色的橘皮,白色的芝麻,有时还有黑色的豆干,嚼起来滋味无穷。

可父亲病了之后,一年365天,母亲耗在田地里的时间大约有300天。她个子小,体力弱,沉重的农活几乎榨干了她所有的力气。回到家里,面对一个近乎瘫痪的病人,更是连一句抱怨的话也不能说。对于父亲来说,日子一样难过,病痛不仅损伤了他的身体,还让他的神经更加敏感。每天,他看着疲惫的母亲,想着自己无能为力,内疚就像毒蛇一样噬咬着他的心,像生活在沉沉黑夜里的人,见不到一线光亮。

一天母亲从田里回来,父亲邀功似的指着餐桌上的一小摊熏豆,"咿呀"地叫着。他微笑着,却表达不出最确切的意思,听了半天,母亲才弄懂,是邻居送来的新烘的熏豆。

那一堆碧绿的豆子,在昏黄的灯光下,像一堆翡翠似的,熠熠闪光。看着母亲两手的泥水,父亲指挥他仅能挪动的左手,抓了两颗豆子放到母亲的嘴里。母亲缓慢地咀嚼着这两粒熏豆,泪水从她干枯的脸上流下来。父亲惊慌地看着,不敢说话,过了很久,母亲才若无其事地擦干眼泪,对父亲笑了笑,转头去河埠头洗净双手。

后来,母亲对我们描述起那晚的情景,说自己流泪是因为很久没有时间和心情喝熏豆茶了。这熟悉的味道一下把她带回了父亲没有生病的时光,所以没能忍住眼泪。

1993年,是父亲中风的第3年,我和妹妹在城里上班,省吃俭用,只为了早日还清父亲生病欠下的巨额外债。虽然知道父母盼望,但路途遥遥,工作繁忙,除了逢年过节,我和妹妹很少回家。

每到农忙季节,就是我和妹妹最揪心的时候。人在城里上着班,心却全在乡下,想着母亲要在那么短的时间里收获和播种,担心繁重的农活会把单薄的母亲压垮。我打电话回去叫她请人帮忙,我们付钱。但那时候乡下还少有来干活的外地人,村上的人,农忙哪有闲的,所以请人做工是不现实的。再说,母亲也舍不得花这个钱。

一天傍晚,快下雨了,母亲实在无力将收割完的稻子挑回家,只得请村上的一个小伙子帮忙。结果,人家要先收了钱再干活,母亲只好放弃。最后,稻子是及时收回家了,可母亲却累倒在椅子上,半天都没有缓过来。在那些年里,这样的艰难日子对母亲来说不胜枚举。

生活艰难地推进着,母亲仍然没有时间和心情坐下来喝一碗熏豆茶,对于她来说,那样的悠闲时光已经永远过去了,偶尔她忙完农活提前收工,便仔细帮父亲做顿饭,洗个澡,陪他说说话。作为多年相伴的妻子,她最明白父亲的有心无力。

熏豆茶,在那样的日子里,成了我们家的一种奢侈品。

4

十年里,母亲只烘过一次熏豆。

1994年秋天,我和妹妹相继定下婚期。次年5月,母亲早早播下毛豆种,家里多年没有烘熏豆,连久病的父亲也孩子似的开心起来。国庆节时,家里堆了小山似的连着枝条的毛豆。

父亲用他唯一可以活动的左手,从枝条上揪下一个个豆荚。父亲多年没有干活,不但手上没劲,皮肤也不像原来那么结实了。很快,他的食指就被磨破了,母亲见了心疼,骂了他一顿,命他只能在边上看着。幸好邻居们来帮忙,才剥得了近30斤的鲜豆肉。

母亲挽起袖子,在灶台上掌勺炒豆子,新鲜的毛豆,略加了盐,翻炒中,空气里立即弥漫了一种独特的鲜香。母亲脸色平静,神情专注,手势娴熟利落,把炒好的豆子盛在筛子里。吃好晚饭后,她将炒好的毛豆摊薄,利用做晚餐时灶膛里的炭火余烬,烘烤了一整夜。第二天,一批熏豆就成了。

讲究的人家熏豆用的是老桑树烧火,据说那样烘烤出来的熏豆,味道特别好。可对于那时的我家来说,这将将熄灭的灶火已经很不错了。

30斤鲜毛豆烘成了两大盆鲜熏豆,搁在堂屋里的八仙桌上,感觉十分富足。接下来的几天,饭后的灶膛上总是搁着筛子,进来出去时,母亲总是习惯性地抓几颗豆子吃。到了真正结束的那天,母亲请帮忙的邻居们过来喝熏豆茶。

在我的记忆中,家里请喝茶的这一天,过于美好了。母亲终于恢复了女主人的样子,忙碌中的母亲一直微笑着,谦虚地向客人询问熏豆的味道,"咸了还是淡了？火候是否刚刚好？"主妇们则讨论着各自的新技艺,一种无法言说的轻快气息在周围流淌。

父亲倚着墙,微微斜着身子,安心而满足地看着妻子和客人,也暂时忘却了身体上的病痛和生活的沉重。

对于父母来说,结婚后的儿女才真正长大了。

妹妹结婚前的那个晚上,我们一起回到了乡下的老屋,晚饭后,母亲叫我收拾了饭桌,说泡一碗熏豆茶喝,我看到父亲眼睛里瞬间充满了光亮。

很快,4碗熏豆茶齐齐端上了饭桌,老屋昏暗的灯光晃映着色泽鲜艳的茶水,我抬头看着已经老去的父母,他们瘦弱的面孔,鬓边的白发。那一年,父亲和母亲不过50岁出头,艰难的生活让他们看起来比实际年纪苍老了许多。我忍不住心酸,低下头喝了一口茶:"这些年,妈妈您辛苦了,如今我们即将结婚成家,是真正的大人了,不用再操心我们,要记得对自己好一点。"

看似坚强的母亲突然将脸埋在手掌中,双肩剧烈地抖动,我忙上前抱住她,说:"妈妈,今天是好日子,应该开心啊……"母亲在我怀里点点头,好一会儿才抬起头,端起茶碗,说:"老大老二,不管怎样,从今天起,你们就是真正的大人了,虽然我们家经历了许多困难,但只要我们整整齐齐都在,就好。"一旁的父亲的眼睛里闪着泪光,不停地点头。

我们几乎是以豪迈的心情,喝尽了这一碗滋味无穷的熏豆茶。

随着我和妹妹成家立业,家里的生活也渐渐好转,我们都劝母亲不要再这么辛苦,好好照顾父亲就行,田地里的活儿就别干了。母亲当然是不听的,让田地白白抛荒了,她心里哪受得了——料理好父亲、料理好田地、料理好乡下的那个家,不拖累我们,就是母亲最朴素的愿望。

2000年春天,父亲眼见油尽灯枯了,我却因为工作必须出一趟远差,那是我生命中最难过的7天。在异乡的街头,我天天心惊肉跳,害怕听到电话响起。

父亲还是努力等到我回来,只是已经完全不能出声了,他看着我,略显呆滞的目光里是歉疚、心痛、无奈、期待,还有千万般的不舍。

那个早上,看他的情形还好,母亲就叫我回去上班,说家里有她,放心。年轻的我是如此无知,只想着自己新生的孩子。十年了,我习惯地以为父亲就是这样一直病着。我去向父亲道别:"我要走了。"

父亲用忧伤的眼睛看着我,这是他唯一可以表达感情的方式了。过了一会儿,父亲眼中的忧伤渐渐熄灭了。他转过脸,示意我走。

多年以后的今天,我仍在为那个早上没有一直陪着父亲而痛悔。因为,那是他留在这世上的最后一个早晨。

5

折返回来料理完父亲的后事，我把母亲接到了城里同住。母亲将老屋的大门锁上，频频回头，万般不舍地上了车。我不知道她是怎么想的，但我的心里，只有一个强烈的愿望，从今往后，我要竭尽所能让母亲过上好日子，弥补她过往岁月里所有缺憾，让她好好享福。

初到城里的母亲是恍惚不安的，她一辈子生活在乡下，热爱土地和庄稼，却不熟悉斑马线和高楼大厦，我也不敢让她去接送孩子。

我和丈夫早出晚归，整个白天，母亲独自待在家里，孤单而寂寞，只有孩子放学时，她才真正展开笑脸。但母亲是坚韧而聪慧的，她很快适应了城里的生活，就像她很快接受了父亲的离去，当悲伤慢慢过去，母亲也从沉重的生活中解放出来，整个身心都在从黑暗中慢慢复苏。

在那场大雨之后，每天晚上收拾完厨房，我们都要坐在一起喝一碗熏豆茶，聊聊白天的趣事。我高兴地发现，母亲认识了新邻居，也找到了新的朋友，可以结伴去买菜或者散步了，甚至，母亲还请他们来家里喝熏豆茶。母亲行李里带的熏豆，很快就喝光了，那年春假，母亲说她要回乡下去播毛豆种子，"今年要开始烘熏豆了，现在有心情喝熏豆茶了。"从那以后，每年的春假，母亲都要回老家去种毛豆，到了国庆节再回去收毛豆、烘熏豆。

因着一碗熏豆茶，母亲和乡下的"脐带"又紧紧连上了。她像一只候鸟，在城里乡下来来回回，我能感觉到她的快乐。只是让我们甘之如饴的熏豆茶，孩子们却喝不惯，说又甜又咸的，不知是个什么味。我们母女三人听了，总是相视而笑。

孩子们飞快地长大，像鸟儿一样飞往外面的天空，母亲以更快的速度老去了。她说，自己想回乡下住一段日子，和老姐妹们一起喝喝茶，聊聊天。母亲已经年过七旬,虽然身体不错,但让她独居乡下,我还是很不放心。但从心里说,我并不想违逆母亲的愿望。我给母亲买了个老人手机,教她怎样接打电话,怎样充电,并约定每天晚饭时分会联系她,还再三关照了四邻八舍帮忙照看。

回到老屋,开门第一件事,就是烧水泡茶。虽然已经有了冰箱,但母亲还是习惯把茶叶和烘干的熏豆放在石灰甏里,又吩咐我:"老大,去拿熏豆。"

我乐颠颠地去房间里,搬掉压在石灰甏上的石墩子,一股熟悉的辛辣气息冲上来,雪白的纱布袋子里,是母亲早就拌好的熏豆胡萝卜干。我也像小时候那样,解开袋子,先偷偷掏出一小把熏豆,当零食吃。

母亲在城里生活了18年,但不得不说,在乡下老屋里的母亲是更加动人的。她浑身上下仿佛被注入了一股神奇的力量,然后再通过每一个毛孔散发出来。活泼泼的,接近泥土和庄稼的气息,令人亲近。

在往后的电话里,母亲的声音也总是平和愉悦,令人安心。她说得最多的,当然是今天又和谁一起喝茶了,谁家今年的熏豆淡了或者咸了,谁家的新媳妇烘熏豆的手艺出色……

有一次,母亲和我说,如今的熏豆出了新口味,"村上有人烘了甜味的熏豆,味道还不错呢!"

还有一次,母亲说:"村上有人去古镇上卖熏豆,一斤能卖几十块钱,游客们觉得新奇又喜欢。"我知道,一辈子在田地里劳作的母亲,还是喜欢泥土的芬芳,喜欢田野的气息,喜欢熏豆茶的甘美。因为父亲英年得病,母亲的一生过得极为不易,那些可以放松心情坐下来喝一碗熏豆茶的日子,就像沉沉黑夜里突然拨云见月,清辉遍地一样难得。这令她更加珍爱和懂得一碗熏豆茶的真滋味。

母亲终于能轻松下来,过自己想要的日子了。而喝熏豆茶时的母亲,才是我想看到的模样,她郑重而细致地品尝着熏豆、芝麻,目光安详而平静。这一刻,她不是谁的妻子,不是谁的母亲,不是谁的外婆,就是她自己。

父子七年不见,他被逼成了老板

老 树 / 文化梦想者

生腐以点老浆的豆腐为坯料,
均匀切成一指长短小长方体,
经菜籽油高温炸成圆鼓状,
外金黄,内嫩白。

优质生腐外皮光滑,内囊气泡均匀,
轻捏成团,
放开即能迅速回归原状。

1

这几年，我自己也不明白为什么越来越强烈地想吃老家的生腐了。

"汤沟的豆干，项铺的生腐。"——这句谚语说的就是我们安徽枞阳老家的民间特产。汤沟、项铺是老家的两个镇。

生腐以点老浆的豆腐为坯料，均匀切成一指长短的小长方体，经菜籽油高温炸成圆鼓状，外金黄，内嫩白。优质生腐外皮光滑，内囊气泡均匀，轻捏成团，放开即能迅速回归原状。百度上说生腐寓意"升"和"富"，在我们老家似乎没多少人有此感觉，尽管这个"腐"在我们老家也确实读四声。然而，生腐烧肉这道菜，在老家平常百姓家却是极常见又上档次的美味，让人百吃不厌。

我常年定居苏州，市面上几乎很难寻到生腐。豆腐摊上倒是常见一种油果子，似乎与生腐有一点类似，但目前大多是机器生产代替了纯手工，口味上差之千里。从工艺的角度，这些油果子，充其量只是生腐的初加工制品。

每每遇到年节放长假回枞阳，都想着返苏州的时候带些生腐回来。而每次短暂的几天假，掐着指头走亲访友，假期结束回程，又总是忘了去买心心念念的生腐。

妻不明白我的这份执念，说你们家老早就是做生腐的，按说应该是吃腻了，你怎么还如此挂念？实在是想吃，干脆就让老家的哪位哥哥姐姐买一点寄过来吧。

"老家的哥哥姐姐们都忙,还是算了。再说,上菜场买生腐验优劣也是一种乐趣,下次回老家一定要抽空买些带回来。"

妻就笑:"理由有些牵强,你不是真的想吃。"

想一想,她说的有一半是对的。正如严寒的冬天里突然闻到悠长的街巷里飘过来烤红薯醉人的香味时,你不一定会在第一时间奔过去买一根来尝,你享受的,是这团香气也许会将你拉回到过去某个温暖的日子。

20世纪70年代初,我出生在靠近长江的一个贫穷小村。在我之上有1个哥哥、4个姐姐,家里还有双目失明的奶奶长年瘫在床上。

听母亲说,当年她随着父亲,用扁担挑着大哥和简单的行李逃荒到这个长江泥沙冲积而成的沙洲上时,这里除了零星点缀的几棚低矮的小屋,满眼都是肆意疯长的杂树和芦苇。伐些粗壮的树和芦秆,父亲当天就搭起了一间能遮雨但不太挡风的屋子。

及至我出生,沙洲上芦苇已少,防护堤内侧挤挤挨挨住满了人家,土屋沿着防护堤狭长地延伸开去。连不成片的记忆里,一直都吃不饱。

联产承包之前,家里只有父亲一个人能上工。父亲是旧式文人,半路出家做农活,只能算作一个妇女工。母亲要照顾奶奶和我们一溜儿未成年的孩子,工分也拿得有限。家里一天吃一顿是常态,好在靠近长江,有的是鱼虾鳖蟹、莲藕菱角,树洞里更有掏不完的鸟蛋。尽管总是感觉饿,却也总能找到吃的。

土地承包到户后,家里的光景似乎也没改变多少。田地是多了,可家里能干农活、会干农活的,除了父亲,也就勉强加上大哥。大哥上初中的时候,正赶上"文化大革命"末期,连滚带爬混到初中毕业就回家务农了,终究还是比周边有老把式的人家差了很多。

1983年,长江发大水,水位居高不下。潮气回洇到江堤里侧,土基墙终日湿漉,土屋终于在一个暴雨天轰然倒塌。乡邻帮我们在江堤内侧的二道坡上搭了一个临时大棚,我们又住回了棚屋。江对面铜陵一位退休的堂叔爹实在看不下去了,第二年初夏过江帮我家开起了豆腐店,说要将我们一家拉出贫穷的泥淖。

老家管爷爷辈的叫爹,爷爷的堂弟,我们就叫他小爹爹。小爹爹在没有迁居之前,一直在枞阳老家开豆腐坊,后来被铜陵的国营食品厂聘为大师傅,一直干到退休。

他在老家颇有声望,不仅仅因为他远近闻名的豆腐手艺,还因为在我们宗族里,他的三个儿子都是大学生,后来一个去了美国,两个成了大学教授。

开店之前,小爹爹和父亲有过一次深谈。小爹爹说,开豆腐店是一个体力活,挑水、磨豆、筛浆、卖货,没有一项不是磨人又耗力的;大灶上一天都在烧火,一到夏天,店里就是一个大蒸笼,吃不了苦是开不了豆腐店的。

父亲忙不迭地保证,我们家是苦底子,这些都算不了什么。

2

父亲每天给小爹爹准备两包好烟,我已经不记得名字,只知道 4 块 5 一包,红色带金边的烟盒。父亲烟瘾也大,但只抽一种乡下称作"黄烟"的土烟,捏紧一个小团装在一尺多长竹烟杆的另一头,吹燃纸媒子,点着黄烟,一袋烟能抽四五口。上等的黄烟卖到 3 块钱一斤,能管上个把月。

小爹爹每天抽烟就得要小 10 块,父亲一开始是咬了牙的。当然,小爹爹在我家纯属义务帮扶,最大的开销也就一天两包烟。很快,父亲就释然了。

小爹爹的手艺真不是盖的。豆腐店开张后最初的一段时间,父亲晚上扎账,点票子的手都会微微颤抖。后来沿江前后20里、四五个村子,除非我们家豆腐卖光了,才能轮得上别家豆腐有人要。做豆腐一般15斤干黄豆算"一作",别家一天只卖一到两作豆腐,我家一般要准备四到五作。逢上年节,豆腐店更是通宵忙碌。

父亲盘算着,这样不到一年,就能还完开店借下的债。小爹爹撇撇嘴:"当前只做豆腐和豆腐干,这些都是大路货,生腐才是豆腐坊里最赚钱的。"

小爹爹说,生腐有很强的季节性,一般适宜冬天做,销路好,更经济,可以存放得久一些。做生腐是豆腐坊"水作"里对技术要求最高的,点浆老了或嫩了都不行,炸生腐的时候,翻料、点水、火候、起锅,都需要控制得恰到好处。做生腐是最见功力的,要有悟性。悟性越高,生腐做得越漂亮。

"能把生腐做好,其他的什么都难不倒你!"小爹爹吊足了大家的胃口。

小爹爹暗地里和父亲讨论过,要在年长的大哥大姐二姐之间物色一个既能吃苦,又能用心的,将做生腐的绝技传授给这个后辈(父亲当时身体欠佳,没有学做豆腐等技术)。

兄妹三人中,看起来,父亲一直最喜欢大姐,训斥得最多的是大哥。有一段时间,我猜想,大概是因为大哥长相性格随母亲的缘故吧——外公家"成分高",父亲曾经在和母亲争吵的时候抱怨,是母亲家的背景拖累了他,害得他丢了公职、逃荒到沙洲上艰难度日。

多年以后的一次春节聚会,大哥喝多了酒,瞪着血红的眼说,他这辈子缺少父爱,父亲将所有的父爱都给了我这个最小的弟弟。

许是穷怕了、饿怕了,自感不被父亲垂爱的大哥将全部的气力都扔进了豆腐店里,作为家里唯一的壮劳力,每日里闷声低头默默地干活。

豆腐店旧称水作坊，水的消耗极大，大哥要翻过高高的江堤去长江挑水，一天挑上几十担是家常便饭。

豆腐做好后，卖货自然也是他的主要工作。豆腐养在铺着透明胶布、注满清水的大竹筐里，豆腐干用小一号的竹篮子码整齐，加挂在扁担两头，一边是香干，一边是臭干。一担水豆腐和豆干过百斤，大哥每天都要挑出去两三担，沿着江堤最远跑上十来里。敦实的他甩开大步，一声"豆腐哦"喊出，人已在十几米之外。

都知道大哥步子迈得快，买豆腐的老远听到他的叫卖声，就抓上一个小篮子一溜小跑到江堤上等着。

母亲心疼大哥，但又拗不过父亲。在父亲面前，母亲是卑微的，她只能常常趁父亲不备，溜几个糖水蛋让大哥吃下去。几个姐姐看在眼里，也不嫉妒。

她们经常开玩笑说父亲和大哥属相相克，但父子终究还是父子。姐姐们说父亲更偏爱两个儿子，比如父亲硬是将大哥连拉带"逼"成了老板，而将我培养成了研究生——当然，这是后话。

3

小字辈中，除了我在校读书、偶尔晚上或节假日到豆腐店帮帮工外，大哥和四个姐姐都在豆腐店里干活。

人多，活儿也多。四姐多次在父亲面前哭诉太累了，不想再去店里。主要负责磨豆子的三姐有几次推磨的时候睡着了，绕着大石磨边走圈边讲梦话，把小爹爹差点笑岔气，不依不饶地追问三姐："三丫头，你刚才说的什么？"

过半以上的重活都落在大哥的身上，但大哥更想成为家里的大师傅。小爹爹拿起装着石膏水的木舀子准备"点浆（做豆腐的关键一步工序)"的时候,大哥放下手里的活儿,怯怯地凑过来。小爹爹眼睛一瞪:"你看看就能看懂?干你自己的活去!"

冬天没到、生腐还未开做之前,大姐二姐先后从小爹爹手里学会了做豆腐和豆腐干的整套技术,干粗重体力活的大哥对于技术始终是一知半解。趁小爹爹不在店里的空隙,大哥偶尔会故意挑起话头,与大姐二姐讨论一些技术问题。

大姐二姐对于大哥的疑惑总会倾囊相告,知无不言。豆腐店里半年多日夜不停歇地忙碌,她们已经开始怀念庄稼地里的美好日子。种庄稼,尽管也累,但好歹有忙有歇。做豆腐,新鲜劲儿过去,愈发感觉到劳累,行动也不似之前那般轻快,好在店里店外有大哥,他一如既往老黄牛一样不知疲倦。

半年后,小爹爹向父亲给出了他长期观察的结论:年长的三个孩子中,只有我大哥最能吃苦,做事用心,也耐得下心,为了一件自己看好的事,可以什么都不在意。

父亲说:"老大最偏也最木,他能学得出来?"

"老大没问题,笨是笨了点,但这家伙有一股子狠劲,能用心做事。"小爹爹预言,"你们家老大能成事。"

1984年的冬天,第一次做生腐的时候,小爹爹把诚惶诚恐的大哥叫到装满热豆浆的大缸旁,一手拿着装有石膏水的大木舀子,一手拿长柄铝瓢,示范"点浆"的窍门。小爹爹说,做生腐的浆要是点嫩了,做成生腐坯嫌软,改做豆腐,又没有卖相;要是点老了,油炸不开,只能改成豆腐干。

炸生腐需用力,更要用心:油温大概烧到什么程度生腐坯才能下锅,什么时候应该点水才能确保生腐在油锅里不会爆开。几十斤生腐在热油锅里炸的时候,要用一个装有长木柄的大铁笊篱均匀翻动。未成形的生腐这时候最娇嫩,稍有不慎,就会被铁笊篱给打破。裂开的生腐特别吃油,没有卖相,只能留着自己吃。

小爹爹留下一个人在灶下烧火,其余的看他操作,一遍遍教授翻料、点水、看油温、控火候的要领。翻料的时候一定要用巧劲,握笊篱柄的前手控制方向,后手控制力道,两手协调,慢下轻放,借势翻动,"推油不推料"。

小爹爹感觉他讲得差不多了、哥哥姐姐们也看得差不多的时候,让他们逐个过来操作。大哥力气最大,翻料的时候,一锅子浮在热油上胖乎乎的生腐仿佛中了邪一样停止了转动,紧接着砰的一声,生腐爆开一个。大哥一紧张,手上加了力气,又是砰的一声,打碎的生腐在油锅里迅速爆开花。

"猪脑子!手笨得跟脚一样!"小爹爹抢过铁笊篱,迅速控制了局面。

大哥一脸尴尬地退在一边,听着小爹爹强调的要领,眼睛看着小爹爹翻料的前手,再盯一会儿后手。

"看懂了?"

"看懂了!"大哥若有所悟。

再来,再被骂。

"做事要用心,要过脑子!要手脑合一!"小爹爹常常这样嘟囔,"你要是能把生腐做好,以后什么都难不倒你。"

大姐的动作就比大哥好很多,她也是最少被小爹爹骂的,但大姐也明确表态,她以后肯定不会开豆腐店,太累人了。

直到现在,我依然怀念那段日子——几乎每天放学回家吃晚饭,饭桌上不是生腐烧肉,就是简易的生腐火锅。肉是点缀,多的是在油炸时裂开的生腐,对半切开,浸满了和着肉味的汤汁,入口软糯,鲜香无比。人间美味莫不过如此吧。

我边吃边感叹:"大哥每天都炸一些这种开花生腐多好!"

"笨得跟猪一样!"父亲瞪一眼大哥,绷住笑看着我狼吞虎咽。

寒假开始到春节的这段时间,是一年中生意最猛也最忙的,每晚炸生腐都要炸到凌晨两三点,有时候全部忙完,东方已经发白。白天又要忙着做豆腐、豆腐干,赶制生腐坯、豆腐乳坯。一天下来,姐姐们一个个都累得东倒西歪。夜里11点过后,豆腐店里只剩下我和大哥一锅一锅地炸生腐。

我帮忙在灶下烧火。后半夜特别容易犯困,大哥就不停地大声提醒我"大火""小火"。实在太困了,就一头歪倒在柔软的柴草上呼呼大睡。大哥叫不醒我,便快步绕到灶下添柴,顺便把我推醒。

几年豆腐店开下来,豆浆喝怕了,豆腐吃腻了,豆腐干豆腐乳更是碰都不想碰,唯独生腐,怎么也吃不厌。

4

小爹爹将全套豆腐手艺留给我们家的兄妹几个,看他们几个都能独立操作了,就又回江对岸享受恬淡的退休生活去了,大哥自然成了豆腐店的大师傅。

尽管大哥成了家里挣钱的顶梁柱,但店里的掌柜一直是父亲。父亲认为,如果自己不亲自掌舵,豆腐店肯定会乱套。大哥更希望这个掌柜由他来当,因为父亲对于技术、市场都一无所知,最佳的角色应该只是东家。

在父亲看来,大哥的想法简直就是大逆不道。于是,大哥的顶撞越来越频繁。

父亲大怒,训斥大哥:"你别以为你做了几天豆腐就有多了不起!这豆腐店是一帮人共同抬起来的。我还不知道你?单论水平,你和隔壁的大有差了十万八千里,你给人家拎鞋人家都不要。"

大有是邻居家的大儿子,和大哥同岁,也算是大哥的发小。大有从他父亲手里接过了一条大船,在长江里跑运输,是最早一批在村子里盖起了两层小楼的能人。

"总有一天,大有给我拎鞋我都不要!"1989年初秋,大哥扔下一句狠话,一跺脚,带着大嫂和周岁的侄女,头也不回地离开了这个曾经芦苇满地的穷乡僻壤,去了江对面的铜陵市,自立门户去了。

铜陵人不怎么喜欢吃生腐,更钟爱精制的特色豆腐干。大哥也因地制宜,放弃生腐,豆腐店就专做豆腐干。

马鞍山出产一种"采石干",在皖南几个城市备受欢迎。这种豆腐干筋道十足,口味独特,可做配菜,也可当作茶点细品,故又称"茶干"——采石矶是马鞍山著名的景点,据说上面还有常遇春的大脚印。

有家里那几年做生腐的磨炼,大哥做豆腐干是手到擒来。他做的豆腐干比采石干味道还要好,而价格比采石干要便宜近一半。吃过一次他做的豆腐干,很多人就着了魔似的成了回头客。

我放暑假的时候,去大哥的店里玩,第一次看到大哥在城里的豆腐店,心凉半截,感觉环境比家里的差太多了。那个豆腐店租在城中村,有一间独立的大厨房,厨房与房东主屋之间搭了一大间披厦。厨房隔成两小间,大哥大嫂住里间,雇了两个只会闷声干活的伙计,住外间。豆腐店开在披厦里。

房东夫妻是一对养尊处优的胖子,待人和善。男房东常常在晚饭后也来披厦里转一转,聊聊天,看到店里缺荤少油的饭食,很是同情,偶尔会送来一碗冰冻的菜,看不清具体的内容。大哥忙不迭地感谢,顺手抓起二三十块茶干作为回礼。房东走后,大哥一扬手就将这碗冻菜倒进了下水道。

看着迷惑不解的我,大哥淡淡地说,这就是一碗剩菜大杂烩,放冰箱里冻在一块,第一次以为是个宝,放饭锅里蒸开后就倒掉了。大哥说这对他也是一个刺激,要拼命干活挣钱,把生意做大,他不会在这个地方长久租住。

大哥在市区最大的菜市场租了一个小摊位,大嫂看摊卖货。一台嘎嘎直响的老电风扇,吹出来的是火风。大哥只穿一条大短裤,背上搭条湿毛巾,埋头一块一块飞快地包他的豆腐干。

大嫂也是一个会做生意的人,在市场上摆了一段时间的摊后,摊位上除了自家产的特色豆腐干,很快就增加了松花蛋和咸鸭蛋。咸鸭蛋分生和熟两种。生的叫灰蛋,外面裹一层厚厚的草木灰泥,顾客买回家自己洗掉外面的灰泥,放锅里蒸熟。熟的是前一天在店里洗干净、蒸熟,第二天一早运到菜市场的摊位上。

大哥带着两个伙计每天做豆腐干的间隙,只要得空,就放一大盆水,小心翼翼地将灰蛋一个个先去掉灰泥,再放水里用刷子刷干净,清洗出几大筐咸鸭蛋。手长时间地泡在水里,十指惨白、起皱、蜕皮,看着瘆人。

这种艰辛不是一般人能够承受的。

在自立门户的第四年,大哥迈出了由小手工作坊自制到代理经营的第一步。最初是代卖不知名小厂的咸蛋灰蛋,渐渐地,大哥尝到了甜头,主动出击,为几个稍有名气的品牌做分代理。他很快就兑现了自己的诺言,从那间披厦搬出来,转而在城乡接合部租了一栋带小院子的平房。

而这时,我们老家的豆腐店已经关门了,毕竟,父亲不会技术,大姐二姐也先后出嫁,不想继承这劳神的家业。

5

随着代理的品牌越来越多,大哥的生意也越做越大,自产的货比例越来越小,直至归零,取而代之的是品种越来越丰富的油盐酱醋、鸡精味精、香菇木耳,几乎囊括了副食的所有品类。

很多大饭店都从大哥这里拿货,一些小超市也到大哥的门市来批发。大哥添置了一辆小货车、一辆面包车、两辆三轮车,几个伙计驾驶着车子穿梭于铜陵市区的大街小巷,给饭店、超市送货发货。

1995年,大哥买下了这栋平房,又在离菜市场不远的小区租了一套底楼的三居室。平房用作加工间和居住,三居室作仓库。再后来,干脆在菜市场买了一个门面。

大哥家里越来越有钱,人也越来越忙,侄儿侄女也越来越遭罪。侄儿是大哥大嫂去铜陵后生的,比侄女小两岁。大哥是头犟牛,坚持孩子放在他们身边,自己带,说不依赖老人——估计也是和父亲置气。

大哥过惯了苦日子,再加上实在太忙,一日三餐吃得一直都很简单,妻儿也就跟着凑合,俩孩子跟难民一样,面黄肌瘦。侄女上小学后,侄儿就更孤单了。遇上大哥要外出又不方便带上孩子的时候,就只能把侄儿一个人关在屋里。

有一次大哥回来发现儿子不见了,打电话给菜市场的大嫂,大嫂说孩子没来菜市场,一家人顿时慌作一团。大哥大嫂和伙计们满大街漫无目的地分头找寻,半天无果,只能报了警。当天傍晚,警察终于来电话了,说在立交桥底下找到了正在哭泣的侄儿。

父亲知道这件事后,对母亲说:"把孩子接过来吧。"

母亲终于等到了父亲的这句话——父亲和大哥有多年不说话了,

两个人都憋着一口气。大哥为了证明他一定会比大有强,在自己对现状没满意之前,不会向父亲低头。儿子不低头,一身傲骨的父亲更是把头昂得老高。

母亲多次想把侄儿侄女接到身边照看,但父亲都威严地不哼一声。现在,父亲终于松口了,母亲当即就过江去了大哥家。

大哥依然嘴硬,闷声说:"不用。"

母亲说,这次是父亲主动提出的。

大哥欲言又止。

"你爸都已经先低头了,你还想怎么样?孩子由我们带,你还有什么不放心的?我们老两口都想孙子!"母亲快要哭出来了,"你爸说小家伙我们带着,让你安心做生意。"

侄儿成了父亲的小尾巴,父亲去哪儿,都要带上这孩子。邻居们说从背后看,一老一小,走路的姿势都一模一样。微笑就从父亲的嘴角漾开来。

许是儿子被接回老家的缘故,在愤然离家后的第七年,大哥终于硬着头皮、衣着光鲜拎着大包小包再次踏进了家门。

不知道是不是太久没有见父亲的缘故,大哥憋了很久才极不自然地喊了一声"爸"。父亲板着面孔,老半天蹦出一句:"你还知道回来?"

大哥转头望着母亲,尴尬地摸一把脸,瞄一眼父亲,再摸一把脸。父亲没理大哥,带着他的小孙子去集市买了一堆菜。

那年春节,大嫂到老家接儿子回铜陵,央求父母和我一道去他们家过节。大嫂说他们家房子多房间也多,足够祖孙三代七口人在一起过一个热闹的团圆年。大嫂解释,理应他们一家四口回老家父母身边过年,奈何铜陵的店铺、仓库都需要照看。

在大哥离家的七年里,三姐、四姐也都相继结婚生子,成了"别人家"的人,而我也在大学毕业后去了苏州工作。在当时乡下的观念里,如果没有举行分家仪式,父母与我还有大哥一家子,在春节这个最重要的节日里一起过,才算是团圆。

父亲怎么也不答应去大哥家过年,但他也理解大嫂的想法,叮嘱大嫂在过节期间和大哥留在铜陵照看好店铺仓库等一应资产:"老大这些年也不容易,挣下的产业,放到老家这一带,也算是比上不足比下有余了。"

说这些话时,父亲的嘴角微微上扬,随后又表示,过年只是一个形式,他更在意下一代的出路。现在一个儿子当了老板,一个儿子上了大学,又有一份不错的工作,他已经知足了。

据说大嫂带着儿子回家后,大哥听到大嫂的一番话,倒责备她应该将小侄儿留在老家,这样老屋里也热闹一些。

父子俩的和解,来得迟缓、克制,却又自然。

当年吃过苦的父亲,对待大哥的那份固执、苛刻,是对重返贫苦的恐惧,也是想要家人聚在一起抵抗未知。这些年看着大哥羽翼已丰,他也渐渐放下了担忧。而凭着争一口气出人头地的大哥,也理解了父亲当年的凛冽和不得已。

6

自1996年我大学毕业后就离开了老家,到苏州工作、定居,父母就一直守着老屋。他们说我和大哥都住在城里,他们不习惯城里的生活,还是待在老家自在。

2004年,父亲仙逝,没几年,母亲也追随父亲而去。父母去世时,我和大哥都不在身边,只有与老屋几家之隔的大姐一家给父母送了老。

我和大哥一直都对此耿耿于怀。大哥多次和我聊起此事,自责自己是天底下最不称职的儿子。父母在世时,没能尽孝道;尤其对于父亲,更多的是不理解,甚至粗暴的顶撞。

侄儿侄女长大后都没有继承大哥的产业,他们先后上了大学并留在了省城。每年的清明与冬至,侄儿侄女再忙,大哥也会提前打电话给他们,执拗地要求他们回来,带着他们去父母的坟上烧纸培土。

父母去世后,我回老家的次数也越来越稀疏。偶尔回去,大哥惊喜异常,总要亲自下厨做几个拿手菜,小酌畅聊。大哥的生意还是那么红火,但终究已届花甲之年,顶谢背微弓。

2019年恰逢大哥虚岁六十,我们四散各地的兄妹几家人相约在春节期间到大哥家团聚。四个姐姐在成家后都没再开豆腐店。大姐夫在省城帮人做装修,收入颇丰,大姐照顾家,顺便侍弄几亩田地;二姐在镇上中学旁边开了一爿小吃的门面,生意还算兴隆;三姐四姐都进了镇上的服装厂,拿着固定工资,日子过得也很安逸。

"辛苦了这么多年,孩子们都成家立业了,你也该休息休息带大嫂享受一下人生了。"给大哥敬酒的时候,我建议大哥逐渐收缩业务,让自己早日退休。

"停不下来啊,有点舍不得。单就手里小十个地区总代理,一年也轻松躺赚几十万。还是小时候穷怕了。"大哥自嘲。

"你现在还穷什么?你房子住一套出租几套,还有那个门面房,租出去,租金也不会少。就是光收租金,也足够你和大嫂退休后过上潇洒自在日子了。"

"这个我也知道,这不单单是钱的事。从小忙惯了,突然让自己停下来,我可能还不习惯。"

想想似乎也有些道理。

"要么让哪个姐姐姐夫来帮忙,然后找个合适的机会把生意转给他们?"

"我们不想当老板!"几个姐姐笑着群起反对。

"她们是不稀罕这个苦活。再说了,她们每一家现在都过得很好。"大哥一语中的。

大嫂坐在大哥旁边,笑眯眯地听着几个姐姐抖搂大哥曾经的丑事,姐姐们更感叹大哥当年创业的艰辛。大哥趁着酒兴,又开始大讲他的生意经。而我在半酣恍惚间,眼前不时浮现大哥当年深夜炸生腐,披厦里只穿条大裤衩、背搭一条湿毛巾,洗灰蛋泡得双手发白蜕皮的情景。

"现在要不要雇大有帮你拎鞋?"我取笑大哥,也想起了父亲。

大哥只憨憨地嘿嘿直乐。

"可惜祖传的做生腐技术就此要失传了。"我不由得感慨。

"还真的是。"姐姐们同感地附和着。

"能把生腐做好,其他的什么都难不倒你。"大哥沉默少许,然后学着小爹爹的口头禅,狡黠一笑。

一碗广柑酒，一世糊涂父女情

莫别离 / 讲述平凡人的烟火人生

我家就有许多果酒，
是我父亲泡的。
春夏有木瓜酒、青梅酒，秋冬有广柑酒、人参酒。

在我尝来，
木瓜酒虽清却涩，青梅酒虽香却酸，人参酒虽补却燥，
唯广柑酒香甜清润，最得我心。

今年 5 月,父亲打电话来,仍旧是直奔主题:"老大,听说今年梅子结得好得很,你妈问你要不要喝梅子酒,她给你泡两坛。"

"我妈弄梅子酒?"我有点疑惑。母亲远远地插了句:"你想泡就买起泡噻,问老大做啥子?她又不喜欢梅子酒。"父亲在那头自问自答:"不喜欢就算了嘛。老大不要,你就少整点哈,没得人喝哟!"

"我又没说要整。扯半天,没说到正事。"母亲不给面子地戳穿,远远地说,"你爸想问你,还要不要喝广柑酒?"

"就你话多!"父亲吼道,然后装作若无其事地说,"没得啥子事,上午开了坛年前泡的广柑酒,味道很安逸,问下你要不要,给你寄两斤过来。"我看了看柜子里还剩大半的酒,微笑着回答:"要得。"

1

重庆人好白酒,尤其是烈酒,50 到 60 度最佳。红酒在当地是没有市场的,啤酒只能算是带点酒味儿的饮料。当地的果酒,也是烈酒做底,与商超酒吧里讲究颜值情调的果酒不能一概而论。

我家就有许多果酒,是我父亲泡的。春夏有木瓜酒、青梅酒,秋冬有广柑酒、人参酒。在我尝来,木瓜酒虽清却涩,青梅酒虽香却酸,人参酒虽补却躁,唯广柑酒香甜清润,最得我心。

父亲做广柑酒,没什么花哨的讲究,用的是最原始最简单的做法:广柑剪下,洗净晾干水气,然后均匀切成 4 瓣,整齐地码在酒坛里,堆至半坛,丢进大块冰糖,最后倒入60度的江津老白干,密封3个月以上即可。需要注意的3点是:切广柑的刀不能有油腥,密封一定要好,启封不能太早。前一年入冬后摘下来的广柑进坛,等过了4月的梅雨季,就能喝到这入喉绵润、回味悠长的广柑酒了。

别人泡果酒纯粹是物资匮乏时的无奈之举——白酒价贵,待客多是勾兑的散酒,气味辛辣且易上头,而将各色果子提前入坛浸泡,放置一段时间后,酒的味道会柔和顺口很多。而我父亲泡果酒,则是为了面子。他舍得放冰糖和果子,如此花大价钱泡果子酒的人,不是有钱,就是讲究。

而我,也是他的面子。

我启蒙早,5岁就上了小学,在班上年纪最小,却从来都是第一名。教我的老师是远房堂叔,得意于自己的教学水准,四处鼓吹我是个读书的好苗子。父亲深以为傲,家里来客,总要领我去见。吃饭时我可以上桌,不必像别的小朋友那样只能和母亲一起在厨房里吃点残羹冷炙。

上桌前,我被父亲教导了数次,要大方得体地问候:如何称呼,如何问好,如何招呼入座。开席的时候,我和父亲坐在下首,来客逗我:"小静啊,最近学会了什么诗呀?背来听听。"我就得乖乖站起来,一本正经地背诵:"少小离家老大回,乡音无改鬓毛衰……"

席间,我还需帮忙做些跑腿侍酒的杂事。若是招待寻常客人,父亲会说:"老大,去把我最好的酒拿来。"那时候,所谓最好的酒就是瓶装酒,2块5一瓶,比同等重量的散酒要贵上1块钱,拿出来待客相当体面;若来的是至亲好友或是贵客,父亲则必会亲自捧出果酒酒坛,小心翼翼倒酒出来。金色的酒液映在白瓷碗里,像一汪蜜水,酒香夹着果香扑鼻而来,贵客们都说这是难得的佳酿。

重庆人爱劝酒,"你不喝就是看不起兄弟、不给哥哥面子……"诸如此类的话是席上惯用的套路,似乎人与人之间的感情是由喝下多少酒来决定的。哪家摆宴时没能灌醉几个,就会显得待客不周、失了面子。

我是父亲在酒桌上的撒手锏,他想劝酒了,就会吩咐我:"老大,跟××叔敬酒。"等我双手捧着酒碗,恭敬递上,再乖乖说上几句吉祥话,少有长辈会狠心拒绝,而且还会恭维一句:"程二哥把娃娃教得怎个好!又聪明又懂事,比我屋头的强多了。"

父亲酒量过人,又机巧善辩,劝酒这种事驾轻就熟,原也用不着我。这不过是另一种展现他"教子有方"的方式罢了。

2

父亲交游广阔,朋友众多,所以三不五时我家就要做次小席。每次待客,上桌前,父亲都会告诫我:"吃饭要体面。"家中的八仙桌上,满满当当的菜,我的小手短够不到远处,心里记着父亲的话,便老老实实地只吃眼前的那两道菜。

但五六岁的年纪,有时候心性还是会打败规矩。有一回,我见父亲忙于划拳,便悄悄站起来,伸长手臂,想要去夹我最喜欢的白糖酥肉。父亲察觉到了我的动作,看也不看,反手就把筷头打在我的手背上,痛得我忙缩了手回来。

手背上很快就起了条红痕,我忍不住吸了吸鼻子,抽抽搭搭地小声哭起来。邻座的叔叔连忙上前哄我:"莫哭莫哭,妹娃娃家哭了就不好看了。"父亲眼刀一扫,吓得我飞快眨眨眼,止住了抽泣。他这才咧嘴一笑,帮我夹起一块酥肉放进碗里,面不改色地打圆场:"娃娃不懂事,扫了大家的兴,我先自罚一杯,权当赔罪了!"接着话锋一转,打着哈哈说:"主要是这道菜做起来麻烦,平时你二嫂不肯做的。也是哥儿几个来,你二嫂才舍得下功夫。来来来,试哈你二嫂的手艺……"

等送走了酒足饭饱的客人,父亲把酒坛子搬回去时,还半开玩笑地跟母亲说:"今天手艺超常发挥,把娃娃都馋哭了。"

我以为事情就此过去。没想到吃完晚饭,暴风雨还是来了。"中午犯的错,下午反省了没有?"我的心重重一跳,小声说:"爸爸,我知道错了,下次再也不敢了。"

"认错倒快,就是记不到!我跟你说过多少次,上席要体面,你就是这样跟我挣体面的?"

"我记到的!真的,就这一回没忍住……"

父亲打断了我嗫嗫喏喏的辩解,责骂劈头盖脸而来:"没忍住?!做人要懂得克制,克制知道吗?像几辈子没吃过东西似的,当着众人的面,就像老鸹(乌鸦)颈子一样伸得鬼长!我是缺你吃还是缺你喝?女娃娃家家的,落个好吃的名声好听咩?!"

我妈在一旁火上浇油:"下回看你还想不想上桌!我之前说什么,喊你在灶房屋里跟着我,你不干,非要去凑热闹。这下子遭打了哈,该,打得少了!"

我委屈地哇哇大哭:"又不是我要去坐席的,是你硬喊我去的!"

"你还敢顶嘴!喊你去学着为人处世还喊错了咩?难道你想跟其他屋头那些妹娃儿一样,只懂煮饭喂猪?你是我们这房的老大,在旧时候就是长女,是要支撑门庭,扶持弟妹的!你呢?只晓得哭哭啼啼,上不得台面!幸好今天来的都是村上的,丢脸不在外处,要是下回还敢这样,看我不打断你的手爪爪……"

祖父见我哭得可怜,慢悠悠地劝了两句:"事情过都过了,还发作做啥子!都要睡觉了,不要把娃娃吓得半夜做噩梦。"

父亲却自有一套理论:"我当时不发作,是给她留面子;下午不发作,是怕你们说我发酒疯;晚饭时不发作,是怕她伤胃气。怎么,我就那么不讲道理吗?怕她做噩梦?我看她是美梦做多了。记吃不记打,一辈子都不长记性!"

当晚,正如他所说,我挂着满脸的眼泪睡着之后,梦里全是他锋利的眼神和阴沉的脸色。我妈说,那天半夜里我还在哼哼唧唧地哭。

自那次以后,父亲依旧会带着我支茶待客、添饭侍酒,只是再也不会在席上给我留座了。

3

照当地的习惯,家里如果来喝酒的客人,必要做4碟以上的下酒菜,然后是炒菜、汤菜、下饭菜,一个席面少说得有十几种花样。

我家在山上,开门就是绵延的丘陵,离最近的集市也有10里路。靠山吃山,蔬菜瓜果是不缺的,缺的是做大菜的肉。如果是招待提前约好上门时间的客人,倒还可以在固定的赶场天置备些食材,如果是自诩亲近的不速之客,那真是把母亲难为得直跳脚。

有一次,父亲在水库上的老战友下乡,七弯八绕地打听到了我家的位置后,就贸贸然地进了家门。父亲喜出望外,忙迭声交代:"快!准备酒菜,我要和老哥哥一醉方休!"

妈妈连忙放下手中的农活,开始在厨房里忙碌。彼时家中并不宽裕,巧妇难为无米之炊,任她施展出浑身解数,也只能拼凑出七八样。最后一道回锅肉端上桌时,母亲胡乱擦了把汗,满脸的愧疚与不安:"徐大哥,真是不好意思,没整啥子菜,你今天将就吃点儿,见笑了。"

我至今都记得那个场景:父亲和他的战友在堂屋高谈阔论,推杯换盏,仿佛是酒桌英雄,拳上好汉;而母亲在烟熏火燎的灶房里忙完后,低眉顺目地扒拉着三五根素菜、几口剩饭。

在我7岁的时候,没有村小了,想要继续念书,就只有去乡里的中心小学。父亲问我:"要读书吗?要的话自己走10里路哈,还都是爬坡上坎的山路,悬崖陡壁的,走不走得到?""走得到。"他点点头:"好,给你去读书。那你读书以后想做啥子啊?"我想了想,犹豫着回答:"我不晓得。我就是不想像妈妈一样,一辈子只围着锅头灶台转。"

父亲愣了愣,拍了下我的头,语气却很平和:"臭丫头!你还瞧不起你妈。她不围到锅头灶台转,你吃啥子长大?怪不得一喊你去跟着煮饭烧菜就躲懒。书要读,饭也要学着做。你妈没别的本事,但菜做得不错,你跟着学着点,不要到了别人家里什么都不会。"

可惜的是,我到底没能学会我妈的手艺。因为接下来的日子,不是迁徙,就是离别。

父亲打算去辽宁下煤窑,顺便躲开计生队的监管,为我添多一个弟妹。听说辽宁天寒地冻,为此,父亲在铺盖卷儿里藏了一坛广柑酒,带上了火车。"到了那边冻得受不了了,喝一口可以御寒。这个法子是老毛子传过来的,有用得很。"我们在本溪市的一个煤矿住了下来。从南方到北方,住的换成了小平房和硬邦邦的火炕,吃的不是白菜萝卜就是饺子面汤,我第一次抖着手学会了生炉子,第一次走在雪地上……什么都不一样,陌生的,贫瘠的,辛苦的,却是我一生中最幸福的时光。

母亲只需要准备我们一家三口的饭食,而我只需要把自己裹得暖乎乎的去上学,父亲日出下井,日落回家,然后辅导我做功课,带我去买糖葫芦,还会用黑炭一样的脸故意吓唬我……

寒冬里,我们全家人挤在炕上辗转反侧。刚开始还不太会烧炕,炕头滚烫,炕尾冰冷。我们从炕头滚到炕尾,又从炕尾滚到炕头。父亲没办法,只好把舍不得喝的广柑酒找了出来,隔水温了,化开一点酒液,分着喝了。

我们果然一觉睡到了天亮。起来的时候才发现,垫在最底下的旧棉被都被烫穿了一个洞,上层的床单也被烤得发黄。母亲说我睡得小脸红扑扑的,十分香甜。

从此,小饮一杯广柑酒,成了我们的睡前习惯。

4

次年春雪微融时,带的广柑酒喝完了,我们一家也离开辽宁,重新回到了家乡。

8岁生日那天,父亲送我到外婆家。等我吃完外婆煮的甜酒鸡蛋后,才发现他早就走了。我哇的一声哭了出来,撒开小腿跌跌撞撞地跑向来时的路。

正是梅雨时节,到处都是泥泞,我不管不顾地跑到山头狂叫:"爸爸……你不要走……你回来,我乖,我听话,你不要走,我不要在外婆家……"可听到的却只有山谷的回声,布谷鸟的鸣叫。

小舅来找我回去,我死死地抱住身边的大青石,一步也不肯离开。我坐在长满青苔的石头上,哭得喉咙嘶哑,筋疲力尽,直到暮色深沉。

回来后我就发了高烧。外婆说,小小年纪,真是可怜,梦里头都在哭着喊爸爸妈妈。我烧得迷迷糊糊的,睡不踏实又醒不过来。小舅胆大,喂了我一口外公酿的粮食酒,没想到一口下去,我出了一身汗,居然平静了下来。

等烧退了,我哑着声音跟小舅说:"我要喝爸爸的广柑酒。"

小舅开心得不行,连声说:"好好好,我这就去铜鼓坪帮你搬下来。"才过了晌午,他就把两坛子广柑酒搬到了我面前。自那天起,我每晚睡前都要用小调羹喝一勺广柑酒,方能安枕。

小孩子是健忘的,我很快就适应了在外婆家的生活。外婆说,再没见过像我这么乖的孩子了。

六年级的最后一学期,父母回来了,带着两岁的弟弟。

小舅问我:"爸爸妈妈马上就要来接你了,你高不高兴?"

"不高兴。铜鼓坪太远了,上学放学要走好久的路。"

我说的是真心话。分别得久了,父母在我脑海里就像是学校里偶尔放过的电影,有画面,有声音,有情节,但遥远。那时我只会关注一件事:毕业班放学晚,走 10 里山路回家,怕是天都要黑了。

可惜没有人在乎小孩子的真心,我又被外婆移交到父母手上。

我不得不自我安慰:其实没区别,还是一样上学放学,只是回去的地方不一样而已。同时,加快脚步,努力跟上同村人的步伐,赶回山上的家。郁闷的是,小伙伴们走惯了山路,连跑带跳的,眨眼工夫就连影子都看不到了。隔房念初一的堂姐提醒我:"你要走快一点,崖上那条路天一黑就不好走了。"

天色越来越暗,雾气渐起,耳旁只能听到自己的脚步声和呼吸声。将要走过的隘口像是张着大嘴的怪兽,偶尔飞过的枭鸟像是魔鬼的前锋。这条曾经以为不算难走的青石板路,变得崎岖没有尽头。等小伙伴一个个从我面前跑过之后,我害怕极了,开始像他们一样拼命奔跑,抽痛的肺像要从胸腔里跳出来一样,眼泪不由自己地流下来。

我一边给自己打气,一边穿过密林,爬过山谷,终于在天黑之前回到家。母亲正在忙着做饭,父亲在教弟弟背诗,一切都跟从前一样。

饭桌上,父亲问:"成绩怎么样,班上第几名?"

"前三。"

"哦,那还可以。你既然要读书,就要晓得自己下苦功。"

"嗯,知道了。"

我吃完饭,乖乖去收拾碗筷,清理厨房。看父亲神色平和,我参着胆子请求道:"爸爸,放学后我可以回外婆家吗?现在放学晚,走到家天都黑了。"

"只有你一个放学晚吗?崖上比你远的娃娃多的是,别人可以走,就你不行?你要嫌辛苦,就不要读书了。"

我心里一紧,连声否认:"我没有。你要是不同意就算了。"他淡漠地瞟了我一眼,说:"这点苦都吃不了,还想有出息?你干脆回来帮你妈带你老弟,安生学着做家务算了。几年没见,没一点长进!"我实在想不明白,他是从哪里得出这个结论的,忍不住鼻子一酸,眼泪差点夺眶而出。好在还记得他讨厌眼泪,便迅速垂下头,低低地说了声:"我去做作业了。"

我再难有勇气和兴趣面对父亲。我会自己洗衣服,自己做功课,从不给他们添麻烦。

5

重庆雨多,暴雨突然降临时,家长们多会拿着雨具来接孩子,我却从未享受过这样的待遇。

一次下雨天,路上遇到伯父,他披着蓑衣,戴着斗笠,裤脚上满是泥巴,显然是直接从田里下山来的。调皮捣蛋的堂哥,笑嘻嘻地抢过斗笠风一样地跑了。伯父就拿着一块塑料布套在头上,问我:"小静啊,家里有没有人来接啊?"我点头:"有的。"他憨憨地笑着说:"既然有人来接,你就先找个崖洞躲哈雨,等屋头送了伞再走。妹娃娃家穿多了湿衣裳对身体可不好。"我眨眨眼,雨水从睫毛上滑落:"晓得了,伯爷。"

我看着他大步追上堂哥的背影,有点难过。最后还是扯了扯书包,继续淋着雨,慢吞吞地,在蒙蒙的雨雾里翻山前行。

等我到家的时候,发现家里又来客了。母亲在灶房里正忙得不可开交,见我回来,没好气地说:"人家早就回来了,偏你最迟。还呆站在那儿干嘛,不晓得来灶门前添把火吗?"

她似乎没有看到我一身泥一身水的狼狈模样,也没空管我有没有吃晚饭。她很忙,忙着做丰盛的菜肴,鸡鸭鱼肉、冷盘小炒,却没有一碗热饭是给我的。我默默回房,换下湿透的衣裳,饿着肚子埋头做作业。

半夜的时候,我是被饿醒的。我摸黑爬起来,想要去外头找吃的,却听到外头传来如雷的鼾声——想来是今晚的客人留宿了。我不想吵醒大人,但又饿得睡不着,只好坐在床上发呆。隐约想起,父亲的酒坛就放在我床下。这个房间是后厢房,虽阴暗些却清凉,最适宜放酒。

一想到香甜的广柑酒,我更饿了。我蹑手蹑脚地把酒坛都搬出来,一一打开闻了一下,找出我最喜欢的广柑酒。房里没有碗,我就用封口的内坛盖装了小半碗,一饮而尽。在昏黄的灯光下,坛里的广柑更显金黄诱人。一不做二不休,我干脆直接伸手进去,抓起一块尝了尝。果肉细致,满是醇厚的酒香和清甜,美味得不得了。我连着皮啃了好些块,觉得肚子填得差不多了,才心满意足地盖好盖子,原样放了回去。

第二天一早,母亲叫我起来吃早饭,不想怎么都叫不醒,急得她就要跑去叫赤脚医生。还是满屋子的酒气提醒了父亲。他打开酒坛,发现坛子里泡的广柑少了,也没多说什么,只交代母亲,等我睡醒了再说。

我一觉醒来,已是中午。迷迷糊糊地起床后,迎接我的,是久违的责骂。父亲关起门,居高临下地坐在书桌上,冷冷地盯着我:"几年不见,长本事了,居然学会偷酒喝了!我们程家几代清白,在你这辈居然出了个偷儿。你今天偷屋头的,明天是不是就要偷外头的了?"

我实在不敢背负这样的罪名,鼓起勇气说:"我不是偷儿,我就是肚子饿了找东西吃。"

"找东西吃找到酒坛子里头去了?"他夸张地质问,"饿了不晓得吃饭?家里是没有菜了还是没有米了?非要偷喝酒?"

我低着头,觉得又委屈又羞耻,辩解道:"太晚了,我怕吵醒你们。"

没想到他气得更厉害了:"你这是把你妈当后娘了,还是当自己外头抱的?想吃饭不敢说,传出去,不知道的还以为我虐待你呢。眼看就是十一二岁的大姑娘了,做什么事要晓得分寸。偷酒喝传出去好光彩咩?!"我讷讷不敢出声。

"你看你这不争气的样子!看到就心烦,再这样下去,你就不要读书了!"我又惊又吓,仿佛委屈不是委屈,伤心也不是伤心了,唯有诚惶诚恐地认错以求他高抬贵手:"我错了!下次再也不敢了!我保证!我保证!"

6

我的诚惶诚恐并没有延续太久。

父亲在县城和朋友一起开了家饮料厂,现成的厂房和设备,一接手就能生产出货的那种。母亲在帮我交了第一学期的学费之后,带着弟弟也去了县城。我用背篓将行李背到学校,开始了长达3年的寄宿生活。

那段时间,所有的同学都很羡慕我:我从不会迟交学费;逢年过节父亲都有拜师礼,也不是什么贵重物什,无非是些糖果饮料,却能让老师对我更加重视;不用吃父母做的咸菜,也不用从家里背米来换饭票;当然,也没有家长来开家长会。

只有在寒暑假的时候,我需要坐两个小时的车去县城,回家。事实上,大家都很忙。父亲忙着应酬交际,打理生意;母亲忙着照顾弟弟,还要抽空打点小牌。我依旧是孑然一人。

1997年中考,我考上了重庆的一所中专学校。

在我们那个闭塞的小县城,中专依然有着崇高的地位,是所有长辈眼里最好的出路,即便是到了90年代末,也还流传着"中专毕业包分配"的说法。

父亲第一次来到我的中学,郑重地跟老师道谢,甚至还大手笔地在镇上的招待所摆了谢师宴。后来我才知道,那时候他已经生意失败,不但血本无归,还欠了一大笔外债。谢师宴的100多块钱,还是拿母亲打麻将的私房钱付的账。母亲说,他这一辈子都在死要面子活受罪,不管再苦再难,都要装大佬。

父亲被讨债的追得像个丧家之犬,我是他那段时间最大的体面。一众叔伯把我夸成了一朵花:"小静真是从小看到大,都是乖娃娃,又懂事又听话。程二哥是怎么教的,把娃娃教得这么有出息!"

他谦虚地摆摆手:"考个中专算啥子出息嘛?我倒希望她读个高中,考大学,那才叫出息呢!"那人一脸"我懂"地笑着说:"你怕是哄我们这些乡巴佬哦。中专的分数线比高中的分数线高十几二十分,你说哪个有出息嘛?我看你就是不肯传授经验。"

父亲呵呵一笑,颇为自得地说:"我还真没得啥子经验,要说,也就是该管的管,不该管的不管。不是说吃得苦中苦,方为人上人吗?我家这个,就是苦过来的。你问她,就为读个书,哭哭啼啼了好多(多少)回?"

我实在不知道该接什么话,只好胡乱点头,然后假装害羞地走到一旁,狠狠地翻了个白眼。

谢师宴过后,母亲的唉声叹气,父亲早出晚归回来后阴沉的脸,都让我忧虑。我忐忑不安地等着9月1号的到来。父亲像是看出了我的担心,板着脸说:"有你老子在这儿,还怕没得钱给你交学费吗?"

我勉强笑了笑,说:"爸,我没有担心。"

我知道他在四处筹措我的学费,但结果如何,看他日益暴躁的脾气就知道。我能感受到他的窘迫和难堪。他那样一个死要面子的人,一个自诩从不求人的人,一个宁肯去借高利贷,也不愿跟亲戚朋友开口的人,正为了我低声下气,四处奔波。

7

9月1号那天,父亲说送我去学校报名。我虽然意外,但也松了口气。因为要赶早班车,我们打着手电筒,天还没亮就出发了。父亲帮我背着箱子,手里还拿着一个大口袋,看起来沉甸甸的。我提着别的轻巧行李,亦步亦趋地跟在后头。

走到半路,父亲突然说:"钱你不用担心,进了学校好好读书,不要让你大舅他们看轻你。"

"大舅?我们不是少有来往吗?"

"少来往又不是不来往。你考上学这么大的事,他做大舅的总该晓得。我也是顺路去通知他,没想到一个做生意的,居然说得出那种话来,啥子'女娃娃家读这么多书干啥子,将来都是别人家的人,还不如早点回来学到起当家理事,将来找个好人家嫁了就算了'。还问我,'难道你还能享好大的福咩?'"

他越说越气:"老子供你读书又不是图享你的福,他说这话真是太气人了!我一开始是想过万一弄不齐学费就不读算了,没想到听到这番怄人话!不蒸馒头蒸(争)口气,我就是累死,也要把你供出来,气死那帮子眼浅货的!"我啼笑皆非,悄悄叹了口气,心想,不论怎样,到底还是让我得偿所愿了。

到了学校,父亲让我在教学楼下等着,自己去缴学费。大概过了一个多小时,他才下来说可以了。我不疑有他,开心于自己崭新的求学生涯。直到第一学期快结束了,班主任悄悄跟我说:"你记得提醒一下你爸,下学期的学费别忘了在开学的时候带过来。"我这才知道,父亲来时身上只有1900块,而全年学费是3500。他带着我的录取通知书和成绩单,从学生处找到教务处再到财务处,最后找到了校长办公室。校长特批,允许他先交一半,开了分期付款的特例。

班主任笑眯眯地说:"你爸好厉害,听说用一瓶广柑酒就打动了校长。"

我努力求学,父亲外出打工,挣钱养家还债。

拿到毕业证那天,我长长地松了口气——可以选择的人生道路终于宽了许多。我对我最好的朋友说:"就为这个,我感激他。"

毕业后,我没有接受学校的分配,而是来到东莞发展,并看望已在那里打了3年工的父亲。

3年不见,他还是那样严肃又冷漠。我们在他上班的工厂食堂解决了午餐,他看了眼我的毕业证,说:"你书读出来了,我的任务也完成了。将来的路,你想怎么走就怎么走。我帮不了你啥子,也不会拖着你后腿不放。为官作宰我也不求上门,讨饭讨水了也不要进我屋。万事靠自己吧。"

如他所愿,我谨慎地处理着这段父女关系:每月保持一个电话问候,像客户一样友好寒暄,通话时长控制在5分钟以内;偶尔去他上班的工厂吃餐便饭,但也是相顾无言;三节两寿固定送礼,五百六百视手头是否宽裕。

等早些年欠的外债还清之后,他利落地回老家看顾我9岁的弟弟去了。自此,我们的关系越发疏淡了。

"非典"那年,整个东莞风声鹤唳,我被困在工厂里整整3个月。那时候手机在打工仔中还未普及,和外界的联系只有通过宿舍里的公共电话。因为打进来的电话太多,宿管不得不临时设立了接线员,还专门设置了电话管理条例:每个人通话时间不得超过5分钟,否则罚钱。

同寝的姑娘们一个个竖起耳朵,生怕错过任何一次呼喊。接到父母打来的电话,不是哭就是笑,而我永远是最淡定的那个。因为我知道,除了早已联络过的几位朋友外,再无人关心我的近况。3个月漫长的封禁期,我没有接到过一个电话。仿佛在和谁较劲一样,我也没有打出过一个。

那段惊心动魄的时光,就像从前许多个日日夜夜一样,平静地过去了。

8

2007年,我第一次带男朋友回家。

父亲拉着他喝广柑酒,还是几年前的老酒。男友不好推托,就喝了一杯,当天下午就守着垃圾桶吐了个天昏地暗。

第二天,闻讯的亲戚也到场了,我自小练就的酒量终于发挥了作用。一圈酒敬下来,喝了多少我完全记不清了。听母亲说,酒席散了之后,我还和长辈们一一道别,礼仪周到、言辞得体,完全看不出醉相。只是等客人们都走完了,才发现我坐在廊下的石梯上,靠着墙睡着了。

母亲一面煮茶,一面没好气地骂:"你就跟你爸一个德行,喝再多酒都看不出来,这样在酒桌上是要吃亏的。人家以为你没醉,就会接着灌你酒,到时候被醉死都是你活该!"

我揉了揉昏沉的头,漫不经心地反驳道:"我可不像他。"看着母亲在灶前忙碌的身影,又轻轻地说:"我也不像你。"

借着酒意,父亲仍旧直截了当:"小谢这个人,我是看不上的。从酒品见人品,他端起酒杯就畏首畏尾的样子,一看就是不扛事儿的人。男人撑不起家,就要女人出头,以后有你累的!"

母亲却说:"小谢不错,一看就知道是居家好男人。不喝酒的人少交好多酒肉朋友。你不知道,遇到你爸这种人,一辈子都要累死了!"

我内心虽不以为然,面上却客气地说:"爸爸妈妈说得有道理,我会仔细考虑的。"

我一直把父亲当作反面教材来提醒自己:他脾气暴烈,家人动辄得咎,而我,要做到斯文有礼;他最喜大包大揽,乱许人情,而我,从不轻易承诺;我不想因为一句轻描淡写的"不得已",让幼小的孩子独自长大,故此我苦心经营,做好万全准备之后,才有了我的小朋友。

我一度认为,我不像父亲。可直到某天我却悚然发现,他的影响无处不在。儿子4岁了,正是顽皮的年纪,每次吃饭的时候,总是坐不住。有一次,他居然端着碗在客厅里走来走去。我把他提溜过来,板着脸说:"我之前有没有说过吃饭一定要在餐桌上?端着碗到处走像什么话?你知道什么人会这样吗?是乞丐,是叫花子,明白吗?上次我们在公园看到的那些讨钱的人,才会端着碗到处走呢!"连我自己都没发现,那种恨铁不成钢的语气和冷肃神态和父亲是多么相似。

儿子喜欢吃鸡腿肉,把眼前的吃完之后,伸长筷子就要在盘子里挑拣,我反手打了他一下:"长辈还没吃完,不可以在碟子里翻来翻去。"

看着他含着眼泪要哭不哭的样子,婆婆悻悻然,小声地说:"娃娃要吃就给他吃,平常人家,哪来这么多规矩。"

我这才察觉,言传身教,一旦形成记忆,便成了刻在骨子里的烙印,终身难以褪去。

尾　声

2019年春节,是我远嫁10年后,第一次回娘家过年。

早些年也曾动过念头,只是每次和父亲聊到这个话题,他总是说:"你既然已经出嫁,就是婆家的人,过年这么大的事,你不帮忙操持像什么话?要是实在想回来,也要等过了初一再说。"一番数落后,我再没回家团圆的兴致。为了两全,我只好选择过年回婆家,中秋,或在他们生日前回家看望。

今年我等订好了机票,才跟父母说我们要回去过年的消息。意料之中的一顿教训后,回去看到的却是满心的欢喜。母亲特地置办了一桌好菜,父亲也启了一坛陈封的广柑酒。桌上没有别人,只有我们一家子。这一次,我作为主宾,享受着父母的殷勤款待。

父亲帮我倒酒的时候,有几滴酒液不慎洒了出来。他头顶的白发,微颤的双手,无不提醒我,当年那个让我战战兢兢的人真的老了。我收起脸上客套的笑容,自然地接过酒坛,真心实意地替他满上。

落座后,我没有按照惯例举杯敬酒,而是率先抿了一口,夸奖道:"哇!真的好好喝,就是我小时候的味道嘛。爸,你这手艺不减当年啊!"

他也没有像往年一样教训我不懂规矩,反而得意地微笑起来:"那是!要不要带两瓶回去慢慢喝嘛?"

我重重点头,像个孩子一样撒娇:"两瓶怎么够,至少要四瓶。"

母亲在一旁嗔怪道:"拿个小瓶子装点儿就是了,带多了怕上不了飞机。"

父亲呵呵一笑,指着她说:"你看你妈,连点广柑酒都舍不得,上不了飞机可以快递噻!只要你想要,你老爸就有办法帮你弄到广东去!"

我心满意足地抿着沁甜的酒,给他比了个大拇指:"老爸就是耿直!要!只要你给,我都要。"

他似乎等的就是我这句话。

扣肉里缺的那一味，是父爱

乐 兮 / 一个心灵手巧的女疯子

在我们老家，
芋头扣肉这道菜几乎每家每户都会做，
因为酱汁调制的不同，
每家做出的味道都不一样，

而我家的独特风味，
则源自爸爸在惯常的酱汁中调入了陈皮碎，
使得扣肉肥而不腻，
还带有一抹柑橘的清香。

一年中，爸爸只在除夕那天进厨房，而且还只做一道菜——芋头扣肉。

在我们老家，芋头扣肉这道菜几乎每家每户都会做，因为酱汁调制得不同，每家做出的味道都不一样，而我家的独特风味，则源自爸爸在惯常的酱汁（五香粉、腐乳、酱油、白糖、胡椒粉、料酒等）中调入了陈皮碎，使得扣肉肥而不腻，还带有一抹柑橘的清香。

每次爸爸做这道菜时，我和弟弟都会到厨房帮忙烧火。

新鲜的大块五花肉冷水下锅，大火烧开，直到筷子可以插入肉中，捞出沥干水分，用几根牙签在猪皮上扎一些小孔；待到猪肉冷却后，切成10厘米长、2厘米厚的小片；随后，把肉一片片放入油锅中小火慢炸，直至猪肉表皮金黄；继而，再把处理得跟肉形状相似的芋头也一并放入油锅中炸2分钟；待到猪肉和芋头都捞出放凉了，再放入酱汁盆中腌制1小时；之后，一片肉、一片芋头间隔着均匀码盘，再放入大锅中蒸2小时，出锅后用一个浅碟盖住蒸好的肉，迅速倒扣过来，一盘香糯可口的芋头扣肉就做好了。

团圆饭上，"话痨"的妈妈总会说："这两盘扣肉，你爸爸从早做到晚，跟神仙算命似的，得一轮一轮地算好时间，这菜才能上桌……"

听她这样说，寡言的爸爸只是笑笑，自顾自地夹起一片肉放进嘴里，再配上一杯枸杞酒，那享受的模样，像是得了鱼的猫一般满足。而我和弟弟，早已就着扣肉吃了两大碗米饭了，嘴边都还残留着香甜的酱汁。

1

我的爸妈年近30才结婚,婚后第二年便有了我。直到7岁前,我都坚信爸爸是非常爱我的。

那时,比起脾气火暴的妈妈,爸爸从未厉声呵斥过我。他有一双巧手,帮人盖房子,能从框架搭建一直做到室内装修、水电安装。工作之余,爸爸常从工地捡些边角料给我做玩具,比如风筝、木板推拉车等等。这让我在一群小伙伴中间赚足了面子,毕竟我的玩具"独一无二"。

我不喜欢吃猪肉,除非做成扣肉、肉饼、酿茄子等颇为复杂的菜肴。为了让我的营养能跟得上,爸爸常常想方设法做肉给我吃。

也正因如此,早熟的我在懂得"重男轻女"这个词后,坚信我的爸爸绝对不是这样的人。毕竟,爸爸对我可比表叔对他女儿好太多了——表叔把儿子宠上天,女儿就当作用人一般使唤,平日里的口头禅就是:"贱丫头没鬼用,早点嫁出去算了,不要在我家吃白米。"

然而,2000年9月的一天,我心中的这份笃定却悄悄发生了动摇。那年我刚满6岁,有一天,我听见爸爸和奶奶小声商量着,要把刚出生的妹妹送给别人,理由是"计划生育不允许生第三胎,如果想要个儿子,就必须得送走这个闺女"。

没过几天,爸爸便趁着妈妈睡着后,把尚在襁褓中的妹妹送到一个远房亲戚家里,让她和那个亲戚刚出生的儿子凑成了一对龙凤胎。

为此,爸妈大吵了一架,妈妈骂他狠心、不让她看孩子最后一眼,爸爸却说送走孩子"是我们商量好的,现在又来这一出"。吵完没几天,爸爸就离开了家。

我家把妹妹送走的消息很快就传遍了全村。每次放学回家,总有人明知故问,"大舒,你妹妹去哪了呀?"

我按照妈妈教的话回答他们"我不知道",大人们当然不肯就此罢休——

"你妹妹被你爸爸卖了呀,她不值钱,可能下一个就要卖你了。"

"你妈再生一个弟弟后,你爸妈就会不要你的。"

"你妈妈要生不出弟弟,你爸爸连你和你妈都不要了。"

……

这些话语充斥在耳边,我只能大声向他们喊"你们骗我,都是大骗子",然后拔腿就跑回家里。回家后我问妈妈:"爸爸是不是不要我们了?怎么我最近都没有见到他?"

妈妈不言其他,只说:"你爸去东莞帮二姨家盖房子,春节就回来。"

但我能感觉到,因为送妹妹这件事,妈妈心里一直憋着气,因为她总有意无意地问我,"如果我和你爸离婚了,你跟谁?"

我不知道怎么回答她,只能哭。我一哭,妈妈就会忍不住打我一顿。我逐渐变得沉默寡言,我真怕哪天我表现得不乖了,他们两个也会像不要妹妹那样不要我。

三个月后,临近春节,爸爸回来了。

见到他的第一眼,我并没有像以往那样跑过去抱着他,只是躲在妈妈身旁,怯生生地叫了一声"爸爸"。爸爸随即从背包里取出了一件白毛滚边的红色唐装,递给我:"穿上一定很可爱。"

这是他第一次给我买衣服,的确很可爱,但我接过来,也没有那么开心。

除夕那晚,爸妈又大吵了一架。爸爸骂妈妈不讲理,商量好的事情还不依不饶,况且他觉得自己想要生个儿子的想法也没有错,"以后只有儿子才能留在身边养老,女儿终归都是别人家的,现在送给了别人和以后她要嫁到别人家去了,不都是一样的吗?"

吵到最后,双方甚至拿起了锄头和木棍要拼个你死我活。如果不是亲戚们闻声而来,拉着他俩,不知道能闹到何种地步。

那顿饭,我是哭着吃完的,而爸爸做的那一道芋头扣肉,无论是芋头、五花肉,抑或是拌了酱汁的米饭,味道都是又咸又涩的,一点甜味都没有。

此前,我心底对他已有了一种说不清、道不明的怨艾,而当他说出那句"女儿终归是别人家的"时,我就更"坐实"了他不过也就是一个平庸的、重男轻女的父亲,不可能把所有的爱都给我。

从那天开始,我和爸爸之间的交流就越来越少了,除了打招呼、喊他吃饭,一天说的话不超过 10 句。也是从那时开始,年龄不大的我,无师自通学会了疏离和冷漠。

2

过完年后,爸爸又去了东莞,直至年底弟弟出生才回来。

弟弟的出生终于缓解了爸妈紧张的关系,两人很少再提起妹妹,也没再为了妹妹的事情吵过架,很显然,他们的心思全都放到了弟弟身上。爸爸更是因为弟弟的到来改变了许多。我看在眼里,不由自主地比较起来。

我记得自己小的时候,爸爸收工回家从不会逗我,只会静静地坐在客厅里喝酒,或者拿个锉刀刨饬他捡回来的一些樟木头。他也不爱看电视,每晚 9 点一到,一定会准时上床睡觉。

可是弟弟出生之后就不同了,他每天回来脸上都挂着笑,沉默寡言的他还会试着说一些笨拙的话来逗弟弟,"阿弟今天有没有吃奶奶啊?有没有尿裤子呀?今天乖不乖啊?"

他花了好几天,做了一个极其精致的摇椅——比他之前给我做的任何玩具都要好——然后,把刚学会坐的弟弟小心翼翼地放进摇椅里,在旁边一勺勺地喂弟弟吃米糊。路过的邻居都笑他,一个大老爷们怎么还这样耐心给儿子喂饭吃,他就乐呵呵地说,"这不是应该的吗?"

也是从那个时候开始,他再没 9 点前上过床,总会一直陪在弟弟左右。

我心里越发觉得,爸爸的改变太明显了,比起弟弟来,爸爸对我的爱少了很多,而我只能自己在一旁生闷气。

弟弟 2 岁多时,爸爸买了一辆摩托车,每次去赶集都会让弟弟坐在摩托车油箱前,扶着两个后视镜,带他一起绝尘而去。

他们回来后,弟弟手上总有一些新奇的玩具,魔方、小汽车模型、迪迦·奥特曼等等,而我却什么都没有。我一边羡慕着弟弟手里的玩具,一边期望着他能快点玩腻了给我,当然心里也会想:"爸爸为什么不买两份?"

见我闷闷不乐,奶奶就在一旁劝我:"你做大姐姐的,什么都要让着弟弟点,毕竟以后是你弟弟养你爹妈,而你以后是要嫁给别人家的,不用对你太好。"我不还嘴,心里却不以为然。

妈妈和爸爸说了好几次,让他下次上街"也带上女儿,不要只带儿子"。终于在一个恰逢周末的赶集日,爸爸决定带我一起上街。等我们买完东西后,爸爸让我先看着弟弟,他去交电费,去去就回。

我和弟弟乖乖地坐在地上等着,但过了快半小时,爸爸还没回来,3 岁的弟弟开始不耐烦了,哭着闹着要回家,任我怎么哄也不听。最后,我实在没办法,只能任由他哭。

爸爸回来后,见我们一个哭着、一个坐一旁看着,赶忙一把抱起了弟弟,拍着他的背安抚着。又看了我一眼,叹了一口气,什么也没说。之后,他抱着弟弟去旁边的商店买了两只棒棒糖,一只给了弟弟,一只给了我。回家后,那只棒棒糖就被我狠狠地扔到了门口的池塘里,一口都没吃。

妈妈看到我们回来,一个那么开心,一个却一脸闷闷不乐,就开口骂我:"真是矫情,不懂事,从小就生贱!"我心里更委屈了,尽管平日里妈妈待我很好,甚至比对弟弟还好,可是这一次,她根本就不知道我为什么沮丧,就不分青红皂白骂人,我转身就赌气跑去了奶奶的厨房里躲了起来。

临吃饭,妈妈在客厅扯开嗓子唤了我几声,我也不应。等爸爸转了几圈找到我、想拉我回家时,我一把推开了他。

"你这孩子到底闹什么脾气呀?再不回家吃饭,待会你妈妈又会打你的。到时候,你可别怪我不争你啊。"

"你什么时候争过我了,你就是不喜欢我,只喜欢你儿子,我都知道的,我也不喜欢你。"我把自己一上午的委屈都哭了出来,大喊着我对他的不满。

不善言辞的爸爸又默不作声了,而我却越发放肆地向他哭喊着,"你就是不喜欢我!""你就是重男轻女!""送走了妹妹之后也会送走我,是不是?"……

听到我的哭闹声,妈妈也跑了过来,二话不说就抄起旁边的柴火棍,一边打一边骂我:"不懂事,还耍大小姐脾气,没鬼用!"

我只顾着哭,也不敢还嘴,怕她打得更厉害。

一直默不作声的爸爸也没有阻止妈妈,转头跑回了家,因为弟弟也哭起来了。

3

从那次起,我对爸爸的芥蒂更深了。

平日里,父女俩的交流只剩下打招呼,他没去过我的家长会,不会主动找我问学校的任何事情。等上了初中,我和爸爸之间的僵持就更像是一场比赛了——谁先开口谁就输。

除了吃饭必须要待在一起,其余时间里只要一看见他,我就会起身离开,或者干脆躲起来。爸爸依旧什么都没说,只是偶尔会表现出一闪而过的失落,我心里甚至还有点"报复成功"的快感。

妈妈常问我,"为什么不和你爸多聊聊天?"妈妈知道,我这些年一直对爸爸的"重男轻女"有意见,但她却觉得这只是我小气、不懂事。即便如此,我对自己的爸爸爱答不理,都是"非常不礼貌的"。

但她也不好总说我,因为稍微说两句重话,我就又哭了。

我能和爸爸待很长一段时间的,只有除夕的晚上他做扣肉时,我和弟弟每年都会帮他烧火。当然,谈话的主要还是他们父子俩,为了不被扣上"不礼貌"的帽子,我偶尔也会插上一两句,话题都是关于弟弟的。

"爸爸,我今天在学校做作业拿了 100 分,你要多给我吃个鸡蛋才行。"弟弟开心地说。

"鸡蛋吃多了,以后你就会经常拿零鸡蛋了,你真是个大番薯。"爸爸调侃弟弟。

"有人要拿零蛋咯……"我跟着附和了一句。

看他们父子俩聊得开心,我心里多少也会有些嫉妒——爸爸从不会主动去挑起和我之间的话题,而我也不会像弟弟那样倾诉自己在学校的近况。

除非因为学习的事,我必须得问他要钱——每次我找妈妈拿钱,她的第一句话总是,"我没钱,你去找你爸要。"——最后,我要么被迫向爸爸开口,要么就再多磨蹭几天,等妈妈给我。

等到初三下学期,看着别人家父母对孩子嘘寒问暖,而我家父母却完全无动于衷,我心里多少有些不平衡。

恰逢需要买辅导书,钱又要得急,我不想再沿袭此前的"要钱"模式,更不想和我爸说话,只好自己想办法。

当时,我顶着一头长及大腿的黑发,每次上街,总有收头发的阿姨问我要不要卖。我和我妈都舍不得。这天中午,我心一横,径直跑出校门把头发卖了,得了180元,足够买辅导书了。

晚上,一家人看到短发的我,都问怎么回事儿。

"卖了。"我低着头扒饭。

"那你卖的钱呢?"妈妈问我。

"都买辅导资料了。"我说得很小声,生怕她怪我自作主张。

妈妈却没继续问我什么,倒是爸爸看了我一眼,似是想说什么却欲言又止。

第二天是周六,爸爸很早就把我们姐弟俩叫起来,说要带我们去山上看看前几天放的网有没有捕到鸟。我本不想去,但被妈妈瞪了一眼,还是跟着去了。

我和弟弟跟着爸爸的脚印一前一后地在林间穿行,很快就来到了爸爸放网的地方。网上一只鸟都没有,爸爸让我和弟弟找个地方先坐下,他去别处看看。

结果他刚走没几步,我和弟弟就看到一条蛇在我们附近爬行,"爸爸!蛇呀,快点抓住它!"我和弟弟忍不住大叫。

爸爸快步折返回我们身边,把我和弟弟护在身后,手起棍落,一下就打到了蛇的要害。被敲晕的蛇还在挣扎,爸爸解开了随身携带的布袋,徒手抓起地上的蛇,把它扔进袋子中。

回到家后,妈妈看到我们竟然还抓到了蛇,就说可以拿去卖,现在正是吃蛇的好季节,这蛇一定能卖不少钱。第二天一早,爸爸和弟弟就去了村口那里卖蛇了。妈妈把衣服丢给我,让我先去洗衣服,她来做早餐。

等我洗完衣服回来,爸爸和弟弟已经在家吃着早餐了。弟弟一看见我,立马跳起来,拿起桌上的可乐给我,说他和爸爸卖蛇卖了好多钱。

爸爸还是像往常般慢条斯理地吃着饭,也没有抬头。等我回到房间,却发现我的书桌上也有一瓶可乐,底下压着两张红色的毛爷爷和一张字条,字条上写着四个字"好好学习"。

我愣住了,环顾四周,过了好久才拉开书包拉链,把钱放进了语文书里夹着。再一转头,发现爸爸正往我这边看了过来,我知道钱是他给我的,只是他不言,我也不语,就好像我们的那个"沉默比赛"还在进行。

其实,那一刻的我多开心啊,我知道"爸爸心里还是在乎我的"。可我还有点贪心,我希望他也能主动问问我的学习,希望他能像我发小的爸爸一样,笑着问自己的女儿:"有没有什么目标?中考打算考哪个学校呀?"

只是,直到中考后,爸妈才知道我要读哪所高中。而开学报到的第一天,爸爸只是起早给了我一个红包,就去工地开工了。即使我在前一天晚上问妈妈,"我住宿的东西太多了,能不能陪我一起去学校报到?"他们两个也都说自己没空,让我搭发小爸爸的三轮车一起去,这让我很是失落。

4

高中在离家 30 多公里的镇上,学校周六要补课,只放周日半天假,所以我只有到了月底大周末了才会回趟家。如此偶尔见一次,我的待遇总是不错的——家里总会有我喜欢的鸽子炖汤,妈妈还会准备水果和吃食让我带回学校。

爸爸也会试着和我说一两句话,但也就两句——"最近学习辛不辛苦?钱够不够用?"一开始我们还能一来一回地聊两句,多说几句,也就无话可聊了。

妈妈跟爸爸不一样,每次我回到家,她从不问我成绩,总给我说村里最近谁家的女儿出嫁了,我的哪个男同学当爸了,"怎么你就是要继续读书呢?当初要是初中读完了去打工,可能我现在也会当外婆了吧。"

每次听到妈妈这样喋喋不休时,爸爸就骂她:"傻婆娘,孩子有自己的想法,你就该支持。"我心里一紧,不敢望向声音的方向。

"我就发发牢骚,你女儿就不是读书的命,等她高中读完了,再继续打工那还不是一样的。"妈妈毫不掩饰对我的奚落。

这话一出,一屋子的人都很安静。我希望爸爸能继续和妈妈说点什么,可他没有,只是把头转开,继续喝着他的枸杞酒。

我心里只有一个想法,绝对不能如他们所愿,一定要考好一点。

2014年6月,高考考场外挤了一大群家长,但仍然没有我父母的身影,我心里憋着一口气进了考场。也许正是因为这种患得患失的心情,我发挥失常了——成绩出来后,只能读大专。

妈妈知道了我要报考的学校和专业,直接对我说:"你又不漂亮,长得还那么笨,再继续读书也是没前途的。不如去打工好了,这样可以减轻家里的负担,我和你爸也不用那么辛苦。"

听了妈妈的话,我的眼泪当场就流了出来。若不能继续读书,我就只能像村里大多数女孩一样,去工厂打两年工,然后就匆忙嫁人,我不甘心。但我又不敢底气十足地说出内心的想法,一则是我自己考砸了,二则一年学费5500元、住宿费1800元,我们家半年的农作物收入还不到5000元,爸爸帮人家盖房子的人工费一天是80元,还要等楼房盖好了才能结算人工费,眼下,家里根本拿不出那么多钱。

然而,一旁的爸爸却开口了,语气没有一丝迟疑:"你要是想继续读书,就是借钱我也会供你读,辛苦一点就辛苦一点,但是你这样一直哭,什么话都不说,我们哪知道你的想法。"

看着突然出声的爸爸,我反而哭得更凶了。

"我想继续读……"——这五个字最终还是从我嘴里说了出来,带着一点害怕和一丝不甘。

"想读就读,我是你爸爸,你是我女儿,你想要的,只要说出来,我都会尽量满足你。"

"她要继续读书你还能不给她读啊?但是钱呢?一下子我们是拿不出这么多钱的,你以为供一个大学生读书很容易吗?"妈妈既震惊又生气。

爸爸沉默了几秒,"总会有办法。"

这一刻,我的心里就像裂了一条缝,过去这么多年,所有对爸爸的愧疚、感激全都涌了出来。比起城里的孩子,想上学、甚至留学都是一件"理所当然"的事,但我却见过自己身边太多因为家里没钱而放弃读书的孩子。

比如表叔家的女儿,成绩一向优异,可表叔一句"没钱",即使她跪在地上恳求,表叔也一样视而不见,最终还是让她收拾被褥去工厂打工挣钱了。

和他相比,我的爸爸通情达理多了。

5

爸爸向在广州做警察的三叔说了我的情况,三叔倒是很开心:"我工作单位就在这个学校对面,他们学校都是我们的停车场。大舒要是来广州读书,正好我也可以照应她。钱的问题二哥你不用担心,只要她想读,我也可以供她的。"

最终,爸爸向三叔借了3万块,直接打进我的卡里,这就是我3年全部的学费加生活费。"我能做的,只有这么多了。这笔钱用完,就只能靠你自己了。"爸爸把卡递给我。

我点点头。

"寒暑假可以去打工,赚一些生活费也好。"他望向我,随后又补了一句,"往后,我不会再给你钱了,你自己算着花啊。"

看着手上那张卡——这是我家的第一张银行卡,我家此前没多少存款,所以从来没有银行卡和存折这种东西——又看看在旁边站着的爸爸,我鼻子一塞,喽嚅地说了一句,"谢谢爸爸。"然后,我竟无意识地上前抱住了他。是爸爸的应允,让我的人生多了很多可能,让我有机会选择我将来的生活。而对于他,为了这3万元,他得日夜不息地给人盖一年多的房子。

爸爸"哎哎"地点了点头,脸别过去,依旧什么都没说。

那个暑假我过得很舒心,我和爸爸之间终于能多聊上几句了。只是我已经习惯和他客气地交谈了,像是在刻意扮演一个懂事的好女儿。以至于表妹在一旁看到,都忍不住对我说,"你和你爸说话好官方,有点假。"

在离开家去学校的前一天,爸爸买回来了一个大芋头,说要做扣肉,还让我跟着他学。

"有人做给我吃就好,没必要自己学着做。"我竟也开始向他撒起娇来。

"打小你就喜欢吃扣肉,要是以后嫁人了,就吃不到我做的扣肉啦。我教你怎么调酱料,以后你要是想吃也可以自己做来吃,别想着我可以一辈子做给你吃啊,爸爸也是会老的,有一天我做不动了,我还想着让你做扣肉给我吃嘞!"不知道为什么,这天爸爸的话特别多,一反平日里沉默寡言的常态,还发出了一股子老头子般的悲凉感慨。

眼见爸爸已经腌好了五花肉和芋头,我自告奋勇:"我来摆盘吧!"

可我刚一出手,爸爸就急忙拦住了我:"错了错了,肉的皮要向下放,不能向上放,不然待会蒸熟了,倒扣过来的肉皮在下,就不好看了。这扣肉的精髓就在倒扣这个操作上,你现在这样摆盘待会都不用倒扣了,到时候酱汁不能回流,味道就没那么好了。"

这一次，爸爸做了三盘扣肉，让我带给三叔一份，另一份端去给爷爷奶奶，最后一份是我们晚饭自己吃的。

晚饭时，妈妈从自己的裤兜里拿出了一个红包，爸爸也从上衣的领口里拿了一个红包，说这是给我的出门利是，希望我出远门读书，在外一定要"利利是是，平平安安"。

看着爸爸那洗得发白的上衣，透过那薄薄的衣服，我甚至能够清楚地数出他身上有多少条肋骨。而手中的红包，更让我觉得异常沉重，我的眼睛好痒，想用手去揉。

"别哭了，吃饭吧，多吃点菜，往后要等寒假回家才能吃到这一口了。"爸爸夹了一块芋头到我的碗里，就没有继续说话了。

6

上大学后，我出去找了兼职，自己也因此开朗了不少。

妈妈在我离家前就下了命令，每个星期都要打电话给她报个平安，有时候我也会打电话给爸爸，但是只有在他生日和父亲节当天我们才会说上两句，聊天时长不会超过3分钟，就算有时我想多和他说两句，他的第三句话也是，"让你妈和你说吧，她在旁边。"

我们父女间还是维持着那种没有太多话、交谈不深的状态。

直到大二第一学期，妈妈在一个下午突然打电话给我，让我回去医院和她一起照顾爸爸，我们父女俩的关系才算翻开了新的一页。

那一次，爸爸盖房子时因为过度劳累，从手扶架上摔了下来，手插进了一旁的钢筋，露出白骨，他当场就不省人事了。

当天下午，我买了最快的一班高铁回去。爸爸看到我很惊讶："你怎么回来了？"他躺在床上，右手包扎着厚厚的纱布，我整个人都怕得发抖，眼泪又一发不可收地涌了出来。我竭力让自己平静下来，"你没事就好。"

妈妈还在工厂做临时工,不能总在医院陪爸爸,我便顺势留在了家里,每天医院家里两头跑着给他送饭。因为爸爸伤的是右手,我还要喂饭给他,很多次,脑海中竟想起很多年前他这样喂弟弟的画面,直到有次妈妈说,"你小时候,你爸也这么喂过你,虽然不如喂你弟弟多,但是那时候家里太穷了,累了一天了,还要休息。"

我鼻子一酸,嘴硬地说,"我知道,不要你说。"

那一个星期,或许是因为这样近距离的接触和单独相处,父亲似乎要把过去十几年没说的话全都补上一样,他问了我很多,我都一一回答了。

"有没有谈恋爱?"

"没有,我们专业男女比例1:10。"

"可以慢慢找个人先拍着拖,等到毕业了,工作几年后就能结婚了。"

他还告诉我在去上大学的这段时间,弟弟越来越叛逆了,经常偷家里的钱去网吧上网,"你做姐姐的,要多关心弟弟,多和他聊聊天。"

说完他叹了口气,换了个话题,问如果我们家要盖房子,两处地方我选哪个。

有好几次,我都想开口和他好好聊聊我心里这么多年的心结,但话到嘴边还是没能说出口。虽然心里的那些怨念早已过去了,但这么多年的客气和疏离,贸然开口谈这个话题,真是太难了。

爸爸出院那天,我问他有没有什么特别想吃的菜,我可以给他做。他说想吃扣肉。

我去菜市场转了一圈,没见到卖芋头的,便买了一根粉葛回家。爸爸看到了,安慰我说:"粉葛比芋头的口感清甜,做出来的扣肉也一样好吃。"

这一次,轮到我站在灶台前,把猪肉、粉葛洗净,晾干水后就开始起油锅。爸爸则坐在了烧火的椅子上,灶火映着他的脸庞,我突然发现爸爸的头发掺杂了很多银丝。

"你是不是很恨我?"爸爸突然出声问我。

我愣了一下,没敢看他,呼了一口气:"我没有,爸爸你想多了。"

"唉,都说女儿是父亲前世的情人,可我总觉我们两个前世一定是仇人。以前你不和我主动说话,我能理解你是青春期叛逆,但你现在都20岁了,你对我这个爸爸还是一副戒备防范的样子,也不主动和我说你学校的事情,也不说你生活上和朋友的事情。我怕你不喜欢,也就不问,可是今天,我觉得咱们还是要好好谈一谈……"

爸爸说这句话时,语气里透着无奈和茫然失措,我知道这是他下了很大决心才说出的话。我也知道,这一刻,自己终于可以把心里压抑许久的话说出来了。

"爸爸,你把我养那么大,还供我读书,所以我对你很感激。可是我心里一直有芥蒂,就是小时候,你们把妹妹送走了……就为了有个儿子可以养老。那年饭桌上,你说过一句话,我一直记着,你说,'女儿终归是别人家的。'就好像你养大我就是为了把我送人的一样。既然如此,当初你为什么不把我直接送给别人呢?"

"所以你是因为你妹妹的事,对我一直有恨吗?就一句话你就记到了现在啊。"爸爸听了我的话,小声叹息道,"你还是太敏感了。"

"大舒,你是我女儿,我对你和你弟弟是一样的。我打过你弟弟、骂过他,可是我一直舍不得打你、骂你。你爸是个粗人,嘴巴也笨,不怎么会说话,也不会表达太多。说实话,我觉得自己一点也不了解你,所以我真的不知道你一句话就记了那么久。可是,你是在我30岁那年来到了这个世上,第一次叫我"爸爸"的孩子,这种血缘里面的喜悦,是我一辈子都忘不了的。"

锅里的油开了,我用筷子夹起了那块五花肉,丢进油里炸,肉滋滋冒泡,整个厨房里满是花生油和肉的香味。爸爸还在我耳边喋喋不休,我的眼泪也一直泡着眼眶。

我心里的那根刺,终于拔出来了,可爸爸的话却又让我充满愧疚。

这些年我对他的冷漠、疏离,也一样深深地刺伤了他,作为一个挣扎在贫困线上的糙汉,他或许真没有那么细腻的心来处处为女儿着想,只是他以为慢慢长大的女儿能懂得他,却未曾想女儿"记恨"了他这么久。

我蹲下来,抱着他的膝盖,哭了起来,"爸,对不起……"

"我才应该向你说一声对不起,是我一直忽视了你,以为你会自己想明白的,可现在看来,我还是缺少和你的交流,才让你心里一直不舒服。"爸爸拍了拍我的背,似乎想要通过这样的举动让我停止哭泣。

我知道我们的"比赛"真的结束了,爸爸先"认输"了,而我却是个不甚光彩的"胜利者"。

那天晚上的两盘扣肉,味道不伦不类的,我以为是粉葛的原因。

"呀,我好像没有放陈皮下去,难怪吃起来总觉得少了什么东西。"我夹起一块粉葛,吃完后恍然大悟。

"第一次做,味道也不错。不过还是没有你爸爸做得好吃。"妈妈在一旁说。

"今年过年的扣肉就让你做了,我可以休息啦。下次放咪陈皮,味道就很可以了。以后都由你来做给我吃吧,我就不做了。"爸爸笑了。

"好呀,以后都由我来做扣肉,过年你就可以休息啦。"我也笑了。

后　记

2017 年大专毕业后,我找到一份和专业相关的工作,比起在工厂打工的小姐妹,这份工作虽然辛苦,经常出差熬夜,但我很开心。这也让我从心底感谢父母,尤其是当时坚定让我读书的爸爸。

从那以后,我和爸爸也更为"熟络"起来。

去年,我给他换了智能手机、教会他用微信后,他会经常给我发发语音。可每一次都是晚上,我问他为什么白天从来不说话,他说"怕打扰到你工作,而且也只是很平常的事情,不想浪费你工作的时间"。他还是处处都在为我着想。

这两年家里的年夜饭,都是由我来准备的,扣肉这一道菜终于也成了我的拿手好菜,只是每年我都会做两种扣肉,一种是和爸爸以前做的一样,放了陈皮的芋头扣肉,另一种是没有放陈皮的粉葛扣肉,那是我们父女"破镜重圆"的象征。

爸爸很喜欢吃粉葛扣肉,每次吃这道菜,他都会很骄傲地说:"这是大舒做的,你们都尝尝吧,可好吃啦!"

每次听到爸爸这样说,我都会不由自主地红了眼眶。想来那场旷日持久的"比赛",让我们错过了太多像这样美好的时光。

这一杯杨梅酒喝完，爸爸会醒来吗

墨　寻 / 时光荏苒，初心不改

这个初夏，亲戚们送来的杨梅多，都是黑炭梅。
父亲早早备好干净的玻璃罐，
趁新鲜，一颗颗挑出杨梅，
装到玻璃罐里头，放了厚厚的几层冰糖。

果肉被酒浸透后软绵绵的，
变成好看的紫红色，
酒液的颜色比杨梅更深一些。

1

父母的饭店店面转让出去两个多月了,店门前的人行道上堆满了泥沙,原先以母亲名字命名的招牌已经拆除,换上全新的牌匾,玻璃门内有三两工人进出,三轮车从门前滑过,再多的,就来不及瞧了。这个从小被我当作"第二个家"的地方,真的改头换面与我全然无关了。

回家收拾了几件衣服——入秋了,母亲已经在医院里陪护父亲小半年,只有最初几件轻薄的夏装轮换着。打开衣柜,挂在衣柜把手上的父亲的短袖一下掉地上了,我心里咯噔一下,赶忙捡起来挂回去。

父母亲房间的窗帘许久没有拉开过,我把窗户拉开了一些,给空调外挂机上种着的韭菜洒了点水。储藏室被杂物堆满,我扒拉许久,才在最里头的桶里找到存放着的杨梅酒,数一数,还有十余罐。

我赶在午饭时间到了医院,护工吃过午饭去午睡了,母亲正在病房里的卫生间洗东西,见我进来,指了指挂在墙上的袋子:"今天买了点小白菜,挺新鲜,鱼也新鲜。"

隔一两天,母亲就要去一趟医院附近的菜场——其实就是一家食材尚算齐全的小店——各种蔬菜都要买一点,想要买到新鲜的鱼和肉,就要去得更早。所有买来的食材都装在篮子里,挂在病房卫生间的墙上,从蔬菜、坚果到水果、杂粮,数量不多,却都备了。

"鱼给爸爸吃了吗?医生说病人得多补充蛋白,鱼肉牛肉最好。"我把带来的一次性饭盒一一打开放到塑料凳上,一只碗里装着咸鱼和酱油腻肉,还有一只装了半碗老鸭,鸭肉用高压锅炖了,肉质软烂,容易入口。

母亲从卫生间出来,在裤腿上搓搓手,手里抓着把白菜:"买了鲫鱼给你爸爸吃,还有番茄白菜萝卜什么的,都放点。哎,我都说了不用带什么菜来,我在这吃不了什么,吃不完也浪费,都叫你别带了。"

话虽这么说,母亲却显然有些高兴,她另拿了一只空碗,弯腰开始挑拣:"挑几块肉多的一会儿打给你爸吃,老鸭吃着补,汤也得给你爸留着。"

我走到病床边,把床头略微摇高:"你留点给自己吃,爸爸肉也吃不了多少。"

父亲今天剃了头发,整个人看上去精神不少,光滑的头皮上只留一层发白的发根,手术开颅的部位有点凹陷进去,边缘鼓着。此刻他仍沉沉睡着,但眉头还是皱着,微张的嘴唇因为死皮脱落过多渗出血丝。

我戴上口罩在父亲床前说了会儿话,手机开了音乐放在他耳边,便去卫生间看母亲忙活。狭窄的洗手台前,母亲正用小刀削了几片胡萝卜到烧水壶里,我凑过头去看,里面有菜、香干,还有几朵泡开的黑木耳。

母亲拿着烧水壶出来,拉开床底下的纸箱子,盐、糖、酱油和老酒都在里头放着,她利落地往壶里加了作料,撕开榨菜包倒了半袋子,又挑了几块腊肉一同放进去。除了给病人打流食用的破壁机外,医院不允许私自用电器。病房的墙上仅有一个插座,母亲用纸板遮了水壶,蹲在墙边守着,不一会儿,水便烧开了。

母亲用筷子挑开水壶盖,滚滚热气扑面而来,咕嘟咕嘟翻涌的热汤冒着泡,白菜正嫩,半熟的香干也是水一滚就熟透了。

"杨梅酒呢,带了吗?今天的菜正好用来下酒。"母亲问我。

我点点头,从背包里拿出酒来。舅舅和姨妈家每年都会送来几筐杨梅,不吃的话,在冰箱里放不得几天就软烂变质,父亲干脆就用杨梅泡酒,因为母亲爱喝。

  过去每日小店里忙碌完,母亲就会从柜子深处拿出罐子,倒少许玫红的酒液,再掺小半杯家酿糟烧。坐下夹菜吃酒,是母亲一天忙完下来最惬意的时候。她交叠着双腿,拇指食指松松捏着杯壁,跷起兰花指,微眯着眼抿一口,嘴角咧开嘶一声,酒下了肚,方才夹一筷子菜入口。

  有食客起身结账,打趣说:"老板娘酒量不错啊,可别喝醉了算错钱哪!"

  母亲夹一粒花生米到嘴里,两颊微微酡红:"这点杨梅酒醉不倒,喝了做事才更得力气些。"

  父亲平日不喝烧酒,顶多两罐啤酒的酒量,但对泡过酒的杨梅却喜欢得很,吃饱饭,罐子里一颗颗酒气冲天的红果被他夹到空碗里,眨眼就吃净了。

  这个初夏,亲戚们送来的杨梅多,都是黑炭梅。父亲早早备好干净的玻璃罐,趁新鲜,一颗颗挑出杨梅,装到玻璃罐里头,放了厚厚的几层冰糖。果肉被酒浸透后软绵绵的,变成好看的紫红色,酒液的颜色比杨梅更深一些。

  这个深秋,父亲突发脑溢血昏迷已经 5 个月了,藏在家里的杨梅酒都已经熟了。我在病房里拧开罐子,果肉和冰糖的甜香,几乎盖过了酒气。

2

  电热壶煮出来的蔬菜汤装了满满当当一碗,瞧仔细了,我发现里头还有点豆芽、包菜叶和香菇。我用勺子舀了口汤,烫嘴,却是越烫越鲜,出乎意料的美味。我忍不住叹道:"妈,真好喝!"

  母亲笑了,端起一次性杯子,呷了一口酒:"今天鱼肉给你爸吃了,鱼骨头就留下来煮汤,腊肉里的肥肉能当油用,还有榨菜跟虾皮,这样一起煮好吃。今天还买到了冰虾仁,买了10只,给你爸7只,还有3只在里头,吃着也鲜。"

见我连喝了好几口汤,母亲从壶里挑出菜让我多吃。我带来的大半锅米饭,母亲划拉了一半到碗里,剩下的放到塑料碗里用盖子盖严实了,说明天放医院的微波炉里,花5毛钱热一热就能吃。

我叫她订医院里的盒饭,母亲说又贵又不好吃,白浪费这个钱做什么。我知道,她平时早上都是去楼下的早餐店买两碗白粥,留一碗做午饭,晚上,她自己就煮粉干——粉干提前放热水里泡软了就很好煮,水壶一烧开就熟。她说今天带来的咸鱼和腊肉配粥吃正好,还能当煮面的配料,我又劝她,太咸的东西不能多吃,吃之前最好放水里煮一煮。母亲含含糊糊应着,大口大口扒拉饭,吃得很香。

"在吃饭啊,女儿来啦,带什么好吃的了?哟,还喝酒哪!"同病房的家属推了理疗机进来,打了声招呼。老阿姨六十多岁,和我们是同乡,说本地话。

"这酒甜得很,一点不辣口,阿慧她爸做的,我这手脚老毛病老痛,喝了能舒服那么点儿。"母亲叫她坐下来一起喝点,说酒要与人对饮才更有味,正好今天菜也多。老阿姨连连摆手说不用。

"咳咳咳——!"

正在这时,病床上原本安静的父亲突然瞪大了眼睛,肩膀猛地一弹,开始剧烈咳嗽。母亲筷子一丢,马上就要站起来,我忙按住她:"我去我去,你先吃。"

父亲猛烈咳嗽了几下停了,眼皮再次无力地垂下,眉头紧拧,脸咳得通红。气切口处的金属管道已经有浓稠的痰液喷溅出来,我双手消毒,拿管子吸净了,再用纸巾擦去父亲溢到唇角的唾沫。

"你妈昨晚一晚上没睡,你爸一咳她就起来,一咳就起来,你让她一会儿坐着歇会,你看她吃个饭都快睡着了。"

老阿姨一边给床上昏睡着的儿子按摩,一边放大了声音:"跟你妈说了,叫她多休息,她不听啊,护工拍背,她在旁边护着你爸,喂饭也要看着,生怕你爸哪里不舒服,又怕你爸吃不饱饿着。昨天半夜你爸体温高,她就坐着一晚上不睡觉,给你爸换毛巾擦身体,你看她现在脸色这么难看,坐都坐不住了快。这样下去,你爸没醒,她自己都要先倒了!"

母亲朝老阿姨摆了摆手,打断她:"我好得很,在这里天天吃了就坐,没事干,胖了很多了。"

我转头看母亲,乍一看感觉她脸是胖了,但其实是显而易见的浮肿,眼皮也肿胀着,连带着眼神更显疲惫。常年盘发的她,头顶的头发稀疏了,皮肤没了光泽,像失了水分的菜心,添了细密的皱纹。也就是刚喝了酒,脸颊有些红,脸色看起来才好些。

"妈,你晚上尽量好好睡觉,别总起来了。"我说。

"知道了,我有睡的。"

3

中午12点前,父亲身上带着尿管尿袋被抱到推车上,一路坐电梯到楼下,穿过住院部门前长长的空地,到达一排低矮的小房子——医院里仅有的一台高压氧舱就在这里。

包括父亲在内的4位病人在家属或护工的陪同下,同时被推进这个巨大的圆柱形密闭舱体,通过面罩吸入高纯度的氧气,使坏死的脑细胞能够在短时间里更好地修复再生,这是当前公认的昏迷促醒的常规治疗方式之一。

与父亲一同进舱的有位20岁的女孩,她是坐在轮椅上被推进来的,容貌秀丽,身段高挑,即使病了许久,眼神呆滞,也掩盖不住她的美貌。我从旁人断续的聊天中听到,女孩是因心脏骤停、抢救时间过长导致颅内缺血缺氧,昏迷了好几个月才逐渐恢复微小意识,她已经做了100多天高压氧,略见成效,还要继续做下去。

女孩的大眼睛定定地朝一个方向看,漆黑的瞳仁没有焦点,脖颈上的气切口已经愈合,留下一个肉色的疤痕。她双手僵硬,身体不受控制地发颤,如一只惊弓之鸟。她的父母看起来40多岁,与旁边人交谈的时候,时不时伸手捂住女儿的脸颊,替她整一整头上的帽子。

有人夸他们的女儿漂亮,做父亲的就笑,脸上是自豪和温柔,说女儿随妈妈,从小就好看。女孩的母亲蹲下来,握住她颤抖的双手,仰头轻轻同她说话。

我不由想起我20岁的时候——好像已经是很久以前的事情了,又好像还只是昨天。父亲的头发大部分还是黑的,肩膀宽阔,四肢健壮,手掌也是胖胖的,腿脚还利索,粗活细活都干得好。母亲是暴脾气,一有不顺就叨唠他,父亲就默默吃菜默默听,直到母亲消了气,才敢出声。我在假期睡够懒觉,醒来后就没心没肺地窝在房间里玩电脑,吃完饭把碗一推又溜回屋里去,没有忧愁,没有顾虑。

反正不管世界怎么变,我们一家三口总是在一起的。

两个小时的高压氧结束,我与母亲一前一后推着车回病房。住院大楼前的这段路坑洼不平,还有挖土机在周围施工。父亲身上盖着被子,风很大,母亲用毛巾半包着父亲的脸,不让凉风灌进去。

我说:"爸爸,我们在楼下啦,旁边有很多人,还有车,太阳很大你晒不晒啊?"

父亲微张着嘴,身体随着推车一晃一晃,没有任何回应。

回病房后,紧跟着要针灸。针灸师手里的长针一根根扎进父亲全身的穴道,头顶,手臂,大腿,小腿,全扎满了。最后一针扎在人中上,医生捏着针反复加重力道转动刺激,父亲面部肌肉收紧,嘴巴扭曲,显得狰狞,右手竭尽全力想要抬起,最后又无力地垂落下去。

比这更刺激的是电针,在全身插着的每根银针上导入电流,这种对于常人来说难以忍受的折磨,要维持半个小时。

针扎,电流刺激,吞咽训练,关节按摩,雾化,吸痰,各种项目一样一样地做,父亲的大脑仍沉睡着。护工架着腿窝,将父亲的身体侧翻过来拍背,父亲猛然睁开了眼睛,眼球血丝密布。母亲俯下身,手贴着父亲的脸,轻声说着:"不要怕不要怕,一会儿就好了,我让他拍轻一点,轻一点就不痛了,不要怕。"

父亲光裸的背上青紫了一大片,这是每天拍背留下来的,拍背时他的眼睛总是睁得很大,脸涨得血红,像案板上被重重拍击的鱼,挣脱不得,反抗不得。

砰砰的拍背声终于停止,父亲慢慢闭上眼睛,呼吸逐渐平稳。母亲弯腰将脸贴在父亲额头,在耳边叫他的名字。

"我们一家人拍张照吧。"我拿出手机,把头也凑到父亲边上。

我以前常想以后要一家人去影楼照个全家福,照片洗出来后要放大挂到墙上,进门就能看到。我低头看手机里刚刚拍的照片,我和母亲一左一右看着镜头,中间是沉睡的父亲,他嘴角耷拉,皱着眉头。

4

医院在市里,坐车回到镇上的家里要两个小时,这个点回去,到家该是晚上六七点了。出门前我将宝宝临时托付给在街上开店的表姐,到了晚上宝宝会哭闹。

我跟父亲又说了会儿话,带上空碗准备回去。母亲倒半脸盆热水,稍许晾凉了给父亲擦身,转头嘱咐我:"记着下回来带些烧酒,你爸去年刚烧了两大缸,都在老屋里放着,就打算以后存着慢慢喝。杨梅酒单喝太甜,需得掺些酒进去才好喝。"

我背上包,点头应了。刚站到电梯门前,母亲又追了出来:"等下等下,还有东西给你。"说罢,她折返回病房,片刻后手里拿了东西过来,是两个橘子,一并塞到了我手上的袋子里去:"这个你带回去吃。"

我愣了愣,伸手想要拿出去:"我来医院怎么还带东西回去啊,哪来的橘子啊,你留着自己吃啊,我回去想吃什么都有。"

"隔壁床亲戚送的,你不是喜欢吃橘子吗,行了快走吧,电梯来了!"

我被推进电梯,电梯门合拢前我看到母亲站着,朝我挥了下手,我没来得及说上一句话,她身上红色的衣角一闪而过,看不见了。

回去的公交车上,我剥了一个橘子,皮很薄,还是青绿色的,只在两头凹陷处有些微微的黄,橘肉酸中带甜。

小时候我常吵着要吃这种橘子,母亲总说橘子上火不让多吃。现在我长大了,想吃多少都可以,但味道又不是那种味道了。

隔天,我带了些水果去看爷爷奶奶。父亲养的鸡鸭就在他们屋子后面的泥地上跑来跑去,脑溢血前,他天天回去一趟料理鸡鸭,顺带带些米菜给爷爷奶奶。父亲倒下的几个星期前,我还随他一起回来喂过鸡。鸡鸭原本是要卖掉或送人的,母亲不舍得,就托给附近的邻人料理了。

91岁的奶奶正躺在椅子上昏昏欲睡,我一边喊她一边跨进门槛。她闻声睁开眼睛,慢悠悠地问:"是谁啊?"

我大声回答:"是我,奶奶。"

"阿慧啊?是不是阿慧啊?都不一样了认不出来了。"奶奶颤颤巍巍地坐直了身体,转头唤爷爷出来,放在膝盖上的手布满青筋,抓过袄子盖在身上后,看着我问:"你爸怎么样啦,什么时候回来啊,怎么还没回来?"

"已经好多了,现在医生还不让回来,说要好好休养,他腿还疼下不了地,所以也不方便走路得躺着。"

"你妈在医院是吧,怎么也都不回来啊?"爷爷走出来,坐在藤椅上,旁边的收音机敲敲打打唱着不知名的戏曲。

"嗯,在呢,她在照顾我爸,都挺好的,你们放心吧。"

"哦,那你爸爸什么时候回来啊?"奶奶又问了一遍,爷爷大声和她说:"腿疼呢,走不了路,得等腿好。"

"哦,那下个月应该回来了。"奶奶囔囔着。

我和他们再说了几句,起身走去后门。后面庭院的阳光很好。父亲种的南瓜长得茂盛,肥厚的藤蔓一直延伸到了围墙外面,层叠的叶片间或藏着几只发青的果实。有鸭子蹲在叶下,时不时扑棱翅膀。父亲曾说,等最大的这两只南瓜红透了,就可以摘回去煮南瓜汤,自家种的,肯定比别家的更甜。去年父亲埋下的番薯也结满了新藤,挖进去或许能有收成了。

奶奶家旁边就是我家住过的老房子,我曾做梦都想能够住上干净漂亮的楼房,早日从这里逃离。

父亲收养的黑猫躺在水泥板上,才刚靠近,就竖起耳朵警觉地看着我。我拧动钥匙,木门咿呀一声开了,屋里一片漆黑,只有窗格间漏下几缕微弱的光。我开了灯,过去吃饭的桌上堆满杂物,积了一层厚厚的黑灰。父亲做的两缸子烧酒摆在角落,取下封口的黄泥盖与荷叶,拿下箍着的皮筋,掀开塑料薄膜,幽幽酒香弥漫开来。

我用酒提盛了一瓶子酒,小心翼翼拧上瓶盖,再把酒缸的盖子一层层套回去。提着酒瓶在原地定定站了会儿,我踩着木楼梯去了二楼。

楼上的房间比我印象中似乎缩小了,破旧的床和衣柜,是母亲当年的嫁妆,一台立式空调放置在角落,用破布裹了,只露出点边角。

我就这样呆立着,衣柜斑驳泛黄的镜面映出我模糊的身影。

5

晚上给宝宝洗好澡,接到了医院父亲同病房家属老阿姨打来的电话:"出事了,你妈跟护工吵起来了,好像是你家请的这个护工说每天抱你爸爸去做高压氧太累,要加钱,你妈不同意,护工现在也不知道去哪了,你妈刚在那偷偷哭呢!你赶紧想办法叫那个护工先回来,不然你妈一个人没办法的。"

我挂了电话,手有点抖,在手机上划拉半天才找出护工的号码,打了过去。和护工谈完,我立刻给母亲打电话。

"喂,妈,你在干吗?"

"没干吗啊,正坐着呢,刚给你爸喂点水。"

母亲的声音平稳,和每日我与她通话时的语气并无不同,我直接说:"妈,我刚给咱护工打电话了,他的意思是觉得每天抱爸爸吃力,想多加点工资,我和他说好了,每天再多给他10块钱吃饭补贴,再高就真不能答应了,他同意了。"

"真的?我以为他不做了要走了,刚才他说每次抱你爸爸下去做高压氧要加20块钱!这么贵哪能行呢!现在都说好了?不会变卦吧?"

"都说好了,你放心吧妈,只要能帮忙把爸爸护理好,多加点钱就多加点,不去计较了。"

"要是有钱还计较什么呢,这也要钱那也要钱,你爸要再醒不过来怎么办呢?"

"会醒的。"我按住在旁边翻来滚去的宝宝,还没到休息的时间,话筒那头很吵很乱,我问:"爸爸睡了吗?"

"今天一整天没怎么睁开眼睛,叫也不睁眼,精神很不好。"

母亲的声音在嘈杂的背景音里有些模糊,我心思放在了开始哭闹的宝宝身上,便简单交代了几句:"爸爸睡的时候你也睡吧,别太累了,早点睡觉。"

"知道了。"

我隔两天才去医院,匆忙吃了午饭出发,到医院时已经下午1点了。进病房时,母亲正坐在父亲病床边打瞌睡。

我轻轻把手里的袋子放下,母亲却一下子醒了,抬头问:"怎么了,针打完了?"

"没呢,我看着,你先吃饭吧。"我把带来的塑料碗盖子打开,摸一摸,饭已经凉透了。

秋天的河蟹肥美,我托摊主挑了两只大的,放点冰糖老酒炖了带过来。母亲皱眉,"又带这么多东西过来,下回这些贵的别买了。"

我从包里掏出装了烧酒的瓶子,母亲接过去开盖闻一闻,笑开了:"这酒果然香,你爸说过这回做的酒好,给多少钱都不卖,就留着自家人喝的。"

"呀,你喝这么多!"老阿姨惊讶地凑过来看。

母亲搬凳子坐下,晃晃手里的塑料杯:"这算不得多,烧酒一掺就淡了,就这么一瓶还不够我喝一星期的,顿顿喝,喝不了多久。"

"妈,你还是少喝点。"我忍不住插嘴。

"酒当然要喝,不喝酒时间怎么过得去,就得喝。我以前在店里喝得更多,想吃什么菜都有,配着酒,日子才舒坦。"母亲酒量不算好,此时已微醺,说话带股子酒气。

我知道母亲很犟,说多了会生气,也知道她只有这片刻的休息,叹口气,不再多说了。

也到父亲吃饭的时间了,他的饭种类多,核桃红枣薏米燕麦青菜萝卜苦瓜鸡蛋,还有母亲挑出来的鱼肉,所有食材全部混在一起,用破壁机打成糊状,抽到针筒里,打到鼻饲管内,直接流到胃里。父亲一顿

"吃"4针筒的量,大约240ml,多的食物,只能倒掉。

河蟹壳硬,母亲在一旁吃得嘎嘣响,我戴上口罩,一边打流食,一边弯腰对父亲说:"爸爸,你看妈妈背着你偷吃呢,别急啊,等你醒了让妈妈多给你做点好吃的,我想想叫她买些什么你爱吃的呢……首先要买大螃蟹,现在的螃蟹可肥呢,蟹钳里都是肉,蒸熟了蘸酱油醋吃。鱼头炖豆腐,叫妈妈多放点辣椒和咸菜,还有你喜欢的青椒鱿鱼,来点儿淀粉,汤稠稠的又鲜又嫩,想吃吗?你醒了就给你做,快点醒吧爸爸,醒过来我们回家,我们一家人坐一起吃饭,宝宝也坐餐椅上一起吃,我们一起吃……"

兴许是我太吵了,父亲无意识地睁了眼,扎着针的手滑到身侧。他的右手在睁眼时能够动一动,左手从病发后就没能再动过,手指枯瘦了,大拇指僵硬地朝内弯抠。

这只干过无数粗活累活的手,大概永远不能动了。

6

神经外科的办公室有4位主治医生,我跑去门口看了一眼,里头坐着的是最年轻的那位。我心里高兴,这位医生有耐心,可以详细地多问几个问题。

"孙医生,我是31号床家属,想请问您我爸爸的肺部感染情况这两天怎么样了,之前说这几天体温稳定的话,抗生素可以暂时停了不打?"

"嗯,我看看。"医生在电脑上调出父亲的记录,眯眼仔细看了会儿,"这样,上次痰培养,又检验出了新的病菌,肺炎克雷伯菌,这个细菌的话,本身不难治,也有对应的抗生素,但是病人卧床时间长抵抗力差,很难根治。原本是打算抗生素先停段时间,这边已经用到很高级的抗生素了,用的时间也长,再用下去怕会产生耐药性到最后无药可用。但是,唔……看最近的验血结果,你爸爸现在的情况炎症指标还是有点高,抗生素还停不了,再继续观察几天吧。"

"如果炎症控制住了有好转就能停?"

"抗生素不是你想停就能停,用药都是有一个过程的,这次新的抗生素才用了几天,还没有到真正起效的量,如果停了,那前几天的就白用了。过几天吧,到时候再验个血。"

"那医生,我爸爸现在高压氧已经做了4个疗程了,还没有什么效果,还要继续做下去吗?"

"高压氧这个效果因人而异,通常建议继续做两个疗程再看吧——不过,你们家属也做好心理准备,可能就是永远醒不过来的——这里到最后醒不过来的太多了。"

我走出医生办公室,回病房前,碰到打完热水回来的老阿姨,她朝我招招手,示意我过去。

"你妈肯定没有跟你说,昨天护工给你妈量了下血压,高得很!你得带她也去医生那看看,该吃药就得吃。"

病房里,母亲正把我带来的塑料盒摆到凳子上,杨梅酒也开了,倒了大半杯。我问她:"妈,你血压高了?"

"啊?是有点高,不过没关系的,我是更年期,这段时间熬夜没睡好才高了点,我以前还低血压呢!"

我揉揉发痛的太阳穴:"以前是以前,你现在年纪大了血压高就得重视,你看爸爸他……还有没有别的不舒服?酒也不要喝了吧,不能喝了。"

"你女儿说得对,这酒你是不能喝了,血压高喝不得酒。"老阿姨附和我。

母亲却依旧倔强:"说了跟喝酒没关系,我注意点休息就好了,就是睡不够啦。"

我知道母亲脾气倔,但没想到她这么冥顽不灵听不进劝,语气不由更加重了:"妈,酒真的不能喝了,我都说了你就先暂时不要喝,先停一停,爸爸已经这样子了,万一你再出事该怎么办!"

"不喝就不喝,我走,你来照顾你爸,你留在这里行了吧!"母亲一把将杯里的酒倒到垃圾桶,拿着筷子的手微微颤抖,低头开始吃饭。

病房里沉默了,我没有再说话,母亲也没有。

我赶在医院下班前带母亲去了内分泌科,母亲的脸泛红,做着抹脸的动作:"我早几年就更年期了,有时候会很热很热,你想象不到的那种热,像火着起来那样,热起来就很烦躁,这几年都这样。"

医生听了母亲的描述,诊断这属于更年期综合征:"绝经妇女体内性激素分泌减少,卵巢功能衰退,会对女性生理和心理上产生极大影响。潮热,出汗,血压升高,性情烦躁这些就是典型的症状,症状明显的会严重影响日常生活,是需要吃药调理的。"

母亲听了,眼神亮起来了,不住地点头:"我说是更年期的关系吧,他们都不信,说我是喝酒喝的,说我是自己怕热,我就知道是有原因的。"

医生开了两种常规的药,拿到药后,母亲明显轻松了——这个问题困扰了她太久,没想到简简单单两瓶子药就能有效,她一路研究药瓶,虽然看不懂字,脚步却轻快了。

母亲以前常说父亲体质差,感冒头痛胃痛小毛病不断,她就冰的辣的想吃就吃,感冒发烧不用吃药过两天就好。在店里时多的是人夸她皮肤好,白,细腻,不像50多岁的人。除了长期掉头发、长年烧菜导致手臂无法举到头顶、腰肌劳损发作时偶尔直不起腰外,母亲从来是风风火火直爽利落的,熬夜,劳累,什么都打不倒她。

但现在,我意识到母亲老了,她真的老了。我叫她回家休息两天,这里有护工在,我老公不上班的时候也会过来,但她依旧不同意,摆摆手说,反正回家了也睡不着,不安心。我再多说几句,她就说:"就这样吧,过段时间再说。"

回家前,我嘱咐她药要记得吃,有不舒服了给我打电话,她在电梯前冲我摆摆手:"知道了知道了,快回去吧。"

7

堂姐在微信上找我,说前两天她去看奶奶,奶奶托她叫我回去一趟,想问问我父亲的病情。我想好了措辞——无外乎就是让她老人家放心,我爸的病不碍事,就是需要休养,一时半会回不来。

我抱着宝宝进了门,奶奶原先是半眯着的,见到宝宝果然很激动,拄着拐杖就站起来了:"这么大了,几个月啦?"

"快8个月了。"

"像你,像你。"

我看奶奶的腿脚站不大住,还努力伸手想抱一抱宝宝,心底有点发酸,干脆将宝宝抱过去,刚放到她腿上,宝宝哇一下哭了,我只好又抱起来转着哄。

"你过来下,走近点。"奶奶突然放低了音量,冲我招招手。

我以为她是想要离宝宝近些,就走过去坐到她身侧。没想到奶奶问我:"你现在钱够不够用啊?你爸看病花了多少钱了?"

我斟酌了下语句:"没仔细算呢,花了挺多的了,在医院开销是大的,现在还够用的。"

奶奶凑近我,音量更低了:"我跟你说,奶奶这还有两万块钱,谁都不知道的。你叔叔婶婶也不知道,只有你爸知道,是你爸帮忙存到银行里的,你家店也没开了,你爸以后做不了事情了要吃老本了,这两万块钱给你爸用。"

我张了张嘴,一下子不知道说什么。

"不告诉别人,这个钱就给你爸,你说你爸腿痛,现在好点没啊？你爸什么时候回来啊？等他回来了给他。"

"还要再过阵子,恢复得再好一点,医院里医生专业,就再住段时间。"我看着奶奶期待的眼神,故作轻松地笑着逗宝宝。

"哦哦,那下个月会回来了吧?"

"说不准。"

"那过年呢,过年总该回来吧？和你爸说,过年得回来,不要在外边过,钱不够用我这还有,给你爸留着。"

推托的话到了嘴边又咽了回去,我笑着点头:"嗯,回来了就一起过年,到时候我爸爸肯定先来这看你们。"

奶奶高兴了,握着拐杖絮絮叨叨念开了:"回来就叫你爸爸鸡啊鸭啊都不要养了,你爸以后不能赚钱要吃老本啦,我这边钱留起来给他,我跟你爷爷平时就买个菜,花不到钱的啊。你没事也就别老去医院啦,你妈在就够啦,你在家里带孩子,孩子要带好啊。"

"知道的奶奶。"

"宝宝几个月啦?"

"快8个月了。"

"8个月啦,这么快,记得要多抱来这玩啊,来多了就熟了,要多来。"

……

太阳快下山了,漫漫霞光披洒下来,老屋门前的扁豆长了密密实实一整面墙,翠绿的叶子,紫里透粉的小花,藤条上挂着一簇簇深紫色的豆子。宝宝昂着头看了很久。

入秋后天黑得快,我把宝宝放到推车里,朝爷爷奶奶挥挥手。我推了几步回头看,奶奶握着拐杖坐在老屋门口的椅子上,爷爷在一旁站着,那只黑猫从他们脚边走过。

8

自从吃了更年期的药后,母亲在电话里和我说,不知道怎么回事,整天整天地想睡觉,全身无力。我查了下,发现药的副作用就是会导致口干、头晕、嗜睡、肌肉关节酸疼。看来,这药还是得先停了。

我跟母亲说了爷爷奶奶留了钱想要给爸爸,电话那头沉默了半晌,才有一声叹息传来:"他们总算还是记得你爸的。为什么要等到你爸变成这样了,他们才想得起来呢?"

"爸爸对他们好,他们心里其实都是知道的。"我说。

"能知道什么呢,有些东西他们这辈子也不会知道了。"母亲停顿片刻,又说,"你去老屋里盛酒,不要给你爷爷奶奶知道,不然又得念叨。"

"我知道。"

临去医院前一天,我又去了趟老房子,带了一个西瓜、几个苹果,还有几条带鱼和一小箱饼干。这些,爷爷奶奶爱吃。

我推着宝宝隔老远就开始叫,奶奶连忙应了,拄着拐杖站到了门槛前。坐下没说两句话,奶奶就唤爷爷去柜子里拿东西。爷爷转身取回一个布袋子,里头是一袋参片,还有一罐子冰糖:"这个啊,是东洋参,去年奶奶90岁别人送的,是好东西,你拿去给你爸喝,苦的话就加点冰糖,你爸喜欢甜的,可以给他多放点。"

东洋参要放在陶瓷杯里盖着盖子隔水蒸,清早蒸好后,我揣在怀里坐车带去医院。参汤可以当水用针筒打进胃管去,参片和食物一起用破壁机打了再喂,这样吃进去,应该能补充些元气吧。

这周开始,母亲在医院订饭吃了,一天25元,3顿餐。盒饭里大多是大锅炒出来的蔬菜,偶尔有一道荤菜,母亲就把肉挑出来,用开水洗过留给父亲"吃"。她自己在菜场另外买了点豆干和花生米,倒酱油进去,足够做下酒菜。

我带来两道新鲜的荤菜,母亲掐着自己肚子上的肉,悻悻地说:"天天吃了坐着,胖了这么多,见不得人了,不能再多吃了。"

我把父亲的脚用枕头压好,回她:"你就吃点菜吃口饭,胖什么,这个东洋参你也喝,你多喝点,喝完了我再去买。"

母亲抬手抚了抚头上弯曲翘起的碎发,因睡眠不足更显肿胀的眼皮松松地垂下:"头发也越掉越厉害了,梳一次掉一大把,再这样下去就要盘不住了,就真的见不得人咯,你爸爸又醒不过来……"

我坐她身边,轻声道:"妈,跟你说个事,前两天我朋友和我说咱那边有个辅导班招老师,专门教作文的,叫我可以去试试。"

"真的?教作文啊?你能教吗?"母亲的脸一下亮了,眼睛也是亮晶晶的,带着说不出的欣喜。

"能啊,怎么不能!"

母亲笑弯了眼睛,举着筷子的手在半空划拉:"好好好!教作文好啊!你早就该去教了,教别的不敢说,作文你应该可以啊,你小时候作文还是你爸教的呢!"

"就是得先去听课学习,还没有工资拿,上课主要是周末上,平时也得过去培训,这样子来医院的时间怕会更少了。"

"没事没事,你只管去,这边你不用管,你去上班带学生,不管工资高低都好,你就适合做这个。"

母亲几口吃完饭,俯身弯腰在父亲耳边说话:"阿慧要去教作文啦,以后可以自己带学生教啊,你高不高兴啊?早点醒过来啊,看看阿慧教作文啊。"

父亲睁着眼睛,眼球没有之前那样发炎红肿了,仍是直勾勾朝一个方向看着,右手不时在身侧滑动。我握着他的手,轻声对他说:"爸爸,对不起啊,我这么大了也没有什么能让你骄傲的地方,你放心啊,以后我会好好工作,努力赚钱,你不要再那么辛苦了,我们一家人在一起,每天一起吃饭,一起看电视,一起做很多很多事,好不好爸爸?"

不知是错觉还是心里太过期盼,我好像看到父亲的眼珠动了动,往我这边转了过来。他的手动得更厉害了,在我手心不断拍打,像要试图和我说什么一样。

我抓紧他的手。已经有150多个日夜没能听见父亲的声音,我每天都在问母亲,父亲是醒着还是在睡。人的适应能力真是强到可怕,原本根本无法想象的现实,竟然也挨过去了。我是,母亲更是。

回家前,母亲叮嘱我:"下次来记得再带瓶杨梅酒来,烧酒装满一些,不然一下就喝完了,省得麻烦。"

我应了。

"没得点酒,日子更难过。但是喝完了,就没有了啊。"母亲悠悠叹一口气。

秋天走远了,马上是冬天了。

愿上苍再多给父亲一些机会,我想在晴朗的天气推他出去晒太阳,看着清晨湿漉漉的空气被上午的阳光渐渐驱散,感受傍晚轻柔的风吹拂在脸上。

阳台上的被子晒松软了,刚刚学会走路的宝宝在咯咯笑,三轮车吱呀从楼下路过,遇到的邻居拉长了声音同你打招呼,远处的卷帘门窸窸窣窣被拉上。穿着校服的学生三三两两走在路上,叽叽喳喳说着笑话。楼房前的巷子安静下来了,大猫带着小猫在灌木草丛里穿行。街边的烧烤香气弥漫,开了盖的冰啤酒涌出白色的泡沫。

家里的灯是晕黄的,光线照在沙发上,有明暗纵横的纹理。柜子上的盆栽吸了水,散开的叶片投下一个剪影。父亲的世界这么小,我还想陪他再多看看。

待到明年的初夏时节,父亲的杨梅酒,我也想试着做做。

粒粒白米是人生，
一只红鲟是爱意

伊 一 / 一墨一心语，一步一光明

母亲用筷子夹起红鲟盖的瞬间，
隔着满桌的香气，透过隐隐的蒸汽，
我似乎看到母亲眼角的泪痕，

待我再仔细瞧过去，
却见母亲如孩童般欢呼起来：
"阿端，是这个味儿，是我小时候吃的味！"

1

1975年,我出生在福州的一个小镇上。彼时母亲已41岁,生完我后,她的身体越发弱下去,常年药不离口,记得幼时我向她撒娇索抱,总被父亲一把拽开。

母亲性格温柔谦和,是典型的江南女子,也是虔诚的基督徒,严格遵照基督教义行事为人。我是老幺,上面还有三个姐姐两个哥哥,孩子多了,拌嘴打闹的事也常有。可母亲却从未责骂过我们,更别说动手打。父亲则性急,不善言辞,没说几句话就脸红脖子粗,再解释就说全是在部队养成的习惯。

不过,性急的父亲对母亲却极有耐心。

打我记事起,父亲已是镇上一家中学食堂的主厨了,平日还会帮十里八乡的大户人家操办红白喜事。即便常年营营役役,他却几乎包揽了所有的家务活:做饭、洗衣、做卫生,甚至包括一大早起床倒马桶——这在当时大男子主义盛行的福州,简直算是异类。镇上女人们常夸母亲好命,嫁了个好丈夫。母亲就红着脸,低声应承。

然而,我小时候半夜醒来,却瞧见过几次母亲跟父亲"怄气"——母亲坐在床边垂泪,父亲站在一旁搓着手来回兜圈子——我二话不说就翻下身去,狠狠推父亲一把,"不许欺负我妈。"

我人小力气却大,好几次父亲都被推得打个趔趄摔倒在地上。每逢见此,母亲就"扑哧"一声笑出声来,父亲则轻拍我的屁股,"快上床,小心着凉。"而后,他俩闭灯睡觉去了,留我一人百思不得其解。

1981年9月,父亲让我跳过幼儿园大班直接上小学,幸好我从小跟着母亲上教会读诗,识字对我不算难,彼时大姐刚出嫁,其他的哥哥姐姐要么上班,要么住校上学,家里就剩父母亲、三姐和我。

父亲看我会识字后,便拿出珍藏的菜谱让我念着玩。偶尔他在家时,我便搬了张小竹椅坐在他身边,问:"这个字怎么念?""什么是海米?勾芡是什么意思?"……

冬去春来,一本菜谱几百道菜,我挨着念了几个来回。偶尔念到一道菜,父亲让我停下来再念一遍。起初,我以为是哪儿出错了,而后才发现是父亲想听得仔细点买材料来照着做。

"爸,这个菜你没做过吗?"

"怎么没做过,当年在部队炊事班,我南北菜系都做了个遍。"

"那为什么在家里还做这些菜?多费钱啊。"

父亲把刀往菜板上一砍,刀稳稳地立在案板上,"阿红啊,你得记着,人生就像做菜,菜谱是死的,人是活的。该讲传统就得讲传统,但不能死讲传统,要懂得因地制宜。就如广东的菠萝咕咾肉,来了福建就成了荔枝肉,到了东北就是锅包肉,表面上看只差一点点,可实际上差的不仅仅是外表,还有内里的滋味……"

每逢父亲讲"大道理"时,我就不懂装懂地点头,心里想着,只要父亲能给我做好吃的就行。

在那个缺衣少食的年代,我家伙食一直是出了名的好,顿顿三菜一汤,就算只有番薯南瓜,也能被父亲侍弄出别样的滋味。

时隔多年,许多同学提到去我家蹭饭的事,往往都以"你家的饭比我家年夜饭还好吃"为结尾。那时我也为此苦恼——父亲做的菜太好吃,我一直是同龄人中最胖的姑娘。可饶是如此,我仍控制不住自己这张吃货的嘴。

第二年冬至前后,父亲又摸出本《闽菜大全》让我念。当我念到"八宝红鲟饭"时,图片上的大红鲟挥舞着两只大螯,配上油光发亮的八宝糯米饭,实在诱人,我咽着口水问:"这不就是螃蟹吗,为什么又叫红鲟?"

父亲给我解释了红鲟与螃蟹的区别,随后又补了一句,"反正煮到最后都是红红的,吃起来每一口都鲜得不行。"我急不可耐了:"爸,我想吃红鲟饭,明天你给我做一顿嘛。"

一旁做针线活的母亲就笑着说:"傻丫头,红鲟可是稀罕物,就我也只在小时候大年三十晚上才能吃到。每次我爸边开鲟盖边说吉利话,然后把大螯夹给我吃。那味道香到骨子里,到现在我还能记得呢!"

原本在躺椅上悠悠然的父亲一下子坐起来,双眼发亮地看着母亲。我没想那么多,不管不顾地嚷起来:"那我今年大年三十晚上也要吃红鲟饭。"

"一只红鲟得花你爸半个多月工资呢!咱家前几年盖房欠的债还没有还完呢,可吃不起,等还完债了让你爸弄一盘。"母亲又说,我赶紧闭了嘴。父亲摸了摸我的头,没有吭声。

2

日子一晃到了年底。母亲按着习俗,先"笐堂"(大扫除)做卫生,洗洗刷刷到腊月二十三,然后开始蒸糖粿(红枣花生芝麻红糖蒸成的年糕)、做米粿、炸海蛎饼。那时家里没有冰箱,母亲炸完留给我们少许,便将剩余的放在大竹筐里,吊在房梁上,说是怕老鼠偷,我只觉得她是怕家里我们这几个馋猴儿偷。

过了腊月二十五,母亲开始带着我去街上备年货,又送了一些去镇北的四个舅舅家。这些日子,总不见父亲,每天都是我睡着了他回来,我醒了他已出门。母亲说年底正月,结婚的人多,父亲有时候一天都得串好几家的场。

那一年,父亲忙到腊月二十九才结束。大年三十一大早,父亲便喊我起床,骑着二八自行车,我斜坐在前梁上,一路"叮零零"地往街上去。从镇尾到镇头,都是卖春联鞭炮、年糕水果、花生瓜子糖果蜜饯等年货的摊子,浓浓的年味漾满了整条街。

路上,但凡看到家里没有的东西,父亲就会停下买个一两样,车后座被塞得满满当当。待到海鲜市场门口,我在外看自行车,他独自进去,没一会儿便拎了许多东西挂在车把上。

回去时,他推着自行车在前,我拎着大袋小袋跟在后,看着父亲宽厚的肩膀,耳边响着"叮零零"的自行车铃声,心里的欢喜都快要溢出来了。

到家时,姐姐们忙着洗洗刷刷,母亲在厨房忙着蒸包子、炸面食,满屋都飘满了香味。午饭后不久,父亲便钻进厨房开始忙活。我跑到门外溜达,街上的小贩也收摊回家,人渐渐少了,鞭炮声却开始此起彼伏,家家户户的厨房里也开始飘出饭菜香。

到了傍晚,父亲开始喊姐姐们帮着端菜,我争着要摆筷子放碗,母亲坐在一旁紧着吩咐:"一定要小心,大年三十不能打碎碗。"转眼间,八仙桌上已摆了九道菜,最后父亲端上一个盖得严严实实的大圆盘放在中间,一丝似有若无的异香迎面袭来。我使劲地吸了吸鼻子,伸手要去掀盖,被父亲瞪了一眼。

母亲带领我们做完饭前谢恩祷告(基督徒饭前仪式)后,父亲掀起锅盖,一只大大的红鲟趴在盘子中间,我大喊一声:"八宝红鲟饭!"

母亲横了父亲一眼,父亲却嬉皮笑脸:"来,全家妈妈最大,有请妈妈来开盖。"

原来,饭当中的那只红鲟盖,唯独长者才能打开,在打开之后,意味着年夜饭正式开始。母亲用筷子夹起红鲟盖的瞬间,隔着满桌的香气,透过隐隐的蒸汽,我似乎看到母亲眼角的泪痕,待我再仔细瞧过去,却见母亲如孩童般欢呼起来:"阿端,是这个味儿,是我小时候吃的味!"

父亲给我们一人盛了一碗:"今晚红鲟饭个个都得吃。吃了来年我们家能蒸蒸日上,十全十美,日子越来越红火,越来越好,发大财!"

"好嘞——!"那年的年夜饭,深深地烙在我记忆深处:明亮的灯火,氤氲的热气,满屋的饭菜香,间或夹杂着水仙的冷香。屋外的鞭炮响彻天,却怎么也盖不过满屋的欢声笑语。

吃过饭后,一家人围在父母亲的卧室里"坐三十暝晡"(俗语,即守岁),发完压岁钱后,我们围铺的围铺(坐在床上,盖着被子取暖),打麻将的打麻将,我趴在母亲的腿上,睡意蒙眬间,母亲却一反常态地讲起了她小时候的事。

曾外公家当年是我们县远近闻名的大户人家,家产颇丰,曾模仿山西的王家大院,在镇北边盖了108间房子,房连房、院连院,巷道纵横,下雨天不打伞挨家走遍都不会淋湿,那个后花园在我们当地数一数二。曾外公当时说,"这些房子让自己的子孙住个十代八代都没问题。"

几次土改后,外公的田地和家产悉数上交国家或分给贫农了,一家连老带小十多口人窝在早先给长工预备的一间小耳房里。

1961年秋天,父亲从部队回家探亲。镇北的六姑婆见父亲人将30仍孑然一身,就做媒把母亲介绍与父亲。

父亲对母亲一见钟情,私下对媒人说:"看她第一眼时,我就知道这辈子做我老婆的只能是她了。"之后,他不顾上级阻拦提前转业回到地方,进入县公安局工作。第二年,又不顾领导和家人的反对娶了身份不好的母亲。

没几年,"文革"开始了。县领导也找父亲谈话,让他在母亲和公安局局长的职位两者间做出选择,父亲毫不犹豫地选了前者,随即离职回镇上当了一名中学食堂的厨师,还哄母亲说,"食堂伙食好,回镇上能方便照顾家里。"

"文革"结束后,父亲为外公平反的事四处奔走,费尽心思才拿回一处房子,让舅舅们都有了住所。这时,母亲才知道父亲为她放弃局长职位一事,为此狠狠哭了一场,说自己不值得父亲那么做。父亲却说,"这世上啥也不如一家子平安齐整来得舒坦。"

在那个除夕前,我从未听过这些往事,就连哥哥姐姐们也不甚其详。或许是一碗红鲟饭,勾起了母亲的回忆。夜里人群散去,我睡意蒙眬时,隐约听见母亲嗔怪父亲:"你看你,花那么多钱买红鲟,太浪费了。"

"钱没了再赚,你和孩子能开开心心过个年,这是多少钱都买不到的。"

"可咱家还欠着债呢!那么多钱吃一顿就没了,太可惜了。"

"报告领导,本人准备过完年就做包子赚大钱,请领导批准!"

母亲掐了父亲一把,吃吃地笑起来。我实在熬不住,合上眼睡了。

3

年后,父母亲真开始每天早起蒸馒头包子、炸油条麻花,偶尔也让我和三姐拎出去卖,我们家的日子也越来越红火。那之后,父亲也常常会拎回一只红鲟清蒸,说要给母亲补身子,其实大多都是进了我的肚子里。但唯独八宝红鲟饭,父亲只在年三十才做。

1985年春节后,母亲的身体愈发不好,经常头疼、胸闷,夜里很难睡个囫囵觉。

上医院检查,医生说母亲因多年忧思和劳累,导致心脏不好,不能干重活。父亲便让母亲辞去竹器厂的工作,专心在家休息。

听闻猪心对母亲有益,父亲几乎寻遍镇上所有的屠夫,拜托他们有了猪心便留给我家。

然而三四天才能寻得一个,处理起来更是费工夫——先是剥去猪心上的筋膜和白色油脂,随后深划十字花,入清水中轻揉慢压挤净血水,再进沸水里微微一焯,捞出来。最后,往十字花里塞点朱砂和盐,拿线缝起来,放罐里慢慢炖上两小时左右。

见父亲做得如此细致,我眼馋,以为是什么珍馐美味,非要闹着吃一口。尝一口,却不过是清汤寡味,往后母亲再让我吃,我摆着手扭头就跑。

当然,父亲不只是寻猪心,他还经常挖柳树根、上山采草药——但凡别人告诉他能治母亲身体的偏方,他都要找来试试。

然而,这年 5 月后,母亲的病却愈发重了。一番犹豫后,父亲将母亲送去二姐工作的医院休养。每隔一两天,就搭一个多小时的车去陪母亲一晚上,等第二天中午才回来。若逢周末,他便一早去市场买回带鱼,切断煎炸得微黄喷香,装入保温盒,再带上些自制的油饼、麻花等,带着我一起去医院看母亲。

端午前,父亲接回母亲,说等节后再去医院休养。那天晚上,父亲连做了好几个菜,左邻右舍都来看母亲,热热闹闹地坐满了大厅。父亲嘴拙,没说什么话,就挨个儿倒茶,脸上是抑制不住的笑容。次日,父亲刚蒸好母亲爱吃的紫菜包子,便给我念叨,"明天是初三,要煎面饼(春卷)给你母亲吃(我们这边过端午,素来说初三煎面饼,初四做节仔,似乎比初五更隆重)。"

我捧着包子啃得像狗,对父亲提要求,"那春卷里蛏要少一点,瘦肉、豆芽多一点。"母亲则坐在门前给父亲缝衣服,望着我笑。

我原以为,第二天的春饼能如我所愿,却没想到那以后春饼成了我最不愿触碰的东西。

1985 年 6 月 20 日,农历五月初三。

上学前,母亲让我先顺路送一篮子鸡蛋给大伯母家,我不愿意:"我不去,大伯母对你不好,原来总挑拨爷爷打你。现在对我们也不好,总是无缘无故骂我们。这些鸡蛋是人家送给你吃的,不要送。"

母亲劝我:"《圣经》上说,若有人要打你右脸,你就连左脸也转过去给他打(《马太福音》5:39)。我们要宽容忍耐。再说了,人家是长辈,无论怎样都得尊重她。"

我拎起书包就往外跑:"那等我中午回来再说,现在上学要来不及了。"冲出家门的那一刻,我心里充满了胜利的喜悦。

放学后,见家里大门敞着,我屏住呼吸,站在母亲的屋门前偷偷地听了一下,没啥动静,想进去看看又怕她让我送鸡蛋,就蹑手蹑脚地进了对面的屋,打开课本开始做作业。没一会儿,大哥也回家了,他进了母亲的屋。突然,我听见他撕心裂肺地喊"妈、妈……",我急忙跑过去,看到母亲一动不动地躺在床上。

"快去!快去喊六伯娘,咱妈出事了。"大哥红着眼冲我吼着。

我全身发凉,心想要跑,脚却一动都不动。见状,大哥一把推开我跑了出去。我慢慢挪到床前,伸出手指摸了下母亲的脸,暖乎乎的,自言自语,"大哥傻了吧,妈妈是睡着了……"这时,几个人猛冲进来,其中一个是赤脚医生,把我挤到一边,将母亲的眼皮一撩,再摸摸心口和脉门,叹了一口气,摇了摇头。

顿时,大哥跪在地上哭得惊天动地,没多久,父亲就像疯了一样闯进来。我号啕大哭起来,心里无比痛恨自己,为什么那天早上不把鸡蛋送去?为什么放学回家不先去看母亲?……

从那一天起,我的人生没有童年了,父亲则一蹶不振,反复说是因为他把母亲接回来过节,才让母亲心脏病突发时无人照顾。之后那段时日,许多人上门求助让他操办酒席,父亲都是推辞。无奈之下,二姐申请调回镇上医院以便照顾父亲和我。

这年年底,入腊月许久,我家都冷冷清清,什么也没准备,父亲闭口不言,最终还是二姐三姐简单买了些年货。可到了年三十那天,父亲却又一大早出门,拎回来许多东西,一只大红鲟赫然在内。摆桌时,红鲟蒸饭照例卧在饭桌中央,大哥放完鞭炮后,父亲拿起筷子掀开鲟盖:

"来、来、来,大年三十团团……"他哽咽了一下,"大年三十红鲟饭,来年蒸蒸日上、十全十美,大家多吃点。"

我颤颤巍巍地夹起红鲟的大螯,将到碗里时,不小心抖了下筷子,大螯滑掉在桌上。大哥起哄:"噢噢,小妹今年得一整年吃饭掉饭粒啦!"我突然想若是母亲在,肯定不许大哥这样奚落我,泪水忍不住涌上来,怕他们看见,就低头偷偷憋了回去。而那碗盼了一整年的八宝红鲟饭,因为母亲不在了,也仿佛失去了香味。

那一夜的守岁,父亲独自呆坐在阳台外面,哥哥们躲在楼上看书,三姐拼命地洗刷厨房。我随二姐收拾屋子,望着父亲的背影,二姐告诉我,母亲的身子不好,很大部分是因为思念外公外婆落下的心病,小时候我所谓的父亲欺负母亲的事儿,其实是母亲为了娘家事伤心。

"母亲当年极漂亮,又是古早的小姐身份,父亲总觉得自己高攀了。他真的是把母亲捧在手心里哄的,母亲在世时,常说自己嫁给父亲没有一点遗憾。"

我突然想起第一次的红鲟八宝饭,那其实是父亲为母亲特意做的。父亲对母亲的爱,比我想象的还要深,他有着中年男人因生活压力导致的粗糙,但却始终对母亲爱怜有加。

过完年后,父亲又开始给人办酒席。那时办红白事的东家,开始论桌给厨子钱了——此前就是事后给厨子送肉、送鱼就行。有的东家办了30桌酒,等酒席散去,便按一桌5元封了150元给父亲,这在当时也不是小数目,可父亲却不收,人家只好硬塞给我们些烟酒茶叶。

4

1988年,母亲去世3年了。一个夏日午后,三嬷领着一个身材瘦削的女人走进我家,"阿红,你爸呢?"父亲闻声而出,看到三嬷和那个女人,脸瞬间变了色,扭头对我说:"阿红,你先上楼写作业。"

我上楼时,隐约地听见父亲说:"三嫂,你看看,带着人来也不说一声。"三孆大着嗓门回:"哎呀,阿英都过了好几年,你也该找个人帮忙照顾孩子了。"没两天,姐姐们也回了家,将我打发出去玩,说是要和父亲商量要紧事儿。待我玩了一圈回来,只见父亲独自站在客厅,呆呆地望着墙上母亲的遗照。

我不知道发生了什么事,乖巧地去熬了一锅地瓜粥,拌了一碟空心菜招呼父亲吃饭。父亲见了,唉了一声:"你妈一到夏天,最喜欢吃空心菜了……"我只顾埋头喝粥,静静地听父亲提起母亲。那天晚上,透过厚厚的墙,我也能听到父亲长长的叹息声。

大姐后来提起,三孆诚心诚意地要给父亲做媒,也特意招呼她们回来商量,她们倒没意见。父亲却不同意,还说,往后谁提再娶的事儿,别怪他没好脸色。

第二年,大哥考上大学,二哥去参军,三姐初中毕业便闹着出去打工,而二姐也按照母亲的遗嘱嫁给了二姐夫,家里一下子空下来,就只剩父亲和我了。

或许是感受到孩子们都长大,也是需要钱的缘故,父亲办酒席终于开始收钱了。此时一桌酒席已经涨到 10 到 30 元不等,有时一晚上,父亲就能收入五六百元,引起不少人称羡。

那段时日,父亲拼命挣钱,每周都要去银行存一次钱,还把存款单给我看,说要给我攒嫁妆。

我往往嗔怪地说:"我才不嫁人呢,我得永远陪着你一直到 100 岁。"其实,那时我早就收起了小女儿心态,一边努力读书,一边学做饭、洗衣,照顾日益苍老的父亲。

1992 年,我收到大专录取通知书的那天,父亲大摆宴席,说要祝自己的"小珍珠"学业有成。昏黄的灯光下,已是花甲之年的父亲举杯与亲朋相碰,我却瞥见他眼里闪烁的泪花。酒阑宾散后,他拉着我说,"要是你妈在,该多好啊。"

时光如水,一晃3年过去了,我毕业参加工作。父亲因长期操劳和思念母亲的缘故,身体也垮了。这年,大哥大嫂在外地过年没回家,二哥在部队,三姐也嫁人了,家里就剩下我和父亲过年。

年三十那天下午,父亲招呼我进厨房,说要把红鲟蒸八宝饭的"秘法"教于我——

糯米先泡半小时,而后上蒸笼蒸;干贝、香菇、蛏干之类的干货分别泡发;胡萝卜、肉(鸭肉、猪肉均可,更正宗的是用鸭肉)、火腿切丁。

唯独面对着张牙舞爪的红鲟,我手足无措不知如何下手。父亲教我,拿着一根牙签,一手按住红鲟,一手将牙签插进红鲟的嘴里,再放入酒里腌上,过了一会,等红鲟动静小了、不挣扎了,就可以解开草绳,用刷子细细清洗,然后掀开鲟壳,剔除两腮及底下的小盖,把腿切为块状。

待糯米饭蒸好凉透后,把泡发好的干货和胡萝卜、肉、火腿逐一加入拌匀,加一点盐巴和虾油,而后在面上依次摆好鲟片,盖上鲟壳,再放入蒸笼蒸15至20分钟。

父亲搬了条板凳坐在灶边,一边看我操作一边指点。我细细地按着父亲说的做,待我把码好的红鲟饭放入蒸笼的那瞬间,突然有种朝圣般的心情涌上心头。

那一刻,我才真切地感受到多年前父亲为母亲做这一道菜的心思,不善言辞的他,把对母亲的那份拳拳爱意,一点一滴地融入日常饭蔬里。

晚饭前,父亲拿出一挂长长的鞭炮,让我和他去门前一起放,在噼噼啪啪的鞭炮声中,透过微微的火光,我看到父亲一动不动地凝视着地上的鞭炮,四方脸庞在火光中忽明忽暗,神色莫辨。虽只是两人的年夜饭,我们的仪式却一点都没有删减,父亲说:"人可以少,礼不可少。"于是饭前祷告、掀红鲟盖、喝酒碰杯等还是样样齐全。

掀红鲟盖的那一刻,父亲夸我聪明,一学就出师了,然后使劲地往我碗里夹鲟腿:"多吃点,来年我们家蒸蒸日上,日子越来越红火,越来越好,发大财!也祝我的阿红,此生幸福顺遂……"

自母亲去世后就变得少言寡语的父亲,那天却对我说了很多话,从"听人讲话要晓得人说话头你知话尾"的人际哲理,到"一个人在家,有人敲门千万别急着开门"的生活常识,话多到仿佛他已经预料到这将是他和我吃的最后一次年夜饭。

5

转年的初冬,父亲便因心梗突发过世了。

起初,我还没觉异样,总觉得是父亲出趟门,过段时间就能见到。可一天又一天过去,熟悉的家、熟悉的场景,往往"爸爸"一出口,才惊觉再无回应。那以后,我过了好几年一人摸灶洗锅做饭的日子,每逢年三十便到哥哥姐姐家轮流过,仪式越来越简单,年夜饭只是在家简单炒几个菜。

2003年我结婚,老公是我们当地人,公司却在东北,我们也在那儿连过了几个春节。每次大年三十,多半都是找个饭店吃个年夜饭,方便省事,但我总觉得少了点什么。偶尔在市场看到红鲟,恍然觉得,自父亲去世后,我再也没有在年三十晚上吃过八宝红鲟饭。或许是类似"近乡情更怯"的情结,八宝红鲟饭对我而言,是埋藏在内心的、不可随意触摸的珍宝。

等到儿子出生后,我开始带着他回老家过年。那时候开始兴起年夜饭吃火锅,2017年春节,我们从年夜饭到初三中午,其间和亲朋聚会几乎顿顿吃火锅。当晚回到婆婆家,见又是火锅,儿子噘着嘴死活不吃:"这哪是过年?这是过火锅年!"最后没办法,婆婆把早上剩的粥热了给他吃,倒也吃了一大碗。

那天晚上,我把儿子的话学给老公听,老公说:"咱大人图省事能吃就行,孩子可不一样,就盼着过年吃点跟平时不一样的东西,都说一种味道能唤醒一种回忆,咱也要给孩子留个像模像样的记忆。"

我忽然想起那个贫瘠的年代,父亲为我们费时费工做的那道"八宝红鲟饭",那是父母留给我最温暖的回忆,是我每一年的期盼和惦念,也是属于我家的那份独一无二的过年仪式。

时隔多年,它总是让我想起自己曾如此有幸成为父母的女儿,生活在他们用爱营造的家庭里,这让我面对人世艰难总比旁人多了一份勇气和笃定。

那一刻,我知道了父亲为何要让我学会做"八宝红鲟饭"了。

第二天,我开始在厨房里折腾起来,蒸起家馃、炸年糕、炸鱼炸肉,没等我做完,儿子就开始探头探脑,偶尔跑进来偷偷摸摸地拿一小块塞嘴里:"妈妈,好香啊,这是在过年吗?"

我不禁哑然失笑,果然是孩子啊。

那天晚上,我也学着父亲的样子,一桌团团圆圆十个菜,最后把"八宝红鲟饭"端上来,掀开锅盖的那瞬间,儿子的眼睛都瞪圆了:"妈妈,这是你做的吗?这真的是你做的吗?好好看,好好香,过年喽!爸爸,我要放鞭炮!"

我和老公相视而笑,原来在孩子的心里,年的意义不仅仅在新衣、红包,还有一道道香喷喷的食物。无论是当年的我,还是现在的儿子。那天,老公和儿子到最后捧着肚子连声说吃撑了,儿子说:"妈妈,今天这样才像过年。"

我逗他:"妈妈做的饭难道比饭店的饭还好吃?"

"当然好吃,妈妈做的饭里,有家和爱的味道呀。"

我一下又想起了父亲和母亲。

外婆的爱不完美，但终究还是爱

燃霜／我来人间一趟　要看看太阳　尝尝冰雪
　　　　在书写和记录之间　完成与自己的和解

这下我和阿乔每日出尽百宝，
轮番去地下室偷腌姜吃。

常常是他在地下室口望风，
我掀开瓷坛缝儿把手伸进去抓姜出来，
一人一块，
连抓过姜的手指头都吮得干干净净。

1

六七岁的时候,我并不喜欢吃外婆做的饭菜。

那时我在湘西一个小镇里生活,家里一共有14口人。外婆和外公养育了3个子女,我的妈妈是最小的女儿。因为外公好吃懒做,在家中毫无存在感,外婆承担起了抚养3个子女的责任。她强势而能干,3个子女各自成家后也没有允许他们分家,反而还自己挑头,让一大家子人合力在镇上经营起一家卤味店。卤味店的生意经过几年的经营后稳定下来,外婆便退居后方,管理店铺开支,负责一家人的饭菜。

外婆有许多拿手菜:茄子蒸熟调酱,青椒烧熟撕成条,再加上皮蛋一起用擂钵碾碎,辣糯可口;猪肉绞成碎末,调入蛋液,一起大火快炒,每一口都有带着颗粒感的香酥;被称为"土匪猪肝"的菜肴,则是拿处理干净的猪肝猪肠加五花肉、辣椒爆炒,下重料,用鲜香辛辣调和腥膻;还有加入了血粑的炒鸭,滋味浓郁,汤汁还可用于做米粉的浇头。

饭桌是外婆的王座,她对自己的手艺十分自信,吃饭时家人们只能是王座下的臣民。她做的饭菜,每个人必须要说好吃,说咸了淡了,都会惹来她的不满。而表达好吃的唯一方式,是必须把外婆夹的菜和盛的饭都吃完。

我的两个表哥从不在吃饭上挨揍,外婆看见他们大口吞咽的样子总是满足地笑起来。只有我,大概是因为不喜欢葱姜蒜的味道,吃得慢,饭量小——我的确不是故意的,但在外婆眼中,这是种"不听话"的挑衅。

有一次午饭后需要早一点到学校,我约了一个同学来家里找我。那天外婆做了炒鸭,我吃了一碗面条后,她还要我再吃一碗鸭子汤泡的米饭。我实在吃不下去,拖拖拉拉勉强下咽了几口,手一滑,碗打翻了,外婆当即给了我一耳光:"不识抬举的东西!"

我的手上和衣服上全是汤汁,想哭却憋着不敢掉眼泪。同学也吓呆了,自己偷偷走了,后来再没有找我一起上学。

那时候妈妈几天才能回家一次。外婆打了我之后,等妈妈回来了我向她告状。于是妈妈领着我,给外婆跪下,对她说:"外婆,我知道你打我是为我好。"外婆听到后才满意地笑了起来:"大人挣钱很辛苦,我煮饭也很辛苦,你要听话。"

爸爸那时候回家的时间更少。等他回来了,我把外婆说的那句话学给爸爸听,也把盘旋在我脑海里的迷惑说给爸爸听:"不识抬举是什么意思?为什么吃不下饭就是不识抬举?是不是我不吃饭,大人们就不用辛苦了?大家都说饭好吃,但我觉得不好吃,我可以不吃吗?"

爸爸没有给我完整的回答,他只说,那句话外婆也是学来的,她都不识字的。

不过,我虽不习惯吃外婆做的重口味饭菜,但我一直很喜欢外婆做的腌姜。

也是六七岁的时候,不记得为了什么事,一家人要出趟门。2000年前后,小镇还没有出租车,只有一个大巴站。我在大巴车上晕车,苦胆水都吐出来了,睡又睡不着,难受得要命。最后外婆拿了一小块家里的腌姜,撕成小条叫我含在嘴里,我才慢慢止住了眩晕,窝在座位上睡了过去。

自那以后我就很爱吃腌姜。我家的女人们都会做腌姜,妈妈会,两个舅妈也会，但还是外婆做的腌姜最好。

一般是6月底，外婆会买一批瘦长形状的嫩姜，洗干净，放在篾片上，在院子里的太阳下暴晒一天，入夜撒盐，第二天再放出去暴晒一天。随后，外婆把晒好的姜洗干净，逐个放进青花瓷坛子里，再倒入预先调好的汁水——汁水方子是外婆四处偷师综合而成的独家秘技：找一口不过油的锅，先加入热水和冰糖熬稠冷却，再放入酱油、小米椒、蒜末和五钱高度白酒，搅拌均匀。坛盖里面要垫几张粽叶，然后用油皮纸把坛子边缘的缝隙紧紧封好，扎上草绳，放在阴凉处。

我也很喜欢晒姜时的外婆。晒姜的时候，院子里铺着几扇篾片，外婆坐在阴凉处的藤椅上，一边纳着鞋底，一边和走过来的邻居、亲友拉家常。我写完了作业，蹲到她的身边，用树枝扒拉被姜汁吸引过来的蚂蚁。她高声笑着，和人得意扬扬地聊天，聊着她的手艺、她的家人，并由衷地觉得骄傲。我专心致志地玩，并不说话，我们各不干涉。

过两个星期，要打开坛子看看，如有白色的泡沫浮起来，就是"起白"了，得重新撇了白沫儿，放到更阴凉的地方去。到了年底，外婆再打开盖子，把浸透了酱汁、重新膨胀的姜夹出来，撕成小条，用来待客，没有客人说不好吃。

整个小学，因为外婆家教严格的名声，没有小朋友愿意和我一起结伴上下学，我只能和小表哥阿乔一起混着。阿乔是小舅的独生子，小舅和小舅妈也都在卤味店帮忙，白天根本抽不开身。阿乔欺负我，但也带我玩儿；他害我挨过打，但也和我一起被打过。外婆说我们两人是"苍蝇离不开臭虫"。

阿乔和我都爱吃腌姜，但外婆怕姜吃多了伤胃，是不许我们在年节之外吃的。小学六年级的那个暑假，天气格外热，有坛腌姜起白了，外婆撇了白沫儿以后，把瓷坛存进了地下室。这下我和阿乔每日出尽百宝，轮番去地下室偷腌姜吃。常常是他在地下室口望风，我掀开瓷坛缝儿把手伸进去抓姜出来,一人一块,连抓过姜的手指头都吮得干干净净。几个月后,外婆和妈妈把瓷坛拿出来一看,里面一块腌姜都没了!

我和阿乔不肯承认,相互推卸责任,都期望对方被打一顿。外婆居然也没有打我们,和妈妈笑说:"算了,新年大吉,不打人罢。"

小时候过年真快乐,过年是种特权。

2

2006年,家里发生了许多事。

大表哥,也就是我大舅的儿子,在这一年终于进了镇里的事业单位,成了"吃公家饭"的人。紧接着他结了婚,表嫂是外婆选定的人。大表哥曾带着他的前女友上门,外婆把他前女友买的果篮直接从二楼扔了出去,放话说:"你只要敢带别人来,我就和你断绝关系!"我很可惜那些看上去还不错的水果。

大表哥的婚礼很热闹,外婆坐在最前桌,开席前对着客人发言:"家里这些人的婚姻大事,都要我做主!都要听我的!我选的人是绝对没有错的!"

她的权威原来不止在饭桌上。

我只顾着吃待客的腌姜。臭虫阿乔偷偷凑到我的耳边:"你看,外婆也太霸道了。嘿嘿,还好我出去了,看谁管得了我。"——这一年,他已经被外婆花钱送去省城一所学校读高中,而我尝试通过长郡中学的招考,没有成功,只留在了镇里最好的中学。

说是镇里最好的中学,升学率却并不高。从那一年开始,我反复在做同一个梦。梦里面我用各种方式逃开小镇,但最后梦的结局都是不了了之。于是现实中的我,开始很努力地读书,只为不像大表哥一样被外婆做主。

此后三年间,外婆的期待都逐渐落空了。大表哥婚后并不幸福,惹出许多是非来;阿乔转学退学了好几次,最后还是回了镇高中和我一起念高三。曾有亲戚开玩笑般的说:"你们家里赌宝,有两个已经算(完)了。还留着这个小的,总要扳个本(方言:回本)嘛。"

我开始在饭桌上得到最好的待遇,外婆总把菜里最好的部分夹给我,嘴里说着:"家里谁最有出息我就给谁吃。"阿乔很不服气,背地里偷偷和他妈妈说:"她成绩不也就那样,最多考个二本。我读不成书了去市里当了老板,还比她有钱呢。"

但美味的食物并不能解决我对自己成绩下降的恐慌。临近高考的二模考试,我考出了一个前所未有的低分,低到班主任甚至不敢把分数告诉我。那几天我不和人说话,心里想着:算了,就这样吧。跑什么呢,城市就是个幻觉而已。

二模前后,走读的学生也在学校吃饭了。外婆派舅妈给我送饭来,里面居然有几片腌姜。可能是腌姜太辣了,我一边吃一边哭起来,流着眼泪吃着饭。晚自习回家后,外婆叫我去房间,和我说:"妹妹(方言:对小女孩的爱称),我知道你是最好强的。"

外婆说我这一点像极了她,她说她年轻的时候很穷,丈夫又蠢又懒。有一次她怀的孩子掉了,自己一个人懵懵懂懂走到家里,家里什么吃的也没有,只剩墙角一个平时做腌菜的坛子。她打开坛子,里面只有一坛腌姜水了。她抱着坛子喝了半坛子酸水,躺回床板上,心想就这么死了算了。晚上,是隔壁邻居发现她不对劲,带着她找赤脚医生去开了药。

后来外婆撑了下去,做了很多工,想办法养大了3个孩子。57岁的时候,她挑头开了家里的卤味店,盘活了一家人。她再也没回去那个屋子,觉得伤心。

她说:"妹妹,你不要哭。人就是这样的,先苦后甜。"

当时我并没有完全听进去外婆的故事,但我还是从她的话语里得到了一些鼓舞。2010年,我居然擦着分数线,进了一所排名很后的"211"。

城市的确是个幻觉。在我终于从小镇逃开之后,我也并没有如同我想象的那样成为一个精致的城市女孩儿,能体面地行走在城市的水泥森林中。

我在一个太阳特别大、白天甚至都不敢出门的城市念完了我的大学。刚进大一军训时,我乖乖剪短了头发,像是刚从乡下来的野丫头。而同宿舍精致的小姐妹们都想尽办法保住了自己的一头长发。她们鼓励我减肥,教我化妆,带我去体验人生第一次唱K,第一次进影院,第一次玩桌游,以及分享我的第一次恋爱。

当我寒假回到小镇,外婆看着我化过妆的脸非常生气:"妖里妖气的,像什么样子!"她勒令我在家中不许再化妆,也必须要吃饭,更要像高中一样在学校认真读书。我尝试着少吃点饭菜,但外婆的脾气还是像从前那么大,啪的一声把筷子拍到桌上。

每年假期结束后,我都会迫不及待地回学校,带一些食物分给朋友们。其他美味都被瓜分一空,只有腌姜没有人吃得惯。她们说:"口味太重了,受不了。"于是每次只有我自己品尝腌姜。我学着小姐妹变了很多,甚至包括吃口味趋同的食物,只有对腌姜的喜爱没有变化。

不知道是幸运还是不幸,直到毕业之后,我才发现原来人和人之间真的是不一样的。当我四处碰壁,每个月只能用300块钱来安排伙食的时候,我的朋友们要么在读研,要么拿到了心仪已久的offer,要么回了省城舒舒服服地准备做全职太太。我们唯一相同的部分,可能只是在同一个学校待了4年。

毕业以后我一直在省城待着,独自做饭,独自生活,远离了小镇的一切。我在一家电视节目制作公司实习,昼夜颠倒,经常加班到凌晨四五点,薪水又很低。在我住的附近有个菜市场,晚上8点以后可以买到几乎不要钱的豆腐和白菜。我经常买一堆,然后做一大碗酸辣白菜汤,冷却后分成小份放在冰箱里,能吃好几天,既省钱又省时间。

事非经过不知难。做饭其实不是一件容易的、理所当然的事。生活的间隙里,我突然能理解外婆曾经的一些举动。她为大家煮了那么多年饭,其实是很麻烦的吧?每个人的认可,对她来说也许都是坚持下去的动力之一。我吃了她做的饭,就要承受她施加的吃饭氛围;我不想吃她做的饭,就要自己承担做饭的成本。

然而,当时20多岁的我,还没有完全承担的能力。我像一只刚出洞穴的小兽,对世界的兴奋嚎叫被不知从何处而来的罡风扇回了喉咙;却又僵持着,不肯折返到温暖但黑暗的原地。

那时我家的状况也不算好,阿乔在外游荡了几年后并没当成老板,我毕业那年,他也结婚了,回到自家的卤味店工作。他做事懒散,免不了和原本就在卤味店工作的大表嫂起了龃龉。外婆和妈妈经常打电话给我,在电话里不停抱怨家中的状况,对我的工作也很不满意,一再坚持要我辞掉工作回家。

她们不理解我工作的内容,觉得"疯疯癫癫不知道在干什么",又不稳定。有时候我压力很大,不想听她们再说下去,却又不敢挂电话,只是在心里想,我才不要回去。

3

2015年底,我生了一场大病,花光了所有的钱,包括开口偷偷问妈妈要的钱,最后不得不回到小镇去休养。一家人盘算了半天,和我说要么接手家里的店,要么就去考公务员。我试图挣扎,向一些朋友推销自己的文案,也尝试了运营淘宝店推介家里的特色菜品。挣扎的效果都不太好,经常和妈妈发生口角。有一天当我问朋友们讨回一笔文案的尾款后,妈妈问我:"你觉不觉得你自己像个叫花子?"

我不觉得,但我知道——我知道回到家以后空气里都充满了什么,我知道镇子里的人们都会说什么,我知道每当我不得不走在半个小时就可以走完的主干道上,遇到的熟人们发出的问候意味着什么。

我熟悉她们嘴角笑容里含有的每一丝讥笑、轻蔑以及对自身现状的安慰。很多年来,小镇里只有成王败寇两条路,一条是留在镇里的,被称为"没出息";一条是离开镇子的,被称为"有出息"。被称为没出息的人会在一些时刻盼望着有出息的人能回来,好证明自己的安稳是对的。

让我意外的是,问完我这句话的妈妈,被外婆批评了。外婆和妈妈说:"你不要这样说妹妹。妹妹写的文章有一天一定可以全国扬名。"她不知道我究竟在写什么,她不识字。大概所有的写作形式对她来说都叫作写文章。然后她和我说:"妹妹,你读了这么多年书,我是不忿气(意为不甘心),我怕别个说,读了这么多书,还不是回来开馆子。还是考一下公务员吧。最好是考在家里,和你大表哥一样,家里天天给你煮饭吃。"

外婆不知道,她说的这句话,重新又唤回了我童年时代的阴影。施加阴影的她浑然不觉,因为这原本就是她表达和控制的唯一方式,已经无从改变。外婆永远也理解不了,年幼的我怀着多么畏惧和讨好的心态对待每一顿晚饭。谁可以在桌上吃鸡腿,谁只能在小板凳上吃鸡屁股;谁必须要吃多少青菜,谁的饭盛少了必须添加。

在一个家里,如果连分食物都是一种权力分配的方式,那要从什么地方去找到温馨和爱?这是我从小在脑海里盘旋的疑惑。

她不忿气,我也同样不甘心。我开始理解她,但我还是不愿意回到曾经的日子里。因为我一旦回到她的权威领域,她不可改变,我反抗不了。

我最终沉默地开始报考,在大半年里连续报考了9次不同的岗位,其中离家最近的一个岗位笔试我故意没带身份证,在考场外晃悠了一个上午。

2016年,第十次考试后我终于"上岸"了。我考上了沿海一个三线城市的公务员。外婆在我接到政审通知的那一天,特地拉着我在整个镇子里转了一圈,和遇到的每一个熟人大声地介绍我的职业。再也没有人会在我特地绕路避开后,还骑着车边追赶边大声地问我究竟在哪里工作,人们都暂时得到了一个让他们偃旗息鼓的答案。

在几个月的漫长等待后,在人们又开始窃窃议论我为什么还不动身,是不是身份有问题时,我开始收拾行装。外婆像往常一样塞给我各种食物,最上层有一罐子用塑料瓶扣好的腌姜。从前出远门念大学时,我没有流一滴眼泪,而这次的离开我却不能遏止地哭了。外婆背对着我挥了挥手没有回头,说:"快点走吧。"

工作后,我有两年是没什么假期的。但只要有假期,我就会回家看外婆。她的身体开始不太好了,曾经在深夜里拍着床和我说:"妹妹,就怕我闭眼的时候,你不在我闷前(方言:身边的意思)哩。"

我爬起来给她倒水喝,安慰她说:"不会的,不要想着死的事呀外婆。"可是到底我没有回答这个问题,或者是心里已经知道答案了。

她还是很关心我吃饭的事,尽管她已经不再能进厨房操持了。她总是来回地叮嘱:"妹妹,你多吃点东西,外面的东西都有毒,家里的最干净。"

我休假结束回去的时候,她总是自言自语地安慰自己:"不要紧,妹妹是去奔前程呢!"

其实我觉得自己没什么前程可言。外面的东西虽然没有毒,但我很累,为了能逐步站稳脚跟,常常忙得忘记吃东西。每当我快要撑不下去的时候,外婆在我高三时给我讲过的那个故事又会悄悄在我心里闪现,我又能咬牙撑一段时间。

2019年,外婆的病又重了,脾气也更坏了。妈妈几乎是整日地待在她身边,但她嫌妈妈给她捶腿的时候看手机,嫌妈妈出去办事太慢,她恨不得时时刻刻把妈妈绑在身边,或者至少有个人在身边,好让自己能稍微舒服一点,她的坏脾气并不利于她二次脑梗的病情。

我回家的日子里,为了减轻妈妈的负担,经常代替她陪伴在外婆的身边。外婆翻来覆去对着我讲了许多话,好像要把这一辈子的话都讲完。

她说了在她年轻时代的一个恋人:"我是讲名誉,早知道我就和他走了,是我不舍得丢下几个小孩。现在那个人不晓得去哪里了。"

她还说:"妹妹,我这辈子吃了好多的亏,最吃亏的就是没有文化。你有文化,你要好生过日子,你要比外婆过得好。"

最后又说:"妹妹,人生就是做了场梦一样。梦要醒了,我要走了。"

实际上,我们这个住在一起维持了十几年的大家庭,的确也已经在分崩离析的边缘。2010年,舅舅就过世了,大表哥也患了病。童年和我一起偷姜吃的阿乔,也早已经在市里维生;三家人相互计较,算小账,攒私房,吵架;少了外婆的弹压,妈妈独木难支,也没有精力管理家庭。

在时间面前,威权瓦解如冰雪消融,年轻时代外婆至高无上的掌控仿佛一种幻觉,只有曾经真挚存在过的爱,像冰雪下的初芽般露出来了。

我给外婆梳她的白头发,抱着她去医院。我给她讲那些在记忆的缝隙里漏出来的事。那些事当时对我来说充满了恐惧,直到我长大以后,才惊觉那些事情都还有后续:小的时候学校组织看电影时每个小孩子都去买零食,外婆不给我零花钱,但用废报纸卷成一个卷筒,在里面放满了葡萄干,我举着葡萄干,穿过了整个小镇橙黄的太阳光;三年级我写了一篇微小说被阿乔告了黑状,外婆嫌我说了不吉利的话把我狠狠打了一顿,但到了晚上,她做了个鸡汤,把鸡腿夹给了我;还有一次,我因为上课不敢举手请假拉了裤子,外婆又打了我一顿,但她洗干净了我的衣裤以后,叫我拿个板凳坐在门口,给我剥了一大把桂圆干让我吃。

在我从未经历过的那些岁月里,外婆成了我不能改变的模样;她爱我的方式藏在那么多粗暴、控制和琐屑之下,并不温馨,也不符合我的想象。但那终究是爱。她是个制作者,食物就是她表达权力的方式,因为那就是她全部值得骄傲和夸耀的东西。好吃,就是做饭的人用心。她的高兴、伤心、后悔、歉意,都藏进了食物里,不愿意说出口。

而在漫长的时间里,我终究也长成了独自的、感受得到爱意的个体。

4

2020 年 5 月,外婆走了。

外婆过世 5 个月后,家里人又再一次相聚起来。分家时的龃龉已经冲淡了,大家终究是可以坐在饭桌上,好好地吃一顿饭。爸爸、妈妈和大舅妈通力合作,饭菜的味道没有那么完美,但每一个人都能吃上自己喜欢的饭菜。小侄女和小侄子大大方方地从腌姜坛子里拿姜吃。腌姜是妈妈做的,没有起白,但味道也的确不如挑剔的外婆做得精细。可是两个小家伙和曾经的我与阿乔一样,吃得很开心。

在饭桌上,大家开口谈论起外婆。外婆做得好吃的饭菜,外婆脾气火暴时脱口而出的脏话,外婆盘算过、叮嘱过的一切。而她曾对每一个人有过的伤害,不再有人提起了。不是人没了之后才想起她的好,而是人没了之后,只能想她的好。因为那些不好的记忆,从今往后也只能算了。

我在饭桌上适量地搭配了些食物,10年来,我减肥都没有成功,这次是最接近的一次了。10年后的我,总归要和10年前的我不一样。

是的,我得和从前不一样。随着外婆的离开,她的束缚和庇佑,她的温暖和阴影都一起离开了。这代表从此以后,在人生每一个需要抉择的时候,外婆已经不再是我做决定的阻碍;在人生每一个需要硬扛过去的时候,她也不再是我怯懦的理由。我再也不能为自己的哭泣辩白说那是她的错,也再不能后悔做出某种选择时控诉说那和她有关。

因为她已经不在了。

我想建构的那个家,吃饭可以满含快乐,得到关爱不必充满愧疚,接受馈赠无需随时提醒自己要偿还。这就是我曾想象和从今以后试图搭建的一切。

就像我们的小镇,那些冒出滚滚浓烟的工厂已经全部荒废了;那些曾在大院里生活的人们已经迁居了;那些田地长出了杂草,黄狗老了趴在屋前,烟囱里再也没有飘出来炊烟。曾经闪闪发亮的那些记忆变得黯然起来,但与此同时,河流重新变得清澈起来,小镇被民国风的霓虹灯装点起来,旅游商业街修葺一新。很少有年轻人会像我一样只有一种办法逃离,更多的年轻人穿着汉服,开着直播,在小镇的春日里,充满希望地笑着、走着。

在家那天,我又梦到了外婆。我咳嗽着,外婆问我:"妹妹,你好点了吗?"我记着她病了,问她:"外婆,你好点了吗?"她微笑着没有回答,而我已经醒了过来,天已经亮了。

我的先生现在开始自己学着做腌姜。他的做法和外婆更不一样。他买来嫩姜,洗干净之后,直接放进塑料的罐子里,加酱油、水、盐、剁辣椒、糖，然后把罐子密封好放进冰箱，需要时拿出来下饭。曾经，他在我家的时候，用辣椒、蒜片、姜片混合在一起碾成糊糊用来下饭，被外婆讥笑为"乡下人的吃法"，并赌气了好几天不给他做饭吃。我尝了一口他做的腌姜，的确也不符合自己的口味。

但那又有什么关系呢？冰箱够大，容得下两份腌姜。

一盆猪肉冻，三代人聚散

随 河 / 独立撰稿人，深入发现社会，关注爱与自由

在吃过的人看来，
这就是一座雪白的高峰。
它化了其实什么就都没了，却担得起这种赞美。
明明是冷出来的菜，
吃起来却总像是哪里是热的。

1

四十多年前,大连皮口镇的一户院子里,兄弟四家在老大家过年。

炖骨酸菜,推杯换盏。老大坐在进屋的主位,酒喝多了,收不住地教训起人来。大嫂的大妹外出念书回来,听不进人酒后的教训,把筷子一撂,掀掉了那一年的团圆酒桌。大妹脾气烈,随她那个眼里揉不得沙子的老妈。酒杯摔碎在地,回过神的人赶紧去拦。

这个场景,后来我听姥姥——也就是当年饭桌上的大嫂——讲过好多遍。小时候,我随姥姥姥爷住在工厂分的房子里,老家院子的模样只能凭借老人的描述来想象。

老房子过年是什么样,我也完全不知。只知道在这楼房里,屋子连着厨房,每到过年,总串着一股子的饺子味。饺子偏咸,配不了菜,我并不爱吃,总像是在完成任务。别人家的饺子还放硬币,我们家红绸按扣的小袋子里也攒了不少五角,却从来不往饺子里放。姥姥一边备菜一边说话,入了腊月,就要杀猪,熬冻,炸鱼。好像每次过年都会是以往的年的叠加。一件一件,她都能念上好多遍。

姥爷是家里的长子,姥姥又是家里的长女。辛苦年岁里,他们拉拉扯扯地带大家里的小孩,像是活着的丰碑,又确实是百般武艺皆会,金刚铠甲护身。

每到过年,来拜年的侄子外甥一大堆,我就跟在大人脚边,认着不同家里的舅舅、舅妈。舅舅们高大挺拔,眉峰又直又正,读中学的时候前后连着年级,都是工厂子弟,说起来居然还颇有名气。

那时候,姥爷和他兄弟们的个子还没弯,都是国字脸与凹字形的发纹。他们除了年龄有差,长得实在是太像了。我过年时就算着什么时候是三姥爷来,什么时候是四姥爷来——他们总要抓我来考,猜猜哪个是哪个,猜对了就有压岁钱,错了就成了饭桌上小孩子的闹笑。凉菜里有道凉拌海蜇皮,我喜欢吃,又不能常常吃到。过年的时候我盼着这道菜,伸筷子的时候被拷问菜名,我说成了"海豚皮",被三姥爷家的舅舅和年纪轻些的四姥爷笑到我中考。

姥姥主掌厨房,来拜年的舅妈们喊着"大妈",纷纷过去打下手帮忙。厨房不大,人多了就挤了。蒜薹炒肉、糖醋黄花鱼、酸菜炖排骨、酥皮老板鱼,一盘盘地从小厨房传出来,都能担起热闹。热气带到桌上,提前备好的油炸花生米、炸茄盒、炸老板鱼,也依次摆在盘里。

一盘盘饺子围出了一道桌边。姥姥的大妹掀饭桌的旧事,成了点缀的热闹。在我的印象里,亲戚里并没有学过武术的,说起来更擅长的反而是贝壳微雕或者吉他二胡,一米八的姥爷弓着身子粘贝壳,或者舅舅唱唱邓丽君。但过年聊天,总会聊出一个气势的排序。

舅舅们上学时帮我妈摆平过来挑事儿的人,姥爷一个手一拿就能治住非要练拳击的大舅,姥姥的大妹跟谁呛起来都不怕,而最厉害的是姥姥的小脚老妈,"那老太太真是,在那一站,谁都不敢梗梗","从来没有那么厉害的人"。

2

后来姥姥的大妹二妹都做了教师,各嫁到了天津北京。等我去北京念大学的时候,姥姥才又和她的大妹相见,一算竟是隔了三十多年。

"那时候多厉害啊,这个妹子谁也不敢惹(ye)乎。"姥姥说,"就你最像咱老妈。"

"姐夫家一喝喝半天,心里可没数了,现在还这样吗?"大妹笑问。

这样的对话,我当时听着,惊觉它发生的隔长,已然超过我活着的岁月。

过年时姥姥备下的菜里,却有一道,只能那几天才能吃到。如果不小心菜撒了一地,能最快地重新切出一盘的,也是这道菜。相聚时聊起来,最好吃的也是它——东北入冬之后,可就着天气备下萝卜干、酸菜、咸鱼、雪里蕻,再有就是这么一钢盆的猪皮冻。

冬天的院子里,姥姥揭开钢盆上遮盖的旧纸,用刀稳稳地切下来一大块儿,像豆腐一样摊在手掌里。先竖后横,再一块块码放在盘子里。三姥爷家的舅舅们每次吃都要感叹:

"大妈,你这猪皮冻,就没有人能学成。"

"这一般人做不出来。"

"是,真做不出来。"吃的人接话。

这话每年都说,每年的猪皮冻也确实都不掉份,却也只有一钢盆。这钢盆平常用来发面,过年就专门来放皮冻。能熬成这一钢盆皮冻的猪皮,也是一年过来攒下来的。来拜年的人,留下来吃饭的多了,这一盆猪皮冻就过不了初五。

我那时小,觉得饭桌上寒暄的话都是大人说的。他们说的间歇,我就抢先多吃了一筷子。吃完等想起来时,再掀开纸来看看还剩多少。有时也会偷着拿刀,喊句"我饿了"就自己再切下来点。谁都觉得是靠口福来享的一道菜,竟然就没了打趣。

3

姥姥嫁给姥爷的时候,不过才十九岁。她那时早已停了念书,却已知道了该怎么持家做饭。腊月里家里杀猪过年,从小她就跟老人学着给猪皮去毛。那时她负责看着熬锅,费时又得仔细,就是这皮冻的开始。

姥姥嫁过来,姥爷家里一贫如洗。前后一看屋子,家里真是什么都没有,却有个童养媳,负责在家里生火做饭。前街的木工亲戚告诉姥姥,那孩子爸爸早些年被打死了,只有一个叔叔,还逃到了台湾,背景比较复杂,"这事你知道就行了,千万别去说你知道。"

这个小个子的女孩儿,家里人喊她三妹,不怎么叫她的大名。那之后的几十年,经历各种政治斗争,家里都没人跟姥姥再提过三妹的身世,她也未曾开口去向外说。等时间长了一问,全家人其实都知道,只是都悄悄地藏着。不说,复杂也就没了。

三妹跟着姥姥进厨房,眼睛鬼灵精怪地转。那时候老四还调皮,老二已经在部队,蒙着一层未卜的生死,家里老三年龄正当,一只眼睛却稍有残疾。姥姥就知道了,三妹许是以后要嫁给老三的了。

姥姥说:"算了,你别做了。我要是做饭,你就砍砍草去吧。"

三妹应了。

镇里开大会做工作,要废弃掉乡村里的弊俗。曾是童养媳的,可以选择回家。问三妹是否要回去,三妹说家里没人了,没地方回,就留了下来。她的个子没再长起来——等我开始认人的时候,大人们就告诉我,要记住别叫错人,这是三姥姥。

我印象里的三姥姥,个子小小的,比我高不了多少。因为住得近,我总能在被姥姥带着去买东西的时候看见她。她拉住我的胳膊,别在她的胳肢窝下,跟我们说话。过年时刚进门,她就这么拉着我给红包。我那时候并不知道老人们之间的牵绊。其实现在知道了,也未必就真的懂了那份从小伴到大的感情。

"那这是几姥爷?"

我越是没猜出三姥爷,他们就越是哈哈高兴。

姥姥说,三姥姥人看着机灵,手却是笨。猪皮冻也学来着,却最终没有学会。这道过年菜做来其实不花哨,不挑材也不勾芡,却不经意地成了一座无人攀登的高峰,成了绝学。做的人就得是忘怀得失,心甘情愿地守在炉火前。

姥姥很早也把我否定了,读书再多都拜不上门帖,"真是,就没有学会的。你更不行。"我后来理明白了其中招式,说起来其实也简单:备好的猪皮熬出了胶,最后盆里冷置就成。可是难就难在它的这种简单,费工夫,磨性子。

姥姥的性子是磨出来了。腊月里,她跟着老人拔猪毛,去脏物,去血水,去猪油。猪皮最后要是能熬出胶,那颜色必须是白的,不加褐色的酱油,也不是猪皮一块块悬在里面的透明。最后熬煮的猪皮切成稀碎稀碎的丁,静置之后成形的猪皮冻有鲜明的上下分层——上面一层碎末的猪皮有质感,不油腥,下面成块的白冻带鲜味。好吃重口的,夹起一块来蘸蒜酱。这皮冻不破不掉,顺当地夹入嘴里,入口即化,味正留鲜。

这道菜就是一道随手艺而生的年菜,似乎就该带着伤感的结局。吃了姥姥做的猪皮冻,再吃外面卖的,冻里加酱油的,会觉得苦,要拿香菜辣椒来盖;冻里猪皮成条的,又觉得硬,像是凉拌猪皮硬生生地藏在汤净里。

在吃过的人看来,这就是一座雪白的高峰。它化了其实什么就都没了,却担得起这种赞美。明明是冷出来的菜,吃起来却总像哪里是热的。我小的时候,最喜欢放在米饭上吃。没有米饭就不蘸酱地吃。因为吃的次数有限,平日里也不会特别想念。

后来我大了,看见了些悲欢离合。也就明白了为什么没人能做了。

4

许是叶落归根,老人们渐渐都走了。

2011年的时候,三姥爷家厨房窗户开着,风吹进来,吹灭了烧水的煤火。等有邻居觉得不对,来喊门的时候,三姥姥人已经走了。三姥爷被救到监护室里抢救,舅舅们瞒着消息,不敢告诉他,想他挺过来再说。

三姥爷一生,眼睛都没治好,一只眼看人总是斜着的,里里外外都习惯了三姥姥照顾。三姥姥小小的个子,却也成了依靠,成了眼睛。

姥爷是长兄,长兄如父,过年时就会叮嘱几句。三姥爷越老越多病,多病却还贪杯,要跟年轻的舅舅们比着喝。姥爷就把对好的果酒一口喝完,杯子一放,不说话地离席走了。不作声的一种警示。

"大哥生气了。要喝自己喝吧,别劝三哥喝了。"四姥爷说。

三姥爷却已经酩酊。姥爷就说,老三没出息,心里总没数。三姥爷应着,不敢反驳。三姥姥说,"你喝吧,我走了。"三姥爷就迷迷糊糊地起来,跟着三姥姥回家去了。

在重症室里,三姥爷猜出了八九,据说在病床上哭了起来。三姥爷没挺多久,就在那一年里,也永远地离开了。

姥姥最后一次试着再做猪皮冻的时候,已经眼花得看不清猪毛。早先用手还能感觉出来,后来感觉迟钝了,她摸也摸不出来了。猪皮冻里的猪皮带毛,细短的猪毛,像没有被软化的一根刺。可能就是事物本来的样子,长辈们的努力破了,壁罩破了,就是这细细的猪毛的现实一扎。

没有力气做,更像是没有做的兴致。因为没有了那热火朝天的一顿唠家常。哪怕是翻脸了,最后该来的还是来,又能就着菜说上好久。

我在想父母一辈的人,为什么没有人来用心把猪皮冻学会呢?如果他们那辈的人,有人能学会传下来就好了。

前些年三姥爷家的大舅舅,独自来给姥姥拜年。他喝着酒许下了一个愿。"可能这是个心愿,也是个宏愿。"他说这个家散了,你们小一辈的人,走在大街上可能都互相认不出来了。我要找个时间,让你们聚一聚,最起码互相再认识一下。

我点头说好,却也在心里知道,这件事未必能遂愿了。我们年轻一辈所经历的,是一种新时代的背井离乡。相见不相亲,只能不相识。

三姥爷家的两位舅舅,其实也长得极像,是比姥爷兄弟们还要相像的像。舅舅们穿着军装,英俊挺拔,在泛黄的旧照里难分伯仲。他们也曾经喊我来分辨来着,其实后来不用问我就明白了:还能来走动的是大舅,病倒的、不在他们的大妈面前提的,是小舅。

吃这道菜的人少了,这菜的灵魂也就没了,就飞了,就破了。

再后来,姥爷病故。出殡的那天,三姥爷家的小舅妈凌晨来了,她在遗像前哭了很久。我没见过她几次,却觉得她比以前消瘦太多。在灵位前,我突然明白了她在哭谁。她也像是在哭自己。我从北京赶回家里,站在她旁边给前来上香的人指方向。我递着香,模糊地辨认着她说的话。她说,"大爷啊,你走了,我们可怎么办啊……"哭到最后,像是在哭一种更为悲悽的消亡。

人间有味是清欢。人如果没了,留下来的是什么呢?

是以为念。

一口鱼丸,便是世家姐弟的半生

春雨琳琅/ 一个浮华人生的小角度旁观者

肥白滚圆的鱼丸,质地极其细腻,
咬一口,柔滑鲜嫩,
要是细看被咬开的平面,
还有点点难以察觉的小孔。

家里有一张 20 世纪 90 年代初的照片,摄于上海,是我祖母娘家姐弟三家老人的合影。

祖母的娘家当年在上海滩经商,父亲娶了两房太太,正房夫人生了我祖母和她的一妹一弟,姐弟三人感情颇好。

时隔 20 多年,照片的色彩还算鲜艳,只是心有不甘地蒙上了一层薄灰,像是深冬时节揭开的一口温热砂锅,水汽氤氲。而我的脑海中跳出来的,便是这三家老人都会做的一道家传私房菜:手工鱼丸汤。

鱼丸汤的做法来自祖母的母亲,同样一道菜,姐弟三人做起来却各有特色——既有相同的卖相,又有不同的口味。一如三人不同的性格与命运。

1

因父母工作繁忙,我从出生起便随着祖父母生活。年幼的我常在黄浦江上轮船悠长的鸣笛声中,暗想着父母什么时候能来看我。而思念之余,最喜欢的就是看祖母做菜。

其实在祖母前半生的很长时间里,是根本不用下厨房的,祖父家境殷实,有专职的厨师。后来迁出祖宅,自立门户,再加上时代变迁,祖母才慢慢开始自己下厨并打理家中事务。

鱼丸汤着实费时又费力。一条草鱼买回来,片好鱼肉,细细斩成茸,加些许调料、一点淀粉,烧一锅清水,在手上均匀地擦一层食用油后,于虎口处将鱼茸揉成丸,放入缓缓升温的水中。待水烧开,白胖的鱼丸很快浮在水面上,用原汤调好味,再点缀几棵香葱或几叶香菜,就是一碗香气四溢的手工鱼丸汤了。肥白滚圆的鱼丸,质地极其细腻,咬一口,柔滑鲜嫩,要是细看被咬开的平面,还有点点难以察觉的小孔。

单是这一道菜,既可以上得待客的餐桌,又可以平日里做夜宵,吃不完的,就冻在冰箱,随吃随取,算是我儿时最爱的吃食了。

上小学后,我终于得以与父母在外地团聚,因学业或工作繁忙,也无法年年春节都一同回去,直到有一年,父亲腊月便得知祖母身体不太好,便决定早早出发、全家一起回上海过年。

想来已是20多年前的事,我却依旧清晰地记得,走出虹桥机场,空气里弥漫着那种似香非香的味道,似乎永远都不会消散。虽然还是寒冷的早春,却已是满街的时尚裙装。

回到家,祖父母衣着整齐地在门口的椅子上坐着,一脸期盼又宠溺的笑。祖母一生爱美,和之前每一次见到她一样,梳着精巧的发髻,巧妙地将星星点点的花白头发藏在里面。

那一年的年夜饭摆在外面酒楼,祖父母做东,全家人都到了。席面是早就定好的,包间的电视机里播着春晚,年夜饭漫山漫海摆满了两个圆桌。

祖父含着金汤匙出生,年纪轻轻便算是个老饕,到了耄耋之年,早已对这些场面菜无可无不可,于是只笑吟吟地夹起一些近身小菜,应个团圆的景儿:"这家手工鱼丸算是不错的,卖相也有,只是到底不如侬姆妈年轻辰光的手艺。如今老太太也到了年纪了,否则也不会催你们今年一定回来……"

说完,祖父又微微侧身看了眼父亲:"依我说,你们这次回来得齐全,找时间去看看你姨妈才是,一个是她自从国外回来定居你们还没见过面,再一个她家里肯定有正宗手工鱼丸吃的。对了,老底子那个苏州阿婆又回来照顾她了……"

"苏州阿婆？就是那个姨妈嫁进姨父家后的贴身女佣,我们叫陈阿婆的那个吗？"父亲道。

祖父点点头："是啊,你姨妈从国外回来,住在原来徐汇区的小洋楼里,儿女不在身边,一打听陈阿婆竟然还在苏州。话说陈阿婆早就享上儿女的福了,并不缺钞票,但是见你姨妈真心真意地请她,竟然二话不说回上海了。听说还找了两个年轻的小丫头,说是请陈阿婆调教几年,毕竟陈阿婆将来还是要回苏州去的。"

父亲赶忙应下,大年初一就备好了四色精美礼物,与姨婆约好初三去拜年。

2

姨婆比祖母小了将近10岁,常年随儿女住在国外,年纪大了总思叶落归根,便打定主意回了上海。姨公生前是位颇有名气的民族工商业者,公私合营时态度积极,在特殊年代虽然也受到冲击,但劫难过后,之前有产权的房产还是完璧归赵了。

大年初三那天临行前,我看父亲准备了大大小小的红包装在身上,便问是做什么用的。

父亲道："是给陈阿婆和那两个小姑娘的。这种老规矩,你必定不了解,解放前咱们亲戚各家迎来送往,都要为主人家里的佣人们准备红包的,你也不用管什么,我来处理就好。对了,到时候如果陈阿婆为你倒水盛饭,你要眼睛看着她说谢谢,小姑娘们帮你做事,笑着点点头就行。"

我随口应了,可心里还是对"用人"这个有年代感的词颇有些不知所措。

其实,我也有很多年没有见过姨婆了,上次见她我还住在上海,那时她常过来看望祖母。我依稀记得在一个慵懒的有阳光的午后,姨婆边涂指甲油边对我笑道:"指甲油呢,这种透明和珠光色是最好的,其他的都难免俗气些。"这句话我一直记忆犹新,到如今也依然只涂她说的那种颜色,固执地认为其他颜色都"难免俗气"。

和父亲说话间,车已行到姨婆家门口。姨婆家的小洋楼十分精巧,楼上布满花草的阳台巍峨地探出头来,正好遮盖住镌刻着细巧卷草纹的铁质大门,像一顶华丽的帽子。

父亲轻轻按下门铃,很快,一个打扮清爽的老妇人走了出来,大约70岁不到的样子,身着青色衣衫,带着一脸人情练达的微笑。她十分利落地开了门,一边亲热地呼唤着父亲的名字,一边问候新年:"还是老样子的呀,那么远赶到上海过年。"

父亲笑得开心:"陈阿婆,侬也还是老样子啊,多少年没有见了,我还是一眼能认出你。"寒暄了两句,父亲便把母亲和我介绍给陈阿婆。

陈阿婆很有分寸地打着招呼:"欢迎欢迎。"边说边笑边把我们往里让。刚才说话那一会儿工夫,我就瞥见陈阿婆身后原本跟着的两个年轻女孩转身进客厅通报了。

姨婆正笑吟吟地立在客厅门口迎我们,和祖母一样,头上也挽着整齐的髻子,只是发髻的颜色比我幼时见到的斑杂了很多。父亲几步快走到姨婆身边,亲热地打着招呼,姨婆笑应着,也和我们打了招呼。

我打量了一下宽大的客厅,颇有年代感的装修和配套的红木家具,款式略显陈旧的灰绿色壁炉,表面已经呈现出地图般的斑驳,还是上世纪三四十年代最流行的腔调。

分宾主落座后,便是长篇大套的寒暄。姨婆从国外回来后,铁了心地要常住,对这些老亲更是格外热情:"你们大年初一打电话说要来,我很高兴。今天中午是要给你们做手工鱼丸汤的!"

吃茶点的时候,两个女孩不断来给父母和我倒茶倒水,还不时把干果壳小心地收在旁边专用的盘子里。我想起父亲的嘱咐,赶忙笑着点头致谢。

"我就说来姨妈这里是有口福的。"父亲接过姨婆的话。

我也笑着说:"我还是小时候吃过姨婆做的鱼丸,我记得你喜欢放香葱和马蹄。"

"你竟然还记得这些琐事?"姨婆面带着惊喜和意外。聊了一会儿,陈阿婆走进客厅,说原材料已经备好,姨婆笑着说了句"失陪",便不顾我们的客气挽留,随着陈阿婆去了厨房。

3

那天的菜的确很丰盛,而真正让我惊艳的,还是那道手工鱼丸汤,熟悉的香葱碧如翡翠,糅在洁白细腻的鱼丸中格外好看,咬到嘴里,果真能感受到一粒粒马蹄的清脆。

姨婆笑着对我说:"你奶奶的鱼丸就跟我做的不同,她喜欢原汁原味,什么都不放,汤里只加点盐就罢了,说那样才最鲜美。"

我心中暗想,好像确实如此。祖母和姨婆虽是嫡亲的姐妹,可性格完全不同。祖母是长姐,性格温顺柔和,还未出嫁前,便是三姐弟中最听话最规矩的那个,就像她做的鱼丸,怎么从母亲那里学来的,便怎么老老实实地做;对婚姻更是如此,父母之命媒妁之言便是真理,所幸嫁到祖父家后儿女双全,生活富足,虽然婆婆精明严格,竟也挑不出任何毛病。

等到特殊年代,祖父亦不在家中,但祖母的心态却很平和,独自一人面对满屋狼藉和来势汹汹的质问。熬到风暴终于过去,平静的生活重新回来,她就笑说,当时就知道总会挺过去的。再往后,祖母和祖父琴瑟和鸣地过了一辈子,给公婆养老送终,为儿女遮风挡雨,一生算是顺风顺水,就像原汁原味的手工鱼丸,看起来普通,尝起来却别有一番鲜甜。

相比之下,姨婆则是那个年代的潮人。比祖母有主意得多,念书也比祖母好,自己开车去上学,爱时装爱话剧爱电影,在几乎是奔三的年纪才嫁给我的姨公。姨公是世家子,继承了家业,自己也有学识有抱负,圈子里的人都觉得他们登对,便撮合两人结了婚。

后来姨婆随着儿女去国外定居,可始终觉得不如上海好玩,恰逢落实政策拿回了部分房产,便与姨公一起回来了。姨公去世后,姨婆当然也悲痛,但即使在最艰难的时刻,也从不忘记生活的乐趣——如此自得其乐,就像她做的鱼丸,既要放碧绿的香葱以求颜色好看,也要放香甜的马蹄以求口感清脆,图的便是各种感官的综合享受。

饭后,姨婆带我们参观了一下宅子。宅子其他处的装修风格与客厅相仿,家具与陈设带着强烈的油画质感,装点着繁复精美的纹饰,时光的足迹一目了然,唯一簇新的,只有那些沐浴在阳光下的各种绿植。

姨婆边在前面缓缓引路,边笑道:"都是些老家具了,旧了,但底子还在的。人呢,如今也老了,但还有好好生活的心气儿在。"

一圈转下来,已是下午三四点,我们向姨婆告辞,老人家也不强留,颤巍巍地立起身来,坚持送我们到客厅门口:"我年纪大了,骨头疼,不特地去看你父母了,我们通电话就好,替我向家里其他人拜年吧。"父母听了,忙垂手应下。

姨婆回身嘱咐陈阿婆送我们到大门口,陈阿婆笑吟吟地请我和父母三人前行,她缓缓跟在后面,两个年轻女孩也低头随在她身后。还未出大门,父亲立住脚步,从随身的手包中拿出一大二小三个红包,笑着递给陈阿婆:"辛苦你和两个小姑娘了,新年大家图个吉利。"陈阿婆喜笑颜开地接过,点头轻声道谢,直说原是该做的,何必那么客套,反倒叫人不好意思。

那次的鱼丸,姨婆特地让我们带回一些给祖父母,彼时祖母大部分时间都在卧床,只是我们回来,她才艰难地非要下床来应酬。看着那一小碗手工鱼丸汤,祖母的笑中有泪,对父亲说:"这就是你姨妈的手艺,还是那个脾气,要放香葱和马蹄,伊从来不嫌麻烦的。遥想当年,还是姆妈教我们的,好像就在昨天……"

4

大年初四,我们一家按约定去拜访舅公舅婆,这也是祖父的意思,一再说"人齐全了就要多聚"。祖母娘家虽然是做生意出身,但家风尚学,舅公就是那个年代的学霸,因此舅公的平生际遇,又是另一番光景了。

舅公生得十分白皙俊俏,正途出身,出洋得了学位,回国后,进入知名洋行,没多久就娶了门当户对人家的小姐。我见过他们的黑白婚纱照,三四十年代的上海,已经可以拍出不输现在婚纱影楼的好作品了,新郎西装革履,手中拿着一副白手套,新娘长着一副鹅蛋脸面,手上捧着白色马蹄莲,配着一泻千里的文竹垂到地上。

在那个更迭不断的年代,洋行自然不能做一辈子,所幸舅公学识扎实,人品端方,新中国成立后便进入一家国企做事直到退休,与舅婆生儿育女平顺到老。原本以为退休后的生活便是岁月静好,谁知在 20 世纪 80 年代初,舅公被返聘到了北京。

舅公当时已年过六旬,思忖再三还是觉得机会不错,便一路来到北京,一直住到 90 年代才重新回到上海。在北京的时候,父母曾带我数次拜访他们。每次去,舅婆都会照例下厨准备一桌小菜,手工鱼丸汤自然是必备菜。我们这次全家回上海过年再去拜访,舅公舅婆更是十分欢喜。

与以往一样,手工鱼丸汤照例摆在圆桌中央,似是一种不容忽视的存在,甚至像是图腾一般。

舅婆满眼的慈爱,真挚而温暖:"你们来看我们,就是团圆的意思,吃鱼丸图个应景吉利。弟弟(指我爸)你从小最爱吃你姆妈做的手工鱼丸,她是最朴实的原味做法,我家是习惯挤一些姜汁在鱼茸里,汤我还喜欢洒点胡椒,仔细吃味道不同的。可你姨妈家是喜欢让牙齿有些嚼头,眼睛有些看头,就放些马蹄和香葱……其实这样反倒有些趣味,家家味道同了,也是无趣。"

父亲便笑道,最是放些姜汁才好,鱼蟹类水族,多少有些寒意,原该用姜来解寒。

舅婆做的鱼丸,鱼茸本身的咸鲜中带着一丝姜汁的微辣,并不刺激,再喝一口汤,又添了一种白胡椒欲拒还迎的辛香,口感层次丰富,耐人回味。

后来,我也曾尝试在家中还原舅婆的手工鱼丸,但总是不得要领,味道不是偏辛辣就是偏寡淡,父母也并不爱吃,直劝我就延续我家一贯的原味鱼丸即可——"一家一个味道,学是学不来的,真的学到了,千篇一律的味道,还不如家家都住到同一个宅子里去过生活。"父亲总在旁边讪笑着揶揄我。我这才作罢。

5

千禧那年,祖母去世了。那时,她的身体已经很弱了,昏沉沉睡了几天,便走了。

彼时我恰好在苏州出差,立即赶了过去,父母也特地赶了过去。姨婆和舅公自然都在,早哭红了双眼,却也都劝慰我们说,大姐是有福报的,走时没有任何痛苦。

祖母祖父卧室床头的墙壁上,一片簇新的白,那儿原本是祖母的一幅照片。祖父侧身躺在床上,盯着那块空白,有些哽咽:"如今就剩下我自己了,厌气(上海话,烦闷)伐……"

我试图上前安慰,但总觉得说什么都苍白乏力。

过了一年,我去上海出差,照例住在陕西南路的酒店。结束了一天公干,我打电话告诉祖父我马上去看他,电话那头反应了一阵:"你还住在阿尔伯特路吗?那里倒近。"

阿尔伯特路是陕西南路民国时的旧称,祖父一直没有改过口来。在他心里,或许上海还停留在他年轻时候的样子,而他,还是当年那个在有弹簧地板的舞厅里跳着最时髦的舞,张口就是流利的英文,随身带着一把勃朗宁手枪,闲暇时会去跑马的少年。

见到祖父时,他精神尚好,没说几句话,便听到门铃声,我去开门时,发现竟是舅婆,手中还郑重地拿着一个小包裹。舅婆发现是我,惊讶得眼睛瞪得很圆,我忙笑说是公司出差,临时决定来看祖父。

舅婆将手中的包裹轻轻放在桌上:"喏,这是你要的鱼丸。你说今天晚上有一对重要的客人要请,我才特意做的,如今老了,做这种耗时费工的小菜越发吃力。这怕是最后一次给你做鱼丸啦……"

听到这话,祖父忙一迭声称谢,舅婆摇手:"这倒没什么。儿子在外面等我呢,家里还有事,要早些回去。"我看了眼时间,向舅婆家走的话,正好是虹桥机场方向,顺路还能叙叙旧。祖父听我如此说,只说下次来上海的话一定记得过来看他。

我点点头,轻轻拥抱他道别,祖父年纪大了,越发瘦了。

去机场的路上,我问舅婆,今晚到底是什么重要的客,让老爷子巴巴地求她送鱼丸来。

舅婆笑道:"你爷爷年轻时的老朋友,据他说是早年间在香港认识的,那时候香港上海人多啊,可能在生意上有些关联,又谈得来,所以一直联系,这几天忽然说回上海探亲,正好相聚,你爷爷说什么也要让我做鱼丸汤,直接拿到外面相熟的酒家作为一道自带菜,他说外面的酒家什么都做得出来,唯独这道手工鱼丸汤是不灵的,再高级的酒家也会放多淀粉,像吃鱼肉味的小笼馒头。"

"喏,幸亏我当年够勤快,向婆婆学了这道菜,否则今天你爷爷就吃不到了。大姐去世了,二姐如今也不轻易下厨房了,家里横竖有用人伺候。我如今也老了,恐怕这是最后一次给你爷爷送这道菜喽……"

我脸上笑着,心中却有一丝不吉。而一语成谶这句话,往往就是这样,更像是一种来自现实的经验。

在送过那碗手工鱼丸汤之后,不过半年,舅婆便走了。

6

大约在2003年暮春,我又回上海出差,开完会便着急往浦西祖父家赶,想给他一个惊喜。

开门的是祖父请的保姆,一年前,祖父身体日渐孱弱,只能卧床,便请了她,白日也在。她并不认识我,我笑着说明身份,她忙道:"平常总听老先生念叨你,如今可见到真人了,快请进。"

我轻轻走入祖父的卧室,房间还算整洁清爽,他平躺在床上,盖着一床轻薄的灰绿色毯子,干皱多斑的皮肤,覆盖在凸出的青筋上,像深秋的树上摇曳着的最后一片枯叶。

我唤了一声,声音有些颤抖的哽咽,甚至惊到了自己的耳朵。祖父抬起眼皮,浑浊的眼珠在深陷的眼眶中哀叹:"啊,你来啦,我想侬格——"他把尾音拖得很长。

自从祖父卧床后,我们常常通电话,他经常在收线前重复这"我想侬格",而在现场再一次听到,却尤感无助凄凉,无助的不是祖父,而是我,我想要去改变什么却又如此无力。

"侬这次还住在阿尔伯特路?"他问。

"不,我这次住在浦东。"我忽然觉得,祖父口中那个积着灰藏着故事的路名,才是这条路原本的样子。

"哦浦东……如今世道变了,浦东要比浦西漂亮了,侬小辰光那里还是一块荒地。"他微微有些咳嗽,带着喘息时不易察觉的杂音。

我半蹲在床边,眼中含着不敢流的泪:"您吃中饭了吗?"

祖父还是清醒的,甚至努力挤出了一丝笑:"刚保姆让我吃完正餐,侬姨婆家就送来了一碗鱼丸汤。"

果然,一碗鲜浓的鱼丸汤就放在床头柜上,汤面上飘着几朵圆圈状的芝麻油。那定是姨婆做的,鱼丸上点缀着肉眼可见的碧绿青葱,想来那清脆的马蹄,入口一定能尝到。

我握着祖父枯瘦的手掌:"我喂你吃鱼丸汤可好?"

祖父笑笑,勉强坐起来,当我的手碰触到他的肩膀时,才发现身上的肉早瘦没了。听父母说过,人老了,吃再多,也并不容易长肉。祖父吃了一个,看着我说:"你也吃一个呀,你姨婆如今也老了,只怕也不会常做这种功夫菜了……上次你舅婆说是最后一次给我做鱼丸,果然就一声招呼不打地走了……唉,人老了,像活在一个空架子里,不知道哪天这个空架子就突然被风吹跑了,连影子都看不见。"

断断续续说了几句话,祖父便累了,不停问我什么时候的飞机,一迭声地催我快走快走,"飞机是不等人的"。我说可以改签,他还是老脾气:"你倒计那飞在天上的,去等你这个走在地上的?"我受催不过,只得起身。

离开祖父房间时,是下午一两点,午后柔糯的阳光,飞金一样淡淡洒在他的身上,我流连地最后望了望他,他也正看向我,彼此一句话也说不出口。

保姆看见我出来,手中拎着拉杆箱和大小包袋,客气地想要来帮我。我的眼泪,竟再也噙不住了,顾不得她的惊讶,发力奔向车水马龙的街道。打车、换登机牌、托运行李……等到终于登机,眼妆已全哭花了,面巾纸也用得精光。

那一年,祖父像一片落叶一样,回归了大地。

祖父的葬礼上,舅公和姨婆也颤巍巍地来了。舅公已颇见衰老,但依然穿着考究的深色西装,舅婆去世后他也并不常出门,此次也是儿女陪同,与亲戚们打招呼的力度比以前轻了好多。姨婆脸上的沟壑也在送行故人中显得深沉许多,而伊的发髻依然整齐,握着我们的手说:"以后有时间多来上海。"

2015年,父母去上海看望姨婆,她气色尚好,依然言辞爽利,身边服侍的小保姆却并非以前陈阿婆调教的那两个,被问起时姨婆笑说,那两个小姑娘被调教得太好了,早给外国人做家政去了:"所以人这一辈子呢,不能想得太长远,没有用。"

第二年秋天,中间只隔了不过一个月的时间,舅公和姨婆便先后在睡梦中过世了。

后　记

那张祖母三姐弟全家福的合影,我依然时常拿出来看看,照片中的故人,笑容依旧。

我还时常吃自己做的原味鱼丸汤,只是加香葱马蹄、加姜汁胡椒粉的那种,怕是再难吃到了。我也还是有繁多的机会回上海,只是那里早已没有了我最牵挂的人,总觉得寡然无味。

前年回去,老宅要拆迁了,我早知道消息,但即使再去上海,也不再想回去多望一眼那扇暗影沉沉中吱吱呀呀的朱门。

我也不再去祖父口中"阿尔伯特路"的酒店了,开始按照工作和喜好选择,南京东路是我的新爱,带着百年历史的厚重,却又享受着现代社会的便利,走几步就是外滩。

上海就是这点好,即使是冬天,也没有凌厉的北风。行到灯火摇曳的外滩,天空永远像一块晶莹清澈的蓝宝石,而黄浦江的水,浩浩荡荡,百转柔肠。

吃一碗扁食,就是一年到头了

王 选

它们饱饱的肚子里,装着一家人满满的心愿,
它们的心眼,是通的,
就像西秦岭的人家,心里总是亮堂的,

日子再焦苦,
吃了这碗扁食,浑身又来了劲,
明天还有个奔头。

年三十吃饺子,可能全中国都是如此,但我老家西秦岭一带,却吃"扁食"。

我特意百度搜了一下"扁食"二字,解释却是"福建地区常见小吃",通常和拌面同食。再看图片,明显就是馄饨或者饺子嘛。这么一查,心里就有点替我们的扁食打抱不平了——在我们老家,扁食就是扁食,饺子就是饺子。就好比,葱是葱,蒜苗是蒜苗,两码事。

1

年三十的早晨,是被稀稀拉拉的鞭炮声炸开的。

天落着雪末子,细密,清脆,落在瓦上,落在柴草上,有一层唰唰声,像雪的针脚在大地上绣鞋垫。

父母一早起来了。母亲在厨房,生着两窝灶火,一窝烧水,水开,焯白萝卜丝。白萝卜似雪,脆生生的,跳进水里,没一会,就软了,就透明了,就有甜丝丝的味道了。另一口锅里,水也翻滚着,吐着泡,哈着气,把切块的肉放进锅,水才消停了一点。下料,八角、花椒、桂皮、肉蔻,撒半把盐,丢几片生姜,盖锅盖,大火,慢慢炖起来。案板上的盆子里,装着豆腐干、粉条、油饼、酥肉。

厨房里弥漫着的白气把母亲裹住了,她说话,看不见人,只有声音,嗡嗡的,从厨房里传出来,湿漉漉的。白气从门缝里、窗户里涌出来,白马一般,翻过屋檐,消散了,了无踪迹了。

父亲把院子的角角落落清扫了一遍,填了炕,从后院抱出枣红大公鸡。公鸡是舅婆替我们家养的,养到腊月,母亲转娘家,背回来了一疙瘩菜,也背回来了一只公鸡。

我们把公鸡叫高头凤凰。谁家有事,给村里的"爷"(西秦岭一带把村里的神叫"爷",村里除了山神土地,还供着泰山爷、龙王爷、黄爷)许了愿,祈求平安、康健,或者多挣钱、生个儿子等等,到了年三十,无论愿是否实现,都要到庙里去还,还愿的礼物,就是一只高头凤凰。

父亲也许过愿,想必还是祈求家人安康,或者早点抱上孙子。

父亲喊我去庙里还愿。到了庙里,已经熙熙攘攘了,烧香的,还愿的,贴对联的。

大家发烟,闲聊,有些人常年在外打工,久不见面,互相问一下妻儿是否回来,今年挣钱多少等等,顺便开个玩笑:"娃他赵爸,我说你今年发财发得扑哧哧的,原来是给爷许了个大愿,你看这高头凤凰,跟个羊娃一般大,你怕吃不完。"

对方笑答:"晚上先人(祖先)接来了,把你的好酒提过来,帮着吃。"

那人答:"不敢跟你喝,你酒喝西北五省,拳划黄河两岸。"

众人哗啦啦笑了。

我跟父亲烧好香蜡,跪在香案前,我烧冥票,父亲一手抱鸡,揽在腋下,一手用木棒敲打铁磬,嘴里念念有词,大意是,感谢爷,这一年保全家老少安康,之前许了愿,今逢佳节,特备高头凤凰一只前来还愿,云云。腋下的鸡,咕咕一叫,挣扎两下,眼珠子湿漉漉的,又安静了下来。它枣红的羽毛,在烛光里像一匹绸缎,柔软而神秘。

磕完头,父亲去庙外廊檐下杀鸡,我胆小,不敢看,拿着糨糊贴对联。杀完鸡,用冥票把鸡血盛上数滴,献于香案上。

把鸡提回家,拔毛,母亲提着鸡腿,鸡头朝下,我从煤炉上提来烫水,往下灌,父亲拔毛,拔着拔着,手上粘满了鸡毛,像戴着棉手套。母亲没提好,鸡头挨到了地上。

父亲喊:"往高提,没劲吗?一早上在厨房没吃饱?"

母亲回道:"我都忙死了,哪有时间吃,就你难伺候。"

我心里偷笑。父母大半辈子,都是这样互相唠叨过来的,一个见不得一个,一个离不得一个。老一辈人的感情,把所有的鸡毛蒜皮,都过成了细水长流。

收拾完鸡,家里还有零零碎碎的活。母亲炒了鸡的心肝肺,一小碟,我端去庙里,给爷献一阵,还愿的程序才算完成。

那时候妹妹还未出嫁,在厨房帮着烧火,她口细,爱吃好的,刚出锅的东西,第一口总是她的,她要吃炒出的鸡肝,母亲拾掇了几句,她噘着嘴,满脸不愿意。

我提着给祖父买的东西,去三爸家看望祖父,祖父八十好几了,身体硬朗,一顿还能吃一碗饭。

忙着忙着,就到下午四五点,开始收拾包扁食了。

2

包扁食,先要擀面。挖两三碗面,用温水和面,水里加碱。和面,水得控制好,多了面团软,少了又硬,擀不开。揉好的面,扣在盆下,发上一阵,然后才开始擀。

在老家,麦子以前都是自家种的,收完拉到邻村,磨成面粉。现在种地的人很少了,面粉都是从集上成袋买回来的,看着白,吃起来不筋道,也没自家面粉的那股香甜味。在城里,面条都是买现成的,机器面,宽细切得很均匀,但煮起来很费事,吃起来更是差劲,放几天都不发酸,也不知添加了什么,让人害怕。

揉面很重要,老话说,"打倒的婆娘揉倒的面。"面越揉越筋道,揉到最后,都能揉出面粉的筋骨。擀面,和擀饺子皮是不同的,饺子皮是擀成茶盅口大小,圆形的,扁食皮则要将面团整个擀开,擀一大张。

母亲干了大半辈子农活,胳膊有力,擀面时,擀面杖和案板撞击的轰轰声,隔着大门都能听见。三妈来我家游转,一进门,就笑着说:"你擀个面,使那么大劲,跟剁柴一样,半个巷道都能听见。"

母亲笑而不语。

擀面是门手艺活,很多人能把面团擀开,可擀不圆,圆了,又薄厚不一,薄厚一样,又太大,拿不住手。现在的年轻女人,基本都不会擀面了,可能母亲这一代人是最后一拨会擀面的女性,再过几十年,擀面这门手艺,怕要失传了。那时候,我们舌尖上再也尝不到母亲的味道、家的味道了。

面团擀开,成一大张面片,薄厚合适,圆圆的,把整个案板苫住了。然后将面片对折,对折,再对折。每对折一次,撒一层玉米面,防止粘到一起。对折后的面片,用刀,一刀一刀,切成比手掌心小点的梯形。对,是梯形,不是方形,更不是圆形。切好的面片,就是扁食皮。

把扁食皮装进簸箕,端到堂屋,用盆扣住,以防风干。母亲又钻进厨房,准备扁食馅。一般是豆腐鸡蛋,也有香菇大肉、白萝卜豆腐。馅剁碎,猪肉臊子一拌,加调料。这个跟拌饺子馅差不多。

以前家里穷,除了洋芋、大葱、白菜,再无其他蔬菜。要买菜,得去集上,可家里那么忙,哪有时间去赶集?有时,实在馋,等一个雨天,母亲会包扁食,没什么做馅,切了些洋芋,拌了白菜。扁食上桌,一咬,满嘴洋芋。

"你这是洋芋疙瘩,哪里是扁食?"父亲边吃边唠叨。

母亲在嘴上是不示弱的,回道:"有吃的就好得很,还嘴尖毛长得不行,想吃好的,到集上下馆子去啊。"

两个人又是你一言我一语,你扎我一下,我戳你一针,互不相让。那顿洋芋扁食,我吃了两碗,到下午,整个胃里,跟装了个土疙瘩一样,回转不过来。

3

备好馅,母亲就开始包扁食了。父亲在我印象里好像从来没有包过扁食,他大男子主义严重,是不屑于在锅碗瓢盆里费周折的。

小时候,母亲和父亲吵架,母亲赌气,去转娘家,好些天没有回来。我和妹妹尚小,不会做饭,饿得嗷嗷叫唤,在祖父家蹭了两顿后,父亲终于下厨,给我们做了一顿扯面。那个香啊,让人至今难忘,父亲还嘚瑟说:"离了你妈,我们三个人也能吃好喝好,让她到你舅婆家住着去,看她能住到啥时候。"

这顿饭后的第二天,母亲回来了,她怕我们饿着。母亲进门,正眼都没看父亲,钻进了厨房。后来,母亲去外面打工,家里留父亲一人,他用压面机压面,图省事,顿顿浆水面,没多少营养,我们瘦得不行。

母亲包扁食的时候,妹妹在一边帮她。

父亲在厨房贴灶神,我贴对联。这么多年,贴对联被我承包了。父亲老怕我贴错,提醒说把字认准了,有一年,下庄那谁贴对联,把"槽头兴旺"贴到了厨房门口,自己没发现,大年初一来串门子的人看见了,传出去,成了全村人的笑话。为啥?因为"槽头兴旺"是给牲口圈上贴的,贴到厨房,那不成你们一家是牲口了吗?哈哈,哈哈哈。

贴完对联,我也帮母亲包扁食。包扁食是个巧手活,有些人干脆学不会,比如我妹妹。她包了好多年,终于会了点,但那形状,不敢恭维,跟母亲帮手,母亲老说她帮倒忙,包的是烂菜疙瘩,没个形。我虽然不敢说心灵手巧,但包出来的样子,还是能看过眼的。

母亲常感叹说:"把你的手给你妹妹就好了,手瘦,手指长,指甲好看,你看你妹妹的,跟了我,手背肿了一样,像个癞蛤蟆。"

妹妹一听,自然不高兴,开始和母亲争论,说她和父亲偏心,啥都向着儿子。父亲从厨房过来,听见妹妹的话,说:"我看不偏心,你哥放了十来年牛,你才放了几天?"

妹妹开始耍孩子气,嚷道"不包了"。

母亲笑着说:"不包了好,我安然点,你到厨房给我们去调料碗。"

他们这么说的时候,我听着,偷着笑。把扁食皮摊在手掌,馅儿放于其上,扁食皮对折,把边捏紧,双手拇指食指提角,中指摁着往上推,"挽手",右手中指撑出一个孔,两角对在一起,捏紧,一个扁食就包好了。

关键的是"挽手",语言没法表述,就在那一瞬间,原本梯形的面皮,就挽成了金元宝的样子。金元宝,吃了来年一定有好运。一颗扁食,又一颗扁食,鼓鼓的,憨憨的,后面的边,翘翘的,跟立领一样,很神气。中间那个孔,开水能穿过,容易熟。

饺子跟扁食的形状真不一样,饺子再怎么玩花样,看着都是一疙瘩,躺在簸箕里,懒懒的。扁食才不是呢,是坐着的,有模有样,眉开眼笑。齐齐摆下来,横平竖直,有点沙场秋点兵的意思。

它们饱饱的肚子里,装着一家人满满的心愿,它们的心眼,是通的,就像西秦岭的人家,心里总是亮堂的,日子再焦苦,吃了这碗扁食,浑身又来了劲,明天还有个奔头。

4

吃扁食,我们一般分干的和带汤的。干的,碟子里倒醋、酱油,加盐,剜一勺辣椒,剁点葱末,最后浇上热乎的麻油。"呲啦"一声,香味扑鼻,口水在嘴里开始打转,搅一下,筷子尖蘸蘸,舌尖一尝,啥都不缺,就一个香。

要带汤的,就得炒臊子。热油,下蒜苗、干辣椒丝、胡萝卜丁、豆腐丁、蒜薹丁,进锅同炒,半熟,加入温水,水开,放进海带丝、黄花、木耳。调料,汤滚,撒一把菠菜,就成了。红的、黄的、白的、黑的、绿的,香喷喷,油汪汪,小半锅。

下扁食。扁食熟,用笊捞两份在碗里,浇上臊子。人千万不能先吃,一碗献到堂屋供桌上,一碗献于灶头。

堂屋的,是给天爷(天神)飨用。父亲裁好黄纸,再裁一溜红纸,一指宽,将红纸粘于黄纸中间上方。红纸上书"天地君亲师神位",最后贴到供桌正上方的墙壁,算是请来了天爷。接着,焚香点蜡,敬献茶酒。

厨房的,自然是给灶神的。灶神的画像集上有卖的,年画一般,灶神是两口子,上面印有"上天言好事回宫降吉祥",腊月二十三,打发灶神上青天,到了腊月三十,灶神就从天宫回来了,再去要等到明年。回来了,就成了家里的两口人。

给天爷和灶神献好饭,然后放一串鞭炮,人这才可以开吃。过年的几天,家里有神灵,是不能乱讲话的。

一家四口人,还有天地君亲师、灶神,一众神灵,大家欢欢火火、热热闹闹,在一起,吃起了年夜饭——扁食。父亲和妹妹,爱吃干的,母亲老是说干的吃不饱,要带汤的,我吃一碗干的,再来一碗带汤的。干的、带汤的,都好吃啊。

有几年,母亲出去打工,到了年三十,没人包扁食,我们吃机器面,或者去祖母家蹭饭。那时候,祖母还没过世。虽然肚子饱了,但母亲不在,家里总是空落落的,也热闹不起。母亲为了生活,为了多挣点钱,在遥远的他乡,给别人家包着扁食,她虽然能吃,但总是不觉着香,她还惦记着千里之外老家的我们。

也就是那几年,才知,母亲,对于一个家多重要,也才知,所谓"年",也就是有母亲在身边,把一碗热腾腾的扁食端上来的时刻。那份温暖,让人的眼眶里含满了泪花。

我们吃着扁食,21英寸的老彩电里,播着央视新闻频道的节目《一年又一年》,熟悉而温馨的背景音乐是《春节序曲》,屋子外面别人家噼里啪啦的鞭炮声,厨房里传来的肉香味,蜡烛在桌上跳跃着金黄的光芒,门扇上大红的福字,风把雪花吹成了春天的台词,而暮色把山河紧紧搂在了喜庆的怀抱里。

一年又一年啊。

5

吃完扁食,我们要去祖父那,和二祖父一家、三祖父一家、大爸一家、三爸一家,凑在一起,一大家口,十几个人,端着香蜡纸票,去半路迎接已故的先人。他们在那个世界,已早早上路,一路相扶而来。到路口,我们烧了香蜡纸票,磕了头,接上他们,一起回到家,这时候,我们就真的团聚了。

一年了,我们终于团聚了。祖先们看着子孙个个安康,光景如意,有的挣了钱,有的生了孩子,有的事业进步,也便满心欢喜,他们苍老而模糊的面庞,被烛光映亮,渐渐清晰起来,那么慈祥,那么亲近,那么让人想流下眼泪。

我们想他们,他们也想我们,一年了,终于可以在一起了,哪怕只有短短三天时间。我们在一起,一家人,祖祖辈辈,骨血之亲,源远流长,没有什么比在一起,更让人心里踏实满足了。

好多好多年以后,当我们去了那个世界,到了年三十晚上,子孙们吃过扁食,也会来接我们,一起过年。我们会搀扶上更老的祖先,一起回家。

小时候的年菜,一辈子都忘不了

索 文 / 现居长沙,一个胖子

父亲的额头沁出了汗,
热与力之下,
食材的本味徐徐溢出,空气中都带着香甜,
仿佛连眼前灶间的火光也是香甜色的,
似烤化了的山楂果。

大锅下猪油烧热,下姜丝、肉丝爆香,氽水,水开后放入红、白萝卜丝、平肚(炸猪皮)、芹菜段、白菜段、油豆腐丝、猪肝片、肉丸子、红薯粉条,加盐调味,熬煮一小会儿,待薯粉变软,尚有些韧劲时捞出,撒上葱花,点几星胡椒,便是小城年夜饭上必备的一道菜——和菜。

这道菜,是张文幼时过年愿景中关于食物的许多个期待之一,从重要性来说,仅次于香肠、饺子和肉丸子。

和菜不难做,食材也不金贵,大人们非得过年才做,只因它太费工夫。偶尔下馆子,只要看到菜单上有这道菜,张文总忍不住要点,吃上一口,抱怨菜味不正之余,总要想起孩提时,在东乡老屋度过的许多个年节。

那些年节是张文印象里许多食物的源头,有着记忆里的幽香和童真的过往。

1

下老坝是一条汩汩的流水,发源自大围山麓,迤逦而下,汇入大溪河。老屋就在坝边头。

冬日有太阳的下午,一个老妇人裹紧棉袄,坐一把竹靠椅在自家门口晒太阳,膝上盖件破衣服,脚下放一个火屉凳。全白的头发,佝偻的身形,一张细长的脸上满是皱纹,怀里抱着一只黄铜水烟壶,呼噜噜地抽个不停,眼睛眯缝着,似在看着下老坝的流水,又似看向更远处。

看到张文一家,妇人放下烟壶,笑眯眯地打招呼,露出一口稀松的黄牙。

"小张啊,回来过年咯。"这是跟张文父亲说的。

"你啷家过年好啊。"张文父亲笑着应答,"等下来给您拜年。"

"受当不起噢。"老人笑着,拘谨地打着拱手。

老人夫家姓李,村上人都叫她李家婆婆,是个五保户,与张文奶奶家是隔壁邻居。再靠西边,住着一对老夫妇,是张文未出五服的太叔公、太叔婆。

1989年的年节前,张文随父母回乡。一家人提着大包小包,坐上总不准时的绿皮小火车向东。

火车摇摇摆摆地龟速前行,张文总被摇到晕。停站时的急刹更让他受不了,胃中翻滚,过了小半程就想吐。母亲总会准备梅子与风油精给他缓解,父亲倒在一旁揶揄:"坐火车都会晕噢,真是新鲜。"母亲瞥了他一眼,他便收了声。

下了火车,还需走上好几里的田间路,才能到张家冲,远远地看见自家老屋,真到老屋,尚需过一座建在下老坝上的木桥,再过一条小溪。

有太阳的日子,李家婆婆就坐在家门口,见到人便会欠起身,站一站,又坐下。人从眼前过,往来匆匆,讲礼貌的会问声好,仅此而已。她会笑着回应,弯一弯腰,语气里半是讨好、半是卑微。

已是黄昏时分,风有些大了,夕阳的红晖洒在归家人的后背上,眼前的老屋屋顶的烟囱升腾着炊烟,张文大喊着奶奶,屋里由远及近一迭声的应答,吱呀一声,堂屋的门就拉开了。

张文奶奶、李家婆婆和张文的太叔公太叔婆三户住家是一栋大屋,东西相连,本是宗族祠堂,有百年历史,高屋大梁,依山傍水,大气雄壮。听说早年间是有专人打理的,族人年年祭祀,"破四旧"被铲了门楣、撤了牌位,才分作住宅。分到宅子的3家都是破落户——太叔公两老无后,李家婆婆是孤老,而张文家自爷爷的爷爷起,便一脉子息不厚,数代单传。

爷爷曾经开玩笑地跟张文说起过:"那一年自家土砖屋塌了,想起屋有得帮手,又出钱不起,队上照顾,就住到祠堂来了。"

"爸爸呢?"张文问,"他可以帮手啊。"

"那时候,他才两三岁啊。"爷爷哈哈大笑,"条凳倒了都扶不起。"

2

张文幼时的印象里,父亲厨艺了得,却只在年夜饭上显身手。

那年腊月二十九,家里腊肉早早熏好了,伏鸡、伏鸭、伏鱼都做好了,奶奶还炸好了玉兰片,炒好了花生蚕豆。张文对那一年过年的印象之所以那么深,是因为奶奶娘家兄弟送来了一袋糯米,奶奶将它蒸熟晒干,吃过晚饭,父亲便做了一道新鲜零食——冻米糖。

柴火灶前,张文揽了添柴的活。天寒地冻时,守着一灶火,不时地往里添柴,看着猩红的火苗舔舐着漆黑的锅底,眼里慢慢起了像是盯着太阳看久了一般的光斑,对张文来说,无论如何都是一件有趣的事情。

父亲则将糯米倾入锅中翻炒,炒至起膨,散出满室米香,撒入熟芝麻,再倒入熬好的糖汁,搅匀捞起,倒进模具(四根方木小板契成的一个方型),再用一根略短于模具框的、方方的木棍反复按压。

父亲的额头沁出了汗,热与力之下,食材的本味徐徐溢出,空气中都带着香甜,仿佛连眼前灶间的火光也是香甜色的,似烤化了的山楂果,令张文口水满溢。

待米糖稍稍冷却,父亲撤去模具,先用竖刀切成厚条,再横刀细片。张文绕过灶台,奔到父亲身边,抬切好的吃。冻米糖仍是软的,不受力,拈起一片耷拉着,塞到嘴里,米脆糖黏,微微的热,细嚼着,糖的甜攀着米的甜,芝麻的幽香又提振着米香。

张文正沉浸着,父亲却大声呵斥起来。

奶奶护着张文,与父亲争辩:"家里零食备少了,我孙才这么馋呢,你要舍得点。"

"你哪家给点啊?"父亲开玩笑地说。

"我不认字哪,赚不到钱啊。"奶奶当真了,嗔怒着,"你嫌我拿不出钱给你噢。"

"没钱帮帮忙也行啊,文伢出生后你也不进城帮忙带带。"父亲依旧笑嘻嘻地,"要我们请保姆,即算说句给你们寄钱停几个月,也是个意思嘛。"父亲参加工作后,每月给奶奶捎生活费,婚后也不断供,母亲管钱,两边家长都给月敬,一碗水端平。

"那不行,我这里也有人情打算啊。"奶奶声调低了,打着岔走开去。

冻米糖做得不多,但新鲜吃食,邻居家多少也会分送一些。

先送太叔公家。奶奶郑而重之地将切好的冻米糖用纸包好,系上小绳,四四方方一小包,让张文提着送过去。父亲又封了一个红包,嘱他一起送去。

"我来送吧。"奶奶不放心。

"让他去,几步路,等下他还要在坪里放花炮的。"张文母亲轻声地回道。

冷风扑面寒,幼小的张文迈过门槛,蹦蹦跳跳地跑进黑夜里,风送来远处的水声与林涛声,老鸹在夜树上号叫,稻田里的水洼冻上了,在农舍灯光的映照中折射着银灰色的冷光,远山静默,田间的孤树秃了枝枒,萧索又落寞。

清脆的童声隔了几米远就响起了,张文大声地喊着"太叔公"。

是太叔婆开的门。"食饭冇?"太叔婆的脸上笑开了花,瞥见张文错愕的表情,客家话又转浏阳话,"吃了饭没啊?"

"你们家年年这么讲礼性。"太叔公高声说着,也迎了上来,拉着张文在屋里坐定,让他烤火,端出茶水、张罗零食,像招待大人一样招待他。二老一般清瘦,太叔公已经70了,仍旧满面红光,两道寿眉花白浓密,眉下的小眼睛透着亮亮的光。

太叔公拉着张文问东问西,张文捡着自己明白的回答:"爸爸在家里,还在做事。他说明天来看您,还要陪您扯二胡嘞。"

"小叔叔呢?"张文东张西望,小声地问。

"出去野去了,一天到晚不落屋嘞。"太叔婆愤愤地说。二老过继了亲戚家的一个孩子当孙子,已经两三年了,可孩子过来时已经十来岁了,与他们不亲,性子也顽劣了些,二老管不住。

"你们吃咯,我爸爸做的。"张文看太叔婆没有打开点心包的意思,自顾着帮他们打开,拈出一片,献宝般的递给她。

太叔婆咧着嘴笑了,露出仅剩的几颗牙,指了指太叔公:"给他吃,我咬不动嘞。"

张文在太叔公家待了许久,太叔公给他讲秦叔宝卖马,讲岳飞钩镰枪大破连环马,又讲到族上故事,说老祖宗化山公夜袭偷水贼,"化山公是武举人,一身功夫,有一天啊,他故意大白天的骑马下县城,夜里邻村黄家就召齐人马要抢我们的水源,哪晓得他半夜打回转,一根枞木棍打倒十二人,功名都革掉了。"

张文听得似懂非懂,塞了一嘴的零食,连自家带来的冻米糖都没少吃。

那夜里,张文还应了太叔公的考核——太叔公让他写毛笔字,他写了几个,原想写"龙腾虎跃",嫌笔画太多,写了个"天南海北",笔枯墨浅力又弱,形似饱满,中多疏漏,张文又蘸着墨填上,被太叔公按住了手腕,"人怕嫌,字怕填。"太叔公一本正经地说:"架子有了,写成什么样就是什么样,不要补。写字和做人一样的。"这句话让张文觉得突兀,想了很久都想不明白。

临走时,太叔公拉着张文去了屋后的厨间,隔着窗户,指了指窗外的一棵柚子树:"你看它,今年终于挂果了,就是太酸,明年可能好一些,甜些就给你留两颗柚子啊。"

张文出门时,小叔叔将将进门,是个矮矮胖胖的少年,长着淡淡的胡子,流着脓鼻涕,跟谁都不打招呼,自顾在茶桌上拈了几片冻米糖,进自己房了。

3

翌日一早,鸡叫过几遍,奶奶才将张文叫起了床,她用肉丝开汤打底煮了面条,唤张文起来吃。

奶奶一早去买了肉,割出一小块全瘦的,细细切丝,与姜丝和着炒,撒些豆豉再氽水,纯白的面条卧在腾着热气的汤里,像一弯温泉环抱着雪山,山顶再点一勺剁辣椒,如红日初升,筷子伸进去一通搅,雪山塌了,日头散了,碗底的大鱼也漂了面——原来还卧着个荷包蛋呢。

夹一筷子,豆豉提香,姜辣提味,肉甜、蛋鲜、面筋道,一口下肚,胃就醒了,再吃两口,整个人都醒了。张文满心感慨:过年果然是什么都不一样,一碗面都不简单对付,做得这么精致好吃。

因昨晚张文回来太晚,李家婆婆的节礼是父亲一早送去的。"婆婆子在家里拉风箱(哮喘)呢,看到我来了,拍了拍胸口,嘴里默了默,就不喘了。"早餐时,父亲跟奶奶说。

"她前面那个(丈夫),说是挂使徒牌的角色,辰溪那边迁过来的,会些杂七杂八的东西。"奶奶笑着说,"她也学了些,可惜了,会的多也变不出米粮,六〇年死了,她才改嫁给后头这个,说是个暴脾气,打她打得狠,没过几年也死了。"

"巫医啊——你也喘,怎不叫她治治?"父亲扒着面,嘟囔着问。

"怎么没找?你爸拎着腊肉上门请嘞。"奶奶抚着额说,"她自己明说的,她会的只能应急,用多了不好。再说了,会这个的,能治病,也能害人啊。"

"你不要去她家玩啊。"奶奶伸出一根指头,点了点张文的额头。

张文不太明白,还是点了点头。

年三十中午下起雪来,坡上的小朋友下来找张文玩。他们个个比张文大,却十分看重这个一年来一次的城里小客人。他们搭上梯子给张文摘檐下的冰凌子,张文接过就舔,凉丝丝,味寡淡,却还是不敢上厨房偷白糖。

张文也拿自己带来的饼干分给大家吃,夹心的,母亲好容易托人弄了两包,伙伴们一人分一块,就没了大半。大家都不舍得大口咬,张文教他们,掰开来,先把中间的糖心舔掉,一口口舔,沁甜,一块饼干也能吃得久些。

张文又拿出烟花来放,也不敢多放,算计着,玩得久一些。白日焰火,是收敛的闪光与放纵的烟气,总叫人看不尽兴。

天光暗淡了,雪仍旧下着,第一声鞭炮响起时,孩子们一哄而散,要回家吃年夜饭了。

村里已经接上电了,晕黄的灯光下,东边厢,一张方桌围坐着五个人,桌上十个菜,腾腾冒着热气,伏鸡、伏鱼、腊肉、腊鸭、肉丸、扣肉——"一桌六蒸",再加小炒肉、油豆腐、炒青菜,正中一碗和菜。

在张文的印象里,除了饺子得碰运气,香肠、肉丸子、和菜都是年节的标配。

和菜汤汤水水的,清淡解腻,虽是杂烩,却有着自身的智慧,食材互不抢味又相互融合:肉与猪肝虽只放少量,但热油一炒,清汤一汆,所有的辅料便都会裹上肉汁、包裹肉香;细嚼起来,油豆腐丝的甜搭着芹菜的香脆;平肚Q弹、如海绵般吸满汁水,咬下,汁水在口中爆开;红白萝卜丝同样甜脆搭配,解腻;再喝一口清甜的汤,夹一筷红薯粉条吸溜进嘴里,嫩滑爽韧,叫人满足,再冷的天,也能喝出额头细细汗来。

父亲启了一瓶浏河小曲,陪爷爷喝着,爷俩都喝得斯文,父亲是量浅,爷爷也不过是虚应故事。

婆媳俩倒聊开了。

"我送了点菜给李婆婆,一海碗,什么都夹一点。"奶奶笑眯眯地给母亲夹菜,"婆婆子造孽,一个人,我一早嘱咐了,要她不要搞菜。"

"搞了没?"母亲偏头问,嘴里嚼着半只肉丸子,"没送碗饭给她?"

"她煮了面,炒了碗青菜,说要清清洁洁地过年嘞。"奶奶拿筷子的手回转来,掌底揩了揩嘴,"饭煮多了也送不得,三十总没有送米出去的啊,那是送自家运程、送财嘞。"说着,奶奶停了筷,嘴里仍嚼着,表情却认真了,"年三十送粮,是皇帝老爷的慈悲,没那么宽的肩,做不得那么大的功德,没那么大的福报,受不了那么大的恩惠,老班子懂的,李家婆婆也不会要的。"

"那她每天只要煮面了,一海碗菜她能吃到十五。"母亲跟奶奶开玩笑。

"是咯,正月里,菜又不会馊。"奶奶却认真了,"我伏鱼夹得多,一块能下一碗饭呢。"

张文在一旁狠扒着米饭,对奶奶的话深表认同,奶奶做的伏鱼、伏鸭不腥且鲜,极下饭,就是有些咸,特别是鱼,扒下一丁,就能配扎实一大口饭了。

夜全黑了,父亲陪着爷爷下起了象棋,每局都让爷爷先手。爷爷是臭棋篓子,回回起手当头炮,父亲抿着嘴笑,爷爷桌上摆一杯谷酒,时不时端起来咂一口,口里发出悠长的喟叹。

奶奶与母亲在灯下包节礼,鸡蛋、面条、腊肉、零食之类的,细细地用纸包上、绳扎起、贴上名,分户摆放。张文家数代单传,亲戚不多,奶奶说,有许多是过苦日子时帮过我们家的,过节时走动走动,表示我们家记着情呢。

这一晚,一家人都默许张文守岁,奶奶说,"反正十二点要被吵醒,我关柴门也要打鞭子(鞭炮)啊。"

张文就在灯下看书,手边摆着零食,时不时拈上一块。

十二点前,奶奶开了堂屋门,搬出小桌,摆上供品,点燃三炷香,雪地里朝北祭拜,燃放一挂鞭炮,母亲在屋里合上门,是谓"关财门",柴通"财",要把这一年的财都关在家里;过了十二点,奶奶重燃香火,祭品原样,重新祭拜,鞭炮再响,母亲在屋里拉开门,意指转过年来,我家又烧头香了,四方钱财看清路,快来我家。

这种仪式,张文年年看,年年都看不腻。大人的世界他不懂,可在他看来,这种仪式就像自己不复习又要考一百分一般搞笑。张文腹诽:年年拜财神,临了一个月才吃两顿肉,病了还得打针才有香肠吃,大人们是不是该转换思路,找找更实惠的信仰啊?

等鞭炮声渐歇,张文随父母爬上床,夹在两个大人中间,酣甜一梦到天亮。

4

一天上午,张文一个人踅到老屋中央的天井旁玩。那里算是三户人家的公共区域,又是李家婆婆的后厨——绕过天井,祠堂正厅檐下,依着墙砌了一个简易灶台,就是李家婆婆平时做饭的地方。

天井的南边、祠堂大门的后头,张文发现了一个鸡窝,里头卧着一枚鸡蛋,张文似发现了宝藏般,想将鸡蛋拿去给奶奶,可拈起蛋,感觉却略轻,正踌躇,旁边一个声音响起:"偷我家鸡蛋呢?"

张文扭头一看,李家婆婆佝着腰,站在不远处,佯作嗔怒,话音未落,人已经笑开了,露出满嘴黄牙:"那是假的,是个引蛋,引得鸡在这里下蛋嘞。不信,你打开看看。"

张文掰开蛋,果然是空的。

"文伢,你想吃蛋不?我家里有,煎给你吃吧?"李家婆婆笑眯眯地冲张文招手。

张文摆手拒绝:"早上吃饱了嘞。"

但他还去李家婆婆家里玩了一下。

她家是祠堂正门后头的一个杂物房改的,里头是木板隔开的两个小间,前头做厅,后头是睡房,采光极差,拢共一扇小窗,开在卧房的侧墙。

前厅无窗,屋内更阴暗,墙上一盏油灯许是没断过亮,油烟沿墙熏出一道浓浓的黑痕。油灯略微照亮了厅堂的一隅,几幅木刻的版画挂在墙上,背景多是水田、吊脚楼、芭蕉树,近景有劳作的人。

张文看新奇一般的看着。

"我家老倌子以前刻的,他喜欢这些。"李家婆婆语气里带着骄傲,油灯下,神情却有些不好意思,"不送人啊,我要带到棺材里去的。"

"你家礼性足,我这个孤老婆子也年年受你们照顾,"李家婆婆自顾地说着,"冇得办法回报,神前上香,我总会给你们家祈福嘞。"她用手指了指小厅的另一面墙,墙上有个小神龛,坐着个看不清面貌的菩萨,前头一只小碗,里头尽是香茬。

"你家人都好,日子只会过得好的。"李家婆婆盯着张文,眼神认真又笃定。

许是李家婆婆常年在屋里抽烟,空气中总有一种似有若无的烟草香,待久了就有些不舒服,张文匆匆离开。

又一日午饭后,太阳正好,母亲搬了张小桌放在屋外坪里,吃着零食、看着书,督着张文做寒假作业,一个中年男人提着个旅行包打老远走过来,走到近前,冲母亲打招呼:"过年好啊。"

母亲笑着回应,张文停了笔,好奇地盯着中年男人。

"大嫂买鞭子不?"男人放下包,拉开拉链,"满地红,喜庆,便宜卖。"

母亲探头看了看,笑着摇了摇头。

"价钱好商量的。"

"不要。"母亲拈了一大块冻米糖给他。

男人作了个揖,接过就吃,囫囵地嚼,鼓鼓囊囊塞了一嘴,费力地咽下,母亲又拈给他一块。男人吃着糖走远了,母亲才啧啧说:"细鞭子裹厚皮,当满地红卖,药不足,放起来都是蔫炮子,他是骗子嘞。"

细鞭子裹厚皮,是说把小鞭炮外再包纸衣,做成大鞭炮卖。母亲在日杂鞭炮烟花公司上班,这等伎俩自然一眼看穿。

"那你还给他糖吃?"张文不满地说。

"都要过年啊。"母亲脸上满是错愕,摸了摸张文的头,"你看那吃相,只怕早饭都没吃嘞。"

"不买他东西就是了嘛。"母亲讪讪地补充道,"我就给了块糖。"

"两块嘞。"张文嚷嚷。

"是噢。"在张文的印象里,那年年节对应着好天气,出太阳的时节多,不过零散飘了一两场雪,却是雪人都堆不起的量。这年没有一场大雪的映衬,味道便总是淡些。

不咸不淡的年节在不咸不淡里过完了。张文一家再次坐上了西去的小火车,奶奶给张文备了一大包盐姜与干梅,火车摇摇晃晃地前行,逢站必停,刚到沅溪,张文又吐了。

这便是关于1989年冬天的所有记忆了。

5

时光如下老坝的流水,似缓还急,一辈人成长,一辈人成熟,一辈人老去。

1996年的新年钟声敲响时,已经变了嗓、嘴边长出淡胡须的张文照例随父母回老屋过年,团圆饭上了桌,一家人围坐桌前,仍是十个菜,菜色不变,腊味、伏鱼都是奶奶的手工,正中一碗和菜,旧时做法,旧时味道。屋角摆着一台彩电,是去年新买的,电视打开了,春晚进入倒计时。

那是张文最瘦的时候,高考的压力与少年的情绪交织,累起了满腹无人倾诉的心思,最终结成一粒粒饱满的青春痘在脸上绽放。

吃过年夜饭,张文打开门,带上了他的随身听去院里散步,随身听本是母亲买来给他学英语的,他却好拿来听校园民谣、理查德与肯尼G。

地坪中静悄悄的,自家窗内的灯光斜斜地在坪里投出光亮,头顶是暗黑的天,阴沉无月。

老祠堂的住户,只剩下张文爷爷奶奶一家。

住西头的太叔公给续孙——也就是张文的小叔叔建了新屋,娶了新娘,搬到了坎上。本想享清福的老两口,却遭到了孙子孙媳的嫌弃,虽未分家,却分了灶,没两年,曾经健旺的太叔公就得急症走了,太叔婆守着西厢一间房,自己起火过日子,有个三病两痛,孙媳就当看不见,孙子则是看心情。

白天张文去看太叔婆,她刚起,准备吃早饭,碗里是白水煮的面条滴了些酱油。她颤巍巍地打怀里摸出一片钥匙,打开床边的老衣箱,端出两碗剩菜配着吃——半碗辣椒煮芋头、半碗肉丸子,肉丸子结了冻,得用筷子撬。

"肉丸子是你奶奶送我的嘞,软软的真好吃。"太叔婆咧着嘴笑,嘴里是零星的牙齿。她费力分开肉丸,夹了一筷子肉丸放嘴里,噙了好久,待肉丸化了,才开始咀嚼。

"老了,多动一下都是受罪。"太叔婆喃喃道。

张文看不过眼,端两碗菜去后厨加热,正忙着,看到小叔嫂踅进来。那个胖胖的女人瞥了他一眼,略一愣怔,返身出去了。

热了菜给太叔婆端去,太叔婆的面条已经吃下了一半,夹了几筷子芋头,就着两粒肉丸,又吃下另一半。吃完了,剩菜仍旧锁进衣箱,钥匙塞到怀里。

太叔公家在坎下的老房子早已经塌了,屋后的柚子树却年年挂果,张文始终没有吃过,奶奶倒是尝过味,说太涩,许是地气不旺,这么多年,终是没有甜过来。

中间住的李家婆婆早几年走了,在某年春上死于肺气肿,她终是治不了自己的这个病。丧事由她续女——二婚丈夫的女儿操办,村上承担了大部分费用。续女遵从了她的遗愿,将她的水烟袋与墙上的版画随她入土。那些版画,也是李家婆婆前夫的手工,据说刻的是辰溪景致。

大年初一,张文被父亲早早叫起,去山上给祖先拜年。

前一年的秋天,宗族办了两件大事——重修族谱,修葺祖坟。父子一行到达时,祖先的坟茔前早已经香烟缭绕,父亲从提篮里掏出盛着三牲的菜碗供上,供酒、供茶、点香、烧钱,最后着张文燃炮。

刻着先祖名讳的高大石碑岿然静默,在万家同庆的日子里接受着后人的祭拜。先祖作为康熙年间一个见县官不必下跪的文举子,不知道什么原因,举家由梅州离开,千里之外找这样一个小山冲避世,也许从未想到过身故两百年后的荣光。

从小到大,张文在张家冲里听了许多传奇:文举人、武举人、中进士、当翰林、救族人、智斗恶邻、府衙告状,所有的故事都指向了这位先祖——"化山公",他化身成许多角色,演绎着各种故事,振兴着整个族群。

这些故事在庞大的家族里流传,夸张的、离奇的、匪夷所思的,懂事后的张文回想起,方才明白那不过是后人们的旧火添薪,多为虚构——包括太叔公曾说过的那个故事——下老坝就在村旁,哪里需要抢水源呢?化山公的真实人生,或许只是富足安稳、恬淡平和的吧?

那是张文在老屋过的最后一个春节,过了年节的三月,爷爷、奶奶就被父亲接进了城。

6

再往后的许多个年节里,许是追求养生的缘故,团圆饭桌上的菜色开始变化。因为母亲生病,父亲订了一大堆健康类杂志,全家人一起学习。

书上说太咸不好,伏鸡、伏鱼便不做了;后来看到熏肉类食物致癌,腊肉、腊鸭也没了;只有和菜,因其清淡与美好寓意一直保留着,老少咸宜。

父亲早已经不做冻米糖——满大街都有得卖了,实不必费那个工。可街上卖的,张文很少买,一为减肥,甜食要少吃,二来张文也不怎么喜欢了,毕竟在他的印象里,刚出锅的冻米糖,才是印象中的古早味。

2019年的正月里,张文去了乡下,是父亲派的任务,小叔叔嫁女,去小叔叔家吃喜酒。

自太叔婆去世后,两家再无走动,如今请柬送上门,父亲不愿去,只得张文出马。张文早已经不晕车了,开车去,径直将车开到老屋前。自家的老屋已经倒掉了,父亲着人拆平的,无暇重建,便在宅基地上种上了桃树与梨树。张文将车停在树旁,下车点了根烟,在坪中站定,看自家地里瘦小的桃、梨秃了枝枒。

西头太叔公家的宅基地早被小叔叔卖了,买主建了新屋,倒没砍那株柚子树,它仍在坎下、新屋后头,孤零零地站着。张文仰头望去,树上还挂着柚子,一个个蔫不拉叽,看来仍旧是难吃,也就没有人惦记。

他想起了童年时太叔公的许诺,决定去摘一只柚子吃吃看。

去新屋主人家借了竹篙,屋主是本家亲戚华初叔。"要吃柚子,家里有啊。"华初叔热情地让他进屋,簇新的厅堂,后头连着厨房,"那树上的涩口。"

见张文坚持,华初叔还是取来了竹篙。张文提着竹篙穿堂而过,从后门出,眼前与脑中是新旧场景的变换:这里曾有过他的童年,太叔公曾在这里指点过他写字与做人,那句突兀的话,他到中年才将将明白——人一生中的际遇与错过,得到与失去,莫太在意,做人如写字,不要补笔。

祠堂中间一块,是李家奶奶的,屋倒了,地收归村上,无人理,断壁残垣间长起了蒿草。张文费力地想着,始终记不起李家奶奶的面容,只记得她佝偻的身形,黄铜水烟袋与暗光下的版画。

在那一年的早些时候,一次偶然际遇,张文或多或少地知道了李家奶奶前夫的职业。他在省图书馆翻到了一本书,说到了一种传承千年的古老医术——祝由术,发源自辰州,即今湖南怀化境内,类似于巫医,介于心理暗示与顺势疗法之间,它的高光时代是在800年前的元代,被选入太医院,史称"祝由十三科"。

那一天,张文将从前所有的碎片串起,作为对李家奶奶的凭吊。她一生卑微隐忍,在孤苦日子里,一点一点活到高寿,半生里都是对前夫的思念。

喜宴在中午,张文见到了小叔叔,他人仍是矮胖,一头花白头发,眯着眼,叼着根烟,胸前挂个袋,人客送来的礼包放在里头,生怕有人抢似的——张文吃喜酒这么多次,倒是第一次看到主家这样的做派。

席上是最劣的酒,最敷衍的菜,外加正中一盘和菜,萝卜切片,油豆腐没切,混着些蛋皮和薯粉条。张文忍不住捞上一碗,吃了一口便再没动筷,芹菜没去筋,平肚也没泡开,干干的,实在倒胃口。

旁边的客人也在抱怨:"杨家的厨师班子不是这水平,只怕是钱没给够。"

"他啊,只赌钱就大方,做人真是抠死了。"

没等新人敬酒,张文就离了席。去取车的路上,张文倏地想起,今年自家的年夜饭饭桌上,也没有和菜了,许是太费工了,父亲也不爱做了,有一碗肉丸代表团圆,也差不多了。

爷爷奶奶都走了,去年,母亲也离开了,吃的人少了,仪式感也就弱了。一碗普通的和菜,每一样食材都简单平凡,可总要齐全了,才是初时的味道。

因此,这道菜才有另一个更有寓意的名字,叫全家福。

"老弟,买鞭子不?"不知几时,一位老人赶上了他的步伐,老人戴着顶皮帽,佝着腰,步子急促,在张文身旁侧仰着头望着。张文笑了,停下脚步,努了努嘴,示意他打开手提包,老人依言拉开拉链,张文定睛一看,笑了,还真是细鞭子裹厚皮!

"还剩十挂,原说是十元一挂,你全买了就打八折。"老人卖力地推销着,"我还帮你送到府。"

"连袋子一起吧,给你一百。"张文说,"不要你送。"

将鞭炮袋子放入车尾箱,张文上了车,用随身带的小刀打开了在华初叔屋后摘下的那颗柚子,揪下一片来吃,只咬了一口,难言的酸涩便在口中漫开,细细地咀嚼,酸味更烈,眼泪不自觉就流了下来。

囤起粮食，我终于理解了外婆

曹 玮 / 行者，人类学研究者。以有尽之人生，写无尽之人群

外婆吃过的水果，
不知为何特别容易长成树苗，

而那些面孔新鲜的孩子们，
恐怕不知道自己手中的果实，
其实来自一位曾经挨过饿的母亲。

1

冰箱里存着一把带青叶的胡萝卜。在我妈的监督下,我再次检视一遍自己囤积的食物。

这个十余平方米的房间,是我在法国疫情封城期间每日的居所。冰箱只有半人高,塞了又塞,挤了又挤,冰箱门一拉开,那些实诚耐久的白菜、卷心菜、萝卜恨不得手拉着手、兴高采烈地蹦出来;冷冻室就是个小抽屉,买来肉,去掉包装,分类切好,盒子都怕占地方,只用保鲜膜包住,一块接一块塞进去,把肉垒成了冰砖墙。

然后就是柜子了。不需要保鲜的食品和干货——面粉、大米、花生,平时根本不怎么吃的豆子,这时都存起来——万一到了实在没有新鲜蔬菜的那天,或许可以发豆芽呢。

柜子塞满以后,还有地板。那些能放在地上的蔬菜:洋葱、生姜、蒜、芋头、土豆,各按其类堆放着。看着这些还带着泥土的根茎类食物,我有一种要去火星上生活的幻觉。如果一直这么囤下去,可能没过多久,整个房间都会变成我的冰箱那样——门一开,蔬菜水果手拉手和我一起滚出来。

即使这样,我妈仍觉得不够。

法国疫情一开始,她就在国内远程监督我囤积食物。平时,不管我买多少新鲜蔬菜,她总会盯着我买不到的:"我的娃可怜啊,香菜吃不上!"买来香菜,她又会叹一声:"我的娃可怜啊,韭菜吃不上。"如果一周内我都在吃食堂,没买菜,她的哀叹就更加悲伤,几乎要落下泪来:"我的娃可怜啊,饭都吃不上。"我妈说这话的时候,就好像法兰西共和国是一片荒漠,而我则一直在挨饿。

于是,每次视频,这样的话都会成为我妈最后的总结陈词,长此以往,我难免觉得烦躁扫兴,也实在难以理解她为何独独对食物忧思如此。

眼下,检视完预备封城的囤货,我妈终于发现我没有买绿色蔬菜,"我的娃可怜啊,连绿叶子菜也吃不上……"她又开始了。

"有啊,胡萝卜叶子是绿的啊。"我辩解道,"这叶子好吃,必要的时候还能救命呢。"

"胡萝卜叶子不是兔娃儿吃的吗?这咋吃啊?"

我的心下一动,看来,胡萝卜叶子怎么吃,妈妈是不记得了。

2

胡萝卜叶子,原本是外婆的食谱。

我还记得一个早秋的午后,那时我六七岁,外婆坐在院子里,面前是一大堆胡萝卜叶子,堆得那么高,都快到我腰部了。外婆坐在木凳上弯着腰,不遗余力地将细叶择下来扔进一只巨大的铝制洗衣盆——这样的盆子,彼时常常是各家孩子的洗澡盆。盆里的叶子都是碧绿色的,上面覆着一层细小的白色茸毛,摸起来有点痒。

那时候,每天下午,外婆都会带着小板凳去巷口坐着,看看过往的行人,和几个老邻居聊天。只要农民拉着板车来巷内售卖东西,她也总愿意和他们话话农事,顺便买些新鲜的蔬菜。那天,农民拉来一车胡萝卜,出门走得急,萝卜从地里拔出后直接扔上车,叶子都没来得及摘。买家只好先选萝卜,拔了叶子再称重。外婆一边帮农民拔叶子,一边打问这些茂盛碧绿植物的去处,听说一会儿就要都倒掉,外婆急了:"你别扔、别扔,都给我吧,我家养着兔娃儿呢!"

农民乐得轻松,将半板车胡萝卜叶全都倒进了外婆的院子——可外婆家哪儿有兔娃啊,能算得上"娃儿"的,也就只有我了。

我蹲在那堆胡萝卜叶前,看外婆手速飞快地处理着叶子,过了半晌,所有嫩叶都已入了铝盆,外婆就像浣洗衣服一样,一遍遍地淘洗:"这萝卜是沙土里长的,叶子里面有细砂,要淘干净呢。"远处看去,她藏青色的后背在银盆前起起伏伏,好像一只奋力喝水的小兽。

胡萝卜叶子怎么吃呢?我不知道。但等天色将晚,外婆递给我一个搪瓷碗,碗中高高冒起粉绿色的叶子饭,一股奇香迎面而来。那味道好像要把早秋刚降下的、暧昧的夜色撕破一个口子,是那种阳光照在一些芳香植物叶片上所散发出来的尖锐而清凉的气息,其间混杂着熟了的麦粉焦香。

碗里细小的胡萝卜叶片上裹了面,大火一蒸,变成淡黄色,叶片软软的,叶筋则柔柔的。再把这胡萝卜叶饭和着小葱一起炒,饭中又间以油香和葱香。我抱着搪瓷碗一口接一口地吃,外婆远远坐在廊下的板凳上,也端着一个搪瓷碗,边吃边问我:"这个饭你还没吃过吧?我跟你说过胡萝卜叶子好吃吧?"她眯眼笑着,吃上几口,继续唠叨:"哎呀,这么好的叶子为啥要扔了呢?"

3

在外婆眼里,这个世界上有许许多多的东西都能吃,不能随便扔。

我上到小学高年级,外婆的院子被拆了,搬到郊区的一个小公寓里,从前每天都要去巷口遛弯儿的她更是坐不住了。中午一吃完饭,总会提着小板凳去小区花园旁坐着,有时去老邻居家看电视,有时不知所终，回来时手里总提着一些市场上不常见的蔬菜。

不出意外,春天总是各色野菜:蔓菁、苦苣、苜蓿、蒲公英,这些春天的野菜,都是要煮熟后,放进一口褐黄色薄釉的大瓷缸里。

搬家时,外婆扔了很多东西,只有这口大缸,千方百计运来,放在客厅最显眼的位置,一进门就能看到,高到可以把我装进去,缸里存着的,是她奉若珍宝的酸菜。

酸菜是我所在的城市常年的吃食,旧时几乎是家家户户保存时令蔬菜的方法,而它的质量与温度和制作工序有关:一不小心,就会发酵失败,全部坏掉。重新做时,必须找来酸汤做引子,投入新菜,以待发酵。

外婆制酸菜素有令名,以格外酸爽、汤底清澈著称。以前住院子时,就常有邻人来讨要引子,搬了新居后,也时不时有人上门来要,老邻居带来新邻居,每次敲门,外婆脸上的笑容都会荡漾开来,像是做了一件普度众生的事情。而那口大酸菜缸就好像一口魔法缸,从来都没空过,也没有坏过,永远也舀不完似的。

很多回,外婆将带来的野菜煮熟投入缸中时,我就趴在缸口,望着碧绿色的菜叶在缸里漂浮、下沉,"过三四天就好了。"她乐呵呵地大声说。我知道,当这些酸菜发酵好时,家里准会吃一顿酸菜面,又细又白的面条沉在清澈的酸菜汤中,野菜制成的酸菜变得黄澄澄的,各有不同的口感和香味,在锅中用蒜片和干辣椒一炝,只需几小勺,就将香味显尽,再买些韭菜,炒熟浇在面条上,这样的饭,家中隔几日就要吃一次,仿佛永远也吃不腻似的。

4

除了投进酸菜缸,还有几种野菜会被外婆做成凉拌菜或者晒干。

一种是白蒿,是味中药,又名茵陈。每次她只拿回来一小袋,据说是在野地里挖的。一到春天,白蒿就冒了银针一样纤细的绿芽,细小的绒毛微微泛着白光,轻轻一掐,就会闻到叶茎散发出强烈的蒿草味。外婆将它在热水中一滚,再将泡好的粉丝拌进去,只需一点油盐,就是一盘极为清爽的凉菜。外婆说,白蒿新芽细小,隐没在青草间,很容易认错,平时穿针引线都要我代劳的她,采的时候费工夫极了。也是因此,外婆专门仔细教我辨认过这种野菜的样子。

一年春天,学校组织同学去山上植树,休息期间,老师和同学们一起在田野边吃饭,我一低头,突然看见地上好多白蒿,几乎是不自觉地就动手挖了起来,将它们全部装进我装过午饭盒的塑料袋里。那天回去时,我已经筋疲力尽了。一进外婆家的门,就极其自豪地将袋子甩到桌上:"外婆,看我上山植树带啥回来了!"

外婆笑盈盈地打开袋子,"哎呀!是白蒿!我的娃没摘错,一点儿杂草也没有!"她兴奋地提高了嗓门:"我的娃长大了,知道挖菜了!"这是我生平第一次,得到外婆如许的表扬。带野菜回来,仿佛比得了100分回来都要荣耀风光了不知多少倍。

春天快要过去,掐着春天的末尾,外婆便开始筹备晒野菜。接连几个下午,她又不知所终,回来时手中总提着大塑料袋,里面装了被她称为"灰灰菜"的野菜。每次带来一袋,就将它们铺在阳台半臂宽的水泥护栏上,阳光照射下,整个阳台都充斥着介于肥皂水和新割青草之间的味道。只是这些灰菜,她从来不吃,晒干后就装进一个大袋子里。

一天,外婆终于说要带我去挖野菜。外婆提着袋子、飞快地在小区各个楼间穿梭,我跟在她身后,几乎都追不上她了。出了小区一角小门,跨过一些被扯断的钢丝网丛,钻进一个围墙上破洞的地方,眼前便是一大块围起来的河边农田,大概是要盖新楼,缺了资金,几座废弃的简易平房大门紧锁着,地上的野草长得都将我的腿淹没了。"你看,这长得最高的就是灰灰菜。"外婆掐来一茎灰菜,我仔细一瞧,植物叶秆上灰色的经络在碧绿色中向上延伸着,每片叶子背面都是灰色,植株顶部也泛着一层薄薄的浅灰。

越往田中央走,那里的草就越高,我整个人几乎都要陷进灰菜绿油油的深流中,站都站不稳了,回头看看外婆,她弯着腰,一手提着袋子一手掐下叶尖最嫩的部分,粗糙而灰黄的指尖仿佛一台小型收割机,好像不加快速度那块土地就要消失了一样急迫。

"外婆,你掐这么多灰菜干啥呢?"

"灰菜好吃,冬天做凉菜,掐多一点,你二舅来的时候带回去。唉,我的老二可怜啊。"

外婆口中的"老二",一直在边远的小县城工作,家中清苦,负担重,是她最担心的孩子。

春末夏初,外婆就这样日复一日地在阳台上晒野菜,又日复一日地继续去采,装满干灰菜的塑料袋在阳台上垒了一个又一个,然而,她口中的"老二"却一直都没有回来。

5

上了初中,学校离外婆家近,中午我都在外婆家吃饭。

每天放学回来,我趴在桌前做作业,头顶或是突然砸下一只西红柿,稳稳落在本子前,或者不知从哪儿抛来一只苹果,保龄球一样滚到钢笔边,再或者,是一把五香花生瓜子的混合物,天女散花一样从我脸颊边撒落,激起一片盐雾。等我回过头,外婆已风似的穿过房间趴到了阳台上,佯装不看我,好像刚才的一切和她无关,只留给我一个深蓝色老式夹衫的背影。

有时天降吃食惊到了我,我大叫一声,还没飘到阳台上的她立马回过头来,见我皱眉瞪眼,她就嘿嘿笑了,好像做了件特别得意又有点不

201

好意思的事情,长此以往,乐此不疲。

年纪大了,外婆住惯了楼房,和小区外售卖食品的小贩也熟络起来。一熟,买起蔬菜,就渐渐不以个数和斤数计算,而以麻袋和板车来衡量。有好几次,她进门时,身后常常跟着小贩或从前老院里的邻居大叔,背上必扛着一两袋东西。人一走,外婆就哗的一下,把麻袋推倒在客厅里,萝卜土豆滚了一地,堆成一座小山。

有次她买了一箱西红柿,大如拳头小似樱桃,红如旭日,绿如翡翠,趁我妈还没回来,就塞给我一把:"赶紧吃,不吃就坏了。"

已经吃了五六个的我实在招架不住:"外婆,我真的吃不下了。"

"得空了就吃。"外婆一边走远,一边继续把西红柿抛过来,"你妈问起来,就说给你买的。"

于是,我硬是把一箱西红柿全部吃完了,好几天都吃不下饭。

而那些连我也无法帮忙"解决"的蔬菜,外婆都会晒干:茄子、豆角、萝卜……吃不完又舍不得扔,累积起来,再加上晒干存积的灰菜,没多久竟快堆到了阳台房顶。

每次我妈喊着要扔干菜时,外婆就急了,双手护住身后的干菜麻袋,说话声音也高起来:"扔啥呢?这是留给老二的!你们不吃老二吃!"

可二舅一直没有回来,只是偶尔收到他托人捎来的包裹,都是些深山老林的山货,有时是干木耳,有时是核桃,有时是野生猕猴桃。外婆舍不得吃,但会特意保存那些袋子,放到阳台上,晒了干菜,再一把一把默默塞进二舅的麻袋里。

6

有一样东西,外婆买的时候从来不需要借口——每次前脚刚拿到舅舅们送来的赡养费,她后脚就会出门,回来时,身后必跟着一个扛着50公斤面粉的小贩。外婆开心地指挥他把面放到家里尚存的空位,门背后、书桌旁,两袋、四袋、六袋,很快就堆成了一座面山。天一热面粉就容易生虫,常常我写着作业,虫子们就在眼前的白墙上做爬行比赛,爬着爬着,就结成茧,再过一阵化为蛾,绕着我翩翩飞舞。坐在面山旁边,时间好像变得很长很长,我仅做着作业,便把许多虫子的一生都看尽了。

家里囤的面越来越多,我妈下班回来,看到面山又大了一圈,必然情绪失控,大吵大闹。可这根本不管用,外婆照例嘿嘿一笑,转身又是一袋面粉。

怎么说都没用,我妈便怂恿我爸劝劝外婆。我爸说话,外婆素来都听,他对外婆说:"现在生活好了,米面多得很,菜也多得很,吃多少买多少,别再买这么多了,要不然出虫,最后都浪费了。"

外婆就和颜悦色地点着头:"好好好!"

被我爸这么一说,外婆准会消停一段时间,然后过一阵子,趁我爸不注意,又会暗中"偷渡"一袋面粉回来。

如今想起来,购买粮食对外婆来说,仿佛是在准备诺亚方舟一样。每次带着粮食进家门的时候,外婆饱经沧桑的脸都在发光,好像冒着刀光剑影,从几近沉沦的黑暗世界里,又救出一个喊叫着的、挣扎着的粮食的命。这时的她是安心的,似乎因着食物生命的囤积,我们全家的命也能得以延续一样。

再有人说,她就开始絮絮叨叨了:"都说旧社会和新社会不一样,新社会就不缺粮油了?哎呀!你们都是小娃娃,晓不得好坏!"

7

60年过去了,那一代人一批批老去、死亡。河流般的时间,冲毁带走了一茬又一茬在其间生长起来的人们,饥荒的创伤故事也渐渐被人删除、淡忘,绝口不提。外婆不在,也已经20余年了。

如今消费社会中万花筒似的丰富物资,让我以为它就是昔在永在的人类盛景,正如年轻的外婆当年面对着"新社会"一样的笃定和期盼,直到疫情来了。

法国封城前两天,当我拖着箱子,背着背包,和黑压压的人群一起在超市抢购食品时,当我努力在自己的记忆模式中寻找那些易于储存的蔬菜、保存食品的办法时,外婆淘洗胡萝卜叶时那一起一伏的背影就好像一个启示,又一次出现在我眼前。

封城不到一周,法国超市货架上所有谷类粮食和酵母就全部脱销了。待在家里的人们,终于恢复了先前的手作传统,自己做面包、甜点,对面粉的大量需求一度导致供应中断。面粉的断货让很多人感到大事不妙,特别是华人社群。

华人的饮食习惯和法国人不同:法国人用面粉做面包,仅作为前菜,是主菜和奶酪的伴侣。而华人以米面为主食,又有"民以食为天"之传统,主食买不到,即使其他供应仍然充足,也有种天塌了的感觉。人们纷纷开始囤米、囤豆子,以及各种各样能够饱腹的粮食,附加以鸡蛋、牛奶等。

封城后每次购物时,一早进入超市,就能看到货架上空空如也的粮食区。周围的人们,有的像疯子一样,加快速度将成堆的食品塞进自己的购物筐中,有的甚至可以扫掉半个货架的库存,让人不禁更紧张了。就连网购,面粉也是瞬间秒杀。就像外婆一样,准备着末日降临。

我妈得知我只买到2公斤的面粉时,几乎每次视频都要落下泪来:"面买到了吗?这点咋够啊,我的娃可怜啊,要挨饿了。"

虽然我奋力解释我其他储备充足,不会挨饿,可我妈总像没听见一样,不断重复着那句话。

我总在想,60年前,不但没有面粉,就是其他可吃的,也一点儿也没有。我的小舅舅挨着饿,外婆也挨着饿,怎么办呢?她哭求着身边认识的所有人,终于有个老邻居千方百计弄到半个拳头大小的一点儿玉米粉,最终将小舅舅救活。

"我的娃可怜啊,没有饭吃。"这句话,何尝不是那时外婆对着襁褓中的新生儿,一遍又一遍念叨着的话;又何尝不是她每一次择野菜、囤粮食、晒干菜的时候,念着、想着那些挨饿的孩子时心中迸发的语言——不论时间过去多久,作为母亲的她在未来面前好像永远准备得不够,不论孩子多大,她好像永远也没把他们喂饱似的。

而今,那个襁褓中的婴儿——也就是我的妈妈——早已长大。面对灾祸,她也一遍又一遍、无意识地重复着外婆曾经说过无数次的话,只是时移世易,她或许都没有发现而已。

8

外婆在的时候,总喜欢扒在阳台上吃水果,边吃边等妈妈下班。吃完,就将果核埋到花盆里,从不丢弃。每隔一天,就像给我丢吃的一样风风火火端一瓢水,哗地浇下去,整个花盆都下起了雨。

饶是如此,花盆中还是次第长出了梨、樱桃和苹果苗,而小苗越长越大,又细又高,阳台容不下,只好移到小区花园里。直到如今,每逢夏天,小区孩子们总爱在那些树上爬上爬下,摘新果子吃。外婆吃过的水果,不知为何特别容易长成树苗,而那些面孔新鲜的孩子,恐怕不知道自己手中的果实，其实来自一位曾经挨过饿的母亲。

　　封城后，当我开始认真观察邻居阳台上的生活，看着他们给一丛丛毛竹、一盆盆三色堇和玫瑰浇水，我才意识到自己的窗台上，竟只种了齐全的食物：小葱、欧芹、香菜和大蒜，如果需要，可以随时剪下来调味；家里的盆景是一只菠萝头，也只是每两天浇一次水，最近还发了新芽，或许将来可以长出菠萝；而我同时开始了水培生菜计划，为买不到绿叶菜积极准备着；至于胡萝卜叶子，更是小心收集起来，做成胡萝卜叶饭，就连腌酸菜的玻璃瓶也准备好了。

　　纵使过了这么多年，纵使我走了这么远，我竟也不知不觉承继了外婆的习惯和创伤，一点点收集食物，一点点预备着灾祸来临。

　　我也才明白，历史可以被人为删除，故事可以被轻易忘记，然而食物短缺带给人的身体和情绪记忆，却永远不会消失，它会代代相传。而法国封城缺粮就好似一个催化剂，触动了我基因深处与食物相关的恐惧记忆。我仿佛看见一个连接过去和未来的纽带被续上，沿着它，我重新认识了外婆的创伤，也终于理解了妈妈的哀叹。可同时我又感到无名的疼痛，这疼痛一身霜雪，脚步敞亮，来自三代人重叠错合的历史，来自历史遥远而沉默的深处。

"推浆齐"里是家乡的味道

沈　川 / 一个行走在杭州的人

磨斋的馅儿，常是萝卜、冬笋、咸菜等做的，
一口下去，绵软脆嫩，
夹着四季的味道。

我家喜辣，
馅儿里便夹着不少红黄的朝天椒，
几个吃下去，咧嘴流涎，额头冒汗，
但嘴绝不肯停止咀嚼。

1

  蒸几笼"推浆齐",热几壶米酒,再来些下酒菜,亲朋好友围坐在柴火灶前喝酒聊天,这曾是赣南客家人旧日里抹不掉的记忆。

  这种早年被统称为"糍粑"的吃食,色泽金黄,弹牙爽口,带着天然草木灰的清香,在食物短缺的年代,大家只有逢年过节才舍得做。制作时,需要一家老小齐心协力,大人推磨,孩子加料,开吃之前便有上座的长辈借着谐音,将它叫作"推浆齐(糍)",使这种食物有了"全家齐心"的寓意。

  随着上一辈的人老去,年轻人外出定居不再归乡,"推浆齐"也换了个洋气的名字——"磨斋",名字背后的含义也逐渐没人在乎了。

  磨斋的制作烦琐复杂:把俗称"吊茄子树"的树枝去皮,放在锅里加水熬汤,再用稻草或黄豆秆烧成的灰,与汤水混合在一起搅拌均匀过滤,待过滤好的琥珀色"灰水"冷却后,便把粳米放进去浸泡——这米也有讲究,须选不好吃的粳米,不然做好的磨斋会很黏牙,没有韧性。

  泡好的粳米要在一家人的合作下用石磨碾成米浆,再把米浆倒入柴火大锅,小火煨上,慢慢用锅铲翻动、挤压,米浆熬干了水分,人湿透了衣衫。黏稠的米糊捞起来,放在大簸箕里,抹些山茶油,搓揉成韧性十足的长条,或做成形似饺子"剂子"的形状,再包上馅儿。

  竹蒸笼底儿上垫些稻草,搓(包)好的磨斋放在上面,蒸上半小时,掀开盖子,一股别样的香味便直扑鼻尖儿。小时候,磨斋一出锅,我便吵着要吃,不管多烫,拿着坐在门槛上,将它在两只手中不停地倒来倒去,鼓腮吹气,舍不得放下。

磨斋的馅儿,常是萝卜、冬笋、咸菜等做的,一口下去,绵软脆嫩,夹着四季的味道。我家喜辣,馅儿里便夹着不少红黄的朝天椒,几个吃下去,咧嘴流涎,额头冒汗,但嘴绝不肯停止咀嚼。

搓成长条形的磨斋,则是切片切块,蘸酱水吃,或炒或下汤。朝天椒、蒜蓉、葱花、酱油、芝麻香油作底,开水一冲,各种香味一点一点散在空气当中。磨斋蘸上酱水入口,先是酱油的咸香夹着草木灰的香气涌入鼻腔,紧接着辣椒蒜蓉香油的味道接踵而至,挤满口腔,待各种味道糅合在一起,反而让嘴里感到甜丝丝的。

若是要烹炒做汤,就去田地里捡嫩的菜花,掐尖放进汤里或者炒着吃,菜花的翠绿清香,配上磨斋的粉黄筋道,色香味俱全。

2

除逢年过节之外,母亲有时也会在春雨时节做磨斋。连绵的雨水让人无法下田,便会有相熟的人来找母亲聊天,聊着聊着就会有人提议做磨斋。母亲会热些自酿的米酒,几人边喝边准备原料,我时常蹲在灶前,拿着吹火筒和火钳帮母亲看火,一边津津有味地听女人们东家长西家短,一边听着窗外雨水滴答滴答的声音。有时听着听着,就倚着灶前面睡着了,等母亲叫醒我的时候,热气腾腾的磨斋已经出笼了。

家里家外,母亲从未停下过劳作的身影,像是一头被生活蒙上了眼睛的驴子,只会沿着生活给的路线不停地绕着磨盘转圈。做村支书的父亲常常深夜才回来,迷迷糊糊中我能听见开锁的声音,老旧的木门吱呀被推开。

倘若隔着门就闻到了磨斋的味道,父亲会嚷嚷着喊母亲:"嗯?今天怎么做了推浆齐？又浪费一天！起来帮我热一下！"

若换作平日，这么晚还被喊起来干活，累了一天的母亲肯定会恼火，一顿争吵是少不了的，但偏偏在热磨斋这件事情上，不管多晚，母亲都会一声不吭地从床上爬起来给父亲准备好，然后披着衣服坐在父亲旁边待他吃完、收拾干净了才再去睡。

有时我因为被父亲吵醒而作恼，让母亲别这么惯着父亲，她总是笑着嗔怪我："你细伢子管这么多干吗。"

这其中的原因，后来我才知道。父亲小时候，祖父母闹离婚，祖父在别的镇上教书，带着几个孩子不回家，祖母一气之下也带着几个子女回了娘家，唯独留下父亲一个人在家里。年幼的父亲没办法照顾自己，只能跟着他的祖母。太祖母非常抠门，不喜欢家里凭空添了张嘴，集体按人头分给父亲的口粮经常被她藏起来，每天只给我父亲一顿饭吃。我父亲那时常常躺在路边一动不动，因为一动就犯晕，村里人看着他脖子细得用手掐一下就能断的样子，都觉得他迟早会被饿死。

有一年村里粮食丰收，生产队破天荒做了一些"推浆齐"庆祝。年幼的父亲趁大人不注意，偷了便跑，在回家的路上吃了一些，留了几个准备当作晚餐，没想到一回家，磨斋便被太祖母夺走了。父亲问："奶奶，这是我的夜饭，我晚上吃什么？"太祖母说："快睡吧，睡着了就不饿。"

中午吃的那顿磨斋是父亲那几年中唯一吃的一顿饱饭，从此以后，饥饿记忆便让他对推浆齐有了独特的情感。父亲回忆起这件事情时总是一脸苦涩："我小时候没有得着父母的爱，多少次差点饿死，你伯伯叔叔们待遇比我好多了，几个兄弟我命最苦。"

几年后，祖父母和解，父亲才得以重新吃上饱饭。但祖母不擅长做小吃，父亲馋磨斋了，只能遇见谁家做的时候，找个理由去"打秋风"。

这种状况，直到母亲出现在父亲的生活中，才得以改变。

我外公在生产队里饱受队长欺负，他把原因归结于家里没有"吃公粮"的,尽管父亲高中毕业后只是村里的小会计,但外公还是相中了他,托媒人说亲。祖父是老师,子女中好几个都是吃公家饭的,自视甚高,心里不同意这门亲事,但不想拂了媒人的面子,便答应带父亲上门看看。

外公为了表现看重这门亲事,把家里积攒了多年的粳米拿出来做了磨斋招待,父亲跟着祖父在客厅与外公聊天,我母亲则在马路对面的厨房里帮衬外婆。中午吃饭的时候,祖父觉得这道磨斋好吃,便夸我母亲:"你做的推浆齐,怕是炉迳村第一了。"——都说这家的女儿勤劳能干,百闻不如一见,祖父点了头,没过多久,我母亲就过门了。

但其实,那时我母亲还根本不会做磨斋,娘家的各种小吃,平日里都是外婆做的。我父母第一次"会面"的那天,坐在客厅里的父亲只是远远瞧见母亲在卖力地搓揉着米糊,并不知道大部分工序都是由外婆完成的——那天我母亲只是闲不下来,顺手帮外婆比画了几下,偏巧就被父亲看到了。

好在母亲嫁过来后,家里粮食紧张,祖母管得严,她也没机会倒腾这些小吃。直到几年之后分田到户,粮食开始有了结余,这层窗户纸才被捅破。母亲专门回娘家向外婆求教怎么做磨斋,但是父亲依旧对相亲时尝到的味道念念不忘。我小时候常听父亲说:"你妈这么多年手艺还是没有长进,你外婆做的推浆齐好吃多了,只可惜现在你外婆也不常做了,做了也不会托人送过来了。"

每每这时,母亲就任由父亲唠叨,笑笑不说话。我却认为,母亲做磨斋的手艺已经是青出于蓝了。

3

我初中时,母亲坐骨神经痛总不见好,父亲换届落选赋闲在家,外公患肝癌卧床半年后含恨去世。家里经济压力陡增,父亲为了省钱,常去农田里捡田螺回来,结果有次别人刚在田里撒过呋喃丹,他吃得农药中毒卧床休养。见女儿女婿两个大人都倒下了,外婆便来照顾我们,变着花样给我们做吃的。

我第一次吃到外婆做的磨斋的时候,有些失望,觉得"盛名之下,其实难副"——口感粗糙,浓浓的稻草味糅杂着许多的原材料味道,让我觉得口味单调,但父母却赞不绝口。后来随着年龄渐长,我逐渐明白了品尝食物的要领,也理解了那些超出食物之外的意义,便开始喜欢上外婆做的磨斋了。

每年春节,久未相逢的亲人聚在一桌,热闹地吃一顿外婆做的磨斋,成了我家的"保留节目",只可惜这样的其乐融融并未持续多久。

2015年那次,是我最后一次吃外婆做的磨斋。春节后我去看外婆,进了熟悉的老房子客厅里,发现黑漆漆的,没有任何烟火气,喊了一声"外婆",也没有声响。我以为外婆去舅舅家了,正想问隔壁邻居,她突然拄着拐,摇摇晃晃地从马路对面厨房出来了:"乖崽,你来看外婆了。"外婆的脸色蜡黄,步履蹒跚,那两年听母亲断断续续说过,她身体不太好,又怕子女心里有想法,实在撑不下去了才去一趟医院,身体每况愈下。

见我带着妻儿来看她,外婆很开心,拉着我一直聊旧时候的事。快到午饭时,我起身向外婆告别——外婆年老力衰,一人寡居,所以饭也不烧了,轮流去几个舅舅家吃,时间一长,兄弟姐妹互相猜忌,各种矛盾,关系也日渐生分,最后形同陌路。来之前母亲就叮嘱我,快到午饭的时候就回家,最好不要去舅舅家吃饭。

"你这细伢子,哪能来外婆家饭都不吃就走!"外婆急了,起身拉住我,"我听说你回来了,知道你爱吃推浆齐,材料早就准备好了。"

外婆给我做磨斋的时候,小舅舅过来给外婆送饭,我让小舅舅留下来一起,小舅舅说有事,先走了。他走后,外婆叹了一口气,颤颤巍巍地说:"现在各家有各家的事,很难聚在一起了,过年一起做推浆齐也是陈年旧事了。"

午饭之后,外婆端了些零食坐在院子晒着太阳,继续和我聊那些熟悉的人和事,不知不觉就到了黄昏。空气开始变得通黄,隐隐夹杂起了柴火味——四周的人家已经生火烧饭。外婆用手撑着身子,斜靠着竹椅,眯着眼,歪头安静地看着我儿子在晒谷场与别的小朋友打闹,微微笑着,脸上的皱纹像是萝卜干挤成了一堆。

"外婆,要不我回去了,天黑了。"太阳已收尽了光线,我身上渐渐起了凉意,也该走了。"再坐一会儿呀,啊?"外婆发出近乎哀求的声音,"最近几年你们都没有回家,好久没有看见你们,我老了,能看一次就少一次了。现在路也好走了,反正你们也有车。"

外婆用力捶着自己的腿:"我老了没啥用了,这几年腿疼得厉害,看了几次也看不好,花了你舅舅他们不少钱,唉,老了老了,应该死了,活着也是受罪。"我心头一酸:"外婆,我们明天带你去看一下吧。""你舅舅他们会带我去医院的。"外婆摇摇头,像是在说服自己,"还好我儿子生得多啊,不然这把老骨头早就堆埋在土里了。"

我想说些什么,但终究还是开不了口。我外婆一天三顿是有保障的,相比堂哥的外婆最后被儿子们不管不顾饿死在床上,她算得上"晚年幸福"。村里老人的幸福像是庄稼,留在地里的时间越长也就越廉价,秋天后一般熬不过入冬的寒潮,总归会无声无息湮没于土地。

春节后我和母亲回到杭州,几个月后的一个周六早上,我迷迷糊糊中听见母亲在打电话,语气中带着哭腔,心里一慌,打了个激灵从床上爬了起来,刚出房门,妻子朝我轻声说道:"好像是关于外婆的事情。"

母亲伏桌抽泣:"你外婆去世了。"

年后,外婆身体加速垮掉,痛得睡不着觉,但不敢告诉舅舅们,只能向邻居老太太诉苦。到最后邻居看不下去了,才告诉了舅舅们。躺在医院病床上时,外婆已经油竭灯枯了,她知道自己时日不多,对舅舅们说:"把嫁出去的女儿叫回来吧。"

但舅舅们并没有按照外婆的意愿,通知我母亲。母亲知道外婆去世之后便着急回家,可还未出门,舅舅们就告知,外婆已经火化了,丧事一切从简,他们已经处理完回家了。母亲听后,脸色煞白,跌坐在沙发上掩面,久久不语。

第二天早晨起床,我发现水池里有很多挑好洗净的艾草。我问妻子这些艾草是用来干什么的,妻子说:"早上妈刚去菜场买的,说要做艾饺的。"

在母亲看来,浙江的艾饺是长得最像磨斋的一种食物,她想念家乡的食物时,偶尔会做些,但又不是特别喜欢吃,每次做好的时候,都会感叹:"这艾饺的味道虽然不错,但和推浆齐还是差得太远,也不够精致。"

那天上午做艾饺的时候,母亲一反常态,不让我们帮忙。下午的时候,母亲一个人坐在桌子旁,低头吃艾饺。"妈,你中午不是吃过了饭嘛,这么快就饿了?"母亲抬起头来,眼睛红红的,悠悠地叹了一口气:"推浆齐,还是你外婆做的好吃。"

4

有些缘分似乎是上天注定的,我妻子对磨斋也情有独钟。

结婚时,按照风俗,须在江西老家再办酒席。我和妻子回老家之前,父母特意问了我江浙一带的口味,尽管他们努力按照想象中的"江浙口味"烧菜,但我还是明显能感觉出来妻子的不适。我想告诉父母,但妻子不让,她觉得没必要大惊小怪,过几天就能适应了:"我不要紧的,迟早要适应的,但是……"

我明白妻子的意思——我们能在杭州成家立业,妻舅帮了不少忙,我父母很感激,想趁这个机会好好招待一下妻子的娘家人。妻子本来有些担心两地的风俗和饮食习惯不一样,产生尴尬,让人意外的是,在母亲准备的众多食物中,那道磨斋打消了我们的顾虑——它赢得了妻子娘家人的偏爱。

婚礼结束后,妻子的娘家人便返回杭州了。那之后,妻子时常情绪低落,我以为她是因远离父母过年心里难受,便宽慰她:"过完年初二我们就回杭州了,很快的。"妻子摇摇头:"我不是因为这个,我早就有心理准备。"

在我的再三追问之下,妻子才告诉我,办婚礼酒席的前一天,我们租车去市里接娘家人回村的时候,一路上,路面越来越坑洼,路两边也从砖瓦房慢慢变成了土墙围屋,大多数屋子年代久远,墙皮成片脱落,露出了里面泥土的本色,破破烂烂,高低不平,一眼望去毫无生机。

妻子的小姨看着车窗外,一时忘记了妻子也在后座,对我的小舅子说:"这地方真穷啊,经济水平连绍兴80年代都不如,你姐姐真傻,嫁到这种地方了,没钱没房子。现在你姐姐他们买的安置房连房产证都没有,也没钱装修,一屁股债,要是原房东耍赖,事情就很难搞了,帮都没人帮。"

因为当时拮据,我与妻子在绍兴买的是拆迁安置房,交易的时候没有房产证,只有双方签订的一纸合同,确实如妻子小姨所说,这为后来的过户带来了极大的麻烦。

"你以后找老婆可要找好哦,不然你爸妈压力大死了。"小姨叮嘱我的小舅子。妻子在后座很是尴尬,一时不知如何接话。

我明白妻子的处境,我俩经济压力不小,双方父母经济条件都很差,无力接济。平日里我们两人小心翼翼,尽量避免提及这些话题。可这次被小姨无心"点破",压力就像是开闸后的高压蒸汽,很难再关回去了。

母亲也察觉到了妻子的闷闷不乐,问我原因,我怕父母多想,便说是妻子水土不服。没想到母亲急了:"别人远嫁,怎么能连吃都吃不好?"她直接问起了儿媳妇:"老家的小吃特别多,我做些给你尝尝。"

母亲变着花样,把家乡的小吃都做了个遍,但我妻子最爱的还是推浆齐。母亲见儿媳妇爱吃,便做了许多磨斋,泡在"灰水"中存放着,待我们返杭时带上。

有一天,家里早餐没有了,我想去镇上买,被母亲拦住了,她觉得镇上的早餐不干净也没营养,边说边走:"我们不是还有成条的推浆齐嘛,我去菜园子里摘些菜花回来放汤吧,芳芳(我妻子)肯定爱吃。"

当母亲把热气腾腾的"汤磨斋"盛出来后,又按照妻子的口味撒上一把葱花,妻子尝了一口,赞道:"真香,看起来就让人非常有食欲!没想到推浆齐吃法不同,味道也不同。"

"好吃吧?"我戏谑道,"现在习惯了吧?"

"不过,普通的食材也要经过多道工序才能变成美食啊!"妻子似乎还想再说些啥,但母亲进来收拾碗筷了,她也就起身帮忙,把话收了回去。

妻子跃跃欲试,让母亲教她做磨斋,她倒也聪明,第一次做出来的磨斋,味道就很正宗,只可惜她对原材料有些过敏,第二天身上便起了荨麻疹——但吃却不过敏,试了几次依旧如此。母亲见状,便不让妻子参与制作原材料了,妻子只能帮忙往石磨里舀泡好的粳米,而我则替代了父亲推磨,母亲怕我累着,站在旁边,时不时帮忙推上一把。

这场景,倒是应了"推浆齐"的寓意了。

再后来,妻子逐渐习惯了客家人的饮食口味,母亲来杭州为我们带孩子,时间一长,她的厨艺便糅合了两地的长处。倒是妻子,常常念叨有时间得再回一趟江西,再尝尝客家人的小吃。

5

定居杭州之后,母亲做的磨斋我也不太容易能吃到了。这几年因为孩子小回老家不方便,又经常去海外出差,一直没有回老家过年。

随着年龄渐长,我似乎也有了某种思乡症,迷恋上了学习做家乡的各种小吃,时不时缠着母亲让她教我。但我始终学不会,为此浪费不少食材,母亲总是很无奈:"村里没有哪个年轻人像你一样老是想学这种乱七八糟的东西,你要是想吃,回老家做给你吃便是了。"

"这是你的看家本领啊,我当然想学了,以后你年纪大了我可以做给你吃。"我说。

"要真是到了我做不动的那天,你们谁还会想着吃这些啊,城市里的小吃不更多?"母亲笑着摇摇头,"现在谁还会在自己家里做推浆齐?街上也能买到,还便宜。你还是把精力放在工作上面吧,多挣些钱,好好教育孩子,当好家,过好自己的日子,这种鸡毛蒜皮的事情你就不要去想了。"

今年春节,依旧诸事缠身,回家过年又成了泡影。父母本计划过完新年就来杭州带孙子,没想到因为疫情禁足。父母担心我们,又想孙子,时常与妻子视频,在家隔离办公的我忙于工作,一般就草草说几句,多数时候都是妻儿在与父母聊天。

前几日中午,我正在客厅里工作,母亲与我儿子视频,儿子想奶奶了,叽叽喳喳吵个不停,我嫌吵,就躲进书房。过了一会儿,妻子拿着手机推门进来:"妈找你呢。"

我接过手机问:"妈,怎么啦,有啥事么?"

"能有啥事,你妈做了一些推浆齐,她想给你看看。"父亲端着碗,提溜着筷子在一旁插话道。母亲把手机交给父亲,只见家里灶台上摆放着已经蒸好的磨斋,铁锅里的蒸笼还在咕嘟嘟地冒着蒸汽,那熟悉的香味慢慢地透过屏幕钻进鼻腔。

"哎呀,好久没吃了,妈,你做这么多,你俩能吃完么?"我说。

"我劝你妈别做这么多,你妈非要做这么多,说是要带给你们兄弟俩。"父亲停顿了一下,"这病毒什么时候能好还不知道呢,不然你两兄弟在家自己动手丰衣足食,这该多好啊……"

视频里母亲没理会父亲的感慨,只是皱眉头咂了咂嘴:"味道还是差了点。"

"不是你自己亲手做的吗?"我很奇怪,"味道还能差?"

母亲笑了笑:"也许是我年纪大了,人老了连饭也做不好了。"

"也许是原材料的问题。"我宽慰母亲。

"可能是用电磨磨出来的浆粗了点,要是你们两兄弟在家,肯定用石磨,我和你爸老了,推不动石磨了。"

"没有的事,你妈在大城市待久了,灰销(山珍海味)吃多了,嘴变得刁起来了。"父亲端着碗又出现在镜头里面,"我吃还是挺好吃的,和以前的味道差不多。"

"放你的狗屁,我灰销能有你吃得多?你好吃懒做三十多年,什么好吃的没有吃过?"母亲的声音突然大了起来——在她眼中,父亲当了这么多年村官,对家里不管不顾,钱虽没挣着,酒肉可没少吃,还把身体都搞坏了,对此平日里她没少唠叨。

"你在杭州待久了,口味有变化了。"父亲一脸的不忿,端起灶台上的米酒抿了一口。

"还喝!你不是说只喝一口吗?你不要命了?"母亲一把夺过来了。父亲"三高",平日母亲不让他喝酒的,父亲只好看着母亲,一脸的无奈。

年老的父母,在家里逐渐换了角色,我忍不住大笑。母亲也笑了,有些不好意思。

"你奶奶也很爱吃推浆齐,以前过年过节做了,总是会给你奶奶送点。"父亲又开始感慨。

"你看看你老爷子(爸爸),有点好事就想着你奶奶!"母亲说罢,停顿了一下,瞄了父亲一眼,"还真是小时候越是得不到父母关爱的,长大了越是孝顺!"

父亲望着母亲手上的酒碗,吸了一口气:"赶紧吃吧,别说那么多,过年后他们(我的伯伯叔叔们)就要把她送回老家的。"

县城医疗条件好,祖父祖母退休后便一直在那里居住,由儿子们轮流照顾。我随口议论道:"奶奶现在身体这么差,动不动生病住院,现在回老家好像不好吧,出事情谁负责?"

"这是上一辈的事情,你别管那么多,你们兄弟俩别像他们就行!"父亲叹了口气,"这些年关系越来越差,也不齐心了,现在要照顾你奶奶了,矛盾更多,互相推脱,各有各的借口!"

我本来还有些话想说,但犹豫了一会儿,没敢说出口——这些年,伯伯叔叔们总是互相看不起,钱多的看不起没钱的,上过大学的看不起农村的,他们早就忘了身上流淌着相同的血液。

"(祖父母)能带孩子、能干活的时候就让住县城,现在动不了了,就往老家送——他们的书都读到狗身上去了,你奶奶压根就不想回来,唉。"母亲愤愤不平,对父亲说,"你弟弟他们太自私了,上过大学的,顶你爸班的,没一个孝顺、团结兄弟的,话倒是说得很漂亮。"

父亲沉默了,蹲在灶前往里面添了几根柴,低头用吹火筒往灶里吹火,用力过猛,被灶灰呛了,不停咳嗽。见他没有回应,母亲觉得没劲,也不说话了,顺手把手机靠墙放好,摄像头对着他们。

我看着父母在灶前像往日一般,默不作声地吃着寻常的一顿饭,四周静悄悄的,只有锅里的水汩汩跳动,蒸汽挣扎着从蒸笼里逃出来。儿时的场景一点一点在我眼前重启,我想,让父母多在老家多待一段时间也好,也许在一餐一饭的咀嚼和吞咽中,被我和哥哥剥离的"家",会一点一点回到他们心里。在外的我们,生活与老家早就有了分水岭,很难再回到过去的生活了。

唯一遗憾的是,我奉为佳肴的磨斋,儿子却连尝试一下都不愿意。见我有些失落,妻子总是笑我:"你书看了那么多,但连这点道理都想不明白?他从小在杭州长大,肯定更偏爱杭帮菜一些。"

妻子的话没错,父亲的故乡是我的故乡,而我的故乡却不是儿子的故乡,有些东西早就变了。

一个月后,杭州解封,我与妻子结束居家办公,又让母亲冒着风险来杭州帮忙带孩子。来杭州前,我一直叮嘱母亲,能不带的东西都不要带,带好自己的衣服就可以了。母亲满口答应,但我从杭州东站接上她时,发现行李箱重得我一个人根本抬不上楼。回到家打开前,我特意称了它一下,接近70斤了——这么重的箱子,也不知道母亲一个人是如何从老家拎到杭州。

打开箱子,里面是冰冻好的10只鸡和许多磨斋。母亲总是认为养鸡场的饲料鸡没有山里散养的鸡有营养,每次回老家都要带许多只给我们,但吃的时候她却从不动筷子:"你们多吃一些,我在老家吃了不少,再说年纪大了,也吸收不了,省得浪费。"怎么劝也没用。

而这些磨斋,自然也是母亲为我们带的。

"本来推浆齐用灰水泡着带来的,但进火车站时拦着不让进,今年疫情管得特别严,怎么求情都没用,只好把灰水倒掉了——可惜了,没灰水,全都裂了,味道会差许多。"母亲蹲在地上,叹了一口气,看着开裂的磨斋很是懊恼,"今年的推浆齐,看样子,你又吃不上了。"

造纸厂逐渐变成废墟的每一天

胖　童 / 能吃会做爱写文的胖姑娘

那时的我，
当然想不到猪血粉这么不贵价的东西，
要好吃居然也要下这么大的功夫，

就像自己怎么都不会明白，
为了一个家能过得好一些，
无论是冯婶一家还是我的父母，要付出多少心血。

1

1988年，我的父亲大学毕业，分配到南昌一家大型造纸厂做技术工作。彼时，我的母亲还远在湖北老家。直到1999年，母亲才把工作调动过去，带着9岁的我结束了夫妻两地分居的日子。

初到南昌，父亲就带着我参观了造纸厂的医院、学校、食堂、澡堂，俨然是一个小社会。彼时，父亲已是技术部门的小领导，意气风发，爱说爱笑。为了补偿我，基本有求必应。只是次年，父亲就被外派去下面县市的分属工厂，我和母亲又过上了一家两口的日子。

母亲当时在销售部当文员，工作繁忙，基本都不在家开伙——当然我妈的厨艺也的确一言难尽——平日里我们母女都吃食堂。

南昌的饮食颇有特色，过去老家不要的红薯叶、空心菜叶、西瓜皮和柚子皮等居然都成了桌上的菜肴。食堂里的藜蒿炒腊肉是我的最爱——鄱阳湖里野生藜蒿的清鲜配上腊肉的肥美，就这一个菜，我能干掉两碗米饭。

若逢年节食堂不开伙或是误了饭点，母亲就带我去厂门口的小吃店打牙祭。时间久了，吃完切糕、心肺汤、水煮等小吃店一圈，冯记粉店成为我娘俩心中的TOP1，尤其是她们家的猪血粉。

南昌的"拌粉+肉饼汤"组合很出名，自然也是各种小吃店的标配。一份干拌粉，配着一份猪肉饼汤，两三元一套。冯记粉店则胜在汤粉，点睛之笔便是覆盖在面上的猪血，满满一大碗，端上桌来，香气就撬开了味蕾,分泌着急不可耐的口水。

夹起一块猪血,厚度均匀、鲜嫩光滑,晃起来像过年才能吃到的喜之郎果冻。汤头还加了虾米提鲜,配上独有的作料,香辣无比却又不呛喉。米粉的粗细也刚刚好,口感爽滑,再加1元可以来一个煎肉饼,颗粒感十足,很有嚼劲。而这套比其他小吃店量大、味好的"猪血粉+煎肉饼",也才3元,因此,冯记这个只能容纳五六桌人的小店,在饭点总是会排起长队,平日里也熙熙攘攘坐满了客人。

纵使这么忙,打理粉店的却也只有两人——冯婶和六婆。干活的只有冯婶一个人,六婆满嘴嘟嘟囔囔地在柜台坐着收钱,充其量也就收个碗、腾个桌子,剩下的招呼客人、煮粉、配料、打包,基本都是身材矮小的冯婶一个人干。

那时小学放学早,每次我回来路过冯记,都能看见冯婶坐在一个大盆子旁边,里面装满了脏碗筷,而六婆就坐在旁边挂着脸念念叨叨,时不时还往嘴里送点瓜子。六婆的话大多不好懂,好长一段时间我都不明白她每天念念有词地在说啥,直到后来熟识了英子,也就是冯婶的女儿。

英子告诉我,六婆是她的奶奶,讲的是抚州的方言,每天嘟囔着的,不过是冯婶克夫,娶她进门是家门不幸。还有些话英子起初没有细说,只说很不好听。

2

英子父亲也是造纸厂的工人,我们同在造纸厂的附属小学读书,英子比我晚一年插班进来。整个班只有我俩是外乡人,大家下课交流都用方言,我勉强能听懂,却总是发不对音,比如"晓得不",南昌方言是"xiao duo bo",而我会发成"xiao de bo",每次我鼓足勇气说了一句,就能引起哄堂大笑。

英子比我还糟糕,她起初连听懂都费劲,遇上一些老师用方言授课,就只能眨巴眼听天书。大家每次和我俩说话都会切换成普通话,可终究也不方便。

同病相怜,我和英子的关系越发亲密。

没多久,作为"大半个留守儿童"的我便和英子吐槽起母亲来,说她每天只知道工作挣钱,一点也不关心我——当时大型国企都有自己的"房改房",需要根据员工的级别、学历、工作资历等多方面考虑分配资格,当然也需能缴纳得起一定的购房款。为了尽快凑足购房款,从逼仄的一室一厅换成两室一厅,母亲不仅做着工厂里的文职,工作之余还去服装店打小时工,忙得飞起。

"我已经忘了自己亲妈长什么样子了。"英子忽然说了一句,我这才知道,冯婶是英子的后妈。

英子妈在英子幼时就和英子爸离了婚,之后再无联系,六婆重男轻女,英子出生时,见是个女娃,抱都没抱一下,甩脸就回了家。英子和我都猜测,搞不好英子亲妈就是被六婆气跑的。

儿媳妇跑了,六婆还是想要个孙子,天天张罗亲事。英子爸起初在造纸厂县市分厂做最基本的工作,勉强旱涝保收,又拖着一个半大姑娘,城里姑娘攀不上,乡下姑娘愿意嫁过来就做后妈的也少。再加上几年前,英子爸因生产事故摔断了腿,走路一瘸一拐的,就更难找媳妇了。

直到英子上了小学,冯婶进了家门,很快便生了一个男孩,六婆天天笑眯了眼。可惜弟弟身体不好,没过多久就夭折了,而冯婶往后就再也没怀上过。六婆很快又没了热情,说她是不下蛋的鸡,只吃饭不干活。

后来,造纸厂念及事故,以示照顾,不仅赔了钱,还把英子爸调到南昌总厂做操作工,组织关系转到了省城,冯婶也跟着进了城,盘下这家店。六婆也跟来了,从此更加趾高气扬,每天都嘟囔,冯婶是花大价钱买回来的,"这乡下除了我们老冯家哪里有人出得起这么高的彩礼？更别说这结婚才几年就能到大省城来过好日子。"

别的我也不知道,只是这"好日子"三个字有待商榷——我常去英子家,一家四口挤在一个小阁楼里,英子小学那几年,我就没见过她穿新衣服,更别提冯婶一年到头,总是那两三件灰黑衣服来回倒腾。

再说,自2001年开始,造纸厂效益就开始下滑了,我频繁听到回来探亲的父亲说,"这日子不好过,工资不增反降。福利也少了不少。"母亲总在一旁叹气安慰他,"你看外面好多厂都破产了,好歹我们还有工作。"父亲摇摇头,那时他的脸上已然没了前几年的光芒,总显得忧心忡忡。

想必英子家就更难过了,若说他们家真有"好日子",一大半应该归功于每天辛勤劳动的冯婶。即便如此,不管六婆的脸色多难看,嘴里细细碎碎地说着多难听的话,冯婶总是眉眼舒展,从不争辩,手上的活儿也没停过。

这也让我和母亲更喜欢去冯记了。

3

造纸厂从我刚来时的巨兽,没到两三年就瘫倒在地垂死挣扎了。

往昔有四五个保安守护装满了材料的仓库,已是门洞大开,一览无遗,冒着浓烟热气的烟囱也沉默了。医院和澡堂也陆续卖给私人,衰败的气息笼罩了造纸厂里的每一处角落。

2002年仲夏,我和英子小学毕业,造纸厂宣布破产。母亲说车间已经贴上了封条,值钱的生产机器也会被变卖,尽量弥补亏损。大人们一个个面色凝重、眉头紧锁。

那年,英子爸是第一批下岗职工,母亲是最后一批,其间也不过是两三个月的光景。父亲则得一直留到破产清算时。

那段时间,我家过得艰难,空调、洗衣机能不用就不用。刚升职没多久,作为技术领导的父亲,突然闲了下来,变得愈发沉默寡言。家里气氛总是沉重的。

每天放学我都尽量拖延回家的时间,在外面瞎溜达。冯记里的客人也没以往多了,六婆还是骂骂咧咧,冯婶还是一如既往地忍气吞声,每次我去,还都给我盛得满满的,让我多吃点。英子爸的身影偶尔也会出现在店里,但基本就是坐在一旁,看着冯婶忙前忙后。倒是渐渐长大的英子,放学后还能帮着收拾,可冯婶都是让她赶紧回家写作业,不要浪费学习时间。

回到家我给母亲说,母亲就感慨,"从古至今都说女性撑起半边天,他们家冯婶现在得撑起一片天啊。"

其实,那段时间母亲也撑起了我们家的大半边天。

她在正式被遣退回家时,已经在服装店干了两年多,除了补上了房款缺口,还存下一笔钱。后来四处打听到,有一个亲戚在杭州做服装批发生意,货源有了保证,就用两三个月的时间把自家的服装店开了起来。

父亲不善言辞,过去大部分时间和机器生产线打交道。如今客人上了门,除了笑啥也做不了。母亲去进货时,他勉强守几天店,其他的时候都只能退居二线。母亲每天早出晚归,越来越疲惫,父亲看在眼里,除了越发认真地干家务,就是越发仔细地照顾我。

父亲脾气温和,却不爱去给我开家长会,母亲倒也从没强求过他,无论店里多忙,每周例会她都会去。几次下来,我猜肯定是作为曾经的学霸,父亲嫌我成绩不好,不好意思去。于是我加倍努力,总算在一次考了第三名后,拼命要拉他去参加家长会,不论母亲怎么劝也劝不住。

会后,我听到好几个叔叔问父亲在哪上班。父亲不会撒谎,含糊地说自己在一个老造纸厂。那一瞬间,我忽然明白了父亲为何不想去开家长会了,也明白了平日泼辣的母亲对父亲的温柔。

如今回想起父亲在家的那段时间,家务收拾得井井有条,寻常食材在他手里都会变得异常美味,米粉蒸土豆、凉拌豆丝,有时还会用剩菜搭配猪油做改良版猪油炒饭,那段时间去冯记的次数也骤然减少了。

偶尔路过,冯婶问,"童童,最近都不咋来吃猪血粉了呢?"我都摇头晃脑地说,"我爸爸在家等我呢。"

冯婶就笑着说,"那敢情好。"

可这样的日子,在我升初二不久便结束了,那时造纸厂已彻底清算,父亲拿到了一些赔偿金,彻底与这个他为之付出全部青春的地方告别了。那段时间,晚上起夜,总能看见父亲一个人在阳台上托着下巴若有所思。没多久,父亲便在朋友的推荐下去了广州一家小型企业,做技术检测。

为了节约电话费,每周我们只能通一次话。电话里,父亲总说自己过得如何好,沿海的海鲜量大、品种多,味道好又便宜,只字未提自己的辛苦。可仅仅过了一个学期,再相见时,不到40岁的父亲就已两鬓斑白。

那两年,工厂食堂没了、外出打工的父母多了,留下很多像我这样的"留守孩子",小餐馆的生意倒是更好了,冯记也是。

为了吸引孩子,也为了扩大收入来源,冯婶在店门口支了个炸串摊,炸香肠、肉串、面筋之类的小食,让英子爸顾着。放学的高峰期,英子爸的摊子前总是围满了人。六婆到底爱惜自己儿子,也帮着忙上忙下,倒是顾不上嘟嘟囔囔了。

而我最爱的还是猪血粉,好像怎么也吃不腻,我曾经好奇地问英子,为什么猪血粉可以这么好吃,英子就神秘地冲我眨眨眼,"当然好吃了,不过这可是独家秘籍,怎么能随便说?"

还是冯婶在旁边笑着说,"又不是啥大菜,需要啥手艺,别人做的都是早上去市场买的猪血,那哪个够新鲜呢?我们用的是屠宰场凌晨3点送来的活血,来的时候还冒着热气呢。血一送到,先撒上盐,然后分碗装好,在大锅滚水氽一遍,马上取出来,这样煮的时候才可以减少腥味,猪血也更成块不容易散。相差几个小时,味道就大不一样了。"

英子就在旁边俏皮地嘟嘴,像是抱怨冯婶教会了我秘籍。只是这秘籍就算学会了,我怕是也不会凌晨3点起床收猪血的。

那时的我,当然想不到猪血粉这么不贵价的东西,要好吃居然也要下这么大的功夫,就像自己怎么都不会明白,为了让一个家过得好一些,无论是冯婶一家还是我的父母,要付出多少心血。

4

2005年,英子中考正常发挥,去了市重点,而我意外考入了省重点十中。

初中时,我的成绩是不错,却也没优秀到可以上省重点的程度,只能把这归结于运气。只是,这样的好运气并未维持多久。上了高中,我的成绩一下就垫底了,很快就变得沉默寡言。母亲忙着生意,家长会许久才参加一次,每次都来去匆匆,可能压根没有注意到我的成绩,更没注意到我日益萎靡的精神状态。

因此,我不止一次地告诉她自己想换个学校,都被拒绝了——不过也不意外,确实鲜少有人想从重点学校出来,更何况转学还要重交学费。

父亲倒是常来电话询问我的成绩,我只能支支吾吾地说还可以,内心却十分煎熬。我知道,他在那边工作大半年后,老板跑路,大家一分钱也没结,或许只有听到我那"还可以"的成绩才能给他些许安慰。可越是这么想,我心里越自责。

压力总要找到地方释放，我很快学会了打游戏，那些在学校得不到的成就感，游戏统统都给我了，也让我愈发沉迷。

一开始，我只是把早饭钱省下来打游戏，再到后来，一天就只吃一顿。那时冯记的"猪血粉＋煎肉饼"一套需要4.5元了，沉迷游戏的我也只能克制住自己的口水，常常绕着冯婶走，有几次她招呼我，我都摇摇头说在学校吃过了，匆匆离开。到最后，我发展到开始偷家里钱，半夜去游戏厅。

母亲服装店的生意极好，每天晚上，我都能听到她累到震天响的鼾声，我摸黑出门，带上白天从她钱包里偷出来的五块十块的小额纸币，去在外面玩上几局，大概一两个小时，再偷溜回去。接连两个月，她都没发现异样。

然而纸包不住火，那段时间，服装店里经常有客人试穿后少件衣服，母亲怀疑是遇上惯偷，偷偷安装了摄像头。没想到，惯偷没抓到，倒是抓住了我这个家贼。

那天我刚放学进家门，母亲就操起扫帚结结实实地打了我一顿。我已经是个大姑娘了，母亲开店有两三年，附近的人几乎都认识我。我又疼又羞，母亲却不住手，口里连声道，"我让你偷钱，让你不学好。"一边眼泪就哗哗掉了下来。

母亲个性急、脾气暴，却极少掉泪。下岗时没哭，父亲找不到工作家里窘迫时没哭，进货不舍得花钱请人帮忙、自己扛货累得直不起腰时没哭，那次是我第一次见她哭得那么厉害。

我看母亲没有住手的打算，连忙往外冲。我头发乱糟糟的，鼻涕、眼泪糊了一脸，风一吹眼睛都睁不开，挣扎着跑了好久，终于停了下来，这才想起来和母亲争吵时，把包落在了店里，钥匙在包里，回不了家。可也没有地方能去，不自觉还是往家的方向走。

5

路过冯记时已经过了晚饭点,冯婶一个人在店门口拣菜,在为明天的开店做准备。我本来想悄无声息地走过去,没想到冯婶一抬头就看到了我,热情地和我打招呼,把我往店里迎。

"冯婶,我今天不吃饭。"是啊,我连钥匙都没有,哪里来的饭钱呢。

"没事,今天的东西都卖完了,刚好英子也还没回家,待会儿我们一起吃个饭。你们那么好的朋友,一起吃个家常饭,还收你啥钱。"

说完,冯婶想了想,去后面拿了条毛巾出来,"你先去后面洗把脸,这毛巾新的,没人用过。"

我接过毛巾,去后面的厕所洗了把脸,又整理了下头发才出来。

"妈,我回来了,童童你也在呀?童童你眼睛怎么这么红呀,你哭啦?"英子也回来了。

"回来了赶紧去端菜,我和童童等你等得都前胸贴后背了。"冯婶打发她。

"哦哦。"英子脚步轻快地往后厨跑去。

冯婶盯着我的眼睛,"你每天晚上跑出去打游戏都会经过我这,我知道。我听英子说你在学校过得不开心想转校,你妈不同意……"我低着头,转着手里的餐巾纸。

"童童,不要记恨你妈妈,她不容易,厂子倒了,我们都不容易。"冯婶说话很少看人眼睛,总是低着头,这次却直直地看着我。

英子把菜端了上来,就开始叽叽喳喳地讲起学校里的趣事。英子的成绩也不够好,却很用功。她和我说过,她读书的机会是冯婶跪着求来的。英子爸爸和奶奶不止一次表示女儿终究是别人家的,不肯让英子继续读书,最好能早早嫁人换彩礼钱。冯婶性格软糯,平常被说什么都是低眉顺眼地应着,唯独这事是半点不肯让步,跪地要求无效,就扬言要是不让英子继续读她就要离婚,小吃店也不开了。也多亏了她坚持,再加上小吃店的生意一直不错,英子才得以继续念书。

饭桌上只有英子的声音,我埋头吃饭,偶尔抬头夹菜,就能看见冯婶带着淡淡的笑意看着眉飞色舞的英子。吃完饭后,冯婶留我再坐会儿,让英子回家写作业。冯婶一边刷碗,一边低着头和我讲起她的故事来。

冯婶在赣东农村长大,上有两个姐姐,到她这还是个姑娘,父母就不乐意了。长到16岁,父母就草草地把她嫁了,嫁人没几年,丈夫得病走了,婆家嫌她晦气,把冯婶赶回娘家,娘家嫌弃她是个吃白饭的,干不了重农活也不大待见。正好英子奶奶回老家托人物色媳妇,冯婶就这样成了英子妈。

"你冯婶我也不会说什么大道理,只知道读书好,读出来了就可以找门体面事做,不用被人嫌弃是吃白饭的,就可以出去看看。我们那儿常说,一棵草也有一滴露水养,更何况人呢?日子是熬着过下去。我们是,你也要是。"

冯婶的话看似没啥逻辑,我却在那一刻豁然开朗。告别了冯婶,回家的路上,我和在路灯下慌张找我的母亲撞到了一起,"对不起,妈妈,我以后再也不敢了。"说着我的眼泪就下来了,路灯照着母亲的眼睛,也红通通的。

后来我戒掉了游戏,像冯婶儿说的好好熬着,成绩居然也慢慢变好了,也有了些新朋友。

等2008年,高考成绩出来,虽没再有中考那样的神奇运气,但也够上个一本了。那时父亲已经跳槽去了广州的一家设计院,虽然没有编制,但工作稳定轻松,福利也不错,我念着能和父亲相互有个照应,便选了所广州的学校,英子则去了北京。

临行前,我又去冯记吃了一碗猪血粉,英子坐我旁边,我们算是从小一起长大,几乎没有分别过,这以后各奔东西,多少都有些伤感。不过依旧叽叽喳喳说着自己的梦想,想加入的社团,毕业后期望从事的工作。冯婶就在旁看着我们,没有说话,只是嘴角微微扬了起来。

6

南方风景和干练专业的职场丽人汇聚出了美好的画面,一切都是我憧憬的样子。

广州城市繁华,实习机会很多,到了大二我已经过上了自给自足的生活。我常常想,如果当时没有被母亲逮到或者是没有冯婶的开导,我会变成什么样呢。

为了节约路费,我和英子都只有过年的时候才会回南昌。

英子曾告诉我,冯婶的生意没有以前好了,等大三再回家,我惊奇地发现,冯记居然有了白汤,是用筒子骨熬的汤打底,配菜不是猪血,而是海带和豆腐,味道很鲜美。虽然我还是更喜欢辣口的多一些,但冯记的生意倒是明显恢复到了原来的满座状态。

冯婶见到我,笑着说:"还是你妈妈读书人脑子灵活,说现在外来打工的人多了起来,让我搞些不同口味的。我试试,这生意果然就上来了。"

2012年我大学毕业后,经济危机余波仍在,工作的头几年,每个月交完房租杂费,到手的工资只够温饱,好在也算是稳定了下来。母亲的服装店在电商平台的打压下日渐艰难,父亲年龄大了打算退休却被设计院返聘,我们索性举家搬到了广州。

曾以为会永恒占据饮食C位的辣椒,慢慢成了配角。我开始喜欢上粥或者肠粉做早餐,也爱上了叉烧和打边炉,就连自家餐桌上都常常出现豉椒蒸排骨、煲仔饭等广式家常菜。

清淡的滋味更能俘获年纪渐长的父母的胃,而且比起深居内陆的南昌,广州显然有着更强的包容性。

通讯工具也从 QQ 变成了微信,我和英子始终在彼此的通讯录里,距离不曾隔断我们亲密无间的感情。英子毕业后去了上海工作,没两年又考上了西安一所小学的编制,定居了下来。小学假期多,总能在朋友圈里看见英子带着冯婶和英子爸出门旅游的照片。

不似六婆,英子爸待冯婶倒是极好,用英子的话来说:"就是这半路夫妻终于熬成了老年伴。"在我看来,却是冯婶的勤劳坚强,为自己赢得了一片天。

前年因着工作,我回南昌出差。临走时,还有点时间,心血来潮打车回了造纸厂,却见原来工厂的地皮上已经建起了高档小区和写字楼。因为没有通行证,无法进去参观。冯婶的店面转给了一个做水煮的阿姨,叫了一碗,味道也挺好。打车回机场的路上,看着车窗外掠过的风景,不过几年光景,城市就全变了。

去年,我也带父母去了西安。多年未见的冯婶精气神还在,一见到我们就张罗着要做桌好菜,直问我想吃什么。我几乎是本能地喊出了,"猪血粉!"

冯婶笑着点头,"好!好!好!"

冯婶早就不做小吃店了,自然没有屠户凌晨送来的最新鲜的猪血。可我还是觉得这碗猪血粉依然那么好吃,热乎乎的猪血,葱姜辣椒花花绿绿的配料,刺溜一口米粉,格外舒爽。唯一有点美中不足的,便是缺了从前那股辣劲儿,但还是好吃到我的眼睛起了雾。

冯婶连忙问:"是不是太辣了?这里不比南昌,这里的辣椒都是灯笼椒,样子好看,哪里有南昌的剁辣椒劲儿足。"转而又自责道:"不过你们在沿海待得久,口味可能变清淡了,我咋还放那么多辣椒呢,下次不放了。"

我略带哽咽地摇摇头,"冯婶的猪血粉从来都是最好吃的。"

冯婶听了我的话一个劲儿地笑,说我嘴甜逗她开心。看着灯光下,温软笑容的冯婶,说着俏皮话的英子,笑得皱巴巴的英子爸,喝得微醺的我父母,我忽然觉得,那股辣劲儿不只是剁辣椒的味道,更是埋藏在岁月里故乡的味道,是埋藏在记忆深处过去苦难的味道,亦是埋藏在时光里别处再也吃不到的味道。

在这一碗猪血粉里,我全明白了。

被嫌弃的春婶和她的草粿

图　南 / 而后乃今将图南

待草粿出锅,撒上特地买的粗砂糖,
大家坐在桌前,细细地品尝。
在那段艰苦的岁月里,
甘甜微苦的草粿算是一种"奢侈品"。
不过,有草粿吃,就说明这一年不太难过。

草粿,多少有了点苦尽甘来的意思。

那天,路过市中心的甜水店时,我突然惊觉自己已有十年没吃过草粿了。虽过了嗜甜的年纪,但我还是走进店里点了份草粿。这家的草粿很软,没有春婶做的扎实,更没有那种草的天然香气,糖浆淋上去齁甜,苦味也消失殆尽。碗里的草粿一直在往外渗水,吃到一半,就已经糊得不成样子了。再后来,我还尝过其他甜水店做的草粿,但无一例外,都没春婶做得好吃。

1

我的老家在广东潮汕的一个小渔村,小学毕业那年暑假,父母因为工作忙,就将我送回渔村由爷爷奶奶照看。

虽然小时候在村里生活过,但那次回去,我还是感到些许陌生——车进了村,在逼仄的巷子里弯弯绕绕,两边房屋低矮,附近的庙宇香火不息,烟雾缭绕。到了奶奶家门口,几个面生的妇人正聚在一起聊天。

住下来后,我的生活节奏就要跟着爷爷奶奶走。因为村庄靠海,村里人大多以捕鱼为生,爷爷天未亮就收网回来,将捕捞上来的鱼虾蟹统统倒进一口大盆。连我在内,家里人迅速开始分拣,等奶奶挑着分拣好的鱼虾骑上小三轮时,天才蒙蒙亮。

清晨短暂的繁忙过后,小渔村的生活又归于平静,我常独自坐在巷子里看往来的行人。每当有一声悠远绵长的叫卖声传来,我就知道,屋后的春婶出来了。

春婶是渔村里特殊的存在,她不捕鱼也不卖鱼,而是卖草粿。草粿是潮汕的一种传统小吃,有点像黑色的果冻,因清凉爽口、甜润嫩滑,人们觉得在盛夏时吃可以清热解毒、退肠火。

春婶是个普通的村妇,她长得黑瘦,穿着朴素,一头干练的短发上顶着一个大草帽,常常推着满是锈迹、后座载着木桶的单车在巷子里吆喝:"卖草粿,卖草粿咯!"

她手上的浅口铜勺不时敲打着车头的陶碗,发出清脆的声音。不一会儿,大人小孩就拿着碗和钱从家里跑出来,一下子就把春婶团团围住,"婶啊,割碗草粿!"

春婶笑眯眯地停下车,绕到后座的木桶边麻利地掀开盖子,舀起一片片乌黑的膏冻,再三两下横竖切开,撒上白糖粉递过去。

那天,食客们渐渐散去,春婶重新回到车座上,还没踩几脚,就发现坐在巷子里的我。她惊喜地说:"哎哟!妹妹都生那么大了,鲁(方言:你)才这点大就去县里了,我差点不识鲁!"

我性格内向,只回应一句:"老婶好。"

春婶赶紧停下车,迅速塞了碗草粿给我,还没等我反应过来,她已经扬长而去,"老婶要去前面的巷子卖,先走了!"

碗里的草粿还是温热的,晶莹的黑色膏冻上,白糖粉渐渐融化,糖液与缓缓渗出的草粿汁交融在一起,光看都觉得甜。风吹起,一股植物特有的清香飘散开,我只犹豫了两秒,就决定开动了。

几乎不用勺子舀,只用捧起碗吸,嫩嫩的草粿便很快滑溜进肚子。加上白糖粉的草粿还是有些微苦,但这味道,我久久不能忘记。

夏日午后,渔村祥和安静,大家基本都待在家里休息。我精力旺盛,总喜欢跑出门去游荡,屋后的春婶也不午休,她得在出摊前准备各种用具。

混熟后,我常常绕到春婶家和她聊天、听她讲故事。春婶说最多的还是草粿。

那几年,这个小渔村被划定为古村落,游客渐渐多了起来,草粿和其他特色小吃也跟着受追捧。原本5毛一碗的草粿,价格涨到两三块,连原料草粿草的价格也水涨船高。

春婶用的草粿草都是她亲手在外面摘的。一天,她拿出新鲜的草粿草给我看,这种植物的叶片呈卵圆形,边缘锯齿状,有点像薄荷,但味道却和薄荷完全搭不上边。不过做草粿要把草先晒干,那些黑漆漆的枯枝,实在平凡。

春婶说,她小时候草粿还很少见,大人们都忙着生存,实在没有时间精力给孩子做小吃。有天她赶去田里干活,村口来了个阿伯卖草粿,"那铲子薄薄的,碗也薄薄的,没几下就满了,哪里吃得饱噢。"她没钱买,只能在一旁闻味道。

春婶母亲会做草粿。一年,为了感谢村里人帮自家做了薯粉,春婶母亲摘回好多草粿草晒干,准备请客。过滤熬好的草汁,春婶母亲取出新收的薯粉和水调匀——加了薯粉水的草粿容易凝结,口感更扎实。

待草粿出锅,撒上特地买的粗砂糖,大家坐在桌前,细细地品尝。在那段艰苦的岁月里,甘甜微苦的草粿算是一种"奢侈品"。不过,有草粿吃,就说明这一年不太难过。

草粿,多少有了点苦尽甘来的意思。

2

七月,奶奶扛着锄头和木桶下田收花生,吩咐我在家好好待着,我却依旧跑出门闲逛,赶上春婶在院子里做草粿。

她蹲坐在水井边清洗一堆干草,烈日打在她背上,像镀了一层金。

听到声响,春婶抬头招呼我进门坐,我却坐在水井前,看着旁边支起的一口大锅。我开玩笑说自己是来偷师的,春婶乐得不行,故作认真地答:"那细妹要好好看仔细咯!"

她把洗干净的草塞进锅里,按实、加水,又加了点食用碱,方便出胶。等水开的时候,春婶和我有一搭没一搭地说话,她让我好好学习,以后才有好工作,不要像她这样累死累活也挣不到几个钱。她问我长大以后想做什么,我摇头说没想好,她就说做生意不错,她儿子就是做生意的。

当时,春婶的大儿子在做外贸生意,几年前结了婚,已经儿女双全,在城里定居了。小儿子开了个养鸡场,交了个温婉贤惠的女朋友,打算年底结婚。提到两个孩子,春婶的喜悦溢于言表。

面前的大锅不断往外吐着水雾,春婶打开盖子,一边翻动一边说:"枝梗熬得烂烂的就可以了。"

原本清澈的水变得黑黢黢的,春婶拿来纱布滤渣,又支起一口大锅,准备重新煮沸。她往沸腾的草粿汁里倒入调和均匀的薯粉水,开始搅拌,待草粿汁变得有些黏稠就熄了火盖上盖,静候凝结。

那时我还小,并不理解其中的原理,只觉得春婶把水变成膏冻,活像个魔法师。

当时村里老人多,同龄人极少,我缺少玩伴,去屋后看春婶"变魔法",是百看不厌的。春婶也喜欢我,只要草粿一做好,最热乎新鲜的,一定是进了我的肚子。

但草粿性凉,不可贪多,有次我连吃三碗,导致半夜跑了好几趟厕所。尽管这样,依然难改我对草粿的喜爱。

奶奶家门前的巷子总是热闹的。空闲时,屋旁的秀玉姆,屋后的春婶,还有不知从哪走来的老婶们总会聚在一起择菜、聊天。

到了傍晚,大地褪去酷暑,海风穿进巷子,村里人洗完澡,就摇着蒲扇坐在巷子里说"今日要闻":谁家生了孩子、谁家媳妇跑去哪里躲超生、什么时候刮台风、拜珍珠娘娘的祭品准备得怎么样了……

当然,除了家长里短,大人们也会偶尔说说"死亡"这种禁忌话题。

在小渔村,人们不敢大声谈论死亡,觉得"死"说多了,会被天上的神明听见,所以只会隐晦地说:那人过身了、去了、走了、老了。

一些老人说完还会赶紧往地上吐三次口水,"这样神明才当你不作数。"

秀玉姆的老母亲在我回村前几个月去世了,大家说,那天是个平常的日子,老人下午还说想喝碗白粥,等秀玉姆煮好端到屋里时,发现她已经倒在地上,身体已经硬了。

爷爷奶奶又说起,前几天他们下海,在远处看到的"白色塑料模特"其实是一个漂在海面上的女尸。他们小声讲着,绘声绘色,时而惊诧、时而惋惜,表情丰富多变,就像唱大戏一样。

春婶也静静地听,偶尔也会插几句嘴,她脾气好,说话不急不躁,从没和人争红脸,大家也都爱和她聊天。

有人劝春婶别再做草粿了,"好好享清福,不要折腾自己。"

春婶笑着回:"闲不住,总要赚点钱才踏实。"

春婶说自己是穷怕了。她父亲年轻时干活摔断了腿,因为治疗不及时,从此干不了捕鱼的体力活,一家人只能靠田地吃饭。碰上收成不好的年月,只有挨饿。

春婶有两妹一弟,父母只供儿子读书。春婶18岁时跟大舅到城里打工,为了节省路费,两三年没回家过年。家里靠她寄回的钱,生活才和缓一些。22岁那年,母亲意外中风瘫痪,弟妹尚小,父亲要做农活,就急急地把她唤回去照顾。为了给母亲治病,穷家又掏窟窿,有人给她说媒,讲明男方可以给一笔彩礼。

那年年底,春婶就嫁人了,婚前还没见那个男人几面。婚后没几天,春婵就拿出彩礼钱给母亲治病,但母亲只挨了一个多月就走了。

婚后,春婵跳入了另一种生活。丈夫是个酒鬼,常年拎着个酒瓶到处逛,连小孩都敢笑话他。家里家外的活儿全落在春婵肩上,两个儿子出生后,花销变得更大,见丈夫实在无法依靠,春婵只好捡起母亲曾经的手艺,做草粿贴补家用。

这一做,便是二十年。

3

不知不觉,我的暑假渐渐接近尾声,一直平静的渔村却发生了一件大事。

那天,春婵一家出去吃酒席,快结束的时候孙女闹着要回家。春婵的小儿子吃了酒,觉得不碍事,骑上电动车带小侄女先走了。等春婵一行人回到家,却发现他俩不在,等到凌晨1点多,出去找的人回来说:"人出事了。"

原来,电动车在夜间驶进一条斜坡的时候,路口突然冲出了一辆摩托车。两车相撞,春婵的小儿子当场死亡,摩托车车主受重伤。救护车赶到时,春婵孙女满脸是血,手指动了动,再没任何动静,连呼吸也没了。

渔村沉沉睡去,奶奶家屋后的哭喊声此起彼伏。春婵瘫软在地,一度哭得背过气去,直到清晨,还能依稀听见哭声。

这事迅速传遍全村,春婵的弟弟妹妹也来了,只是他们好像并不亲近,给了点钱,安慰一番就走了。

听说,那个摩托车车主被送进重症监护室,因伤情太重,没过几天也就去世了。家属上门索要赔偿,理由是春婵的小儿子酒驾,看不清路和车才造成事故。

起初,春婶一家不同意,因为那段路昏暗且没有监控,摩托车车主有无违章行为也无法知晓。两边争执不下,最后对方家属有的躺地上哭天抢地,有的拉起写着"还我儿子!"的横幅,场面相当难看。

　　闹了几天,春婶家拗不过,只好赔钱。可春婶大儿子做生意,资金周转不开,暂时拿不出钱。春婶只得将自己大半生的积蓄赔了出去。

　　春婶家惨遭不幸,奶奶家门前的巷子似乎也失去往日的热闹,蒙上一层阴郁。大人之间产生了一种难以明说的"默契",比如,春婶家的邻居没事的时候都紧闭大门,往常一起聊天的人也鲜少出来,准确地说,他们躲着春婶偷偷出门,然后悄悄议论;从前要路过春婶家的人,也统统绕道走,哪怕路更远……

　　有时,春婶的孙子出来玩,跑到别人家门前,就有人压低声音驱赶他:"去、去,回家去!"

　　奶奶也郑重地嘱咐我:"这段时间不要去她家,如果不小心路过了,眼睛不要往屋里看,你直直走。如果他们拿什么东西给你,你就说不要。别被沾了什么东西。"

　　我这才知道,小渔村里有种风俗:若有人突然死了,外人,尤其是小孩,绝不能踏入那户人家,更不能接触这家的人和东西。即使丧葬仪式结束,半年至一年之内也不能踏入。

　　在村人眼中,凡曾与死者有密切联系的人或物都是不洁的、不祥的,传递遗物会使活人遭遇灾祸,沾染上霉运、凶祸等不好的东西。我听了心底发毛,只得学着大人们的样子,刻意避开屋后春婶的家。

4

　　潮汕素来崇尚神明,小渔村也保留了相当多的旧风俗。比如家里有什么大事,得去问问神明;有什么小病小灾,得去求符纸烧灰对水喝;男女结婚得先合八字,如果八字不合,感情再好婚事也难成。

祭拜更是渔村居民的日常,初一、十五拜玉皇大帝;初三、十七拜妈祖;初九、二十三拜观音……大家祈求出入平安、风调雨顺、阖家安康。

奶奶也是其中的一个,她跪在软垫上,捧着香,神情认真而专注,声音压得低低的,念念有词:"老爷宫保佑保佑,保佑四方行走平安顺。"

与其说是迷信,长大之后,我倒觉得这更像是一种人的自我安慰。要知道,渔村不远处就是大海,人在浩瀚的大海面前不堪一击。好像只要恪守规矩,神明自会满足人的一切愿望。

暑假最后的那段日子,我随奶奶去拜了无数次妈祖、珍珠娘娘,还去了老爷宫和路边叫不出名字的小神坛。那会儿我初来例假不久,奶奶临去祭拜前还神秘兮兮地问我:"你那个走了没?没走不能去跪知道吗?"

我问为什么,奶奶说那样就不灵了,不吉利,她还嘱咐我不要让家里的男性知道自己来了例假。这样的话,让我对自己的生理期感到鄙夷和自卑。

像这样长久以来的虔诚供奉衍生出来的风俗、禁忌越来越多,一代传一代,一代影响着一代。

再次回小渔村,我已经上初二了。奶奶没再嘱咐我不能去屋后,我想日子都这么久了,应该是没什么避忌了。

一天,巷子里又响起叮叮当当的声音,我猜是春婶,便跑到门前去看——以前我怕和她打照面,只能猫在门前远远地看她。

春婶敲着瓷碗,慢悠悠地踩着单车过来了。过去,每当这个声音响起,大人小孩都会涌到她车后,等着她从桶里刮草粿。可现在,巷子里冷冷清清的,半天没见个人影,瓷碗发出的声音大而空。

秀玉姆告诉过我,春婶其实不用出来奔波,"她大儿子有钱,哪用出来赚啊?"出了那件事以后,村里几乎没人买春婶的草粿了,她多是卖给那些来小渔村玩的游客。遇到旅游淡季,她就去镇上卖,搭三轮车要十几分钟。

"是家里太静了,想出来找点事干。待在家里就是哭,大半夜的听得人瘆得慌,鬼都给她吓死。"秀玉姆说。

突然,有个三四岁的小男孩跑到春婶身边,"老婶,瓦想爱(我想要)食草粿。"

春婶笑了,她一边下车一边说:"老婶请鲁(你)食,免钱。"

春婶舀了满满一碗草粿,都快超出碗沿了,撒糖粉时,小男孩叫嚷着:"多点,多点,再多点!"春婶便撒了两大勺糖粉,看起来像个小雪山。

她正递碗给小男孩的时候,一个妇人骂骂咧咧地跑过去,喊孩子回家。男孩不理,妇人就讪讪地对春婶笑,一边骂孩子嘴馋,一边把他往身后拉。

"没事,小孩爱吃给他吃,没几个钱的。"春婶乐呵呵地把那碗草粿往妇人手里塞,妇人没接,反倒连忙退了几步,"不用不用,他没吃几嘴就丢了,太浪费了。"

小男孩哭闹着要,春婶转而把碗塞给他,结果妇人接过碗又放了回去。平时,大家出于礼貌推却几番也就收下了,但那个妇人说什么也不收,小男孩的哭声越来越大,后来直接赖着不走了。

春婶劝妇人拿回去给孩子吃算了,妇人没理会,只顾拉孩子。也不知是有意还是无意,拉扯之中,妇人打翻了那碗草粿,瓷碗落地碎裂,草粿洒了一地。小孩愣了一下,哭得更凶了。

妇人顿时火大,抢起拖鞋就打孩子屁股,骂道:"天天要吃些死人东西!"或许是想起春婶还在场,她没有继续骂下去,又转而粗声粗气地说:"不好意思,先走了。"

妇人一把抱起哭闹的小男孩,快步走开了。

人散去,巷子又恢复了宁静,春婶把打翻的草粿和瓷片拾起来,丢进垃圾桶,踩着破旧的单车回家了。那个单车太老,吱吱呀呀的声音在巷子里回荡,越来越小,直至消失。

此后,我好像再也没看到春婶出来卖草粿了。有人说,看到她把做草粿的工具都丢了。

母亲要回娘家探亲,顺路来村里接我。她很少来小渔村,对这里的事知道得不多。

我和母亲提起春婶的遭遇,她很惊诧,但更多的是恐惧,然后像奶奶那样叮嘱我不要去春婶那儿。我问为什么,母亲回答得很敷衍:"不知道,村里风俗就这样。"

离开奶奶家,母亲拉着我往市场走,得路过屋后。母亲显然忘了春婶家在哪儿,只顾埋头前进,其实春婶的家很好认,整栋楼都是黄色的,在周围一片白墙里显得很突兀。

我远远就看见春婶在家门口洗东西,心情变得有些忐忑,当着母亲的面我不敢叫春婶,又怕她知道我在躲她,只好假装没看见。距离越来越近,一个沙哑低沉的声音传来:"妹妹不记得我啦?"这一年多,春婶许是把嗓子哭坏了。

我很久没有近距离看春婶了,她面容憔悴蜡黄,老了很多,表情淡淡的,没了笑容,那句话像是随口问的。

我想关心春婶,但我没有勇气,怕自己也会成为别人口中"不祥的人"。母亲带着我径直走过,我一言不发,心里却生出甩不脱的内疚感。

从外婆家回转,我又到奶奶家待了几天,陪奶奶去庙上,常会碰到春婶。她好像并不介意之前的事,见到我依然很高兴,和我打招呼,似乎我是唯一能和她搭上话的人。

没有大人在的时候,我才敢和春婶打招呼,但也只是喊"老婶",然后快步走掉,不敢多说。

5

忙于读书升学,小渔村离我越来越远。微信家庭群里,亲戚们时不时地说着邻里的近况,春婶家的事,我也是从这里知道的。

小儿子的女友陪了春婶一年就被娘家接了回去,因有过男女交往,且未婚夫意外死亡,这个姑娘还是被"剩下了"。她架不住村里的流言蜚语,只能选择外出打工。

自从小儿子出了车祸,春婶的老公加大了吃酒的量,终于在某个酗酒的夜里突发脑溢血。他死后,大儿子把春婶接到城里,起初还带她四处散心,参加一些老年活动,但后来忙于生意,几乎没有时间再陪她。

春婶的大儿子和媳妇离了婚,有人说是性格不合,也有人说他们早有矛盾,借着这场失去女儿的车祸,便彻底爆发。此后,春婶的孙子跟着妈妈过,很少回春婶家。

不顺的事接二连三,身边又没有可以说话的人,春婶无处排解,最后积郁成疾,身体每况愈下。她每天的活动就是做饭,等着大儿子回来吃,不舒服了就去小药店胡乱买点药,其余时间都在床上躺着。

没过多久,春婶就去世了。

有人说她身体垮了,也有人说她是不想拖累大儿子,自己吃药走的。真相究竟是什么,谁也不知道。

我再回小渔村,距离春婶过世已经有四五年了。

从前低矮破旧的房子已经被推倒,变成了一座座楼房,现代化的元素不断涌进,古村落翻新,墨绿色潮湿的外墙被修整刷白,显得陌生又突兀。

渔村大量人口外流,街道巷口空荡荡的,没了记忆中的喧闹。我在奶奶家待了几天,赶上祭祖,才看到很多回老家的亲戚,一群人聚在巷子里叽叽喳喳聊个不停。

那天聊得正欢,一辆小轿车从屋后驶出,往巷子旁边的小路开去。有人看了眼车子,感叹真气派,问是谁家的。眼尖的人说,那是春婶大儿子的车,"前几天回来的。"

老街坊们说,春婶家的房子现在基本没人住了,大儿子只在逢年过节的时候带孩子回来拜拜,这次大媳妇也回来了。

有人问:"他们不是离婚了吗,怎么还聚一块啊?"

"人家的事谁知道啊,说不定是复合了呢。"

大家不禁感慨,要是春婶还在,看到这一幕估计会很开心。说着说着,大家又缅怀起了春婶。

"唉,那阵子真是太可怜了,听得揪心。"

"就是嘛,本来喝了酒就不能开(电动车)的,这不是连累家庭吗!"

"我想到阿春那个哭声,现在想到都怕。谁都没苦到,最苦就是她咯……"

过去那些躲着春婶、鄙夷嫌恶她哭声的人,如今聚在一起,都说她人善心好,就是命不好,世事无常。

对春婶,我仍为自己当初的愚昧、懦弱感到后悔和歉疚,甚至还单纯地想:"要是当初我多和她聊聊天,会不会就有不一样的结果?"可一想到村里的风气,我又泄了气,春婶的境遇真的是我一个人能改变的吗?

被污染的福清湾，是我的家

陈齐云 / 追梦的瘌子

离家千里以外，
那些画面开始不断在我脑海中浮现：

天蒙蒙亮，父亲沾满江泥的自行车，
满天台的晒到半干的蛏子的气味，
猪油下锅的呲啦声，
磨章鱼的青石，
搬运站坐满人的石桌子……

两天前,从网上看到离我家不远的泉港有大量污染物泄漏,心里担忧,打电话给母亲,要她不要买当地的海鲜吃。

父亲接过电话,说这一两年本港的海鲜,总是有一股怪味。工厂与下水道的废水,通通往江里排,外地的蛏苗带来的蒿草种子,一天一天地蔓延在以前的海田上。总有一天,福清湾的东西都会死绝。

我挂了电话,心里顿时落寞起来:从我小时候起,父亲一次次煮给我吃的海鲜炒米粉,我还有机会煮给我的孩子吃吗?

父亲记忆中的那条江,用手掬水就能掬到虾子,用手一拍,去壳就可以吃。

我记忆中的那条江,整群粉红色的和尚蟹骤地从滩涂里钻出来,遇到人追,又骤地钻回去。

可我未来的孩子呢,他还能看到这条江吗?

离家千里以外,那些画面开始不断在我脑海中浮现:天蒙蒙亮,父亲沾满江泥的自行车,满天台的晒到半干的蛏子的气味,猪油下锅的"呲啦"声,磨章鱼的青石,搬运站坐满人的石桌子,夕阳下映出的吊车的剪影,延绵到视野尽头的麻竹竿,小厨房里的海鲜炒米粉……

这些,是父亲的大半生,也是我前半生最美好的回忆。

1

我对食物最初的幻想,源自父亲对 80 年代的追忆。

在那个物资匮乏的年代,父亲在镇上的码头做搬运工,每当有平潭来的渔船停靠,大家的眼睛就亮了——船老板懂行,会专门给搬运站的人留几筐好货,价格也好说,几角钱就能买到巴掌宽的带鱼、厚重敦实的墨鱼、六七斤一条的黄花鱼。

很多年后,父亲仍怀念那些物美价廉的野生渔获——带鱼吃起来十分鲜甜,将它们剁成大块来做"滑粉"①,用手一撕,就能撕出长长的一条鱼肉;墨鱼从不浸水,厚、脆、甜,不管怎么炒都不会缩水;现在几乎见不到的野生黄花鱼,剁上几块放在碗里,加点咸橄榄上锅蒸,出来的时候汤色清亮,鱼肉一瓣一瓣,就像蒜头一样。

父亲的回忆总会以一件事结尾:有一年,他花了6角钱买了两条大带鱼,妈妈非要把其中一条大的腌在瓮里,等回娘家的时候带给舅舅。爸爸一气之下,就自己独自吃了另一条。

每当他说到这里,妈妈也总会揶揄他没良心。按照妈妈的说法,当时的父亲端着一盆滑粉带鱼,抱着哥哥坐在石阶上,自己吃一口,再喂哥哥一口。有母鸡围上来,父亲就用脚将它们赶走,嘴里还念叨:"我自己孩子都吃不够,怎么轮到你了?"

我的三个姑姑时常跟我提起,她们童年时,父亲读小学一年级就留级了3次,第4次,父亲读到一半,就偷偷跑回家,提着背篓去江里抓青蟹去卖了。院子里的邻居说,那会儿父亲"人还没有背篓高"。每当年幼的父亲讨海回来,姑姑们就围上来,看看今天他又逮到了什么东西。

父亲每次卖掉青蟹,都会顺路去小店里买几分钱的蚕豆,分给他的妹妹们。要是背篓里有死掉的青蟹,或者顺手挖来的章鱼和虾蛄,父亲就会从菜地里割些韭菜,拿出盐罐子里的肥肉,切下四五片来,解开一

---

① 编者注:滑粉,福州一带的菜式,把鱼、肉或者其他海鲜裹在调稀的番薯粉里,下在滚水里煮熟。汤里通常辅以香菜、葱段以及当地特有的酸笋。

叠小米粉，炒来给一家人吃。

　　肥肉一下锅，声音与气味散出来，姑姑们就全都围上来。在刚刚脱离饥饿的年代，人们总是对油脂有着异常的渴望。父亲把炼出来的油收起一部分，剩下的再放入海鲜，大火猛炒。半熟之后，再从后灶的锅里舀一勺热水浇上，把备好的米粉放进去，水开一小会儿，就拿着鲨勺（用鲨壳制成的勺子）把汤舀出来。然后下盐和备好的韭菜，让水再一点点烧开，等热气蒸腾起来，父亲便把小米粉抖松，很快，满屋子都是鲜香的气味。

　　最后，父亲会颇有仪式感地把第一步收起来的猪油重新浇进锅里，小米粉就炒好了。

　　这样的场景，在父亲往后的一生中，不断地重现。

2

　　等父亲稍大一点，爷爷退了休，父亲便顶上他的位置，成了搬运站里的一员。

　　那时候，能在搬运站谋一个职位是很了不得的事情。这不仅算是公职，还能把户口移到镇上，和周边满腿江泥的讨海人比起来，虽然都是卖力气，但显然要体面不少。

　　我和哥哥小的时候常坐着父亲的自行车去搬运站玩。印象中，那是镇上最繁华的地方，退潮之后，一群卖鲜货的讨海人都聚在那儿，油布就地一铺，当街就摆了起来：生猛的青蟹扎得紧实；各色海鱼按照大小分开，鳃子鲜红，鱼眼又清又亮；耐活的虾蛄养在大木盆里，剩余的小鱼幼蟹随意堆在一边，统统称去可以减掉零头。

　　人流一多，挑担子的贩子们也扎起了堆，5角钱一碗扁肉，1角钱夹一个光饼。往另一头走，还有餐馆、理发店、布店、供销社……那时的码头,就像是整个小镇的心脏。

其实,在我出生之后,搬运站就已经过了鼎盛时期。父亲所说的那些野味,我一概都没有见到。等到90年代末,龙江下游的元载大桥建起来,水路受阻,搬运站终于歇了业。父亲不得已转了行,做回了满腿江泥的讨海人。

看月相,依着退潮的时间起床,把蛏刀别在自己编的背篓上,馒头和水系好,挂在一人高的青蟹钩上,父亲就顶着夜色出门了。青蟹整年都有,但大小不论,6月的豆叶青蟹是最易寻得的,7、8月则是章鱼最美味的季节,入冬之后沙虫就开始多了,到了12月又有虾蛄。

时光轮回,曾经是年幼的姑姑们围着背篓,现在变成了我和哥哥。每天父亲讨海回来,我俩都会争着去开门,等父亲打开背篓,把青蟹倒在大木盆子里,要是有没法绑起来、贩子也不收的软壳蟹,十有八九就成了我们佐餐的佳肴。

讨海的收入并不稳定,母亲日常不大买菜,都是等父亲回来,把卖不掉的海鲜拿来煮着就饭。有一阵子,海里什么货都有,但都不多,收入虽降了下来,但父亲能拿回家的东西种类就多了。"长流水"[①]的时候,父亲傍晚就能回家,把海鲜给母亲拿去卖,卖不掉再拿回来。

这时,我和哥哥总会吵着要吃米粉,父亲若是应允,便会让我去磨章鱼。生长在滩涂上的章鱼,身上有一层黏液,必须在石头上好好磨一阵才能去掉。此外,不断的摩擦也能让章鱼的肉质松弛下来,吃起来更加爽口。

那时的我对磨章鱼有种超越一切的热爱:在打水的井边找一块光滑的青石,用食指和中指夹住章鱼的脖子,把触足按在石头上,掌心用力,朝着一个方向飞快地摩擦。章鱼的触角便甩出花一般的样子,黏液

---

① 编者注:潮汐涨落若是一天两次,称为"短流水";一天一次,则是"长流水"。

变成白色浆状顺着青石流下来。洗净,再磨一会儿,直到章鱼摸起来一点也不黏腻,才作罢。

磨好章鱼回家,父亲已经把菜切好了。十一二岁的我就站在父亲身边,想象着自己代入他的身体:先是舀半勺猪油下锅,趁着油热的间隙,将磨好的章鱼切好,和青蟹、虾蛄一起丢在铁碗里。父亲用手在热油上潇洒地晃一下,感觉温度可以了,就将一整碗的海鲜倒下去,吱啦一声响,香味就冲了出来。翻炒几下,加热水,把火开到最大,水滚之后放入小米粉。等手空出来,父亲还会从锅里捞出一两块软蟹或章鱼脚,塞进一直等在旁边的我们嘴里。

等待总是漫长的,在馋嘴的孩子眼里,这个时间足有一万年,要是我们忍不住揭开锅盖去看,父亲就要责骂了。过了一会儿,父亲会把奶白色的汤水舀起来,只留一点润锅,再舀些猪油浇上去。随即,勺子换作筷子,一只手一双,狠狠地叉进米粉里再提起来,抖动几下再换个位置反复几次。

黄昏的光穿过窗台,落在父亲一紧一缩的肱二头肌上,猪油的香和海货的鲜,在这样的大幅动作之下,渗入米粉中。

乳白色的汤端出来,父母的米粉里只有几片青菜,我和哥哥碗里则满满地堆着章鱼、虾蛄、软壳的青蟹。

父亲挖蟹洞的时候,偶尔会挖到"丢梦"(方言直译,鳢的一种,生命力极其顽强),这种鱼生性凶猛,时常潜入招潮蟹的洞穴里觅食,离岸能活很久,通常是买来给小孩吃的,据说能治尿床。父亲要是挖得多,就养在盆里拿到市集去卖,少了,就拿来炖给我和哥哥吃。炖之前,把丢梦剖腹洗净放入碗中,倒点酒进去,用另一个碗扣在上面,还要在碗上再压一个秤砣——丢梦生猛,倘若不压,即使剖了腹也可能跳出来。

3

等我和哥哥更大一些,便都吵着要去滩上玩。

那一年暑假,两家收青蟹苗的贩子飙起价格来,往年1角、2角的苗子,那年涨到了1块2。父亲见到有讨海人带着自己的孩子去逮苗子,斟酌再三,终于答应了我们的要求。但他也提了条件:"要听话,跟紧,我不让去的地方,千万不要去。"

那天晚上,父亲就在院子里给我们哥俩做明天捕蟹苗用的铁耙子。灯光昏黄,夏夜的热潮还没有退,我们坐在父亲的对面,看着他穿着背心,从杂物间里取出一根手指粗细的竹子,用锯子锯出长短相仿的两根,一头缠上铜线,再拧紧。然后他又找出一把坏掉的伞,用钳子将伞骨取出,剪成一段段插在缠铜线的那头里,插了大约七八根之后,找一根木棍,用刀劈出几个楔子,一点点地敲进去。最后,他把紧实嵌入的伞骨拗成扇形,拿铁丝一根一根连接起来固定住,铁耙子就做好了。

第二天天未亮,父亲就叫醒了我们。星星压得很低,江堤上只有行色匆匆的讨海人,浪打在石头上,风裹挟着溅起的海水,凉丝丝地打在人们的脸上。到了泄水的闸口,父亲教我们采一些瘦浦草(长在干滩涂地上的一种植物,叶子细小但肥厚,有点像多肉植物)垫在背后的篓子里,这样青蟹苗不容易憋死。

我们脱了鞋,踩着滩涂泥地慢慢往前走,青灰的泥里有锋利的海蛎壳。父亲盯着地下脚印多的地方,走在前面,我们跟在父亲的脚印后面。

身旁全是大大小小的招潮蟹,江狗鱼受到惊吓,贴着水面跳过。这让我们兴奋异常,哥哥抠起一块泥,堵住一只螃蟹的洞,打算去抓。父亲便在前面催促。

天大亮了,父亲终于在一处浅湾停下,说:"这里有蟹,你们用铁耙子刮泥皮,刮到蟹就能看到两只钳子竖起来。抓的时候要小心,大拇指先按住蟹背,食指和中指托着蟹腹,这样它就夹不到你了。"

我与哥哥分头行事,父亲则爬上蛏田垄,去抓大的。哥哥先是在水洼里勾到一只,他小心地按住青蟹的背,囫囵地提起来,丢进背篓后对我喊:"细弟,我抓到一个!"

我应了一声,低头更卖力了。

没多久,哥哥似乎又抓到一个,这一次,他不再叫我,只是低着头继续往前。没过多久,我的铁耙子下面终于发出了"夸嗤"的声音,一对青色的钳子从灰泥里直愣愣地竖了起来。那一刻,父亲的教导早就抛到九霄云外,我直接伸手去抓,青蟹毫不意外地朝着我的掌心狠狠地夹了过来。我忍着疼,死死攥着它放到篓子口,甩了好几下,螃蟹才松了钳子落进篓子里。

手里的血一下子涌出来,但"终于赚到钱了"的兴奋感又让我很快忘了疼痛。我对着不远的哥哥喊:"阿哥,我也抓到一个!"

远处的父亲跪在一处蛏田垄边,用蛏刀削出大块的灰泥,甩到边上,再伸手进去探,又拿着随身的铁碗舀开流进坑里的水,这样几个来回,挖出来的坑越来越大,父亲半个身子都陷在里面,最后一次探完,他拿起青蟹钩,抓住竹柄,一点点地往外抠。

我和哥哥也从湾里爬上去,跑到父亲身边。一只半斤重的大青蟹挥舞着粗壮的蟹钳子,被父亲像玩物一样抓在手上。他从挖出来的泥坑里出来,用一只膝盖压着青蟹,一只手从篓子边抽出蟹草拧成绳,将蟹绑好,放进背篓里。

"我们往下走,那里有更大的洼。"父亲说着,又转头问,"你们抓到苗了吗?"

"我抓到3个,弟弟好像抓到1个。"哥哥说。

我还没说话,父亲就看到我手上的血,说:"去洗洗吧。"

我刚把手放进海水里,就疼得拿了起来。

"男孩子不要怕疼,让盐水咬一下,一会就不流血了。"父亲在身后说。

那天我们直到水快涨满才回家,一到路口,就看见妈妈在那里等着。父亲让我们去洗掉身上的江泥,自己提着3个篓子去卖苗子。

等我们出来,父亲已经坐在院子里的石墩子上,手里拿着钱,脸上挂着并不多见的微笑,好像儿子们今天赚来的这20多块钱,足以减轻压在他肩膀上的担子。

父亲少见地给了我们零花钱,我和哥哥拿着钱就向小卖部飞奔而去,父亲则把篓子里死掉的青蟹捡到碗里拾掇起来。等我们攥着零食回来,灶台上已经放着解开的米粉,妈妈买来的肥猪肉也在锅里滋滋地熬油了。

兴许是第一次赚到钱给了我信心,我对着父亲说:"让我来炒一回米粉吧!"

父亲瞥了我一眼,随手把碗里的青蟹倒进冒烟的锅里:"你人都没有灶台高,怎么炒得来?"

烟雾蒸腾的小厨房里,我仰头看着父亲,他眯着眼睛盯着锅里的青蟹,锅铲刮过锅壁,猪油炸锅的声音连着门外果树上知了的鸣叫,邻里聚在院边的地头聊天。

那些记忆里蛰伏的汗津津的夏天,就逐渐血肉丰满了。

4

父亲讨了几年海,我与哥哥也渐渐长大了,一家人住在两间小平房里越发局促。父亲斟酌再三,终于决定再添一层楼。于是,他白天讨海,晚上就把第二天建房子要用的材料一担一担地挑上去,等房子建好之后,家里的积蓄所剩无几,生活也拮据起来。

那时候村里修了路,蛏子开始能卖上价钱,于是父亲又放下讨海的篓子和青蟹钩,成了一个蛏农。

种蛏并不容易:先要做蛏田,寒露前后,在可以蓄水的滩涂里挖出4条一人高的蛏堤,好把涨潮的水和蛏苗截留在里面,然后把漂流在海水里的蛏种子用细网捞起来,撒在做好的蛏田里。过了一阵子,还要去蛏田里再找一回蛏苗,这次不用抄网,而是用手把还钻不到深滩里的蛏苗拣出来,撒到更大的蛏田里。等这些蛏苗长到一斤100多粒,再把它们移到另一个更宽阔、更肥沃的蛏田里。等清明前后,蛏子大约一斤有40到50粒的时候,就可以挑到市场去卖了。

父亲第一年种蛏子只能买蛏苗,可家里没钱了,从来不爱麻烦别人的父亲终于放下尊严,去跟更吝啬的伯父借了1000元。父亲经验不足,蛏苗播下去没几天就遭遇了大风天。父亲整晚没合眼,等台风稍稍收了一些,就扛着大铁耙子下了江。

那时候还没有手机,也联系不上他,风还是在刮,母亲就让我们待在家里,时不时地去路口看一眼。等天全黑了,父亲才终于回来了。

我记得那一晚他一进门,母亲的眼泪就掉下来了。

"损的不多,还有一大半。"父亲用自己的方式安慰母亲。

种蛏子之后,父亲只能在得闲的日子讨一讨碎海,那碗猪油海鲜炒米粉,就鲜有机会吃到了。

等清明过后,蛏子可以收了。这是大人的活,需要体力和技术:用蛏刀斜着削下一块江泥,能见到许多大小如同指头的洞,每个洞下面,就是一粒蛏子。找蛏的高手竖着又下一刀,削下一片长长的泥块,几粒蛏子就立在被削开的洞里,薄薄的壳还是完好如初。

6、7月是收蛏子最好的季节,早了不肥,晚了蛏子"灌脑"(方言,指蛏腹怀卵),吃起来又腻又腥。

每日凌晨,父亲依旧按着潮水的时间起床,母亲煮一盆紫菜汤给他就饭,他吃完再灌一瓶凉茶,要是"长流水",还要准备一些馒头,然后就出门了。

刚开始种蛏子的时候,父亲都是挑着卖给贩子。那些心眼多的蛏农,会把蛏子放到水里浸个把钟头,蛏子吸水,就能称得重些,看起来也更饱满。父亲不这么做,他有他的一套原则:蛏子浸过水就不那么好吃,他有义务保证自己种出来的蛏子的味道。

有时候父母晚归,哥哥去帮忙挑蛏子,我自然顺势接下来做饭的任务。那时我已经高过灶台,也够力气用两双筷子挑起一整锅的米粉。但或许是经验不足,或许是配的冰冻海鲜不对,我总是炒不出父亲炒的鲜香味。

等父亲种了两三年蛏子之后,蛏子的价格已是一路飙升。种的人一多,到挖蛏的旺季,贩子就要压价了。通常,不愿意贱卖的蛏农只有两个选择:要么挑着蛏子去十里八乡的市场散卖,要么就挑回家自己剥壳晾晒,做成蛏干。

父亲脸皮薄,也不大懂得吆喝,就只能选择更耗精力的晒蛏干了。

蛏子洗掉江泥倒在木盆子里,中间放一个铁碗装蛏子肉。行家剥蛏子,蛏头朝下,否则蛏子滋出来的水要射到人的脸上。要先用左手拇指和食指捏着蛏子一揉,掰开蛏子——力气重了,蛏壳破了粘在蛏肉上,轻了又捏不开;掰开蛏子后,捏着蛏鼻子往下扯开蛏衣——力气重了蛏子肉会断,轻了蛏子肉又离不了壳;最后,掐掉蛏肉后面连着壳的关节肉,蛏子就剥好了。

熟练的剥蛏人,剥出来的蛏子肉是活的,这样晒出来的味道才叫作好。等蛏肉聚满一铁碗,母亲就把它们倒进水里养一会,好让它们把肚子里的泥沙吐净——但又不能浸得太久,不然蛏子的味道容易散。

有些蛏农要蛏干卖相好,让蛏子肉在水里把自己灌得又圆又长,那样晒出来的确好看,但是吃起来会少了一份鲜货的味道。父亲坚持把蛏肉只养到吐沙就立马捞起来,对于他来说,好不好看是其次,蛏干的味道才是他脸上的尊严。

我剥蛏子不太在行,就只能去晒蛏子,这也是我每年暑假的必修课:把长三四米的方竹箩从父亲搭的凉棚里搬到太阳下,铺上网子,蛏肉均匀地撒在上面,两只手同时动,把蛏子拉伸撑直,摆到颗粒分明。

每到这些日子,天气就成了全家最关心的话题,倘若连着两三天阴雨,天台上千把块的蛏子就要坏掉——父亲曾经试过把放蛏的方竹箩两头挂在梁柱上,下面加两个煤炉,来回摇着烘干,结果受热不均,有些烤熟了,有些却还是湿的。

因此,要是下雨,父亲就满面愁容地待在家里。我们则挺开心——这是老天给我们放的假,母亲也会乘着空闲做些吃的,炸海蛎饼、炸蚕豆糍粑,或者杀个鸭子、炖只鸡。

有好几次,我都跟父亲吵着要吃炒米粉,但父亲总是以没有那些碎海鲜为由拒绝了——炒米粉一定要配章鱼、软壳青蟹和虾蛄——这也是这个顽固的中年男人众多坚持里的一个。

5

又过了几年,我和哥哥一同考上了大学,对于父亲来说,这又是一个莫大的负担。

虽是在本市读书,我却很少回家。哥哥去了湖北,能回来的机会就更少了。母亲总说,父亲又多种了许多蛏子,间隙的时间也去给蛏场干活。他呆头呆脑地不懂得惜力,别人都只挖两筐,就他挖了三筐还有余。一起干活的不乐意了,便有人牵头孤立他。母亲要他买些点心给大家分分,好缓和些关系。父亲却不乐意,他觉得自己没有做什么不对的事,凭什么要低头。

几年过去,等我毕业以后,家里决定让我出国。在老家福清,每家几乎都有人出国去,虽然都是打着留学的名义,但实际上就是去务工,会不会成为黑民、这辈子还能不能回家,都是没有定数的事情。

签证出来之后,我的心情复杂了起来,像是打了一个要用余生做注的赌。父亲看我时常晃神,终于放缓手里的活,在几个"短流水"的日子里,特意去讨了碎海,抓到的东西一概不卖,统统煮来给我吃。

他知道我爱吃米粉,就专门捡好的青蟹与章鱼来炒。但那时候,我的脑子里充满了对未来的恐惧,嘴里自然尝不出好来,一碗米粉也总是吃一半剩一半。

刚开始父亲还问米粉是不是咸淡不对,后来也就不再问了。有一回我从家里出去找朋友,快走到大路的时候,一转头,看见父亲在二楼的阳台,把身子弓到围栏之外,定定地看着我要去的方向。

家里为了我出国,筹集了近 20 万,这对父亲而言,无疑是一笔巨款。

刚到国外的时候我一直找不到工作,整夜整夜睡不着。给家里打电话,寡言的父亲总要在母亲即将挂断电话的时候抢过来说几句,内容都大同小异,无非是吃饱穿暖,家里很好,不要挂念,钱的事他会帮我想办法。

后来我听母亲说,江里已经有污染了,别人都假装看不见,固执的父亲却放弃了已经挖好堤的蛏田,往更下游更干净的地方开蛏田去了。那个开出来的蛏田需要骑半个小时的车,再脱了鞋子踩着泥泞的滩涂走一个小时,跨过一条涨潮时能淹到下巴的江流,再走一阵子才能到。

我时常想,父亲在这么长的路里究竟想些什么,或者他什么都不想,像他说的,"走路,就看着路好好走。"

过了一段时间,我终于找了工作,慢慢还清家里欠的钱,谈了恋爱,还拿到了澳洲的绿卡,可就在快要结婚的时候,女友出轨,3年的感情就此终结。也许遗传自父亲,我也不大擅长与人分享心事,在人生中最阴郁的时光里,终于有一天,我实在没忍住,给母亲打电话的时候哭了起来。父亲在旁边听到了,抢过电话,用我从没有听过的声量大声地说:"阿命,你是男孩,你要勇敢!"

之后的时间里,只要我打电话回家,父亲总是打断我与母亲的聊天,非要与我多说几句。但他本来就不善言辞,干巴巴的聊天很是尴尬,说不了多久就挂了。

我决定回趟家。

飞机跨过太平洋降落在长乐机场,父亲并没有来接我,这让我多少有点沮丧。到了家里,看见父亲躺在床上,强睁着要闭上的眼睛等我回来。4年时间,那个肌肉健硕、身形灵敏的中年男人,变成了一个头发花白、形容枯槁的小老头。

我喊了一声:"阿爸,我回来了。"

他笑一笑,说:"回来就好,快点去休息吧。"

第二天我刚醒,就见到父亲坐在我床头细细地看着我。见我醒了,似乎有些不好意思,连忙说:"快点下去吃饭吧,我要去江里了。"

等我洗漱完下了楼,看见母亲正在忙着切菜炸海蛎饼,桌子上摆着一碗炖蛏子,还有一大海碗炒米粉。母亲说:"你爸两三点就起来,去江里给你抓了些东西来炒米粉,还去蛏田里挖了些蛏子回来炖,现在季节不对,你看看还肥不肥?"

我往窗外看,路口的碑换了个新的,路也修过,树顶因为架电线,被砍去整个树冠。但一碗炖蛏子,一碗海鲜炒米粉,轻易地就修复了离家数年的陌生。

那段时间,父亲照旧依着潮水起床去江里干活,回来的时候,总会讨一点海货。炒米粉总是会有,但我早就不是那个热爱磨章鱼的孩子了。似乎少了点什么味道,父亲老了,再也不能像年轻时那样,两双筷子夹起一整锅的米粉抖动起来,又或者是像他说的,猪油不敢多吃,对身体不好。

临走那几天,父亲得知女友想要与我复合,便在一天夜里,试探着要我打电话给她,试试与她和好。我说:"我过不了那个坎,再说,我又没做错什么,凭什么低头。"

后来母亲说,我说那几句话的时候,像极了父亲年轻时候的样子。

6

2015年,妈妈问我和哥哥,要不要把旧房子拆掉盖新房子。我们商议了一下,决定动工。我和哥哥先把积蓄寄回国,再每月寄钱回去,由父亲管场。

2016年年底,房子盖好了,哥哥也计划在2017年1月与嫂子结婚,于是,我又一次回了家。

父亲的眼神已没了往日的凌厉,肤色虽然还是黝黑,但整个人都胖了不少。马来西亚来的亲家挤在新盖好的屋子里,哥哥在大厅招呼,我在厨房里帮着父亲打下手。临到要做海鲜炒米粉的时候,我对父亲说:"让我试试吧。"

父亲没说话,把勺子递给了我。

少年时期那个总想把自己代入到父亲身体里来炒米粉的人,如今终于正式接过了勺子。

我学着父亲的样子,把海鲜放进锅里炒个半熟,倒水煮沸,放米粉煮一阵子,捞一只集市买的鱿鱼脚放在嘴里吃——江里长了许多蒿草,父亲已经很久没有去讨海了——用勺子舀出汤汁,留一点继续烧,家里没有猪油,就用菜油代替。我学着父亲的样子,用筷子夹起整锅的米粉抖动起来,再夹起,再抖。他站在我的身边,好像一代人与一代人的传承,就完成在这样枯燥和重复的动作里。

农历年后,我在家多住了几天。

一天,父亲骑着电动摩托载着我,就像小时候他让我坐在自行车横杠上一样,我们穿过熙熙攘攘的街市、卖年货的摊铺和喜气洋洋的人们,去了搬运站的旧址。

那个铺油布卖海鲜的地方早就被一排店铺代替了,早前的仓库,已经变成了附近居民健身娱乐的场所。搬运站的铁门还在,但那3个红漆写的字早就没了。塔台长满荒草,建在上面的吊车锈迹斑斑。下游围海建塘,江里的淤泥已经越来越厚,外地的蛏苗带来的蒿草种子凶猛地繁衍,整片整片地长出水面。讨海的外省人从里面钻出来,低着头寻找青蟹的洞穴。

父亲坐在曾经和工友吃饭的石椅子上。那一刻,好像父亲与我这些年的时光,忽然坍缩成了一点,我们轻易地一跃而过,站在二十多年前的自己的身边。

天色渐晚,我们长久地凝望着这一切,那座断了龙江水路的桥上,车水马龙。

竹林深处的放牛班，
也有春天

莫别离 / 讲述平凡人的烟火人生

女生们把饭从竹筒里扒出来，
用芭蕉叶当碗，细竹枝当筷，
勉强保持斯文；

男生直接拿起竹筒，
用柴刀一劈两半，
捧起烧得黑漆漆的竹筒就开始吃。
他们脸上又是灰又是汗，手一抹，就是一张大花脸。

一段打磨得光洁齐整的竹筒放在托盘里,竹子表面呈现出被反复蒸煮后的微黄;1/3处剖开作盖,尾端用麻绳打了个小巧的结,配上一旁的调味碟和雕花原木筷,精致得就像一套摆件儿;小心地打开盖子,竹筒里有红火腿丁、青豆粒、白香米和鸡丁笋——干荤素搭配,调味考究,最后散发出一种复合、霸道的香气。

当我第一次在餐馆看到这种蒸出来的竹筒饭,心里竟有些小小的失落。它确实好吃,但终究不是我记忆里最怀念的味道。

记忆中的竹筒饭,得现砍新鲜的青竹,装上自家种的白米,混些路边摘的胡豆,再塞一把随手薅的红苕叶。捡石头垒灶,用干竹篙烧火,灰头土脸之后,砰的一声闷响,米饭夹着胡豆和红苕叶一起冲出竹筒。

这时候,就能吃到一口热腾腾的、半生不熟的竹筒饭了。

1

1994年,我刚念初一,小陈老师是我的语文老师兼班主任。之所以叫他"小陈老师",是因为学校早有了一位陈老师——他的父亲,不苟言笑的教导主任。

小陈老师是那个偏远乡村难得的大学生,而我们班,是他从师范大学毕业后带的第一届学生。

我还记得小陈老师第一次走进教室的情景:白衬衫,黑长裤,浓眉大眼,脸上带着青涩腼腆的笑容。不过二十三四岁的他,和班上发育早的男孩子相比,勉强算得上是哥哥模样,完全没有师长的威严。

但我还是很怕这个新老师。我小学五六年级的班主任,也是一个年轻的男老师,和小陈老师差不多年纪,却已经教了五六年的书了。大人们都说他会教,再调皮的学生在他手上都老实得很。小学毕业的时候,还有家长去问,能不能让他一路教我们到初中毕业。

这个提议,让我整个暑假都过得提心吊胆。这个老师脾气大,总换着法子惩罚学生:他经常让全班倒数10名的同学在讲台前跪成一排,听他讲完整节课;没交作业的,放学之后会被留在教师宿舍的阳台上补作业,有次我撅着屁股趴在窄窄的阳台上努力赶作业,面对着学校操场上往来的师生,感觉自己就像是一只动物园里的猴子。

所以,哪怕小陈老师时不时地把"教学相长,平等交流"挂在嘴边,我还是不敢轻易相信这个年轻的男老师,直到他给我们上了第一次体育课。

我们中学的操场是黄泥地,晴天灰大,雨天泥泞,体育器材也有限,几块棕垫、十几条跳绳、几副胶皮都脱落了的乒乓球拍,就是全部家当了。大多数老师认为体育课没有存在的必要,反正不是教广播体操,就是跑圈儿和自由活动,还不如上节正课——还能提升分数,唯独小陈老师坚持要给我们班上。

我们的第一节体育课要学习打羽毛球,两副球拍是小陈老师自掏腰包买的。他用一个石块在操场的泥地上画出界线,我们才知道,原来打羽毛球是有场地规则的。

同学们都很兴奋,我却很害羞,球拍一次都没有摸过。我对跑跑跳跳不感兴趣,但每次上体育课都会很开心,因为终于有时间看小说了。

从小,我就听大人们念叨,"只有拼命读书,考出去,才是走出这个山旮旯唯一的出路。"所有与课业无关的东西绝对不准出现——小说、杂志、连环画,统统都是"闲书"。

而我偏偏最爱看闲书。

学校附近有一家租书店,武侠言情什么都有,大部分书的封面都被翻烂了。我的同桌刘特是班里最大胆的学生,他打探一番回来,告诉我:租书5毛钱一本,押金3块钱,可以租3天。

我盘算了一下,父母给我一天的生活费是2块钱,三餐节省些,每天就能攒5毛钱。要是看得快,还可以和别的同学交换着看,不过要想快点看完,就得挤时间——课间、副科课,加上我们班独有的体育课,都得用上。为了看闲书,我把所有的课本都放在课桌上,竖起了一道"屏障"——刘特租的《七剑下天山》该还了,我没看完,大半节语文课都在想:楚昭南死没死?飞红巾最后和谁在一起了……想着想着,手忍不住摸进课桌,翻开了折页。看到楚昭南被人斩断左臂时,刘特用胳膊肘碰了碰我,我没反应过来,还高兴地往墙角让了让。

耳旁突然响起小陈老师的声音:"你下课来办公室一趟。"

我吓得猛抬头,就看到他冷着脸:"带上你桌子里的书。"

不久前,隔壁班的一个同学上课看小说被老师抓住了,书被老师当场撕得粉碎,说再有下次,就要叫家长。我一下就慌了:小陈老师会咋批评我?要写保证书吗?要叫家长吗?叫谁来……

下课后,我挪着小步进了办公室,小陈老师对我说的第一句话是:"你喜欢梁羽生的小说啊?"

"啊?"我愣了。

"这本书是梁羽生写的,很经典。"小陈老师从我手里拿过小说,随手翻了几页,"这是个系列,有好多本呢,你看过几本啊?"

我答不上来,小陈老师笑了:"武侠小说呢,我推荐金庸的,他那句'侠之大者,为国为民',实在是对'大侠'这个称呼的最高注解了,你听过吗?"

我说没听过,小陈老师就随手把书还给我:"喜欢看小说不是坏事,但要会选、会看。"那天,他还说了许多话,我现在已经不记得了,但这句话,却印象深刻。

正当我以为自己逃过一劫的时候,小陈老师突然严肃了起来,和我立约:课堂上不准再看小说,如果期末考进年级前三,就借我一套他收藏的小说。

我半信半疑,又心怀期待。剩下的半个学期,我就像一只前面挂着胡萝卜的小毛驴,努力向前追赶。我自己都想不到,我在学习上会有这样的上进心。

2

重庆山区地广人稀,方圆几十里只有一所中学。住得远的同学,每天天不见亮就得打着火把出门,一路狂奔才能踩着上课铃声进校。为了方便学生,初一上学期,学校就要求我们住校。

宿舍是教室改造的,高低床一排排摆过去,一间房里住40个人。每天早上6点半到7点10分是早操时间,全校400多名学生起床围着操场跑圈儿。场地小、人多、灰大,刚开学的时候,还经常有人进错了班。

跑了几天,小陈老师对这种小锅里下饺子的做法很不耐烦,吹着哨子领着我们班往校外跑去。出了校门,穿过竹林,我们在薄薄的晨雾里顺着乡间公路放肆奔跑。乡村还在沉睡,没有路灯,没有手电,唯一的光亮是天边泛起的微光。陈老师吹着哨子在前面跑,我们在他身后紧紧地跟,看不清路也不害怕。小陈老师开了头,别的班级也跟着我们,乡村公路边的晨跑队伍越来越长,越来越热闹。

小陈老师太有趣了,在语文课上走神的学生越来越少,我们班的语文单科平均分总能拿第一。除了课内知识,他教我们"顾影秋池舞白云""人生几度月当头",他还写得一手好字,批改作业的时候,看到我们哪个字写得漂亮,就会在本子上画个红圈儿以示鼓励。

乡村中学的老师少,课程多,几乎每个主科老师都得"代"一两门副科的教学。很少有老师按课表上课,通常音乐课就改成英语课,美术课改成数学课……只有小陈老师代的地理课,是真的地理课。他拿着地球仪告诉我们,哪里是北极,哪里是南极,七大洲四大洋在地图上长什么样。又不知从哪里寻到了一张旧旧的中国地图,指着上面弯弯扭扭的线,说:"我们在这里,首都在这里,这个边边上是云南……"

我们第一次知道世界原来那么大,我们眼中的"大城市"重庆这么小,平时那些走不完的山路,在地图上找都找不到。

小陈老师说,云南,是"彩云之南"的意思。那里有一道美食叫竹筒饭,"就是把米呀,肉呀,菜呀,统统放进竹筒里,然后放在火上烧。"大家对他口中的"竹筒饭"都很神往,不单是好奇它的味道,更好奇这种做法。

我们那里,江河两岸遍植青竹,用来防涝固堤。山间林地里竹子随处可见,背篓簸箕、凉席桌椅、筷子以及戒尺,都可以做,唯独不见有人砍竹子做竹筒饭——我猜,大概是我们这里的人觉得这种做法既不省事,也不省心,纯粹是闲的。

做竹筒饭,要砍竹子,用火烧,感觉像野炊。在全班同学无数次恳求下,小陈老师终于答应选一个好天气带我们去秋游。目的地,就是学校 500 米外的河畔竹林。

秋游那天,全班 40 多人浩浩荡荡地扑向河边,惊起了一群飞鸟。小陈老师眯着眼睛说:"我以后要在这里修一座小房子,不必大,三五间青砖黛瓦,再种几株美人蕉,那就是我梦想的家了……再给屋子取个名儿,就叫'白鹤山庄'。"

说完,他在竹林里寻了块平缓的沙地,站在一块大石头上指挥:"按照班上的座位顺序,6 人一组,1 个人捡石块垒灶,1 个人去河边打水洗米,剩下的 4 个人砍竹子削竹筒。材料准备好之后,我教你们煮最好吃的竹筒饭!"

分组迅速完成,我们组的2个调皮鬼男生一溜烟跑了,只留下4个女生不知所措,只模糊记住要削竹筒、捡柴火。一个女生气呼呼地说:"他们跑了,我们自己搞!"说完就去找垒灶的石头了。

竹林里多的是干竹篙和笋壳,轻便又好烧,石头却不好找,两个女生跑了好远,才捡了几块。我们把石头围成一圈,小陈老师看了之后说,圈子围得太小,放不下竹筒,我们只好继续去找。

山里的孩子野性,爬山下河不在话下,难就难在工具不趁手。拿着借来的两把砍刀,男生们一窝蜂地扑进竹林里砍竹子,吓得一群野鸭子嘎嘎嘎地狂奔,正值变声期的男孩们也嘎嘎嘎地笑起来。他们砍回来的竹子大多都有裂纹,完整的竹子边缘也不平,狼牙犬齿地支棱着。小陈老师不嫌弃,指挥我们在竹筒上挖洞,用细竹桠当刷子,把内壁刷洗干净,再塞进米和清水。

一切准备就绪,小陈老师像变戏法一样拿出一团报纸,里面包着一捧胡豆:"这是从吴师傅的案板上抢来的下酒菜,放进竹筒饭里好吃得很。"

他得意地抓了一小把胡豆,在各个竹筒里放几粒,再撒一撮盐,最后又把竹叶团成团,用力塞紧筒口。我们学着他的样子,忙活起来。

点燃笋壳和干竹篙,把竹筒架在石头灶上烤。小陈老师说,要记得翻转,这样才烤得熟、烤得均匀,"等竹筒表面有点儿焦的时候,饭就熟了。"

我们争先恐后做起了"看火娃",守着热烈的火苗,不停地添柴。没一会儿,只听见砰的一声,有竹筒的塞子被热气冲开,米饭夹着胡豆喷了出来。

"快点快点,快去砍几张芭蕉叶来垫着,要不然没得吃啦!"小陈老师连忙说,"刚才忘记提醒你们,米别塞得太满,这下子麻烦咯,蒸汽跑不出去,还没熟就放冲了……"

当有的小组的竹筒饭可以吃了,别的组就没什么耐心再慢慢翻滚竹筒了。大家拼命添柴,生怕火不够旺,只要听到砰的声音,就当饭熟了。

女生们把饭从竹筒里扒出来,用芭蕉叶当碗,细竹枝当筷,勉强保持斯文;男生直接拿起竹筒,用柴刀一劈两半,捧起烧得黑漆漆的竹筒就开始吃。他们脸上又是灰又是汗,手一抹,就是一张大花脸。

可能是翻滚得不够勤快,也可能是火烧得太大,我们组的竹筒饭到吃的时候,还有一半还是夹生的——但我依然认为,小陈老师说得对,竹筒饭的味道无与伦比。

3

因为这次秋游,小陈老师被他老子训斥得惨兮兮的,整层楼都能听见。老陈说他是个"娃儿头",贪玩好耍,"没得一点为人师表的样子。"我们听了,觉得同情又好笑。

但情况似乎被老陈言中了——过了大半个学期,班里几个上学晚、留过级的"刺头"就认为亲切随和的小陈老师不足为惧,开始"放飞自我"了。

刘特就是一个典型。每天,他和几个刺头像推土机一样在班上横冲直撞,不是把文丽的课本文具扔了一地,就是把冬梅的校服丢进了垃圾桶。值日的时候不见人影,等别人打扫完,他们又把教室当成战场,搞得满地狼藉……

一开始,小陈老师苦口婆心地劝,"男生要有绅士风度,不能欺负女生。""同在一个班集体,每个人都要承担该有的责任。""校规校纪不是摆起好看的。"……

"唉呀!小陈老师不要这么严肃嘛!我们就是开玩笑的!"他们几

个嬉皮笑脸的,甚至一把勾住小陈老师的脖子,亲热地凑近,"是不是兄弟?是兄弟的话一点点小事情就不要说了嘛!说起臊皮得很!"

有好几次,我都看到小陈老师气得一把推开他们,像是准备要狠狠地教训一番,但不知道为什么,又忍住了。

一天,这几个刺头又把一个瘦弱的男生夹在墙角,准备"挤油渣"——这是一种很粗暴的"取暖游戏",把一个人逼在墙角,几个人用力向那个人的身体上冲撞挤压取乐。没想到,那个一向逆来顺受的男生趁他们使劲儿的时候,突然从墙角溜了出来,离他最近的刘特收势不及,人直接撞在了墙上。

男生慌忙解释,说自己被挤得太热了,出来吹一下冷风。刘特嘴里喷出一连串的脏话,揪起男生的衣领往操场边拖:"晓得你热得很,好,我就送你到河沟里降下温!让你好生爽一下!"

已经是腊月,气温接近零度,操场边的河沟里,水寒冷刺骨。那个男生拼命挣扎,几个刺头抓手的抓手,捉脚的捉脚,哄笑、谩骂着把他扔进了河沟。虽然浅水刚刚漫过小腿肚,但那个全身湿透的男生还是站在水中直打寒战。

刘特得意扬扬地问:"怎么样?凉不凉快?安不安逸?"

"凉不凉快?你们自己下去试一下就晓得了!"说话间,闻讯赶来的小陈老师突然出现在几个刺头的背后,把他们一个个全推进了河沟里,"凉不凉快?安不安逸?"

几个刺头猝不及防,一下水都成了落汤鸡。第一个落水的刘特还没认清说话的人,爬起来就骂:"哪个龟儿子搞我?老子上去弄死他……"

"你要弄死哪个?!"小陈老师拖过一把竹扫帚,劈头盖脸地打下去,"听听你说的话!你是什么人?你是学生!这里是哪里?是上课读书的地方!动不动就要弄死这个弄死那个,你跟社会上那帮混混有啥子区别？今天敢把人扔到河里，明天是不是敢拿砍刀来砍人了？好哇，来呀，来弄死我啊！"

我们从没有见过小陈老师发这么大的脾气。他的脸煞白，说话又快又急，手里的竹扫帚毫不留情地打在刘特他们几个的身上、脸上。被欺负的那个男生站在一旁，不知所措。

"你还站在水里面干嘛？还没泡够吗？还不快点给我滚上来！"小陈老师把竹扫帚扔给班长，弯腰把那个男生拉上岸，脱下自己的外套给他胡乱套上，恨铁不成钢地说，"嘴巴长来是干啥的？是说话的！一看就知道这种事不是头回，早干嘛去了？不晓得跟我说吗?!"

说完，他又转过头对嘀嘀咕咕的刘特他们说："火子儿没落到自己脚背上不晓得痛，你们就在水里站着，什么时候想清楚了什么时候上来！"

他板着脸交代班长："你就在这守着，谁要敢上来，就用这个竹扫帚给我打下去！"

说完，他拉着那个男生就走了，还亲手给他煮了一碗姜汤驱寒。

这件事之后，那几个刺头老实多了，再看到小陈老师，也不敢勾肩搭背了。

期末考试临近的时候，我们迎来了中学时代的第一场家长会。

我们班的英语老师是这次家长会的"明星教师"——他的英语课纪律是最好的，考试成绩也是年级最好的。他"为人称道"的教学方法是：单词默写，错一个打一下手心；短文背诵，错一处打一下手心；每次月考前，每人定一个目标分数，差一分打一下手心。会前会后，父母们围着老师殷勤嘱托："不听话就打，没得关系！黄荆条下出好人，只要是为他好的，要打要罚都可以！我们没有文化，啥子都不懂，娃娃成不成材全靠老师用心教了。"

相反，也不知道家长们从哪里听说，小陈老师正课不上，带着学生出去祸害别人家的竹子,"小陈老师什么都好,就是玩心重了些。到底还是年轻人嘛!就是不如老教师沉稳。"

听到评论的小陈老师呵呵一笑:"幸好成绩还是过得去的。"

期末考试在即,小陈老师却说,上次秋游时的竹筒饭没煮好,这次他要亲自动手,让我们吃到最正宗、最美味的竹筒饭。不过他表示:精力有限,只能请期末考试总分排年级前10名的同学,"拿通知书那天,就是我请大家吃竹筒饭的时间"。

看见平时最喜欢凑热闹的刘特蔫了,小陈老师又说:"本学期进步最大的5个同学也可以来,所以,你们懂得起嘛?"

刘特突然跳起来大声喊:"懂得起!要雄起!兄弟们要扎起!"

期末考试成绩出来的那天,小陈老师真的要给15个同学再做一餐竹筒饭,我也是其中之一。他借了把小锯子,切了腊肉、香菇、红萝卜碎,还提前泡好了糯米,是认真的。

上次垒的炉灶还没拆,我们几个人各司其职,捡柴火、打清水、洗竹筒……这一次,食材丰盛,大家又有了经验,最后做出来的竹筒饭,晶莹软糯,还带着一股竹叶的清香。

刘特捧着半边竹筒,手被烫得来回倒腾也没舍得放下。他找了块略平整的石头,折了双干净的竹枝做筷,吃得心满意足。

这次考试,刘特依旧是班里的倒数几名,但至少他有两科的成绩在及格线附近了。

4

"你还有哪些同伙?!"食堂的吴师傅揪着刘特,冲进我们班的教室大喊,把全班同学吓得大气也不敢出。

刘特又犯事儿了。

吴师傅说,头天晚上下了晚自习,刘特和几个同学摸进学校食堂偷东西,用试卷包了些腊肉和豆角。"小小年纪就敢溜门撬锁偷东西,长大了还得了?肯定又是一群社会渣滓,你做老师的一定要严加管教!"

"对对对,我一定要严加管教!"小陈老师狠狠地剜了一眼刘特,又给吴师傅赔笑脸,说肉和菜的钱都由他来补。

吴师傅说,这不是钱的问题,是行为作风的问题:"这是偷,你明白吗?要是放在以前,是要被抓去劳改的!"

"一路上都是喊我赔钱,现在又不谈钱了。"刘特站在一旁小声嘀咕。小陈老师一把抓过他,在他的背上狠狠拍了一巴掌:"你给我闭嘴!"

吴师傅说,这事就应该记大过,再喊家长来,当面锣对面鼓说清楚——"还有,昨晚上的'偷儿'有三个,问清楚走脱了的是哪两个,不要以为没抓到就算了。"

"你看错了,只有我一个,要打要罚冲我来,我不怕!"刘特梗着脖子说。

吴师傅冷笑了一声:"好,我看你在派出所里头还讲不讲义气!"

小陈老师握着戒尺,神情非常严肃,他劝吴师傅不要麻烦警察,为了不扰乱教学秩序,有啥事到旁边的教导处说。他们几个去了教导处,我们就在教室里伸长了耳朵听:

"学生犯错该罚,既然学校有校规,就按校规来罚,吴师傅说是不是这个道理?"这是小陈老师的声音。

"是是是,国有国法,家有家规嘛……"吴师傅附和。

按照我们学校的校规,学生偷窃他人财物,首次予以警告处分,检讨书500字,再赔偿相应的经济损失。但吴师傅不依不饶,他觉得这个处罚太轻了,最起码得记个大过——那会儿我们还懵懵懂懂,根本不知道档案里有"记大过"的处分到底有多么严重。

小陈老师绕过了这个话题,他喊刘特过去,问他是哪个手拿的东西,"伸出来,受罚戒尺50下!"

那把戒尺我们见过,轻薄细长,打人省力,挨打的人的手就像被刀割一样疼,却不会伤筋动骨。小陈老师被惹急的时候,就会打学生平时不写作业的那只手。

还没挨完30下戒尺,刘特就哭着把"共犯"抖了出来,但小陈老师的手还没停,真的打足了50下。另两个"共犯"也没能逃过惩罚,老陈小陈父子齐上阵,教导处里的哭喊声都传进了教室。

刚开始,吴师傅默不作声,中间他阻拦了一回。惩罚结束后,他似乎有些不高兴:"陈主任这是罚给我看呢!"

老陈郑重地回答:"不全是,教不严,师之惰!家长把娃娃交到我们手上,就是我们的责任。"

吴师傅走了,老陈立即通知了3个犯事学生的家长来学校,然后又开始责骂起儿子:"孩子不吃点苦头永远不长教训,上学期把同学扔进河里也是他们吧?你身为老师,对家长负有告知的责任,应该让家长知道孩子的真实情况,而不是隐瞒和包庇!你懂吗?"

从这件事之后,温和的小陈老师仿佛变了一个人,戒尺用得越来越频繁了。我们中学3年,戒尺被他打断了好几根。

初中3年,竹筒饭被我们吃出了各种新花样。我们往里头加辣椒、加鸡蛋、加土豆、加玉米粒,加一切我们能找到的食材。等田坎上的胡豆都快被祸祸完了,我们这个班,小陈老师带的第一届学生,创造了这所乡村中学有史以来最好的中考成绩。

毕业的那天,大家难分难舍,小陈老师哭得形象全无。我们说出了真心话:"竹筒饭早就吃腻了,陈老师教下一届的时候记得要换个花样啊。"

5

时间就这样慢慢地过去了。

当小陈老师变成"陈老师"的时候,我已经在外地工作多年了。偶尔听到他的消息,也是说他依然坚守在那所小小的乡村中学里。我不明白,陈老师明明有学历、有资历,还有拿得出手的教学成绩,为什么一直没有调到更好的学校去。

2013年,新一轮的"教改"辐射到了我们那个偏远的乡村。为了资源整合,生源不足的学校逐步关停。我的母校,陈老师坚守20年的中学,在送走最后一届毕业生之后,也停止了招生。学校里的老师被分配到周边各学校里,极个别的老师被调往城区或条件好的学校,更多的老师是"低就"。

陈老师被分到了四中,重点中学。

陈老师一进去,教导主任就让他带初一。这是一件好事,新学校、新环境,他正好可以和学生们从零开始一起成长,不管是感情还是信任度,接下来的3年时光都是值得期待的。

陈老师不是第一次带新生,带班带课游刃有余,讲课深入浅出,挥洒自如,与市里的优秀教师不遑多让;在班级管理上,他依然遵循"胡萝卜加大棒"的原则,班里学风纯正,秩序井然。唯一让他感到遗憾的是,除了在课堂上,他和学生相处的时间几乎没有了——这次学校合并,导致四中在校学生人数远超出了原有的计划,初一初二的学生只能走读,早上由家长送来学校,下午就被家长接走。

到四中工作的第二年,从教二十年的陈老师,第一次被学生举报了。

那个学生考试作弊,被陈老师发现后死不承认。陈老师带他去了办公室,拿戒尺打了他10下手心,并罚写了一份检讨书。不久之后,这个学生写了一封举报信送到上级部门,信中还附带了几张照片,是自己红肿的手掌。

让陈老师难过的不是学生举报他,而是这封举报信末尾的签名,不止那一个学生的名字。

我再听到陈老师的消息,是在2018年的国庆回老家时。

当年教我的老师们大多都不在本地了,只有一个老校长念旧,还住在学校原址附近的老房子里。我照例去拜访老校长,才知道陈老师在那次"举报信事件"之后,离开了学校。老校长问我:"他一心一意教书育人,却换来这个结果。你也是他的学生,你说,他做错了吗?"

我叹了口气,苦笑——时代不同了,家长和学生对好老师的评判标准也不同了。

老校长接着说,陈老师不教书了,后来干脆开了一间农庄,几年苦心经营下来,生意做得很不错。我松了口气,笑着问陈老师的庄子在哪儿,老校长淡定地指路:"你顺着马路,沿着竹林走,路边有条围着竹编栅栏的小岔口,走进去就是了,好找得很。"

去农庄的路上,我的心里半是忐忑,半是疑惑,多年不见,也不知道陈老师是否还和当年一样。不一会儿,我走到了一个小岔口。再往前,就看见一个飞檐斗拱、涂了金粉的门廊。门廊正上方,用金漆写着四个大字:聚龙山庄。

我忍不住笑出声:"这是哪位取的名字啊?真够接地气的。"

陈老师的农庄开在一片竹林里,国庆正是生意兴隆的时候,各种车辆把这里塞得满满当当,为了辟出两排停车位,砍了不少竹子。

再往里走,有七八间房,里面隐约传出猜拳、劝酒的声音。我绕开前厅,穿过天井,一排美人蕉开得正盛,后院中间有棵巨大的玉兰树,树下摆了石桌石凳,几个半大的孩子正在那里头碰头,叽叽喳喳地讨论怎样撑着竹筏过笋溪河。

很不巧,陈老师不在家,我只看到了师母。她手里正拿着一把戒尺,把石桌打得啪啪响:"陈老师马上回来了,布置的作业做完没有?你们陈老师说了,这次的模拟考谁要是没有90分,差1分打1下手心!听到没有!"

师母是一位温婉的女子,从云南来重庆很多年了,哪怕她嘴里说着吓人的话,声音也是又脆又柔的。我笑着说:"这么多年了,陈老师的手段真是一点儿没变。"

"就是呢,上次来的几个学生也这么说他。"师母说。

我看着眼前的那些孩子,听师母说陈老师是去二中拿测试卷了,心里有些疑惑。

师母说,这些孩子家在附近,平时都在邻镇的镇中学读书。他们有心上进,家长又没有门路把孩子转到城里的学校,只好在假期想法子把孩子的功课补一补。

"才上初二呢,在班上也算是中等偏上成绩,可一拿到区里比,差距就很明显了。"她叹了口气,"没办法!好老师都调走了,好学生也被挑走了,还留在'镇中'的大多是为了应付九年义务教育的。"

一开始,是陈老师的两个朋友把孩子送来。"反正闲着也是闲着,帮着看看作业。"陈老师碍于情面,只好带着,哪知道后来又陆续来了好些孩子。

"他这人心软,跟我说,反正农庄也走上正轨了,'一只羊也是放,两只羊也是赶。'就干脆都收了。他说再过几年环境好了,也用不着他这种业余老师了——你不知道吧?他把不在学校上课的老师叫'业余老师'。"师母说。

我仔细琢磨着"业余老师"这个称呼,刚开始心里堵得慌——正经的师大毕业,教龄超过了20年,怎么就成了"业余老师"呢?但我再一想,又觉得这个自嘲里,似乎又有一种通透和豁达。

看着师母手中的戒尺，几乎是崭新的，我笑着问："这戒尺是第几把啦？"

"自从搬到这来之后，一次都没用过呢！哪敢真打呀？现在的孩子一个个金贵得不得了，还没动手呢，讨饶认错就来了，不过是放在这里当摆设罢了！"

师母说话的时候，有个孩子悄悄地向她招手，再指指桌上的课本。一会儿的工夫，就有两三个孩子跑过来请教课业了。

我靠坐在高大的玉兰花树下，听着师母给孩子们轻柔地讲解，恍惚间听到了一句熟悉的"诱哄"："你们乖乖的，二中的试卷要是能做 90 分，我亲自下厨，给你们做竹筒饭吃！"

"好哇好哇！你做得比陈老师做得好吃多了！"

我微微一笑，不忍打扰，打定主意，继续厚着脸皮等陈老师回来，希望能再吃到一份怀念已久的竹筒饭。

我和妹妹，是嚼不烂的铜豆子

蔡寰琰 / 学法律的文字爱好者

第一次炒黄豆，
由于没有掌握好火候，
黄豆大部分都烧焦了，

我舍不得扔
——背石子的肩膀还痛着，黄豆扔了多可惜。
好在妹妹也懂事，
就着黑乎乎的黄豆也能大口扒饭。

1

炒黄豆从来就不是一道餐桌上的主菜,但它在很长一段时间里是我和妹妹桌上唯一的菜肴。

父亲意外去世时,我5岁,妹妹只有3岁半,到处蹦蹦跳跳和其他小朋友说,"我爸爸是从外面的8楼摔下来的呢。"——她不懂死亡,还以为是一件值得炫耀的事。

母亲是在外公逼迫下嫁给父亲的,对父亲没有任何感情,生下我后,她便经常在家里发脾气,说如果不是因为有了我,外面天宽地阔,她总是要走的。父亲一走,母亲如蒙大赦,还得了一笔不菲的抚恤金,往后几年,她几乎不着家,无所顾忌地将我和妹妹扔在家里。

每当夜幕降临,妹妹便坐在门槛上哭,我也哭着到处找妈妈,眼巴巴看着村里炊烟袅袅,日升月落,却总失望而归。日子久了,也就习惯了,妈妈变得可有可无,不找也罢,只有吃饭,成了我们兄妹俩最大的问题。

其实我是有饭吃的,每到饭点,祖父都会过来喊我去他家吃饭——就在我家隔壁。祖父脾气很怪,家中所有的孙辈,他只喜欢我。在我长到8岁时,他依旧会蹲下来,让我趴在他背上背我过去吃饭。父亲在世时,大部分时间我都跟祖父生活在一起,父亲出事后,妹妹不敢一个人待在家,从早到晚都会哭,我便又搬了回来。

祖父本来就不大情愿让我回家陪妹妹,更何况那时候大家都说,如果不是妹妹出生导致我家超生,或许父亲也不至于去外面工地做事,自然也就不会有意外的发生。虽然祖父自己从没有这么说过,但他确实一直不怎么喜欢妹妹,每次来喊我吃饭,都会像看不见似的,把妹妹丢在一旁不闻不问。

那时候家里的堂哥堂姐们都怕祖父,才6岁的妹妹自然也不敢哭闹,等到祖父背着我走出去一段距离了,才会忍不住哭着喊:"哥哥,我要饿肚子了呀,怎么办啊?"我回过头,看着妹妹双手交叉在胸口,缩头耸肩,嘴里不停地吞着口水。

我让祖父放我下来,他不肯,说妹妹有我母亲管:"我老了,精力有限,充其量只能管好一个,不能什么都丢给我,你妈是吃定我了,我倒要看看谁能耗到最后。"

祖父住在二楼,餐桌上总会有肉有鱼,炒菜时整个院子都是香的。那一年秋天,祖父门前那株大梧桐树叶子都掉光了,一天吃饭时,我就听见妹妹在光秃秃的梧桐树下喊:"哥哥,我在这呢,刚才还发现落下来一朵梧桐花的,不见啦。"

哪儿有什么花,我知道妹妹是饿了,便趁着祖父去卧室打酒时,赶紧抓两个饭团捏紧,又端起桌上的菜碗往衣兜里倒,然后飞快地跑下楼,将衣兜里的菜倒进妹妹的碗里。

回到餐桌上,祖父看见我衣角的油渍和手上的饭粒,登时就知道了是怎么回事。我气鼓鼓地瞪着他,心想他发脾气我也认了。可祖父却什么也没有说,只管往我碗里夹菜。

我当祖父默许了,隔三岔五就偷菜给妹妹吃,还准备了一件有4个兜的老式中山装——虽然衣兜不会全部用上,但每次吃饭都要穿上它。

我怕妹妹吃不饱,还教她煮饭。那时家里只有一口小铝锅,为了不煮成夹生饭,要多放一些水,等水沸腾撑起锅盖时,再看情况倒掉一些。

从那以后,只要我被祖父接去吃饭,妹妹都会很开心地在家里自己煮饭。她很容易满足,还会常常在我耳边笑着说:"爷爷炒的菜真好吃,就是弄脏了哥哥的衣服。"

2

一次在祖父家吃饭,我见桌上有妹妹一直念叨着想吃的鸡腿,赶忙往衣兜里倒,然后一路疯跑着下楼,恨不得马上塞到妹妹嘴里,结果却不小心从楼梯上摔了下来,把手臂摔伤了。

祖父把我送到了县里最好的医院,出院后还跑去骂妹妹:"就你好吃,把你哥哥害成这样。"我挡在中间,问爷爷为什么这么偏心,妹妹不知所措,赶紧跑到楼上把我那件中山装拿了出来:"哥哥,我洗了好几天。"

那时妹妹手上长着冻疮,肿得老高,有些手指已经烂了。我见了心疼,跺着脚对祖父说:"以后我再也不吃你的饭了,她虽然不是你的妹妹,却是我的妹妹。"祖父担心我的手臂乱动会留下后遗症,只得叫上妹妹一起过去他那边吃饭。

大概一个月后,我手臂上的固定拆除了,妹妹却突然跟我说,她在祖父的饭桌上一直吃不饱:"我想回自己家,随便吃点什么都好,在这里我不自在,吃饭一点都不香。"

我向祖父提出要自己带着妹妹过日子,问他什么菜最便宜,以后我就自己赚钱去买菜了。那时退休的祖父接受了返聘,时常被调往各个学校代课,正好接到通知,让他去外地教书。见我这么犟,祖父同意了:"黄豆最便宜,两三块钱就能买一升,多放盐能下饭,就怕你嚼不烂,你要逞强,大可以试试。"

当年9岁的我,真找到了一份赚钱的活:村里很多人都在将木房改建成砖房,需要大量的石子,我家不远处恰好有一条河,很多孩子都会去河滩上捡石子,再用蛇皮袋背着卖,4毛钱100斤——对于农村孩子来说,已是相当可观的收入了。

我第一次买黄豆的钱就是背石头赚来的。我和妹妹一起将黄豆放在盆里,不停地捧起来又放下。至于究竟要怎么炒,我问了一个婶婶,她说如果想把豆子泡发了炒,那就还要放点青椒、加点碎肉才好吃。我和妹妹当然买不起肉,婶婶就说,那就先将锅烧红,再把黄豆放入锅中小火翻炒,炒至豆皮爆开,脆香入鼻,再加油放盐,舀出即可。

听着婶婶的描述,我的口水都流了出来,以为那是一件很容易的事,回到家才发现,灶台太高,我只能踩在凳子上炒,妹妹在灶前卷草包烧火,火时大时小。

第一次炒黄豆,由于没有掌握好火候,黄豆大部分都烧焦了,我舍不得扔——背石子的肩膀还痛着,黄豆扔了多可惜。好在妹妹也懂事,就着黑乎乎的黄豆也能大口扒饭。

我实在咽不下去,想着以后再也不炒黄豆了。

过了些日子,学校通知我们打脑膜炎防疫针,要交3块钱。针是由乡村郎中来教室打的,我没钱交,郎中却第一个帮我打了,还给了我一颗糖丸,说祖父回来肯定会把钱给他的,至于妹妹,他怕要不到钱,不敢做这个主。

我把糖丸用纸包着装进了口袋,问郎中,除了打针还有什么能预防脑膜炎?郎中想了一下笑着说:"多吃黄豆,应该有点用处,或者你早点找到你妈妈。"

放学的路上我跟妹妹说,打针还很痛,那个郎中好坏,就给一颗小白糖,我不爱吃,让她拿去。回到家,我就把剩下的黄豆都炒了,同时吩咐妹妹宁愿火灭了再重新点燃,也不要一个劲地塞草包进灶膛,一定要注意火候。整个过程,我的双眼一直紧紧盯着锅,只要火稍微大一点,我就立刻端起来,想着每一颗圆滚滚的豆子都是救命恩人。

那天的黄豆炒得很好,妹妹说要不是它们爆开了,都跟没炒似的,吃完饭,她还要抓一把放口袋里,边玩边吃。

往后的日子,为了不让妹妹得脑膜炎,这道菜就一直没断过。当然,我们也没有其他吃的了,幸运的话,最多能在柴窠里捡出两个鸡蛋来。

3

村里小学只有一到四年级,读五年级就得去邻村,还要上晚自习。我没法再照顾妹妹了,她一个人不敢在家里待,放了学就一直在马路边,要么就被人欺负,要么等我等到自己睡着了,久而久之,得了一个"马路姑娘"的外号。

有时我下了晚自习赶回家,还能在马路上见到睡着了的妹妹。她一醒来就哭,说"好想哥哥",今天又有谁打了她,追着她骂"没有爸爸的叫花子,跑了娘的野杂种"。只要我知道了,不管多晚,都会上门去打架,无论男女老幼,也不讲什么礼义廉耻。

起初有些大人会护着自己的孩子,后来他们发现,那时候的我就像疯子一样,打也打不怕,一旦缠上了还脱不了身,直到他们家的门窗都被我砸烂过,便也知道管着自家孩子了。

别人欺负我妹妹,我能用拳头去打,面对母亲的不负责,我却无能为力。邻居看见妹妹天天睡马路,怕她哪天会被车轧死,也帮过几次。次数多了,母亲抛家弃子的行为终于引起了公愤。

村里的一个奶奶四处托人打听,终于找到了母亲的去处,说母亲是在怀化一个经济林场承包了一片橘子林,借口说橘子都青了,怕有人偷,实在走不开,还反问来人:"孩子他爷爷干嘛去了,一个月什么都不干,领那么多工资,养不了两个小孩?"

大人的事我不懂,但是几天后,母亲到底将妹妹接去了怀化。临行前,我给妹妹炒了一玻璃罐的黄豆,让她带在车上当零食吃,妹妹开心地接了过去:"听说怀化好远,哥哥你放心,我要在车上记得每一条大路小路,要回来看哥哥的,没有钱坐车,就走回来。"

　　可母亲却一把抢过玻璃罐扔往门前的水沟里:"这些东西吃多了不好,你看全是盐。"

　　妹妹就哇哇大哭:"我没有犯错,你为什么要扔掉我的豆子,你看看哥哥的肩膀都红了。"

　　我恨透了母亲,拉紧衣服不让她靠近,又捡起背回来的石头举过头顶,第一次做出一副要与她拼命的架势:"要是妹妹得了脑膜炎,我就去怀化杀了你!"

　　母亲扇了我几耳光,骂骂咧咧地走了:"天底下的坏男人都出在一窝了。"

4

　　学校放寒假后,我实在太想念妹妹,便求同在怀化的亲戚回来接我。妹妹见了我很开心。

　　由于缺乏营养,妹妹头发变黄了,却一直对着我笑嘻嘻的:"哥哥啊,路太难记了,我都不知道这里离家里有多远了。你等一下,我有一份礼物要送给你。"

　　说着,她神神秘秘地从口袋里掏出一块手帕,让我闭上眼睛,说要变个戏法:"叮咚!哥哥睁开眼睛吧!"只见手帕上放着一块金黄色女士表,妹妹爱惜地摸着:"这是机械表,不用上电池的。"

　　我问妹妹哪里来的钱买表,她便带我去了经济林场后面的一个地方,去之前还是故作神秘的样子,说那里是一块宝藏地:"我不但找到了你要的手表,还有钱呢。"

刚到那个地方,我就忍不住想吐——那是一个大型垃圾场,怀化市里的垃圾车一辆辆往这里开,一阵阵呛鼻的味道扑面而来。正好开过来一辆装垃圾的渣土车,只见妹妹和很多大人小孩就一窝蜂地涌了上去,我看着眼前这个对垃圾满是期盼的妹妹,心如刀绞。

妹妹捡回来一双凉鞋,开心地说可以卖 2 毛钱。我抢过那双凉鞋,想把它们扔了,却实在忍不下心来,眼泪止不住地流。见我哭了,妹妹还安慰我:"这一车确实没有什么好东西,看运气的,我不灰心的。"

来到这里我才知道,母亲确实承包了一片林场,还找了一个好吃懒做的男朋友。那个男人只要手头有点钱就花掉,还经常打牌输钱,但母亲却以为自己是遇到了真爱,就算带着妹妹捡垃圾,也不肯离开。

其实我想要块手表这件事,连自己都忘了。

读书时,每天都要早起。家里没有表,有时一觉醒来发现外面月光皎洁,就以为是天亮了,抓起书包就跑,到了学校才发现天又黑了一阵才亮。

我实在太想要一块手表了。有次聊天,堂姐知道了这事,说只要我考试能拿第一,下次打工回来就给我买一块手表。我没日没夜读书,期末总算如愿拿了第一。放寒假后,我每天都去村里的路上等堂姐,等堂姐回来时,却笑着对我说忘了,"明年一定奖励你一块手表。"第二年,我又考了第一,可是她又忘了;第三年还是忘了。我想事不过三吧,就自己躲到米仓里,在手腕上画了一块表。

这事过去好些年了,只有妹妹还记得:"这块表是我捡过最珍贵的东西,虽然不知道它到底值多少钱,但多少钱我都不会卖的,有了它哥哥以后再也不用半夜起床去上学了。"

此时此刻,我再看妹妹,和我一般高了,只是蓬头垢面的样子实在让人心疼。那年过完年,橘子也卖了,我决定和母亲摊牌:"你再不回去,我就去混黑社会,去坐牢。"后来母亲对我说,她当时被我那凶狠的眼神给吓到了,"像个杀人犯。"

只是回到家里没几天,母亲就把妹妹丢到了外婆家,说是每月会给生活费,然后就又跑了。

5

妹妹在外婆家的日子也不好过,每天放学后要放牛喂猪,还有做不完的家务。母亲说好的钱也没有给,外公又是个尖酸刻薄的人,对妹妹自然也没有什么好听的言语。

妹妹说,她唯一的希望就是每周末可以走8公里路回家,碰上我补课没在,就把家里的脏衣服给洗了,再走回外婆家;我却很少去看妹妹,因着父亲的事,外公和祖父有矛盾,对我也多有不满。

一个周六,我在外公家戴着眼镜看电视,他看了我几眼后,便阴阳怪气地说:"你到我面前装什么装,人都没变好就冒充知识分子,戴着一副破眼镜,我连眼睛都给你戳瞎了。"

外公其实是想骂祖父,没地撒气,把脾气发我身上而已。外婆在旁边劝:"外公不让戴,你就把它取下来。"反而是一向唯唯诺诺的妹妹站到了我身边:"外公你是不是喝醉酒了,哥哥眼睛近视了你也要骂?他不是装的。"

外公生气了,立刻让我带着妹妹回那个"上不得台面的狗窝里"去,已是晚上8点了,我和妹妹两个人走了2个小时的夜路才回到自己家。

没想到第二天,祖父发现自己丢了10块钱,堂妹和家里其他孩子非说是亲眼看见我偷的,连买了什么,都编得头头是道。祖父揪住我的衣襟咬着牙根喊:"你要什么我都会给,我的家产都是你的,为了给你铺路,我都想到10年后了,你奈何要做贼!奈何要做贼!"

我没有哭,朝他吼:"我没有偷!"

祖父就用力一耳光扇了过来:"还嘴硬。"

"我就嘴硬了,你能拿我怎样?我没偷。"

啪啪!祖父连续扇了我两个耳光。

我依旧扬起头:"我没偷,你少冤枉人。"

"没教养,竟然一口一个你,看来是白疼你了。"又一个耳光扇了过来。

我数得一清二楚,祖父打完第10个耳光,我流鼻血了,地板、衣领上都是。堂妹和其他孩子吓坏了,立刻改口说是她们看错了:"偷钱的是他妹妹,我们都知道他护妹妹出了名的。"

祖父双手颤抖,要过来摸我的脸。我躲开了,祖父却语气温柔:"满崽,我错怪你了。我知道你是个好崽,'君子不苟求,求必有义。'既然是你妹妹偷了那就偷了,不说了,我不想骂她,更懒得打她。"

我知道妹妹是不会偷钱的,但就照着祖父的样,当着所有人的面大声质问她:"你到底有没有偷钱?"

妹妹说"没有","我昨晚才跟着哥哥从外婆家回来啊!"

"为什么爷爷以前没有丢钱,偏偏你回来钱就丢了?"有小孩反问。见祖父不吭声,一脸厌恶地看着妹妹,我一把揪过妹妹的衣领,一耳光扇了下去:"你要什么哥哥都会给你,命都可以给你,现在要就现在给,但你不能偷东西!"

一连几个耳光,妹妹也不躲,从前母亲打人,还没动手她就会求饶的,可这一次,她只是一遍又一遍地说:"哥哥,我没有偷,你放心。"

我数着打完10个耳光,就抱着妹妹哭:"我知道咱们是无辜的,只能怨你我命苦,爸爸死早了,妈妈不是个东西,有人才看不起我们,才要糟践我们,不给你饭吃。"

这一次,祖父哭了,伸出手要过来抱我:"你这心思这么细,这是在打我的脸啊。"我却转过身,拉着妹妹就往自己家跑。回了家就把门关了起来,任凭祖父怎么劝说都不开。

我隔着门喊,我们家还有黄豆,有数不清的黄豆:"莫说 10 块钱,100 块钱我们兄妹俩都不会放在眼里!"

祖父叹了一口气,从门缝里塞进来 10 块钱:"你不要这么犟,我知道这钱你不会要的。换作是我就会拿,用这点钱再去买点猪肉做个汤,嚼着豆子才更有劲。"

我知道祖父是真的爱我,但我非让他也要接受妹妹,便把门打开了:"我不会做,要不你做,做给我们两个人吃。"

祖父一手抱住我,另一只手向妹妹招:"你也来爷爷怀里。"

我终于开心了,妹妹终于不用东奔西走了。

6

可能祖父真的像自己说的,是有心无力。

几个月后,他中风倒地,没多久人就走了。我摔断了腿,自顾不暇,妹妹又成了众亲戚眼里的烫手山芋。母亲此刻已经嫁了人,便又将妹妹接了过去。

一年除夕,母亲在舅舅的劝说下,把我也接去过年。这些年,没了祖父,房子里只剩我一个了。我不想去,却不知妹妹在继父家过得怎么样,想想自己也该去看看。

大年初一,继父就向我和妹妹发难,说妹妹用小刀在后山的竹子上刻了"人生是一场美丽的梦"几个字:"简直是大逆不道,小小年纪想翻天了。这是什么意思?就是说你们一天做 24 个梦,一下梦这,一下梦那,就是不想安心跟着我,要走就走,别到我这里乱写乱画,只要你妈愿意留下就行。从此以后路归路,桥归桥。"

这可真是"莫须有",话这么说了,妹妹就又没着落了。我心里恨极了母亲,嘴上却求她:"你带着妹妹回家吧,等我腿好了就去打工,养着你,供妹妹读书。"可妹妹却说:"我成绩不好,家里总要有一个有出息的。"

没等过完正月十五,妹妹就坐上了南下广东的车。那年妹妹14岁,一个熟人在那边开了一家五金厂,说是勉强同意她去厂里做事。

3个月后,我接到妹妹的来信,说她发了工资:"别人有五六百一个月,老板说我是小孩,第一个月只给我发了170,第二个月270,我给哥哥寄200块钱读书。哥哥,你不要怪我,只有这点钱,我一点懒都没有偷,和别人干的活都是一样的。"

收到大学录取通知书那天,我没有告诉妹妹,怕她有压力。直到开学2个月后,我想她了才打去电话。妹妹哭了,说:"好,好,就去打钱,我知道哥哥不容易。"

暑假,我也南下打工、探望妹妹,她同事当着我的面劝她:"你不要老是把钱攒着,说什么要给你哥上大学,该给自己买个好手机,买件时髦衣服的。再说了,凭什么要妹妹付出?"

我坐在那里抬不起头。妹妹却笑着说:"我是为了我自己,哥哥有出息,我就活得舒爽。不然现在享受了,以后家里两个人都窝在这里打工,想着气就不顺。"说着掏出600块钱给我:"我知道哥哥在学校也很辛苦地赚钱,我真是为了自己。"

那些年,她都是主动给我买衣服,只要听说我当月没赚到足够的生活费,马上就会把钱给我转过来,后来我住院做手术,又给了我1万块。

她打了近10年工,都没攒下什么钱。

7

2013年腊月,我接到妹妹的电话,说她有男朋友了。当时我正在东南亚教书,听到这个消息非但没有开心,反而莫名焦躁起来。问了妹妹很多东西,她却什么都不说。

年底回来,在继父家我见到了妹妹的男朋友,一个不善言辞的男子,却透着一股精明,什么话都不说,一直看着妹妹。很快,妹妹就说要宣布一件事:"告诉你们,我要结婚了。"

得知他们认识还不到3个月,我向妹妹建议,婚姻不是儿戏,要不等到过年。妹妹看都不看我就回绝了:"我想什么时候结婚,就什么时候结,轮到你来说?"

我当时听了一愣——这么多年,我们兄妹俩一直相依为命,她对我从来都没有用过这样的语气。我很快反应了过来,问她是不是怀孕了。妹妹点头默认,说她想有个家了。

母亲听到这个消息,当场翻脸说"那还得了",继父火上浇油:"你就这样对我女儿?"

家里乱成一团,我跑到屋外躲清静,想着自己的妹妹怎么就要出嫁了呢?

过了一会儿,妹妹带着一件大衣出来了,给我披上后,笑着说:"哥哥,他们都不同意,你得帮我。"我问妹妹是不是真的爱她的男友,妹妹说:"那当然,我不是那么随便的人,他可以的。"我说我没有意见,只是男方因为你怀孕了就想不办酒、不办婚礼,难怪妈妈生气。妹妹大包大揽,说都是她的意思,男方家条件不好,自己也不过是个民工,能省则省。

消息很快就传出去了,不只是母亲和继父反对,其他亲戚也说不妥,妹妹男友还是一言不发,回家后托媒人打了个电话过来,问我们什么时候定日子,他好来接人。

我也生气了:"如果你们是这个态度,妹妹肚子里的孩子可以拿掉的,我不在乎那些什么狗屁名声。"

妹妹还是靠着我的肩膀说:"那个媒人怎么说话的?不过孩子我不拿掉啊。"

我说不会的,就是得给对方一个下马威。

妹妹又说:"下马威我自己早给了,我跟他说了,只要他对我不好,我哥哥就会来接我回去,哪怕我六十了,他也会来接。"

当然了,只要她受一点委屈,我当然会去接她回来。我也支持妹妹的决定,我们兄妹俩的事,不论是哪个亲戚,都没有权利反对——当年妹妹睡马路时,没有见谁出面,现在却都冒了出来,争着给妹妹介绍对象——我也不怕得罪人,妹妹算是我带大的,我不要你们管。

这是妹妹做的选择,我也想让妹妹做一次选择——从小到大,她都没得选,衣食住行全凭天意,被母亲安排着四处漂泊,包括出去打工都是被迫的。

我向男方提了4个要求:不吸毒,不赌博,不打人,勤做事。"丑话说在前头,你们吵吵闹闹我不管,但若是敢碰我妹妹一下,那就是要我的命,那就不好说了。"

大家都不敢再说什么了,妹妹欢欢喜喜地嫁了人。他们结婚那天,我炒了一碗黄豆放桌上留给她,一个人在冰天雪地里出了门。妹妹要出嫁了,我就想出去躲一会儿。

在酒店,我收到了妹妹发来的结婚照片:"谢谢哥哥陪伴我的成长,还好今天哥哥没出现,我一直在笑,我不能哭,肚子里还有个宝宝,生产时哥哥要来。"

妹妹生产那天,在手术室里一直问医生:"哥哥来了没?万一有什么差池,我有事情要托付给他,你们一定要保住我几个小时,直到我哥哥赶过来,我要亲口交代。"

直到我到了门外,她才说不怕了。几小时后,她顺利产下一个女婴。

我开妹妹的玩笑,问到底是什么事。她看着怀里的婴儿说:"我没有读书,你妹夫也没有文化,就想着万一有什么,哥哥你得帮我把孩子培养出来。"

妹妹让我给孩子取个名字,我说叫她"语卿"吧,就是"对你说"的意思,至于说什么,在岁月的长河里,我们每个人都有一些话要对至亲的人说,而那些话,只有我们兄妹俩听得到。

8

这些年,我的日子越过越好了,妹妹却很少向我提过要求。

前几年,我买了一套住宅自己住,还购置了一套公寓给妹妹,就是想告诉她,哥哥现在有能力了,她想回家就随时回,人别被一个地方给困死,她有后盾的。

妹妹却拒不接受:"哥哥,你从来没有欠我什么。你也不要老是给我钱,现在的我和以前的你不一样。以前你是学生,没法赚钱,现在我是大人,没理由找你。"她还说,还是有点担心我:"毕竟我有了家,你还没有,我懂那种滋味的。"

一般情况,只有老公和小孩有事,她才会打我电话。

有一回,妹妹找我借钱,说婆婆患了癌,为了凑医药费,家里连生活费都没有了。我把自己能给的都打了过去,说是借给妹夫的,以后妹夫还钱时,让妹妹留作私房钱。第二天,妹妹就转告妹夫说,哥哥给的那些钱不用还了。

我骂她怎么这么笨,妹妹却说:"我不用留私房钱的,我老公很好,哥哥也好,女儿也乖巧,没有什么后顾之忧的。"

妹妹结婚这么多年了,也是直到这一天,我才给妹夫主动打去电话,末了对他说:"你好福气,你老婆这么在乎你,处处护着你,或者说你也一定很好吧,如今,我才算完全放心地把妹妹交给你。"

妹妹顾着自己的家总是没有错的,生活本该如此,她心里装着爱人,我很欣慰。妹妹结婚后,母亲还曾多有怨言,说她完全变了个人,只顾着那边。我却觉得她没有变,以前她就是这么护着我的。

至于黄豆,再吃起来就是另外一种味道了。我们像嚼黄豆一样嚼烂生活的苦,嚼着嚼着就有甜味了,再回看来时的路,也庆幸我们是蒸不熟、煮不烂的铜豆子。

烈酒结下的安达兄弟

城南巡捕 / 三流写手,二等鹰犬,一身正气

今年的春节格外早,
再一次站在老乌的墓前,墓碑上的老乌依旧英姿勃发。

"阿爸,我想你了。"
乌丽雅苏把烈酒倾倒在墓碑前,又说了一句蒙语,
是思念的话。

父亲颤巍巍地把香烟点燃放在墓碑上,
"老乌,你在那边喝酒抽烟吧,这次不用戒了。"

2020年春节将至,我驾车载着父亲和发小乌丽雅苏来到了草原。公墓就在草原边上,离市区不远。这里白雪皑皑,满目荒凉萧瑟,与城中热闹非凡的节日气氛形成了鲜明的对比。

早年,父亲因酗酒突发脑溢血,留下了右腿失调后遗症。但他严词拒绝我的搀扶,缓慢地爬上了公墓进山的台阶,我和乌丽雅苏只能在他身后慢慢地跟着。

"给老乌的酒带了吗?"父亲驻足休息,突然问我。我在凛冽的寒风中冻得直打哆嗦,颤着声音回道:"放心,一共4瓶,都是烈酒。"

父亲叹了口气,望着远处巍峨的群山,"唉,是个好人,只可惜……"

1

20世纪80年代中期,父亲来到内蒙古武警消防部队服役,和比他大5岁的老乌成了战友。

老乌,全名乌恩其,蒙古族,牧民出身。他单眼皮、国字脸,肤色黝黑,满身腱子肉,1米88的身高,体重有190多斤。老乌从牧区参军,据说入伍前是当地颇具名气的搏克手(蒙古式摔跤),结实的胳膊比我那时候的腰都粗,以至于小时候每每见到老乌,我心里总升腾起一股莫名的恐惧。

父亲入伍时,老乌已有6年军龄了,是标准的基层士兵骨干,也是当时部队里的"专业技术军士"——就是较为稀缺的大型消防救援车驾驶员。彼时的内蒙古,会开车便足以令人羡慕了,会开大型特种车辆,更算得上是稀缺人才。此外,老乌的军事体能在整个支队都是一流的,常在总队比武中获得名次。为此,上级首长破例让老乌带兵"超期服役三年",不然以老乌小学毕业的文化程度,是绝无可能在部队待这么久的。

身为传统的蒙古族汉子,在牧区长大的老乌性格豪放稳重,自然成为战士们中的"老大哥"。那时,负责政工的首长还专门找老乌谈话,让他不要把"江湖习气"带进部队。老乌不以为然,用他的话说,战友本就是安达兄弟,在救援战斗中,只能将性命托付到安达手中——

草原上,和无血缘关系的人结成生死之交后,便为"安达"(蒙语,兄弟)。蒙古人为了自己的安达,是甘愿献出一切的,这份兄弟情谊极其深重。而消防部队是最能结交安达的地方,因为每次出警都要和战友共赴生死。

即使破格留在了部队,只有小学学历的老乌也知道,自己没文化迟早要吃亏。于是,他对当时的"高材生"——高中毕业的我父亲很是尊敬。父亲刚入伍时在中队部当通讯员,同样仗义豪爽的性格,让他们很快相熟。老乌会时不时地让我父亲教他文化课,可惜那蒲扇一般的手握方向盘还行,握笔杆子坐一会儿,就百爪挠心一般。

父亲说,那时候他常打趣老乌,"乌班长,你进火场救人都不怕,学习文化知识咋就看着这么难受?"

老乌的黑脸就乐起来,对父亲嚷嚷:"学习可比救火难多了!让我进火场可以,学习就太难了。小张,你有文化,会有大出息,将来当个干部,留在部队出人头地,我估计退伍后只能回牧区放羊啦。"

父亲知道,老乌是自谦。那时,市消防支队曾专门开会,讨论"让老乌提干当排职干部"的问题,并向自治区总队进行了汇报。这样,老乌转业以后,不仅不用回牧区放羊,还可以留在城里分配工作。当时正值冬天,消防部队日常的工作以理论学习为主,训练较少,老乌得知自己即将提干的消息,专程去附近的老乡家中买了几斤高度散酒,又找了一个大家都轮班休息的日子,拉着几个相熟的老兵开"庆功宴"。

那时候,在部队里喝酒没什么明文禁令。那天在中队食堂,老乌举着60度的草原烈酒说:"我先干了!在我所在的嘎查(内蒙古的牧民聚居区,相当于行政村),我是第一个提干的人,为此,家里杀羊庆祝了好久!光荣啊!"

当时刚到内蒙古的父亲只是抿了一小口草原的烈酒,就感觉从口腔到整个食道都是烧灼感,难受得龇牙咧嘴。老乌笑他:"草原雄鹰展翅飞,一个翅膀挂三杯。小张,男人嘛,是草原上的雄鹰!雄鹰不喝酒,怎么算男人?来来来,干了这杯!"

的确,老乌这只雄鹰,是要开始展翅翱翔了——不久前,他委托我父亲给家里写信,说自己已经成了干部。还向副中队长借了身武警干部的常服,站在自己驾驶的大型消防车前拍了照,把照片放在信里,一同邮寄了回去。没过多久,家里的回信送来了,是嘎查的支书代写的。老乌的额吉(蒙语,母亲)并不认识汉字,支书将信里的内容一字一字地翻译成蒙语念给她听,老人非常高兴,特地委托支书骑自行车跑到几十公里外的县城,找了个照相馆,把老乌穿着军装的照片放了好大,挂在家中。额吉在回信中特地嘱咐老乌,要他在部队踏踏实实地服役,家里有哥哥姐姐照顾,切勿挂心。收到回信,这个粗壮的蒙古族汉子竟躲在被窝里哭了。

"在我们嘎查,谁家的孩子当了解放军,就已经能炫耀好久,更何况我要提干!"老乌连干了三杯酒,大概又想到了额吉,眼圈红红地对我父亲说:"咱们当兵的,顾不得家里,只要咱们在部队干得好,全家都光荣!小张,你有文化,将来考军校,当个干部……"

话说到此,我父亲已经开始觉得房子都转起圈来,这番话都没有听全。三杯烈酒下肚,老乌和其他老兵像没事人一样,聊了会儿天就回了营房,我父亲忍不住去厕所吐了好几次。

怕什么就来什么,那天半夜,中队内突然警铃大作,值班指战员迅速登车赶往火灾现场。

起火点位于传媒大楼,是当时整座城市里唯一的一栋十层建筑。原本轮班休息是不用大家去现场的,但中队里的大型救援云梯车只有老乌一个人能开。所有人心里都清楚,饮酒后不许出现场,如果当时就向中队长坦白,一定会挨处分。无奈之下,老乌只能带队出现场,而父亲作为通讯员,也需要跟随。

"情况不严重,有事我担着。"老乌跟我父亲说。

到达传媒大厦,起火点在6楼,一位在7楼值夜班的工作人员被困在上边,内部情况不清楚,贸然入楼可能会发生危险,于是现场指挥员便让军事素质娴熟的老乌指挥操作云梯车,将受困人员救了下来。

一切进展顺利,只剩下进入楼内查找起火点和灭火两项工作了。消防战士纷纷从车内把水带甩出,父亲是通讯员本不需要参与打水带,可他年轻气盛,想和战友一同战斗,便上前帮着拉水带试压。因为喝了酒,水带没端稳,强烈的水压将水带头反射了过来,父亲下意识用胳膊去挡,一阵剧痛袭来,他的胳膊被水带头生生地砸弯了。

父亲被送到医院,左臂粉碎性骨折。这一下,饮酒后出现场的事没能瞒住,父亲、老乌连同当晚一起喝酒的几个老兵都受了处分。老乌执意认为是自己组织战友喝酒才导致的事故,过错在自己,不能连累兄弟,他主动承担了主要责任。

事后,部队领导只批准老乌继续超期服役,提干的事再也没人提起。

老乌消沉了很长一段时间,父亲心里很内疚,出院后,他去找老乌承认错误。老乌追悔莫及,却也安慰他:"小张,你不用多想,责任在我。这是教训啊,军纪是铁打的,绝对不能违反。"

"可你提干的事也耽误了,怎么向家里交代?"

"没事,干部和战士都是兵,在部队好好干也能有出息。"老乌安慰父亲,更像是在安慰自己,"我这也耽误了你入党的事啊。"——当时父亲的入党申请书刚交上去,还在考察期。

2

此事过去4个月左右,老乌的探亲假被批准了,他可以回牧区看望额吉了。但老乌却大方地将自己的探亲假轮给了一个天津籍的老兵,并对外称这个战友好久没回家了,自己才将探亲假让给他。私下里,老乌对我父亲说:"提干的牛已经吹出去了,现在我额吉是整个嘎查的荣耀。现在回去说自己在部队犯了错误,没有提干,还有什么脸面?"

中队长和教导员还是给老乌批了3天假,让他出去放松放松心情。出了营房,老乌就一头钻进小饭馆,喝了3天大酒,最后还是父亲叫了战友把烂醉如泥的他给抬了回来。

时间匆匆,就在老乌退伍前,又经历了一场难忘的火灾——市南郊某工厂夜间突发大火,不少工人被困在了火场中。

当时的工厂消防设施并不完善,消防车救援全靠自身携带的水源。由于火势大,现场温度高,我父亲便指挥有战斗经验的老兵在火线前排喷水压制火势,新兵们则站在后面,向火线前的战友们身上喷水,给他们降温。

很快,水罐车里的存水就用完了,火势还没压制住。老乌急中生智,说距离火场不远的地方有条河,可以从河中引水灭火。不过这个工厂常年往这条河里排污,整条河腥臭无比,污水中的杂质也可能阻塞水带损坏设备;但如果什么都不做,原地等待支援,那些被困人员很有可能因浓烟中毒,死在火场里。

人命关天,中队长同意了老乌的作战方案,让他带队去引水。可老乌转过身来,却让我父亲带队去引水,他要和中队长一起在现场实施救援——虽然只是警士,但老乌的服役年限最长、经验最丰富,留在现场更能发挥作用。

河里恶臭的污水及时压制住了火势,战友们趁机救出了被困人员。奋战整整6个小时后,大火终于被扑灭,被困人员虽然有不同程度的受伤,但没有人遇难。等父亲回到现场,战友们正在进行收尾工作,看上去却都不太高兴。父亲一问才知道,山西兵梁子受伤了,已经被送往医院。

原来,水管接通后,火势得到了压制,老乌提出组织突击队进入火场救人。当时,那些被困的工人几乎都要绝望了,一见到消防员就以为自己已经顺利脱险,完全不听指挥向外猛冲。老兵梁子为了追一个不听指挥的工人,在混乱中不幸伤了腿。医生检查后说梁子伤到了肌腱,短时间内无法痊愈,只能选择提前退伍。

老乌一心认为,这次是自己指挥不当才导致战友受伤。父亲前去安慰,没想到老乌没说两句,就哭了出来:"是我要组织突击队抢攻救人的!梁子家庭条件不好,只是个三年兵,从农村入伍,这负伤后退役,他家里可怎么办啊?"

"谁也不能预料到火场里的危险,你没有责任,也不必自责……"父亲的话没说完,便被老乌打断:"我有私心啊!想着进火场救人立功,能提干,没想到却连累了兄弟!我对不起他啊……"老乌沙哑的嗓子发出的哭声很难听,父亲只能继续安慰说,当时如果他不组织突击队救人,也会有别的战斗组去救,毕竟都是用命换命的军人,谁都不必内疚。

可任凭父亲怎么劝,老乌都不听。

事后,消防支队对所有参战消防指战员进行了表彰。由于老乌急中生智引污水灭火,救出不少受困人员,被授予二等功;负伤的梁子被授予三等功,会按照"因伤退役"在老家给他安排工作。

虽然梁子在老家的工作还不错,但是老乌仍然认为,梁子负伤是因为自己想提干的"私心"。于是,他费尽周折给支队写报告,说这个二等功应该给梁子——当时在部队,二等功就意味着有机会直接提干当军官,而老乌的做法,相当于主动放弃了提干的机会——最后,支队党委尊重老乌的意见,将二等功授予了梁子。而老乌则服役期满,等待转业。

等到冬天,老乌的转业命令下达,中队给他们这批退伍老兵开欢送会。彼时的父亲已酒量大增,挨个给退伍老兵敬酒,老乌一直一言不发,独自喝干一瓶烈酒后,蜷缩在桌下又大哭了起来。

3

老乌退伍后就地转业,成为某外事部门的专职司机,他跟父亲说:"没脸回家了,要在城里混出个人样。"

因蒙语汉语兼通,老乌不但当司机,有时还兼任蒙汉翻译。每当有蒙古国的外宾到来,领导总会让老乌出车,也因着好酒量和洒脱的性格,他深受领导重用。很快,老乌就升了副科,成了家。他的妻子是一名教师,也是蒙古族人。两人生了一个女儿,便是乌丽雅苏。

生活逐渐安定下来,老乌依旧怀念部队,经常带着家人回部队"探亲",也会抽空和我父亲一起喝点小酒。原以为老乌已算"混出个人样"了,没想到有一次,他却告诉父亲,自己想辞职下海,"草原雄鹰不会被困在舒适的小环境中,相比于咱们部队救火牺牲的战友,我有啥理由待在这么舒服的单位里混日子,每天和外宾喝酒?"

没多久,老乌就辞职了,开始向蒙古国和俄罗斯贩运国内的口香糖和卫生纸,以及内蒙古特产的棉毛制品,很快攒下了几十万,成为90年代"最先富起来"的那一批人。后来,老乌又买了一辆大客车,自己当司机,做起了客运生意,红火一时。

过了两年,我父亲也光荣退伍,和几个战友一起就地分配至本市某军工企业保卫科担任保卫干事。老乌拉着我父亲喝了好几顿大酒,邀请他一起做客运生意。可我爷爷却不同意父亲辞去稳定的工作去经商,老乌因此很是失望,只能买了部队家属院附近的房子,希望自己能离战友们近一点。

那时候,我父亲的酒量已经十分了得了,几乎每天都要和几个老战友聚在一起喝酒、聊天,大吃炖肉。每次老乌和父亲外出喝酒,老乌的妻子就会带着乌丽雅苏来我家等到很晚,直到二人醉醺醺地回来。母亲和老乌的妻子十分不满,但都被老乌以蒙古人有喝酒的传统搪塞了过去——毕竟老一辈的蒙古族当中,几乎没有不喝酒的人。

2003年,老乌名下已有5辆大型客车了,客运线路也拓展到了陕西、山西。他招募了不少驾驶技术过硬的司机,又从老家雇了个老乡负责总管。

那一年,国营工厂下岗已临近结束,我父亲作为最后一批"买断工龄"的下岗职工面临着再就业的问题。老乌再次邀请父亲去帮他打理客运生意。很快,父亲便发现,老乌请来的这个老乡竟然贪污长途车票钱。老乌知道以后很生气,但看重兄弟情谊的他并没有立即开除这个老乡,只是让他从管理人员变成了司机,而客运账目和运营都交给了自己的妻子专职管理。

自从老乌和我父亲又成了"同事",两人几乎每天都是酒局不断。等我父亲也买了一辆车跑长途客运后,母亲越发担心,开始每天和醉酒的父亲吵架。老乌的妻子也实在忍受不了老乌酗酒,"离婚"这个词开始频繁地出现在我和乌丽雅苏的世界里。

那一年,我上六年级,乌丽雅苏已经是个高中生了,每天都像姐姐似的带着我,躲到外边去写作业。我曾问她:"姐姐,为啥男人们就喜欢喝酒呢?"

"在古代,草原上的男人只负责打仗和喝酒,家里的一切都交给女人来做。"

"那不打仗的时候呢?"

"那就只剩下喝酒了……"乌丽雅苏叹道,"这是观念的问题,不论是蒙人,还是汉人,还是存在着一种思维,认为男人挣钱养家就该出去喝酒,女人不能说,也不能抱怨,只能默默地照顾家庭。可时代在进步,咱们这一辈可能很少有这种思维了,但我阿爸的思维,怕是很难再变……"

老乌当然不这么认为,那时每当我父母吵架的时候,他都会跑来劝我母亲,"弟妹,咱们受到长生天眷顾,生活富足美满,应该要享受生活,酒嘛,水嘛,喝嘛,高兴嘛!"话说完,还不忘补充乌丽雅苏也到了能喝酒的年龄了,作为蒙古族女孩,也应该学着喝酒。

母亲听罢,气得瞪了老乌一眼,转身便走。很快,我父母就分了居。

4

那真是一段煎熬的日子。年幼的我生怕父母离婚,每天盼着父亲回家;但我又极度厌烦父母频繁的争吵,觉得他们真离了,也清静了。

在这样的矛盾中挣扎了许久,突然有一天,父亲跑回了家,我还没顾得上高兴,父亲便对母亲说:"老乌出事了!"说完他还问母亲要存折,"这次的事出大了,咱们要帮他……儿子,你专心留在家里。"说罢,父亲就拉着母亲出了门。

我隐约觉得,这个事情肯定和喝酒脱不开干系。

那天,母亲直到深夜才回来,说老乌酒驾出了车祸,人在医院,他的妻子当场身亡。

当我再次见到老乌和乌丽雅苏时,已是半年以后的事了。老乌全然没有了当年意气风发的神采,他穿着一件灰旧的外套,拄着双拐,提着一个红塑料袋,在乌丽雅苏搀扶下,慢慢地挪进了门。

母亲赶忙上前搀扶,安顿他坐下,又把茶递了过去。老乌坐在沙发上,胡子拉碴,满脸的失魂落魄,对着母亲说道:"嫂子,老张今天出车去了,我先把钱给你吧。"

说罢,他颤巍巍地从红塑料袋里摸出几万块现金放在茶几上,母亲赶忙阻拦:"老乌,你这是做什么?现在你也用钱,等啥时候宽裕了再给也不迟!"

老乌却执意要把钱留下:"嫂子,当初没听你劝,我也不长记性,丢脸啊!现在还用了你家的钱,更是丢脸!这是一半,钱你一定要拿上,剩下的年后把我那2个车卖了就能还。早就听老张说想买房,因为我这事也耽误了……"

说罢,老乌又看向自己的女儿,苦笑道:"乌丽雅苏是女孩儿,将来出嫁,我还能拿点彩礼呢!"我也看着乌丽雅苏,这半年她应该经历了不少事,我不想听大人们聊天,便拉着乌丽雅苏去了书房,这才知道,老乌的车祸,并不是他亲自开车,却又和他脱不开关系。

老乌名下的长途车都是在夏天统一上保险的。运营车辆保险手续繁杂,那天,老乌和妻子开着自家的小轿车叫着老乡和另一名司机同去保险公司办理手续。

事后,老乌邀请老乡和司机去吃手把肉。对于蒙古人来说,吃肉必须要喝酒,老乌和老乡每人点了一瓶,剩下的那名汉族司机也经不住老乌劝,喝了酒。因为还要开车,老乌妻子怕出事,一直劝他别喝了。可老乌就是不听,反倒嫌妻子多事,说自己的驾驶技术绝对没问题,三人喝完酒已经到了深夜,老乌一个人就喝了近2斤的白酒,另一名司机已经喝得醉如烂泥,只有那老乡喝得最少。因为老乌的妻子不会开车,老乡便主动坐在了驾驶位上。

彼时,我们这个城市正高速发展,街面上四处施工。白天还平整的道路,到了晚上可能已经挖出了深沟,车开出没多远,他们便连车带人栽进了沟里。轿车直接倒扎在两根铁管中间,老乌的妻子当场没了呼吸,老乌的双腿被卡在变形的车里拔不出来,另一名司机生死未卜。

开车的老乡侥幸从车窗钻出来后,哆嗦着打了120和119求助。他心知醉驾要判刑赔款,竟消失在茫茫的夜色里。最后,老乌妻子因抢救无效死亡,另一名司机颅内损伤成了植物人,老乌双腿骨折,躺在医院的床上万念俱灰。

那天,老乌趁医生不注意,把玻璃输液瓶拽下来摔碎,想用玻璃碴子割颈自杀,幸亏被医生及时发现。父亲赶到医院后,拉着老乌做了好久的思想工作,才勉强让他放弃自杀的念头,老老实实地接受了手术。

因系酒驾出事,保险公司拒赔,另一位司机的家属跑来索要赔偿。那时候,老乌刚投资买了一辆新大巴,家中剩余的钱不够,父亲才趁着老乌做手术,回到家中向母亲索要存款。

老乌在医院住了将近2个月,其间收到了法院的传票。

那个畏罪潜逃的老乡很快就被公安机关抓获,但他家庭贫困没有钱赔偿,只是被判了刑。变成植物人的司机的家属走投无路,起诉了老乌,有人劝老乌,他其实只需要承担连带责任,不用赔那么多,但老乌心里过意不去,觉得是自己将安达害成了植物人。

老乌将自己辛辛苦苦建立的3趟长途车线路和车辆低价出售,连同家里的存款和我父亲借给他的钱,全部支付了赔偿金。出院后,老乌又把自己手上剩余的线路和车辆都卖了,想还我家的钱。老乌性格要强,趁着我父亲不在的时候才来我家还钱,也是怕父亲不肯接受。

"咱们的战友情谊,还不值这十几万块钱吗?不用着急还钱。"父亲怕老乌想不开再次自杀,便经常在下班后带着我,去他家待着。

"老张,你也不富裕,我现在已经无欲无求了,要钱也没用。"此时,老乌的双腿已经恢复得差不多了,但留下了后遗症,没法再开车。他十分颓丧:"我年轻的时候救下不少人,应该积了不少德。可为什么现在死了老婆,自己也变成了一无是处的废物……我不再受到长生天庇佑了。"

父亲刚要安慰,老乌突然转过头,冲着窗外声嘶力竭地喊:"为什么?为什么我当年没有死在火场里,而是变成这种活法?!去你妈腾格里,去你妈的老天爷!"

这一声怒吼,不但把父亲吓了一跳,乌丽雅苏更是一下就哭了出来。

5

生活总还是要继续的。

战友给老乌找了一份值夜班的工作,工资虽不算高,但胜在清闲,老乌和女儿的生活也还算过得去。父亲也卖掉了客运线路,老老实实找了家企业上班。不久之后,乌丽雅苏以优异的成绩考进了北京的大学。

所有人都在跟着时代往前跑,只有老乌还停留在出车祸的那天。

他每晚都炖一小锅羊肉,对着亡妻的照片喝酒。很快,曾做了手术的双腿开始溃烂,但老乌执意不去医院,依然酗酒,父亲又去劝,老乌说:"老张,你是个好人,可我已经废了,去不去医院,又有什么用呢?乌丽雅苏在北京上学,也算是出人头地,我也没啥意义再活着了,又他妈的不敢死。不去医院,早死早超生。"

草原上的雄鹰翅膀断了,开始怀疑人生、怨恨世界,借着酒精,将所有的愤怒和无奈都发泄在虚无的长生天身上。父亲执意让老乌去医院,老乌却始终不肯。

2010年年底,父亲在和战友聚餐时突发脑溢血,被送到医院。当我和母亲得到消息赶到医院时,医生向我们出具了病危通知书,母亲颤抖着在上面签了字。医生告诉我,父亲的脑溢血,和他长期酗酒和喜欢吃手把肉有关。因为内蒙古地区的饮酒和饮食习惯,脑血管病发病率在全国名列前茅,医生让我和母亲做好心理准备。

所幸,经过一夜的抢救,父亲脱离了危险,第二天就能说话了,只是口舌不清,还伴有右手、右腿失态。他清醒后的第一件事,就是要联系老乌。

躺在病床上,父亲人着舌头,"乌鲁乌鲁"地对老乌和其他战友们说:"当年你带我喝酒……现在咱们一起戒吧,你我都栽到了酒肉上,今天战友们都在,一起做个见证……"

战友们纷纷表示以后再也不喝酒了,哪怕是天王老子来了,也不喝。老乌看着病床上的人,终于被触动了,他不但戒了酒,还主动去医院接受治疗。只是病情耽误得太久,老乌的双腿被切了很大一片肌肉,只能拄着双拐行走了。

出院后的父亲也丧失了劳动能力,和老乌一起评定了伤残等级,向社保部门申请了病退,在家疗养。

当年同生共死的老战友,又一起以这样的姿态,相互搀扶着,在小区里一瘸一拐地遛着弯。

时间忽然慢了下来,乌丽雅苏大学毕业,在北京找了一份很不错的工作,收入可观,是老乌最大的骄傲;我入了伍,退伍后就回到了小城;老乌和父亲每日遛弯钓鱼,平淡地生活。

距离2016年春节还有半个月,老乌走了。突发心脏病,走得很着急。乌丽雅苏还在回乡的路上,我作为唯一的晚辈,只得按照汉族的传统为他购买寿衣,并联系了殡仪馆和火葬场。

其实,按照蒙古人的传统,人去世后应放在勒勒车上,拉进草原,让狼群将死去的人天葬,魂归腾格里——但在这个时代,已没有这样的机会了。

老乌的葬礼就在3天后,只有几个要好的战友和朋友来到殡仪馆进行遗体告别。遗像是老乌当年士兵证上的照片,放大后摆在灵台上。

乌丽雅苏站在一旁,泣不成声。我想上前安慰,却说不出一句安慰的话,憋了好久,才想出一句:"乌叔叔的灵魂会庇佑你的,他已经和长生天达成了和解……"

尾　声

今年的春节格外早,再一次站在老乌的墓前,墓碑上的老乌依旧英姿勃发。

"阿爸,我想你了。"乌丽雅苏把烈酒倾倒在墓碑前,又说了一句蒙语,是思念的话。

父亲颤巍巍地把香烟点燃放在墓碑上,"老乌,你在那边喝酒抽烟吧,这次不用戒了。"

我看着老乌的照片,眼前走马灯似的回忆他的一生。

我想,他在生命的最后几年里,应该已经和长生天达成了和解,也原谅了自己吧。或许,老一辈草原人的归宿都是相同的,烈酒只是载体,喝下去的,是每个人想要积极努力奋斗的人生。

愿长生天庇佑老乌高傲善良的灵魂。

古镇妇人那杯薄荷茶，我念了18年

刚好有得聊 / 永远年轻，永远热泪盈眶

那晚，说了许多话，
喝了好多薄荷茶，
不知道为什么，
感觉像生离死别一样，

现在想起来，
人这一辈子，交集可能过去了，
就一辈子都找不回来了。

1

18年前,我大学毕业。坐了三十几个小时的绿皮火车,转中巴,再打出租,花了近1个小时,才来到了浙江一个叫沈荡的小镇上,开始了我的第一份正式工作。

彼时,愿意到小镇上民营企业工作的大学生还不多,公司为了表示对人才的重视,提前给我租了一间两室一厅的房子,甚至还买了新的床垫被套等以便"拎包入住"。我住的地方是一栋老式的单元楼,离工厂不远,挨着一条小河,有供洗衣淘米的河埠头和弯弯扭扭的石阶。河对岸是一条老街,平常也少有人走,有时从老街上经过,老是觉得旁边年深日久的瓦檐在向你压过来,是典型的一个江浙小镇。

在公司时间稍长些后,我慢慢从本地的同事处得知,这栋楼里还住了两户人家,一家是旁边门洞5楼的沈婆婆,另外一家,就是住在3楼的章阿姨。但我还没见过她们。

职工大都是本地人,因此工厂早上7点半上班,下午4点半就下班了。小镇上也没什么去处,大多数时间我就在房间里将自己带来的几本小说和专业英语书翻个滚瓜烂熟,直到窗台上的光线慢慢地变得暗下来,再枕着窗边的风早早睡去。

这天下了班,我准备出去找小鲍——他是我隔壁质检部门的同事,比我早来半年,自己租住在街上,因为是老乡,我俩比其他人走得近些。

刚出黑乎乎的门洞,迎面差点撞上一人,对方吓得"哎哟"一声。我定睛一看,是一位年纪约莫50岁的中年妇女,手里提着一条鱼和一些蔬菜。

我赶忙道歉,她却兀自伏着胸口,说吓了一跳,又上下打量我,说:"你就是那个分来的大学生,在旁边工厂上班的?"

我赶紧点点头,在她的注视下有些不好意思,说:"您是章……阿姨吧,同事跟我说起过。不要叫什么大学生,叫我小张吧。"

章阿姨笑了笑,眼角的鱼尾纹显得和气亲切,说:"好,小张,住进来有一段时间了吧,啥茬光(啥时候)过来坐坐啊!"

我胡乱点点头,嗯嗯地答应着,但之后很长的一段时间,却并没有赴约。一是自己初来乍到,也不知道会待多久,别人只是礼节性地客气,想来也不用太当真;二是我当时正在与女朋友(我高中的初恋)闹分手,除了上班,确实没有心情去做其他事情。

我和女友吵架的导火线,就是她希望我辞职回武汉,与她一起留在大学所在的省城——她复读了,还有一年才毕业,而我觉得长三角的机会更多,刚刚过来,珍惜这第一份工作,希望能积累经验,后图发展。

我俩谁也说服不了对方,电话中没有结果的争执也越来越频繁。距离可能会产生美,但对于分隔两地的情侣来说却是无法逾越的鸿沟,苦闷和迷茫日深,我出去找小鲍喝酒吹牛的次数也多了起来。

喝多了,他跳上河边的石凳子,大声背诵"天将降大任于斯人也,必先苦其心志劳其筋骨",我则更加豪情万丈,觉得现在的一切都不算什么,坚信只要有个支点,我他妈能撬动整个银河系。

但每次喝酒回来,沿着河边斑驳的墙,走在长满野草的青石板小道上,颓然又加倍袭来。

2

一转眼已经是 9 月,我来沈荡将近半年了。

这天下班回到家,我百无聊赖地站在窗台边发呆,犹豫着到哪里去打发这个晚上。章阿姨拎着拖把回来,可能是刚刚拿到河边洗过。她走进小院抬头一眼就看到了我,说:"是小张啊,今天下班有事儿吗?"

我随口回答说"没事"。

"那侬就到家里来吃'弯转'。"章阿姨笑眯眯的,我没明白她说的是什么,但这种亲切感一下子就让人无法回绝。

我没有再拒绝,换了一件衣服准备下楼,临出门,突然想到,这样空手恐怕是不合适的,随即折回来,拿了两盒孝感麻糖——这是女友从武汉寄过来的,但一直没想起来吃。

章阿姨家就在隔壁楼栋的 3 楼,门开着,正对着一个靠窗的方桌,一个花季少女正在摆桌子,听到动静,转过身来朝我笑一笑,对在厨房忙活的章阿姨说:"姆妈,客人来了。"

章阿姨从厨房出来,双手在围裙上擦了擦,笑着说:"小张来了,快坐快坐。"转头吩咐:"娟子,侬给小张叔叔泡点茶。"

说话间,小姑娘早就从餐边柜掏出一个小玻璃罐子,撮了小把翠绿的叶子,开水倒上放在我面前。翠绿的叶子好像刚刚摘回来的,在透明的玻璃杯里面翻转沉降,一股清凉的香味扑鼻而来。

"这是什么茶啊,真香。"我由衷地感叹。

小姑娘调皮地朝窗外努努嘴:"薄荷茶,我妈妈自己种的。"

这是我第一次喝到薄荷茶,它叶子轻盈,翠绿的颜色在明亮的玻璃杯里面异常干净,清凉的味道沁人心脾,一下子就让人倍觉清爽。

我喝着茶,打量着这个家:一室一厅的格局,进门就是一个小客厅,一个老式的餐边柜上面放着一面时钟;靠窗摆着一张方桌,尽管铺了桌布,也还是能看出底下黑黑的木头;连着客厅的一头是小小的厨房和卫生间,另一头是卧室和阳台。屋子里陈设简单,甚至可以说简陋,但这丝毫不影响这个小屋子温馨的气氛——厨房锅里的油滋滋地响着,炉子上的开水冒着白气,章阿姨手脚利落在忙活。

很快菜就上桌了。清蒸的鲈鱼,放了葱花,清水虾,炒花蛤,香气扑鼻,还有小青菜,马兰头,豆腐汤,外加一点花生米和酱瓜。章阿姨从柜子里拿出了一瓶还未开封的黄酒,竟然,还有一碟切成四瓣的月饼。

我正诧异,章阿姨笑了:"小张,今天是中秋节,在你们老家是怎么过的呢?"

哦,我真的忘了,八月十五,团圆的日子。在遥远的人生地不熟的异乡,在离家千里之外的这偏僻一角,这满桌的菜和笑脸,让我心里陡然生出一阵暖意。

饭桌上,我知道了章阿姨的女儿娟子在海盐县城读高一,寄宿,一个礼拜回来一次。章阿姨经历过一场失败的婚姻,身体不好,没有工作,时常打点零工,又要负担女儿的学习和生活,想来是极为不易。但这几次见面,她常常是笑着的,看不出有丝毫的抱怨。

菜的味道很清淡,是典型的江浙菜,我还破天荒尝试喝了点黄酒,有点晕乎。吃完饭,时间还早,我们来到前面小阳台上喝茶赏月。月亮升起来了,在澄清的天空中高悬,往远处看过去,是月光下的屋顶,宁静美丽。

阳台太小,坐不下3个人,章阿姨就坐在门里面靠着门栏,轻轻喟叹着说:"你们多么年轻啊,我像你们这么大的时候什么都不懂,时间过得可真快,一晃20年过去了,想想好像是昨天才发生的事,想不通啊。"随即她又笑了,仿佛有些不好意思,"时间过得快,一年又一年,做梦样的,娟子都这么大了。"

娟子嗔怪叫了一声"妈"。在月光下,章阿姨似乎沉浸在过去的回忆里,眼里闪着少女般的光芒。茶在玻璃杯里面安静地躺着,清凉的味道依然沁人心脾,蟋蟀又在不知名的角落开始叫了。

娟子每个周末回家来,章阿姨几乎都会让她过来叫我一起吃饭。她们母女生活不容易,我也帮不上什么忙,不好意思总是去蹭饭,可推托几次,章阿姨还是坚持叫我,我也就不好每次都推托了。我把家里给我寄的干鱼、爱吃的腐乳和咸菜也带过去。有些时候,如果中午食堂的菜比较好,我也会多打包一份带回来。

一来二去,我们开始熟悉起来。

不得不说,章阿姨非常能干,她在楼下墙角种了好几盆薄荷,长势喜人,都有接近窗台那么高了,蓬头郁郁葱葱,随便摘几片叶子,就有现成的新鲜茶喝;也可以在锅子里文火稍微焙一焙,风干后的叶子呈现暗暗的焦绿色,不好看,喝起来却有了另外一种烟火气息。

偶尔,她也到河沿去找螺蛳,清水泡一天,洗净,加上大蒜、葱花、黄酒大火爆炒,汤汁文火收一收,吃起来里面没有丝毫的腥味和泥沙;她在河边开辟了一小块地,用低矮的小竹片围起来防止鸡啄,里面种了青菜、黄瓜、西红柿和辣椒,几乎都不用去街上买菜。

我一如既往上班下班,日子一天天还是那样过去,但心里却不再觉得苦闷孤独,似乎觉得与这里慢慢有了某种联系。

3

一天周末下班,娟子过来找我,说楼上沈婆婆有个东西要搬,问我能不能一起去。

沈婆婆我只见过一面,严格来说,还是从楼上往下看到的背影。她穿着黑色碎花的上衣,慢慢地走出小院,体态从容,不像普通的乡下老太太,但似乎很少下楼,我来了这么久,几乎都没见过她。

带了好奇心,我随着娟子敲开了5楼的门。

"谁呀?"门打开了,一个戴着老花镜、约莫七旬的老人,拿着报纸给我们开了门,"哦,娟子呀,侬进来。"

"这是你姆妈提到的小张吧,侬格个大学生?"沈婆婆摘下眼镜,"不好意思哟,劳烦你们。"

沈婆婆家的格局与章阿姨家是一样的,只不过东西要丰富许多,实木的餐桌一看就是上了年纪,闪着幽幽的光芒;电视柜、茶几上虽然堆满了书和杂志,但铺着干净的桌布,一尘不染;冰箱上面的猫头鹰时钟坚定有力地咔咔走着,窗明几净。

她的书压垮了卧室里面的书架,她一个人扶不起来,懒得去叫她在镇上的儿子,因此找了娟子帮忙。我们收拾了她的书和杂物,一并归拢起来,然后将断了横梁的书架慢慢抬出来。老人的床上也很简单,被子叠得整齐,床沿还铺着白色碎花的床裙。在乡下这样干净的老人是不常见的,我暗自想,看沈婆婆的穿着和谈吐,应该是以前读过私塾吧。

收拾完了,沈婆婆请我们坐坐,同样给我们冲泡了两杯薄荷茶,茶杯是正儿八经的青花瓷杯子,很讲究。

"娟子侬跟姆妈讲,让伊不要再给我送薄荷了,我一个老太婆这么多也喝不完啊。"她笑着对娟子说。

"沈婆婆,说过了呀。"娟子调皮地冲我眨了眨眼,"我妈不听我的,小张叔叔都可以作证。"

我也笑了。

当沈婆婆听说我老家是武汉时,眼里似乎放出光芒,一下子来了精神:"'故人西辞黄鹤楼,烟花三月下扬州。'武汉好啊,都多少年了,我还是像娟子这么大的时候,沿着长江坐船经过武汉,武汉太大了,汉阳的媳妇武昌的伢,小吃也多,热干面,三鲜豆皮,还有蛋酒烧卖,对不对?"

我很好奇沈婆婆的身世,但初次过来,也不便深问。坐了一会儿,我便起身告辞,沈婆婆不多挽留,只是说:"小张,有空到沈婆婆这里来坐坐啊,娟子也来,几天不见,都大姑娘了。"

出了门,娟子对我说,沈婆婆其实很厉害,她有两个儿子,一个据说在上海当官,一个就住在镇上,时不时回来看她。上次,听说上海的儿子过来接她,好像她不愿意,不知道怎么闹起来了,沈婆婆赌了气,两个四五十岁的儿子就跪在地上,声泪俱下半个小时都没能起来。

后来,很长一段时间都没有人再过来,也没能看到沈婆婆,一度以为她不住在这里了,再后来,沈婆婆开始出来了,一次见到章阿姨,还抱怨,说骂了儿子们,"这是我的地,他们看不上,我却是死,也要死在这里的。"

不知道其中会有什么样的原因,总之,沈婆婆确实成了我心里谜一样的存在。

4

日子一页页翻过去,工作开始得心应手,不知不觉我已经在这里待了一年了。

一天在公司加班到9点,回来后我胡乱洗洗,准备上床睡觉了。突然,门被急促地擂响了。我的住处白天都没什么人过来,这么晚了究竟会是谁呢?我拉开门,娟子正喘着气:"快,他们打架了,打我妈妈……"

来不及多想,我一边穿上鞋,一边问:"谁?怎么了?"娟子也说不上,只说"快、快",我三步并作两步跑下楼,推开章阿姨家的门,眼前的一幕几乎让我气炸了:

一个男人正光着膀子骑在章阿姨身上,捶打着她的脸,章阿姨侧着头,死命护住了上身,挣扎着叫着,我一个箭步上前,一把攥住了往下落的拳头,顺势把男人从章阿姨身上扯下来:"住手,干嘛打人?!"

那男人很恼:"你他妈又是谁啊,管得了我教训自己老婆吗?"

我一下子愣了——章阿姨不是说离婚了吗?这时,在我身后赶来的娟子叫了声:"他不是!"

男人转头威胁道:"你个小婊子养的,用老子的钱,不认老子,贱货!"

"你嘴巴给放干净点,否则别怪我不客气!"我厉声喝道,顺手抄起餐边柜上的一个短擀面杖,往前一步跨到他面前,这个男人身材瘦小,我高他一头,我想着,如果他敢再进一步,我他妈非打得他头破血流不可。

男人眼里闪过一丝胆怯,慢慢地扯过旁边的衬衣披在身上,嘴巴里依旧骂骂咧咧:"好啊,有人撑腰了——你等着,老子就不信有人能撑你一辈子。"

他恨恨地盯了我一眼,我也斜着眼盯着他。他顿了顿,转身从我身旁挤了出去,砰的一声甩门下楼了。一会儿,楼下就传来摩托车发动的声音,声音渐行渐远。

我松了一口气。娟子早将章阿姨扶了起来,她上衣被扯破了,头发散乱,左边脸肿了起来,脖子有一道被掐出的红印子。娟子默默地帮母亲找回鞋子穿上,又扶她坐了下来。

"小张,让你见笑了,这些丑事。"章阿姨凄然一笑,我这才发现她嘴角也破了,"这都是我造的孽啊,连累了女儿。"

娟子默默地倒了两杯茶,我也找地方坐了下来,满是疑惑地望着章阿姨。在章阿姨断断续续的讲述中,我才知道,这个男人原来是章阿姨的"男朋友",他们是在买菜的时候认识的,男人在菜场的东头有个摊位,起先人很好,总是主动抹点零头甚至不要钱,后来还时不时送些菜和肉过来,一来二去就慢慢熟了。

男人是本地人,因为爱赌博,老婆受不了跟人跑了,同样失败的婚姻让两人有了些共同话题。小镇上风言风语多,章阿姨带着女儿,孤儿寡母生活不容易，心理上也想有个依靠，可这个男人身体虽瘦小，脾气却暴躁，发现了这一点后，章阿姨担心会对娟子不利，就迟迟没有下决心跟他领证。

时间久了，那个男人索性不再提结婚的事情，只是时不时晚上会过来。这一晚，因为娟子在家，章阿姨说不方便，但那个男人不管不顾，想要霸王硬上弓，遭到拒绝后他恼羞成怒，就动起手来。

而这，也不是第一次了。

那时年轻气盛的我，以为爱情就是轰轰烈烈的，哪里能理解一个带着女儿、独自生活的中年妇女的尴尬，更无法体会到身边也有这么多不堪和无奈。章阿姨近乎叹息式地说说停停，我却不知道该说什么，娟子就坐在一旁的矮凳子上，捧着茶低着头。

夜晚的风起来了，河边有一只不知名的鸟开始叫起来，呀——呀——，黑夜如墨。

5

经历了这些事情，我和章阿姨一家关系反而更加深了一步。章阿姨一如既往地让我到她家去吃饭，我出差也会带一点各处的土特产回来送给她们。我和娟子也开始熟络起来，她上高二了，很快就要面临着考大学。

娟子乖巧懂事，每每敲我门的时候，都是静静地敲一会儿，隔一会儿再敲，似乎是在试探我是不是在房间里面。她在我面前慢慢地变得调皮了，要么给我茶叶上贴上一张画着鬼脸的纸条，让我过去一块吃饭，要么书中夹带一封信，让我也给她写信。

她喜欢问我大学的生活，选择什么样的专业，喜欢探究我在武汉和成都实习的事情，我自然也愿意把一切经验都告诉给她，帮她参谋。

有些时候周末回来,她会过来和我聊一聊学校和老师的事,也会透露些男同学送她礼物、追她的事情。"我才不会要他们的礼物,无聊!你说呢?"她调皮起来眼神一亮一亮的,"跟我说说你高中中的恋爱怎么样嘛,一定很浪漫吧?"

"怎么,这个也是高考内容?"我跟她开玩笑,心里却若有所失。

那个时候,我和女友已经在滑向分手,我们心知肚明,但都不愿意承认,我俩似乎都在等待,等待着那一刻的到来。

我俩是在高中相恋的,相互鼓励学习,传小纸条带饭,小镇不大,我们偶尔也会在晚自习后偷偷地出校门,如同地下党接头一样,分别走出去,在某个约定好的地点碰头。黑色的 7 月来临,高考揭榜,我们都过线了。而她却因为对学校不满意,选择了复读,也可能是在极度自尊的驱使下,还提出了分手。而我也将她的失利归咎于自己,更不愿意在她复读的那一年去打扰她,我选择了沉默。

再一次的重逢,已经到了我大学毕业前夕的那个 5 月,我们又在一起了。我们租了一间不足 20 平方米的房子,那种老式地板的 2 楼,进门前要穿过一段黑咕隆咚的过道,走路都得小心翼翼,以免影响楼下别人的生活,但是我们非常高兴,天真地认为,这回总算是幸福的开始了。

然而,事与愿违,生活在一起后,很快各自的缺点开始暴露。她任性,自我,不管不顾。而我倔强,脾气暴躁,成了对她关心不够的代名词。

吵闹终于在她把之前所有的小纸条剪碎撕掉、屋里狼藉一地的情况下达到了顶峰。我在半夜拖着箱子愤然离去,在广场上的一角坐了一夜,在抽掉了最后一支烟的时候,下了决定。

从高中到大学,那场爱情长跑几乎耗尽了我所有的热情及激情,分分合合让人疲惫不堪,我渐渐明白幸福并不是天然就放在那里的,而平静的生活变成了我此刻唯一的要求。

虽然知道娟子的话语之间传递给我的是一种什么样的意思,但是,我宁愿把它看成是一个不谙世事的少女对我如亲哥哥般的亲近和信任。我试图让自己对娟子倾注亲人般的感情。除此之外，我无法再去问自己是否还包含有其他的情愫。

这年6月，我接到了女友的电话，她在电话中不无兴奋地告诉我，她去杭州实习，后天就会启程，想拐过来先来沈荡看我。

我捏着电话，想说什么，但最终什么也没说。

很快她就来了，我请了假去嘉兴接她，本以为见面后，自己会很高兴，但当她在出站口兴奋地扑向我的怀里时，我竟然有了一丝陌生和尴尬的感觉。

她也感觉到了我的情绪。出租车掠过田野和村庄，除了开始问候旅途顺利与否，我俩一路无话。我悲哀地知道，我们已经不是过去的那对无话不谈、为了爱情能够在外面走上一晚的情侣了，谁说时间和距离不是一把刀呢？无数次电话中的争执，无数个因思念和寂寞睡不着的夜晚，已经把我的心气耗干。

突然想起，此前和好时，有一次她突然仰着脸问我：你会不会有一天离开我？眼睛里似乎有晶莹的泪光。我一愣，随即紧紧地抱着她，吻着她脸上的泪，心里默默地下了决心：今生再没有什么能让我们分开，我会永远和你在一起，一起到老。话犹在耳，而世事无常，看万般红紫，过眼成灰。

我们在外面吃了饭，沿着我经常走的河边的小道回来，坐下来却相对无言，我清楚地意识到，到了最终告别的时候了。

原本说好待两天，她第二天中午就走了，我没有挽留。临走时，我拿出了章阿姨送给我的一小罐薄荷茶，默默地放在她的包里。

6

  10月,公司从德国引进了一条新的照明生产线,据说耗资近3000万,是国内乃至世界都领先的生产技术,投产后对于丰富现有的产品范围、开拓市场举足轻重。那段时间全公司从上到下,几乎将所有的资源和精力都投在这个项目上,产线的安装、调试、配料乃至试生产,都丝毫马虎不得。

  除了挖来专门的调试人员,老板还花重金从上海请了行业内顶尖的技术专家、一位退休后返聘的技术高工——李工,特意来指导整个过程。李工70岁出头了,但保养得当,从外貌上看绝对看不出年纪,公司把他临时住所安排在我们那栋楼的3楼,就是章阿姨家的正对面。

  一天,我正在办公室忙着整理报价资料,突然小鲍神神秘秘地走过来,低声说:"知道吗?今天有人闹到公司了,一位老太太,听说还是住在你们那儿的。"

  "什么情况?"我一把扯住小鲍,"老太太来闹?"

  小鲍被我扯得龇牙咧嘴:"放开放开,听说是因为李工晚上出了点事。"然后压低声音,"绝对刺激,花边新闻。"

  我继续追问,小鲍说只知道好像李工被骚扰了,细节他不清楚,但公司里都传开了。

  中午在食堂吃饭的时候,同一个办公室的黄姐鄙夷地说:"小张,你要离你隔壁的那个章××远一点,一大把年纪了,还招蜂引蝶,不要脸。"

  细问下去,黄姐说,听说昨晚9点左右,章阿姨借送茶叶的机会,敲开了对面李工的门,闲聊几句后,问李工一个人在这里寂不寂寞,还暗示李工说,自己一个人住,一次200块。后来协商不成,她还捶李工的门,搅得李工几乎都无法入睡,声音之大,把5楼的沈婆婆都惊醒了,这不,李工一早就来公司投诉。

末了,黄姐还不无鄙夷地说:"老都老了,还卖得出去啊?"

我一时语塞,脸上火辣辣的,似乎感觉就像被人抽了一巴掌,匆忙扒了几口饭,就借故离开了。一整个下午,我都在想发生了什么。挨到下班,想去问问章阿姨到底怎么回事,想了想,还是没动。

为了避免尴尬,那两个礼拜,我都没有再去章阿姨家吃饭,每天更早地到公司、更晚回去,连周末也选择去公司加班。娟子和章阿姨,也似乎察觉了什么,没有过来叫我。

不久我又听说,公司事发次日就又安排了一个姓陈的小伙子和李工同住。事情就像往池塘里面投了一个小石头,水纹荡开,逐渐地平静了下来。

项目弄了3个月,李工任务完成回上海了,小陈也从房子里搬了出来。一天偶尔碰到,我没忍住问了小陈,他却一脸不屑:"还高级工程师,屁个专家!每天晚上躲在房间电脑上放黄片,以为我不知道,就一老色鬼。"

我似乎明白了点什么。

到了年底,我在这家公司工作了快两年了,却觉得似乎待了一辈子,有时想出去闯闯,竟然也有些说不清楚的不舍。但我还是整理了简历,凭着这两年的经验积累,试着投了宁波和上海的几个职位,竟然有两家公司通知我去面试。我勇气大增,就请了假去了宁波的公司。

面试比我想象的要简单,回来后不久就拿到了offer,并且约定了年后就过去上班。

这天,我突然想到,明天好像是娟子的生日。犹豫了下,我还是到街上的糕点房订了生日蛋糕,买了蜡烛和寿星帽。

第二天是礼拜五,我提前了点时间下班,敲开了章阿姨家的门。章阿姨开了门,依旧笑着打招呼:"快进来,小张,最近忙什么,有一段时间没看到你了吧。"

我勉强笑了笑,说:"是啊,公司上了个新项目,最近特别忙。今天是娟子的生日,我买了蛋糕。"

章阿姨招呼我坐下,照例泡上了一杯薄荷茶,那熟悉的清凉而略带苦涩的味道一下子就出来了。

娟子回来了,她推门看到桌上的生日蛋糕和我,愣了下,随即转进了卧室,将背包放下,出来时,她的眼神亮亮的。只有我知道,这是一种什么样的眼神,它意味着什么。

16根蜡烛点燃了,关了灯,我们准备开始唱生日祝福歌,按惯例娟子要先许愿,她闭上眼,虔诚地合上双手,烛光在她面前跳动闪烁,薄荷茶的氤氲袅袅升起。

生日快乐。我在心里祝愿,无论以后是康庄大道,还是羊肠小道,都要快乐顺利。

许完愿,娟子刚睁开眼睛,却猝不及防地被我抓的蛋糕涂抹在脸上,她愣了一秒,随即呀的一声跳起来,我哈哈大笑,章阿姨更是捂着嘴巴笑得直不起腰来,娟子也抓了一块蛋糕直扑过来,身姿轻盈,可我早已闪躲过去,她依旧不依不饶,小屋子里一片欢乐。

章阿姨对娟子说:"这蛋糕给沈婆婆切块送过去。"娟子用纸巾擦擦脸,切了块大大的蛋糕放在盘子里,从我身边挤过去,瞥了我一眼:"你等着啊。"

我坐在桌前随口应着笑着,情绪却控制不住,慢慢低落下来。

娟子很快就下来了。我心里五味杂陈,吃饭间整个过程我都在犹豫着想,要不要今晚告诉她我要离开的消息,这个时候本不该如此败坏兴致,但我明天要出个差,一走两个礼拜,我担心之后会更加突然。

章阿姨不停地催着我吃菜,菜很丰盛,我却没有丝毫胃口。思忖再三,在吃饭的尾声,我还是决定把这个消息告诉她们。

"章阿姨,我恐怕要离开沈荡了。"

话音未落,屋子里的空气突然停滞了一般。娟子望着我,似乎没理解我说的意思。我说,我找到了一份在宁波的工作,这个月月底就要离开这里,打算先回家一趟,年后就直接到新公司报到了。

我不让自己停顿,继续说下去:相处这么久,很感谢章阿姨你的照顾,希望你和娟子能一切都好,保持联系,以后等我稳定下来,一定请你们去玩。

我说着,突然发现娟子眼里的光黯淡了下去,头也低下去了。

还是章阿姨理解。她望着我说,小张你年轻,年轻的时候是应该到外面闯一闯。我们这个小地方工资低,没有城市里繁华,你是大学生,应该去外面看看机会。又说,年轻多好啊,我像你们这么年轻的时候,什么也不懂,一眨眼,人就老了,好像这么多年都白活了。

她说:你走了,也要多联系,不要忘了在这里还有你章阿姨,娟子是你妹妹,你要帮我好好地照顾她。

那晚,说了许多话,喝了好多薄荷茶,不知道为什么,感觉像生离死别一样,现在想起来,人这一辈子,交集过去了,可能就一辈子都找不回来了。

7

在离开之前,我还与沈婆婆道了别。她说的话与章阿姨意思一样,说年轻人不应该只图安逸、一辈子待在一个地方,"好男儿志在四方。"

"像我们女孩子家,年轻时都能闯荡四方,沿长江一直到重庆,读书,抗战,条件艰苦到颠沛流离,这不也过来了?"她的眼睛透过老花镜望着我,炯炯有神。

我喝着薄荷茶,仔细聆听下去。

"唔看得出内蛮虾查额小伙子(我看得出你是个能干的小伙子),前途无量啊,宁波也是个好地方,只是那里人的性格太硬,遇到事情不要与他们硬扛。"沈婆婆边说边从抽屉里面抽出一个信封,"得知侬要走,我抽空写了点东西,对侬以后有好处。"

我抽出信纸,几乎都惊呆了——整整两大页,钢笔字遒劲而秀丽,没有一处修改,这么一个年过七旬的老婆婆,对一个素昧平生、这两年几乎都没怎么打过交道的后生,如此用心。一瞬间我喉头发热,眼泪都几乎要流出来。

"谢谢,沈婆婆,您也要保重。"我突然想到那天的事情,忍不住问了一嘴,"听说您那天跑到公司里去了一趟,他们说,说……这是怎么一回事呢?"

"哦,勿要听他们瞎三话四(乱说乱讲)!"沈婆婆咬着牙骂了一句,"格个(那个)不知廉耻的老家伙,欺人太甚了,欺负不成还反咬一口,不是个东西!"

她叹了一口气:"伊也苦命啊,孤儿寡母,又得了乳腺癌做了切除手术,这几年也不知道是怎么挨过来的。"

啊?我大吃一惊,什么,乳腺癌,还做了手术?我仿佛一下子都明白了,都明白了。

走的那天中午,我办好了公司的手续,交了房间的钥匙,背上行李准备出发。开了门,却发现门口赫然放着一个满是薄荷的玻璃瓶,暗绿色的叶子经过了烘焙,密密实实地挤在一起。

娟子此刻正在县城上学,那应该是章阿姨给我准备的。我拿起来,放在背后的包里,想最后跟她打声招呼。却不料敲门半天,没有人开门,想来章阿姨出去有事了,没见着,我只能就这样走了。

中午的阳光很好,河对岸的老街空无一人,猫躺在石桥上面慵懒地晒着太阳,我最后看了一眼住过的小楼和小院,还有在墙角翠绿的薄荷花,就离开了这个小镇。

8

离开沈荡后,我的人生节奏似乎被按了快进键,职业顺利,从宁波到上海,我进了外企,做上了中层管理;再然后,从小外企跳槽到大外企,人生像陀螺一样高速运转。

时间过得很快,一晃5年过去了,我买了房、结了婚,也升了职,国内国外地跑,工作比以往愈加忙碌起来。

偶尔歇下来的时候,我会突然想到在沈荡的章阿姨、娟子和沈婆婆,但我在的时候,她们两家都没有电话和手机,联系不上;有时候,也想着回沈荡一趟看看她们,但阴差阳错,总是被没有预料到的事情冲散了。

又一个8年过去了,我经历了职业的困顿和婚姻的失败,孑然一身,有时候会有强烈的冲动回去看看,但始终没有勇气成行,虽然,从上海我住的地方到沈荡的车程才不足两个半小时。

人就是这样,没有去,就一直都不会再敢去,时间像一道墙,越长就越严实。

2019年,一个非常偶然的机会,我竟然通过以前沈荡的同事打听到了娟子的手机号,加了微信,得知她大学毕业留在了海宁——离海盐很近的一个小城,结了婚,有个6岁大的小孩。但章阿姨,却在我离开沈荡的两年后因为乳腺癌复发去世了。

得知这个消息的那天晚上,我一个人在窗台边站了许久,往事如电影般一幕幕地过去。我终于没忍住,第二天一早就驱车前往海宁。很多年没见娟子了,我猜不出来她会是什么模样。当她从楼里走出来时,一瞬间我开始恍惚——她穿着不太合身的工作服,显得娇小,也浅浅地笑着,神态像极了当年的章阿姨。

我们站在工作园区的树下,就像老朋友一样说起自己的境遇,比想象中更加平静。她说她的孩子很调皮,已经读一年级了,老公开了一家装饰公司,她在其中帮忙,脚不沾地,也常常为些琐事吵架,但,"日子不就是这样过的吗?"

我问她章阿姨的墓在哪里,她却欲言又止了。问得急了,她说,现在骨灰盒还存在安息堂里,因为之前父母离过婚,而且舅舅们也意见不一,所以至今葬在哪里还没有最后决定。这一晃时间长了,这个事也就不了了之了。

我心里难受,想都没想,脱口而出:"要不我来负责给章阿姨找块墓地吧,入土为安。"娟子却沉默了,说现在殡葬改革,农村的土地都很难弄到,外公外婆还在,她得找个时间去跟他们商量下。

我明白了其中可能还藏有不便言说的隐情,但无论如何,我不能看着骨灰盒就这样一直存在安息堂里,这也是我唯一能做的事情了。

在我的坚持下,娟子带我去看了存在安息堂的章阿姨。从满是松柏的院子里进来,又穿过长长的走廊,在娟子的指引下,我看到了一间存放着高大柜子的房子,一边供着金碧辉煌的佛像,另一面就是章阿姨所在的其中一间普通格子,与成百上千同样的格子排在一起,显得安静而热闹。

黑白照片上的章阿姨依旧浅浅地笑着,面容清秀年轻,好像从来没有老过一样。

想起第一次在她家过中秋节的情景,总是忘不了她靠在门栏上的叹息:"你们多么年轻啊,我像你们这么大的时候什么都不懂,时间过得可真快啊,一晃20年过去了,想想好像是昨天才发生的事,想不通啊。"

尾　声

2019年的10月,我还是回了一趟沈荡,一个人。

沈婆婆早已不在那间小屋,谁也不知道她去了哪儿,时间过去了这么多年,恐怕她早已去世,而我更希望她是被儿子接到了上海,与曾经被她鼓励和指引的年轻后生,同在这座陌生而熟悉的城市。

与十几年前相比,沈荡几乎没什么变化,只是街道上更挤了,河边老街的一部分正在危房改造,围了一人高的铁皮,而河水依旧,河边斑驳的墙依旧,那条我曾经走过上百遍的青石板小路依旧,黄昏时夕阳晒在河水里,就连我曾经住过的那栋年代久远的小楼,除了更加破败,一切都没有什么变化,仿佛住在这里的人,从来都没有存在过一样。

但我知道不是这样,曾经有过温暖你生命和心灵的人,她们存在过,可能不完美,可能有不堪,可这丝毫不影响你对她们的怀念,毕竟,我知道,她们曾经真真实实地存在过。

那个装薄荷的小瓶子依旧还在,就放在我家的透明壁橱里,与法国原装进口的红酒和晶莹剔透的高脚杯放在一起。我却再也没有喝到过那清凉的、略带点苦涩的薄荷茶。那茶放在透明的玻璃杯里,冲过,泡过,翻滚过,沉淀过,像极了我们所在的这个真实的人间。